grafit

Chemnitzer Str. 31, D-44139 Dortmund
Internet: http://www.grafit.de
E-Mail: info@grafit.de

Umschlaggestaltung: Carsten Hardt
unter Verwendung eines Motivs von sagaYago, istockphoto
Karte, S. 8: ›Karte des Obergermanisch-raetischen Limes‹, ©ziegelbrenner
Karte, S. 9: ›Eifelwasserleitung‹, ©Sansculotte; beide bei www.wikipedia.org
Druck und Bindearbeiten: Fuldaer Verlagsanstalt, Fulda
ISBN 978-3-89425-612-8
1. 2. 3. 4. 5. / 2012 2011 2010

Ilka Stitz

Wer Fortuna trotzt

Historischer Kriminalroman

grafit

Ilka Stitz, geboren 1960, lebt in Köln. Sie studierte Kunstgeschichte, Germanistik und klassische Archäologie. Nach dem Studium folgte eine Ausbildung zur Journalistin für Presse- und Öffentlichkeitsarbeit. Derzeit arbeitet sie als freie Journalistin und Autorin.

Gemeinsam mit Karola Hagemann hat sie, auch unter dem Pseudonym Malachy Hyde, zahlreiche historische Romane veröffentlicht. Im Grafit Verlag sind zuletzt erschienen *Das Geheimnis des Mithras-Tempels* und *Jung stirbt, wen die Götter lieben. Wer Fortuna trotzt* ist ihr erster Roman, den sie im Alleingang geschrieben hat.

www.ilkastitz.de

Dramatis Personae

Die kursiv gedruckten Namen kennzeichnen historische Personen

Lucius Iulius Felix: Bergwerkscurator des Kaisers, Bruder Victors
Ateius: In die Minen verurteilter Mörder, ehemaliger Gladiator und Begleiter Felix'

Gaius Iulius Victor: Bruder des Felix, Mitarbeiter im Stab des Statthalters der Provinz Germania Inferior, in der Colonia Claudia Ara Agrippinensium
Lavinia: Ehefrau Victors
Paullus: Leibwächter Victors

Emilianus: Bergwerkspächter, Vater der Emiliana
Emiliana, genannt Flora: Tochter des Emilianus

Lucius Iulius Modestus: Erbonkel von Felix und Victor, Bergwerkspächter

Virius Lupus: Statthalter der Provinz Germania Inferior, seine Statthalterschaft wird für Niedergermanien angenommen, weil er 197 konsularer Legat von Britannien war. Diesem Amt ging oft das Amt des niedergermanischen Statthalters voraus.

Sonstige

Commodus: römischer Kaiser, 161–192 n. Chr.

Publius Helvius Pertinax: nach Commodus' Tod im Dezember 192 Kaiser bis zu seiner Ermordung am 28.3.193

Lucius Septimius Severus: um 186 Statthalter der Gallia Lugdunensis, vom 9.4.193–4.2.211 römischer Kaiser

M. Helvius Clemens Dextrianus: 187 n. Chr. als Statthalter in Obergermanien, hier etwas früher eingesetzt

Caerellius Priscus: Statthalter der Provinz Obergermanien, der Name ›Priscus‹ ist nicht gesichert, auch die genaue Zeit seiner Statthalterschaft in Obergermanien ist nicht genau bekannt, sie wird auf die letzten Jahrzehnte des 2. Jahrhunderts datiert

Opilius Pedo Apronianus: Konsul in Rom 191 n. Chr.

M. Valerius Bradua Mauricus: Konsul in Rom 191 n. Chr.

Maternus: Anführer des Bellum Desertorum 186 n. Chr. In Rom verurteilt und hingerichtet

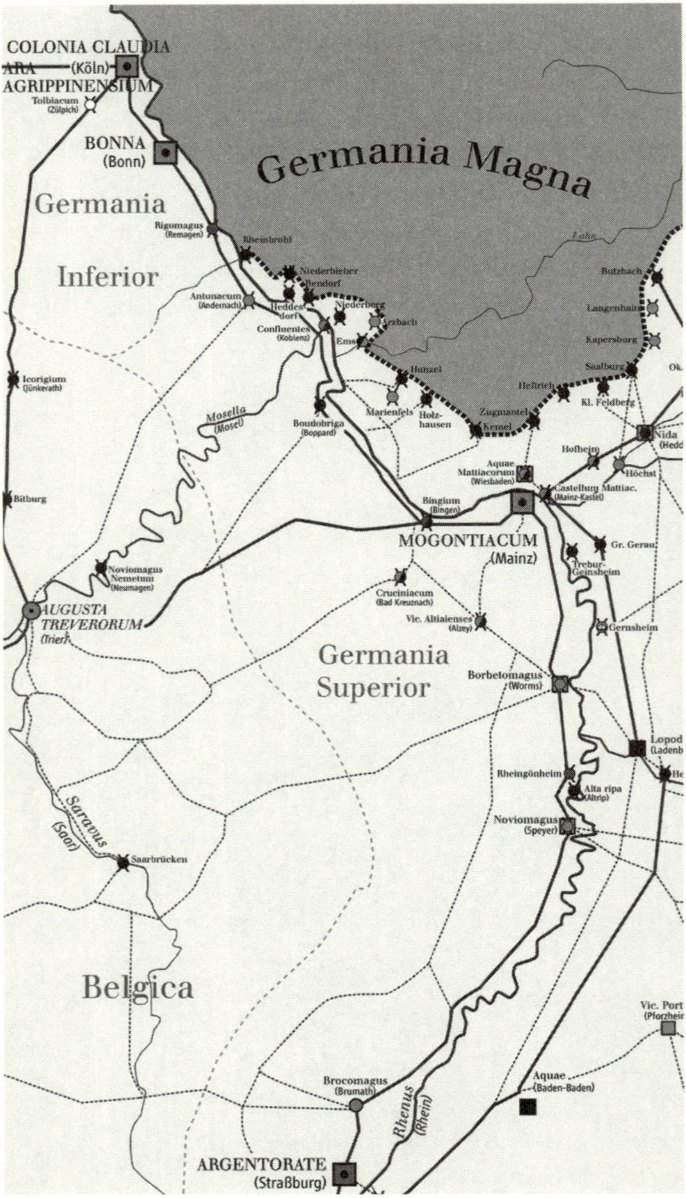

COLONIA CLAUDIA
ARA
(Köln)
AGRIPPINENSIUM
Tolbiacum
(Zülpich)
BONNA
(Bonn)
Germania Magna
Germania
Inferior
Rigomagus
(Remagen)
Rheinbrohl
Niederbieber
Bendorf
Antunacum
(Andernach)
Heddesdorf
Niederberg
Arzbach
Confluentes
(Koblenz)
Ems
Lahn
Butzbach
Langenhain
Kapersburg
Saalburg
Hunzel
Heftrich
Kl. Feldberg
Icorigium
(Jünkerath)
Mosella
(Mosel)
Boudobriga
(Boppard)
Marienfels
Holzhausen
Zugmantel
Kemel
Nida
Hofheim
Aquae
Mattiacorum
(Wiesbaden)
Höchst
Castellum Mattiac.
(Mainz-Kastel)
Bitburg
Bingium
(Bingen)
MOGONTIACUM
(Mainz)
Gr. Gerau
Trebur-Geinsheim
Noviomagus
Nemetum
(Neumagen)
Cruciniacum
(Bad Kreuznach)
AUGUSTA
TREVERORUM
(Trier)
Vic. Altiaienses
(Alzey)
Gernsheim
Germania
Superior
Borbetomagus
(Worms)
Rheingönheim
Alta ripa
(Altrip)
Noviomagus
(Speyer)
Saravus
(Saar)
Saarbrücken
Belgica
Vic. Port
Aquae
(Baden-Baden)
Brocomagus
(Brumath)
Rhenus
(Rhein)
ARGENTORATE
(Straßburg)

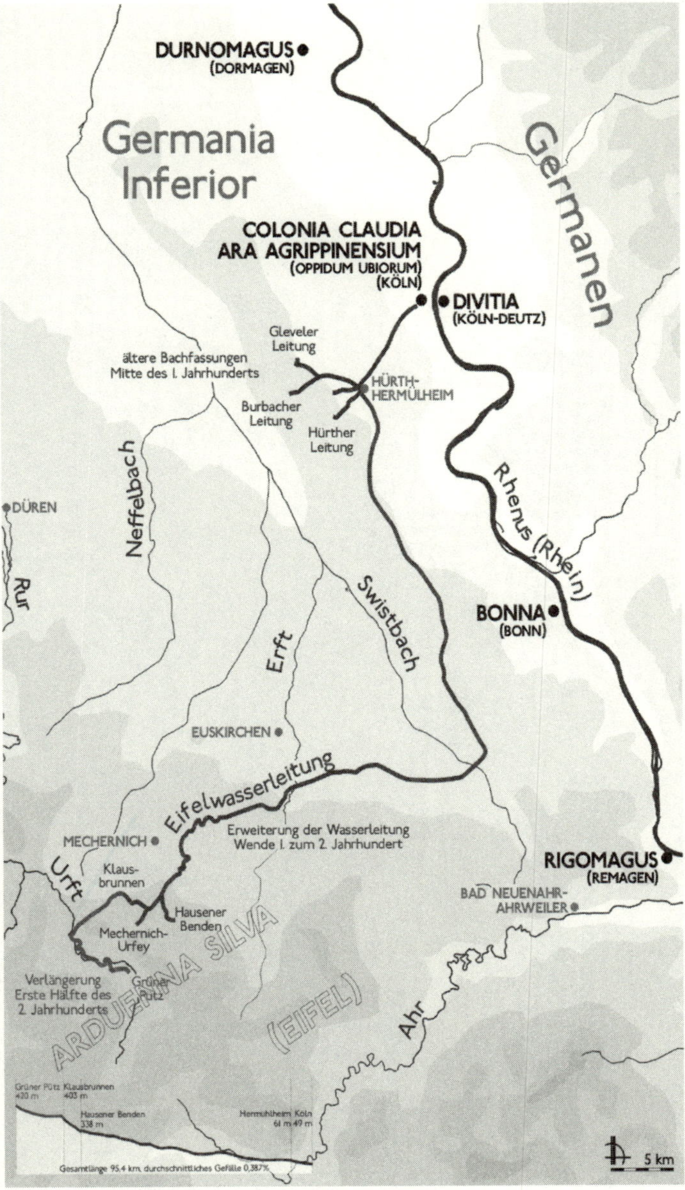
DURNOMAGUS
(DORMAGEN)
Germania
Inferior
Germanen
COLONIA CLAUDIA
ARA AGRIPPINENSIUM
(OPPIDUM UBIORUM)
(KÖLN)
DIVITIA
(KÖLN-DEUTZ)
Gleveler
Leitung
ältere Bachfassungen
Mitte des 1. Jahrhunderts
HÜRTH-
HERMÜLHEIM
Burbacher
Leitung
Hürther
Leitung
Neffelbach
DÜREN
Rur
Rhenus (Rhein)
Swistbach
Erft
BONNA
(BONN)
EUSKIRCHEN
Eifelwasserleitung
Erweiterung der Wasserleitung
Wende 1. zum 2. Jahrhundert
MECHERNICH
RIGOMAGUS
(REMAGEN)
Urft
Klaus-
brunnen
Hausener
Benden
Mechernich-
Urfey
BAD NEUENAHR-
AHRWEILER
ARDUENNA SILVA
(EIFEL)
Verlängerung
Erste Hälfte des
2. Jahrhunderts
Grüner
Pütz
Ahr
Grüner Pütz 420 m
Klausbrunnen 403 m
Hausener Benden 338 m
Hermülheim Köln
61 m 49 m
Gesamtlänge 95,4 km, durchschnittliches Gefälle 0,387%
5 km

Colonia Claudia Ara Agrippinensium,
im März des Jahres 192 n. Chr.

In dieser Nacht glaubte er sein Ziel erreicht, gleichzeitig war ihm klar, dass er irrte. Sie lag neben ihm auf seiner Kline, ihre Brust hob und senkte sich in regelmäßigen Atemzügen. Ihr dunkles Haar schimmerte im Morgenlicht.

Als hätte sie bemerkt, dass er sie ansah, schlug sie die Augen auf. »Du bist schon wach, Felix?« Ihre Hand legte sich auf seine Wange, ihre Augen glühten. »In diesem Licht ähnelst du dem Apollonbildnis im Garten unseres Hauses in Rom. Die braunen Locken, die Nase, die glatte Stirn … So wie dich habe ich mir immer die Helden aus den griechischen Sagen vorgestellt.«

Er lachte, drückte ihre Hand, doch im gleichen Moment spürte er die Enge in seiner Kehle. Was er hier tat war Frevel, wie hatte er sich nur dazu hinreißen lassen können?

Er sah sie an. Ihr Haar schimmerte wie das Gefieder eines Vogels, und deshalb hatte er sie vom ersten Tag an im Stillen Columba, Taube, genannt. Die Verdrängung ihres richtigen Namens erlaubte es ihm, sich nicht ständig die Ungeheuerlichkeit seiner Tat vor Augen führen zu müssen. Ein Eisen legte sich um seine Brust bei dem Gedanken, sie womöglich niemals wiederzusehen.

»Ich muss gehen«, sagte sie, plötzlich kühl. Sie tastete nach ihrem Gewand, das vor der Kline lag.

Kein Ton des Bedauerns schwang in ihrer Stimme. Wie gut verstand sie es, sich zu beherrschen, im Gegensatz zu ihm. Er stand auf, zog seine Tunika über den Kopf, dann lauschte er. Alles war ruhig, es war noch früh.

»Vor deiner Abreise werden wir uns wohl nicht noch einmal treffen können?« Sie sah zu ihm auf, die Augen halb geschlossen.

Bedeutete er ihr etwas? Und wenn. Sie war verheiratet, unerreichbar für ihn, er sollte sich nicht so viele Gedanken machen.

»Du wirst mir fehlen.« Ihre Stimme wurde wieder leise, sanft. »Wie lange wirst du fortbleiben?«

Er zuckte die Achseln. »Ein halbes Jahr vielleicht? Es kommt darauf an.«

Sie stützte sich auf ihren Ellbogen und streckte die Beine aus. Ihre Haut schien weißer als das Laken, auf dem sie lag. »Bergwerke überprüfen, was für eine Aufgabe! Dir standen doch gewiss alle Möglichkeiten offen, aber du wähltest den ödesten aller Berufe.«

Er setzte sich neben sie, berührte sanft ihre Wange. »So siehst du es. Ich weiß, deine Welt sind illustre Gesellschaften, ein Mann, der dir die Türen in die besten Kreise öffnet, dir jeden Wunsch erfüllt.«

»Was bliebe mir sonst? Im Spinnen und Weben sehe ich meine Erfüllung nicht.«

»Du übertreibst. Mir bedeuten Wohlstand und Macht nichts, andere Dinge sind mir wichtig.«

»Löcher im Fels, Dreck, Schweiß«, ihre Stimme hatte einen dunklen Unterton.

Felix lächelte, konnte nicht widerstehen, ihr eine Locke aus dem Gesicht zu streichen. »Genau.«

»Und jetzt reist du in die Belgica? Dort sei weit und breit nichts, was der Erwähnung wert wäre, heißt es.«

»Oh, aber durchaus! Nicht weit entfernt, um die fünfunddreißig Meilen jenseits der Grenze, liegt Divodurum, die bedeutendste Stadt Galliens. Wenn es mich nach Zivilisation, nach Thermen, Theater gelüstet, unternehme ich einen Ausflug dorthin.«

»Pah.«

»Die zweite Station ist Obergermanien. Mogontiacum als Provinzhauptstadt wird der niedergermanischen Colonia Agrippinensis sicher in nichts nachstehen. Du siehst, ich bin nicht gänzlich verloren.« Er küsste sie auf die Stirn. »Und dann, mein Herz, kehre ich zurück in die Agrippinensis und werde sehen, ob du dich meiner noch erinnerst.« Es sollte scherzhaft klingen, dabei wäre es wirklich das Beste, sie würde ihn vergessen – und er sie.

Columba hatte den Ernst in seiner Stimme herausgehört. Sie schmiegte sich an ihn, er spürte ihre Wärme.

»Ich werde die Tage und Stunden zählen.«

Kapitel I

Das Omen

Provinz Belgica, Bergbaurevier nahe Sarabriga an der gallischen Grenze, 10. Juni 192 n. Chr.

Auf dem Weg zu den Stollen schlug Felix das Herz bis zum Hals. Mehr denn je spürte er heute die Verantwortung auf sich lasten. Welcher Dämon hatte ihn nur gepackt, Onkel Iulius zu bitten, für ihn ein Wort bei Kaiser Commodus einzulegen? Aber hätte er ahnen können, dass Commodus ihn gleich als Curator Metallis in den beiden Germanien und der Belgica einsetzen würde? Im Auftrag des Kaisers Anzeigen über Verstöße gegen das Bergbaugesetz nachzugehen war keine Aufgabe, mit der man sich Freunde machte, nicht bei den Pächtern und schon gar nicht bei den lokalen Procuratoren.

Felix lief die schmale Terrasse am Berghang entlang und blickte über das Tal. Es war noch früh und er genoss diesen Moment der Ruhe. Das silberne Band des Flusses zeichnete sich unter dem Dunst der Morgensonne ab. War das da hinten wohl schon Gallien?

Das Unbehagen ließ sich nicht vertreiben. Die Götter mochten wissen, was heute mit ihm los war, bisher war doch alles vorbildlich gelaufen. Und der Pächter hier, Emilianus, war ein alter Freund aus der Agrippinensis, warum also sorgte er sich? Felix kannte Emilianus als verantwortungsbewusst und rechtschaffen, erwartungsgemäß war die Kontrolle der Einrichtungen über Tage zufriedenstellend ausgefallen. Nur Versäumnisse bei der Lagerhaltung hatten Grund zu einer Beanstandung gegeben, aber die würde Emilianus sicher zügig beheben. Mochte die Prüfung unter Tage nur weiter so problemlos verlaufen. Es wäre keine Freude, gerade bei einem guten Bekannten schwerwiegende Unregelmäßigkeiten festzustellen.

Schließlich war die Versuchung groß, es ging um ansehnliche Beträge. Und damit die stetig in die kaiserliche Kasse flossen, ließ Kaiser Commodus nicht nur Fördermenge und Pachtdokumente kontrollieren, sondern auch die Sicherheit der Bergwerke. Rom sollte keine Einbußen erleiden, weil Stollen einbrachen und die Förderung der Bodenschätze zum Erliegen kam.

Es war eine große Verantwortung, die Felix da trug. Zudem machte ihm das halbe Dutzend Männer, das ihm unterstand, das Leben schwer. Alle waren seit Jahren dabei und machten keinen Hehl daraus, dass sie ihn als zu unerfahren ansahen. Vor allem sein Stellvertreter Quintulus hielt mit seiner Meinung nicht hinter dem Berg, strebte wohl selbst nach seinem Posten. Gerade heute war es Felix sehr recht, dass Quintulus und die anderen schon das nächste Revier erkundeten.

Felix straffte den Rücken. Sein Blick strich über den Horizont, er konnte sich nicht losreißen. Eine Windböe wirbelte ihm eine Haarsträhne ins Gesicht. Irgendwo dort in dem Morgennebel musste die gallische Hauptstadt Divodurum liegen, eine Metropole, wie es hieß.

Rauchsäulen, Höfe, bestellte Felder erstreckten sich zu Felix' Füßen, Zeugen der Zivilisation; Wälder, Wiesen im fernen Dunst, bildgewordenes Hirtengedicht.

Hier am Hang, vor und neben ihm, zeigte die Zivilisation ein anderes Gesicht. Stümpfe abgeholzter Bäume, rauchende Meiler und Schmelzöfen, niedrige Hütten, Schuppen, Materiallager, Berge von Abraum und Schlacken. Felix sah Rom vor sich, die Villen und Wandgemälde, Brunnen und Thermen, Bronzestatuen, Geschirr und natürlich Waffen ... All das gäbe es nicht ohne Siedlungen wie diese. Er war stolz darauf, zu Wohlstand und Sicherheit des Reiches beitragen zu können. Onkel Iulius sollte es nicht bereuen, sich für ihn eingesetzt zu haben. Hoffentlich würde Felix ihm seine Wohltaten einmal vergelten können.

»Salve, Curator!«

Die Arbeiter musterten ihn im Vorübergehen, steckten die Köpfe zusammen. Felix war sich bewusst, dass auch sie ihn für zu jung für seine Aufgabe hielten. Er wandte sich um, wenige Schritte vor ihm öffnete sich das Mundloch des ersten Stollens. In einer Nische über dem sauber gemauerten Zugang wachte der Genius der Grube über die Ein- und Ausgehenden. Ein Holzschild neben dem Eingang wies Emilianus als Pächter aus, der das Bergwerk an den Nonen des Martius in Betrieb genommen hatte.

Felix zückte seine Wachstafel und trat in den Stollen. Ein feuchter, felsiger Geruch wehte ihn an, sofort fühlte er sich besser. Dieser Geruch, die Dunkelheit, sogar die Enge der Stollen waren ihm von Kindheit an vertraut. Dass sie Gefahren bargen, wusste er.

Unter einem Schacht blieb er stehen. Ein Luftzug strich ihm über das Gesicht, als er nach oben schaute und den Lichtkreis in gut dreißig Fuß Höhe ins Auge fasste, in dem ein Förderkorb schaukelte. Aus dem Stollen hinter ihm drang der übliche Arbeitslärm, das Hämmern von Metall auf Stein, widerhallende Stimmen.

Er wandte sich dem Gang vor ihm zu und notierte sein Ergebnis: Beleuchtung ausreichend, Höhe und Breite ebenfalls, Entwässerung ordnungsgemäß in Rinnen seitlich der Sohle, der Ausbau des Stollens aus Lärchenholz, Verzimmerung sachkundig.

Wie sah es mit den Stützen aus? Felix hob seine Fackel, leuchtete den Holzpfosten von oben bis unten ab, klopfte an ihm, horchte auf den Widerhall. Alles war so, wie es sein sollte. Fest verkeilt würde der Balken noch eine Ewigkeit hier stehen und den Fels zu ihren Häuptern stützen.

Er lauschte, etwas da oben irritierte ihn, ein feines Geräusch, von dem Schaben und Kratzen, Klopfen und Knirschen ringsum fast übertönt. So war es auch nur ein Gefühl, das ihn vortreten und erneut den Bewetterungsschacht hinaufsehen ließ, der gleichzeitig zur Förderung des Kupfererzes diente. Dort oben, in lichter Höhe, schaukelte noch immer der Förderkorb. Seinen trägen Bewegungen nach zu urteilen, war er voll und schwer, warum holten die Arbeiter ihn nicht endlich ein? Gab es Schwierigkeiten? Hoffentlich hatten Emilianus' Leute die beschädigte Haspel inzwischen repariert oder wenigstens die Seile ausgetauscht, die schon ganz verschlissen gewesen waren. Felix hatte den Pächter über die Nachlässigkeit in Kenntnis setzen lassen.

Wieder dieses Geräusch, es ließ Felix in den Stollen zurücktreten. Nach dem Blick in die helle Öffnung des Schachtes dauerte es einen Augenblick, bis sich seine Augen an das matte Licht der Öllämpchen gewöhnt hatten. So erahnte er Publicus zunächst nur, als der sich ihm aus der Tiefe des Stollens näherte.

»Ist da oben etwas nicht in Ordnung?« Der Vorarbeiter trat in den diffusen Lichtstrahl, stemmte die Hände in die Seiten und schaute hoch.

Im nächsten Moment nahm Felix ein Sirren wahr, Steine kollerten auf den Boden, schlugen ihm gegen die Beine. Ein Schrei gellte in seinen Ohren. Krachen, Poltern, er streckte seinen Arm nach Publicus aus – und griff ins Leere.

Publicus lag reglos vor seinen Füßen. Eine Staubwolke waberte durch den Stollen, die Öllampchen ringsum waren erloschen, es herrschte eine Finsternis wie im Orcus.

Felix stand wie gelähmt.

Schritte kamen näher, Husten, Kettenklirren, Fackelschein. Das mussten die Sklaven sein, die den Abraum in die Weitung geschaufelt hatten. Sie waren dem Schacht am nächsten gewesen.

Felix würgte keuchend den Staub aus der Kehle, schluckte den bitteren Geschmack hinunter, der ihm den Hals heraufdrängte. Hätte er vorhin die Haspel, die Seile kontrolliert, statt seinen Gedanken nachzuhängen, wäre Publicus dieses Unglück womöglich erspart geblieben. Es war seine Schuld, wenn …

Im Licht des Bewetterungsschachtes flirrte der Staub. Ein Mann, die Schaufel noch in der Hand, trat neben Felix und starrte auf den reglosen Publicus am Boden, unter dessen Kopf sich ein dunkler Fleck ausbreitete.

Niemand sprach. Felix atmete tief durch, zwang sich zur Ruhe. »Was steht ihr hier herum und glotzt?«, schrie er. »Bei Vulcanus, holt Hilfe, schnell, einen Medicus, den Vitalis, holt ihn!« Er beugte sich zu Publicus hinunter. »Macht mehr Licht«, befahl Felix einem der Arbeiter und deutete auf die Öllampe in der nächsten Nische. »Schnell, gib her!« Er nahm einem anderen die Fackel ab und leuchtete Publicus in die Augen, um zu sehen, ob sich die Pupille verengte. Nichts.

Felix quoll der Schweiß aus jeder Pore, seine Hände zitterten. Publicus, einer der Besten unter Tage, erschlagen von einem heruntergestürzten Förderkorb ... Emilianus würde seinen Verlust nur schwer ersetzen können.

Was hatte er da für Gedanken? Diesen Mann ersetzen wie eine zerbrochene Amphore? Felix ergriff Publicus' Hand, schlaff lag sie in der seinen. Seltsam, wie nahe ihm der Unfall dieses ihm kaum bekannten Bergarbeiters ging.

Felix richtete sich auf, der Staub kratzte immer noch in seiner Kehle, ließ die Augen tränen. Sein Rücken schmerzte, dort musste ihn ein Stein getroffen haben, er hatte es gar nicht bemerkt. »Wo bleibt der Arzt?«

Immer mehr Arbeiter und Sklaven drängten sich heran. Doch es blieb seltsam still.

Publicus sollte endlich raus aus dem Stollen, ans Tageslicht. Felix musste diesen Gedanken laut ausgesprochen haben, denn einer der Arbeiter bückte sich und begann, die herumliegenden Erzbrocken in einen Korb zu werfen.

»Holt eine Trage«, befahl Felix dem Mann mit der Schaufel. »Und dann schafft ihn in mein Haus.« Gut, dass er auf eine Unterkunft in der Nähe der Stollen bestanden hatte, wenngleich dort Schmelzöfen und ein Kohlenmeiler die Luft verpesteten.

Der Stollen war hoch und breit genug, dass die Männer die Trage aufrechten Ganges hinausschaffen konnten. Währenddessen stießen immer mehr Arbeiter und Sklaven zu ihnen, die aus den Streben und Strecken gekrochen kamen. Fast alle waren als Räuber, Mörder oder mehrfach geflohene Sklaven zur Arbeit in den Minen verurteilt, harte Gesellen, dennoch sichtlich bestürzt. Einige murmelten Gebete, streckten ihre Hände aus, um Publicus zu berühren, als könne sich dadurch etwas von ihrer Kraft auf den Verletzten übertragen.

Kaum waren sie an das Tageslicht getreten, sah Felix den Bergwerkspächter herbeieilen.

»Was ist geschehen?«, rief Emilianus schon von Weitem. Sein Bauch, der sich unter der wollenen Tunika wölbte, bebte, sein Atem ging keuchend, während sie zu Felix' Haus liefen.

»Die Haspel muss gebrochen oder das Seil gerissen sein, so dass ein Förderkorb auf Publicus fiel«, informierte ihn Felix. »Der Arzt sollte gleich kommen, hoffen wir, dass er helfen kann.«

»Wie konnte das passieren?« Emilianus sah Felix mit zusammengepressten Lippen an. »Er ist in diesem Bergwerk mein bester Mann, das weißt du.« Er nickte in Richtung des Lagers, auf das die Arbeiter Publicus inzwischen gebettet hatten.

Vitalis, der Arzt, trat ein und ersparte Felix die Antwort. »Es hat ein Unglück gegeben?«

Emilianus stellte sich vor den Medicus, zu dem er aufsehen musste, was ihm sichtlich nicht behagte. »Sieh zu, dass du ihn wieder auf die Beine bringst.« Dann zeigte er mit dem Finger auf Felix. »Und du kommst zu mir, sobald du kannst. Wir müssen reden.« Der Pächter atmete geräuschvoll ein und aus, drehte sich um und stampfte hinaus.

Vitalis schüttelte den Kopf. »Er ist und bleibt ein Choleriker. Wenn er sich nicht besser zu beherrschen lernt, fällt er eines Tages tot um.«

»Aber er ist ein ausgezeichneter Pächter, seine Leute liegen ihm am Herzen.«

»Liegen ihm am Herzen ...« Vitalis hob eine Braue und trat zu Publicus. Mit geübtem Griff nahm er die Hand des Verunglückten, schloss die Augen und lauschte. »Er lebt, wenn er auch zweifellos an der Pforte zum Schattenreich steht.« Vitalis verlangte nach einer Schüssel mit warmem Wasser und reinen Tüchern. Nachdem der Arzt das Gewünschte erhalten hatte, schickte er Felix hinaus.

Die Untersuchung schien ewig zu dauern. Felix lehnte sich an die Wand seines Hauses und flehte zu den Göttern der Unterwelt, auf diese Seele zu verzichten. Nein, Publicus' Zeit war noch nicht gekommen.

Er konnte nichts tun, gestand sich Felix schließlich ein, und statt hier herumzustehen und trüben Gedanken nachzuhängen, sollte er seine Zeit sinnvoll nutzen und mit Emilianus sprechen.

Felix klopfte an und der Pächter rief ihn herein. Der Raum, den Emilianus als Empfangsraum nutzte, war nur mit einer Kline, zwei Scherensesseln und einem Tisch ausgestattet, sehr bescheiden im Vergleich zu dem Komfort, den ihm seine Villa in der Agrippinensis bot. Emilianus saß in einem der Sessel, schüttelte den Kopf und verschränkte die Arme vor der Brust. »Wie konnte das nur passieren?«, fragte er erneut.

Felix blieb unschlüssig stehen.

Der Pächter wedelte mit der Hand in Richtung eines Scherensessels. »Zum Orcus mit dem höflichen Schnickschnack, wir kennen uns lange genug. Nun setz dich endlich, Junge, machst mich ja ganz wirr.« Er atmete schwer, und wie immer, wenn er erregt war, presste er die Lippen aufeinander und zog die Brauen über der Nasenwurzel zusammen. »Was sagt der Arzt? Vitalis ist doch ein fähiger Medicus, oder?«

»Er hat sich noch nicht geäußert.«

»Wie siehst du die Sache?« Emilianus heftete seine wässrigen grauen Augen auf Felix.

»Gestern, bei meiner Inspektion des Materials, bemerkte einer meiner Männer, dass die Haspel nur notdürftig repariert war, zudem waren die Seile stark verschlissen. Er meldete es mir und ich befahl, die Haspel unverzüglich instand zu setzen und die Seile zu erneuern. Doch es hieß, es seien keine Ersatzteile für Haspeln vorrätig, man müsse erst welche besorgen, wollte aber nachbessern und zumindest schon die Seile auswechseln. Insgesamt muss ich deine Lagerhaltung bemängeln, Emilianus. Es fehlen wichtige Ersatzteile, Reparaturen verzögern sich dadurch. Ich schickte dir eine entsprechende Notiz. Wie du siehst, bedeuten derartige Versäumnisse eine Gefahr für Leib und Leben deiner Männer.«

Emilianus gab ein Brummen von sich. »Ich habe nichts erhalten. Wer auch immer die Schuld an dem Versäumnis trägt, wird meine Knute zu spüren bekommen. Ich ahnte es doch, hier liegt einiges im Argen.«

»Ach, deswegen bist du hier?« Gewöhnlich pflegte Emilianus seine Geschäfte von der Colonia Agrippinensis aus zu verrichten, jedenfalls war das früher so gewesen, als Felix' Familie noch in dem Nachbarhaus wohnte.

Emilianus nickte. »Wie es aussieht, bereichert sich jemand auf meine Kosten – und auf Kosten des Kaisers natürlich. Wahrhaftig, wenn ich denjenigen erwische, der hinter meinem Rücken … Und wenn der jetzt den Tod meines Publicus verschuldet hat, dann wird er fortan in Ketten unter Tage schuften, bis seine Seele freiwillig in das Reich des Orcus flieht. Den Styx wird er schwimmend durchqueren müssen, von mir jedenfalls bekommt er keine Münze für den Fährmann.«

»Das ist eine böse Geschichte, wenn sie stimmt.«

Emilianus schnaubte. »Da werde ich schon Klarheit schaffen! Und ich schwöre dir, wird Publicus sterben, so gelobe ich, als Buße meine Occupationsinschrift in Stein schlagen zu lassen. Außerdem werde ich einen Weihestein stiften. Beides soll immer daran erinnern, dass es dieses Bergwerk war, in dem Publicus sein Leben ließ. – Mögen die Götter es verhüten.«

Emilianus versank in Schweigen und Felix drängte es zurück an Publicus' Krankenlager.

Die Worte des Emilianus hatten Felix auf einen Gedanken gebracht. Gab es hier in der Nähe nicht ein Heiligtum der Sirona, fünf oder sechs Meilen entfernt? Dort fände er vielleicht Hilfe, schließlich galt sie als Göttin der Heilkunst. Ja, wenn der Arzt auch nur einen Funken Hoffnung sähe, würde er dort ein Opfer bringen. Es war gerade erst Mittag, er könnte es heute noch schaffen.

»Wie sieht es aus?«, drängte Felix, kaum dass Vitalis die Tür geöffnet hatte und ihn hereinwinkte.

»Publicus ist noch immer bewusstlos. Vor allem am Kopf hat er schwere Verletzungen davongetragen. Dazu noch einige Prellungen, Schürfungen. Ich habe getan, was ich konnte, jetzt müssen wir abwarten. Jemand sollte bei ihm wachen und regelmäßig seine Lippen benetzen. Wenn er in den nächsten Stunden nicht zur Besinnung kommt, dann ...« Der Arzt wiegte den Kopf und zog den Riemen seines Beutels über die Schulter. »Ich werde dir jemanden schicken, der sich mit der Pflege eines Verletzten auskennt.« Vitalis drückte Felix den Arm, nickte noch einmal knapp und ging.

Felix trat an das Bett, schaute auf Publicus hinab. Bleich, zerbrechlich wirkte er. Fast, als wäre er schon tot.

Felix konnte nicht sagen, wie lange er neben Publicus gesessen hatte, als ein leises Klopfen und das Knarren der Tür ihn aufschrecken ließen.

»Du?«, entfuhr es ihm.

Flora trat ein, Emilianus' Tochter. Warum nur nannte sie alle Welt Flora? Sie hieß Emiliana und hatte mit der Göttin der Blumen wahrhaftig keine Ähnlichkeit. Nach Felix' Meinung hätte der Name Malitia besser zu ihr gepasst. In Kindertagen hatten sie beide eine herzliche Abneigung gepflegt und sie war die Letzte, die Felix in diesem unwirtlichen Vicus erwartet hätte. Nun, so überraschend war es eigentlich doch nicht. Vater und Tochter standen sich schon immer sehr nah, vielleicht, weil Floras Mutter bei ihrer Geburt verstorben war.

Schweigend stand sie da und musterte ihn.

Wie lange hatten sie sich nicht gesehen? Zehn Jahre? Fünfzehn? Flora hatte sich verändert, kein Vergleich mehr zu dem mageren Mädchen mit den heraushängenden Haarnadeln, das ihn mit ihren Einfällen immer in Schwierigkeiten gebracht hatte.

Obwohl sie ihm kaum bis zur Nase reichte, hatte er sie kleiner in Erinnerung, auch dünner, jedenfalls nicht so fraulich gerundet, wie es sogar die derbe braune Tunika, die sie trug, erahnen ließ. Unverändert waren ihre Augen. Sie war der einzige Mensch, den Felix kannte, dessen Augen von unterschiedlicher Farbe waren, grün und bernsteinfarben. Und noch immer schimmerte ihre Haut golden, tanzten auf ihrer Nase die zahllosen Sommersprossen, ringelte sich ihr rotbraunes Haar den Rücken hinab. Eine ordentliche Frisur fand sie offenbar genauso wenig nötig wie standesgemäße Kleidung. Ihre Haltung war zwar würdevoll, doch ihre Augen blitzten besorgniserregend.

Das war die Flora, die er kannte.

»Ich hörte von dem Unfall und dachte, ich könnte helfen.«

Ihre Stimme klang besorgt, sanft, beunruhigend. Felix rang sich ein Lächeln ab, seine Erinnerung an die Flora von früher ließen ihn an der Wahrhaftigkeit ihrer Worte zweifeln.

»Schön, dich so voll überquellender Freude anzutreffen. Schon gut, du brauchst gar nicht so zu tun, als wärest du über unser Wiedersehen über alle Maßen begeistert«, schnappte sie, weil er kein Wort herausbrachte.

»Oh, doch, ich freue mich«, stammelte er. Noch immer konnte er schlecht lügen.

Sie holte sich eine Schüssel mit Wasser, benetzte ein Tuch und drückte es auf Publicus' Lippen. Sie strich über seine Stirn, seine Wangen und ihr Gesichtsausdruck wurde weich.

Felix fühlte sich fehl am Platze. »Ich wusste nicht, dass du Publicus kennst.«

»Woher auch? Du weißt eine Menge nicht, du Holzkopf.«

Ging das schon wieder los … »Dass du deinen Vater begleitest, überrascht mich.«

»Nachdem du gut fünfzehn Jahre in der Ferne weiltest, hätte es nahegelegen, dass du deinen Besuch in der Agrippinensis neulich nutztest, einer alten Freundin Guten Tag zu sagen. Durch Zufall erfuhr ich davon, da warst du allerdings schon abgereist.«

Felix spürte, wie ihm das Blut zu Kopf stieg. »Ja, das war unhöflich.« Dabei hatte der Grund für sein Versäumnis nichts mit ihr zu tun. Würde sie verstehen, dass er den Anblick des Nachbarhauses nicht hätte ertragen können? Sein Elternhaus, in dem Vater, Mutter und Schwester an einer Seuche gestorben waren?

Flora winkte ab. »Du entschuldigst dich? Sieh an, doch bemühe dich nicht, vorbei ist vorbei. – Ich soll dir Grüße von deinem Bruder und deiner Schwägerin ausrichten.«

Felix räusperte sich. »Du besuchst Victor und Lavinia?«

»Sagte ich doch.«

»Und was tust du jetzt hier? Ich hätte dich eher bei Mann und Kind vermutet.«

»Ich …«, Floras Gesicht verdüsterte sich. »Ach, was geht es dich an.«

Felix spürte das dringende Bedürfnis zu flüchten. Flora verunsicherte ihn, seit er sie kannte, ihr gegenüber fühlte er sich immer im Unrecht.

Stets war sie die Überlegene gewesen und nur einmal hatte er sich zur Wehr gesetzt, statt mit Worten mit den Fäusten. Er hatte das Mädchen geschlagen, noch immer stieg ihm die Schamröte ins Gesicht, wenn er daran dachte. Flora hatte keine Träne vergossen, ihm nur wortlos ihr Knie in den Unterleib gerammt.

Doch diese Zeiten waren vorbei. »Du hast recht, es geht mich nichts an. Und da du dich um Publicus kümmerst, kann ich ja jetzt gehen.«

»Wohin?« Flora hob den Kopf.

In ihre verschiedenfarbigen Augen zu sehen, war noch immer verwirrend, als schaue er zwei verschiedene Personen an. Ein grünliches und ein bräunliches Licht erschienen darin wie das Aufflackern zweier Kerzen, doch dann schnellten ihre Brauen zusammen, verdunkelten den Blick. Ihre Neugier reute sie wohl.

»Ich gehe, ein Gelübde zu erfüllen.«

»Du und Gelübde? Du warst doch den Göttern nie besonders zugetan.«

»Ich will zum Heiligtum der Sirona und dort ein Opfer bringen, um für Publicus' Genesung zu bitten.«

»Sehr ehrenhaft. Aber das Heiligtum ist mindestens vier Meilen entfernt.«

Felix nickte. »Gib gut auf Publicus acht. Vitalis wollte jemanden schicken, dann kannst du wieder nach Hause.«

Die letzte Meile führte Felix sein Pferd am Zügel auf dem schmalen Weg, der sich am Fuße eines Hügels entlangzog. Weihrauchduft stieg ihm in die Nase. Zahllose Schreine mit

Götterstatuetten säumten den Pfad, Öllämpchen blakten und Räucherwerk glimmte.

Unvermittelt tauchten die Mauern eines Gebäudes vor Felix auf, eine Herberge. Ein rothaariger Junge saß bei einem Unterstand am Boden. Als er Felix sah, sprang der Bursche auf und nahm ihm die Zügel aus der Hand.

»Zum Heiligtum? Dort hoch!«

Der Junge deutete auf die Treppe, über die Felix in einen weiten Hof gelangte, den drei kleine Tempel überschatteten. Ein Paar mit seinen zwei Söhnen stand vor dem mittleren der Heiligtümer und warf etwas in das Feuer einer rauchenden Opferschale.

Die Sonne war schon recht tief gesunken. Wollte Felix nicht in die Dunkelheit geraten, durfte er sich nicht lange aufhalten. Doch seine Kehle war trocken und er beschloss, noch schnell einen Becher Wein in der Herberge zu trinken. Vielleicht verkaufte man dort auch Opfergaben.

Im Gastraum der Herberge saßen Pilger vor dampfenden Schüsseln. In der Ecke döste ein hagerer Mann, dessen karierte Tunika und Hose zerschlissen wirkten. Tiefe Falten zerfurchten sein Gesicht, auf dessen linker Hälfte ein purpurnes Feuermal glühte.

Die Schar der Angestellten und die große Zahl der Tische bezeugten, dass bei dem Heiligtum wohl üblicherweise mehr Betrieb herrschte. Kaum hatte Felix sich gesetzt, eilte ein junger Bediensteter herbei und fragte nach seinen Wünschen. Kurz darauf stand vor Felix ein Becher mit gallischem Roten.

»Hast du einen weiten Weg hinter dir?«, fragte der junge Mann freundlich. »Brauchst du eine Unterkunft? Oder kann ich sonst etwas für dich tun?«

Felix dankte. »Ich reite noch heute wieder zurück in den Vicus Cupri. Aber wie steht es mit Opfergaben?«

Der Angestellte führte ihn zu dem Verkaufsstand nach draußen und Felix kaufte ein Säckchen mit Weihrauch. Er trat zu der Opferschale, folgte mit dem Blick der aufsteigenden Rauchsäule, die sich in den Himmel schraubte. Endlos schien sie hinaufzustreben, bildete eine sichtbare Verbindung zu der Göttin. Fast glaubte Felix, die Nähe der Gottheit zu spüren, als er seinen Weihrauch in die Glut streute. Das Feuer erfasste die Körner, Duft stieg auf und der Rauch wandelte sich von einer Spirale zu einer breiten Rauchsäule. Ein plötzlicher Windstoß zerstreute sie, ließ die Glut auflodern. Felix fragte sich, was die Änderung der Rauchsäule wohl bedeuten mochte, Gutes oder Schlechtes?

Bevor er sich auf den Rückweg machte, wollte er sich einen weiteren Becher Wein gönnen.

Kaum hatte Felix sich niedergelassen, schlurfte der Mann, der bei seiner Ankunft in der Ecke gesessen hatte, zu ihm herüber.

»Ich hörte, woher du kommst. Dort habe es heute einen schrecklichen Unfall gegeben?« Der Mann lispelte leicht und rieb sich unentwegt über das rote Mal im Gesicht.

»Ein Arbeiter verunglückte, deswegen bin ich hier.« Wie schnell sich solche Neuigkeiten verbreiteten. Felix konnte die Nähe des Mannes schwer ertragen. Sein Geruch war seltsam, als habe seine Kleidung in einer Weihrauchkiste gelagert. Seine rot geäderten Augen schwammen in ihren Höhlen. Vermutlich war er ein Angestellter des Heiligtums und über Gebühr dem Gott Liber zugeneigt.

Der Mann summte vor sich hin, dann beugte er sich zu Felix herab. »Sirona ist eine wohlmeinende Göttin, sie hilft meist, doch wenn nicht, dann zürnen die Götter.«

Die heisere Stimme, die hervorgestoßenen Worte – der Mann war ihm unheimlich. Fast war Felix über dessen

Mundgeruch nach Wein und Zwiebeln dankbar, der ihn als der Welt der Irdischen zugehörig auswies.

Ein Gast am Nachbartisch richtete sich nun auf und tippte sich an die Stirn. »Hör nicht hin, Verecundus ist nicht ganz richtig im Kopf, der Kerl haust seit Jahren hier im Heiligtum, lässt sich aushalten und gibt seine Sprüche zum Besten.«

Nun, wenn es so war, mit Wein konnte Felix dienen. Er bedeutete dem jungen Mann am Tresen, einen Becher zu bringen. Ein Verrückter nur, doch die erwartete Erleichterung blieb aus.

Ohne ein Wort des Dankes leerte Verecundus den Becher und wischte sich über den Mund. »Hilft Sirona, die Wohlmeinende, nicht«, seine Augen waren mit einem Mal so klar wie zwei Bergseen, »ist das ein schlechtes Omen. Ein ganz schlechtes Omen.«

Felix fröstelte.

Erst bei völliger Finsternis kehrte Felix zurück, die erleuchteten Fenster der Hütten und Häuser des Vicus' funkelten ihm trügerische Behaglichkeit entgegen.

Ob Flora wohl noch bei Publicus war? Nein, natürlich war längst die Sklavin von Vitalis gekommen, um Publicus zu pflegen, und Flora war heimgegangen.

Felix öffnete die Tür. In seiner engen Kammer, die zugleich als Wohn- und Schlafzimmer diente, wartete eine ganze Menschenschar, schweigend richteten sich die Augen auf ihn, als er eintrat. Flora befand sich unter ihnen, auch Emilianus und Vitalis, der Medicus. Sie brauchten gar nichts zu sagen, er konnte es an ihren Gesichtern ablesen.

Sein Gebet hatte nicht geholfen.

Kapitel II

Der Verdacht

Colonia Claudia Ara Agrippinensium, 18. Juli 192 n. Chr.

Der letzte Besucher war gegangen und Victor widmete sich wieder seinem Bericht an den Statthalter über die Lage jenseits des Rhenus. Er starrte gegen die Wand, deren Gelb und Rot das Gemüt beruhigen und den Geist anregen sollten, so hatte der Maler behauptet. Doch Victor konnte keinen klaren Gedanken fassen, das Verhalten seiner Frau verunsicherte ihn. Von seiner Arbeitskline im Tablinum aus konnte er Lavinia im Atrium sitzen sehen, den ganzen Tag schon starrte sie reglos vor sich hin.

Normalerweise eilte sie von einer Bekannten zur nächsten oder versuchte, Onkel Iulius, den großen, bedeutenden Lucius Iulius Modestus, trotz seines Widerstandes zu umsorgen, mit dem Ziel, Victors Ansehen bei ihm zu heben. Ein aussichtsloses Unterfangen, er sagte es ihr immer wieder, doch sie wollte nicht hören. Kaum fand sie Zeit für ihren kleinen Sohn Tertius, Victors ganzen Stolz.

Auch quoll Lavinia sonst in den wenigen Augenblicken ihres Zusammentreffens über vor Neuigkeiten, doch dieser Quell war versiegt. Es musste etwas vorgefallen sein – ihn überlief es kalt. Konnte es sein, dass sie es herausgefunden hatte? Hatte Lucius Pamphilius ihr etwas verraten? Ausgerechnet Persenna, dessen Frau, zählte zu Lavinias besten Freundinnen. Gestern erst hatte Lavinia sie besucht, hatte die womöglich …?

Nein, wüsste Lavinia etwas, würde sie nicht in Schweigen versinken, sondern toben.

Victor stand auf und ging hinaus ins Atrium. »Meine Liebe, wolltest du nicht heute früh zu Onkel Iulius?«, fragte er. »Hast du deine Pläne geändert?«

Lavinia reagierte nicht.

»Lavinia, Teuerste, was ist?« Victor legte seine Hand auf ihre Schulter. »Ist etwas mit Tertius? Ist er krank?« Nach dem Tod ihrer zwei ersten Kinder befiel ihn gelegentlich die Furcht, auch sein drittes könne ihm plötzlich genommen werden.

»Nein, nein, Tertius geht es gut.« Plötzlich richtete sie sich auf, wie zufällig entzog sie sich dadurch seiner Berührung.

»Dein Onkel Iulius, dieses Ungeheuer!«, stieß sie hervor.

Victor atmete auf. Das war es nur. Nun, es war ihm von Anfang an rätselhaft gewesen, wie seine Frau es so lange in Iulius' Gesellschaft ausgehalten hatte, mit wie viel Sanftmut seine sonst so selbstbewusste und durchsetzungsfähige Gattin dessen Launen ertrug und ihm jeden Wunsch von den Augen ablas. Der Lohn: wachsende Verachtung. Nun war offensichtlich das Maß voll.

»Ich habe dir gleich gesagt, dass mit Iulius kein Auskommen ist. Er ist ein Querkopf, das weißt du doch. Was auch immer vorgefallen ist, nimm es dir nicht zu Herzen. Er meint es nicht so.« Natürlich meinte der Alte es so, Victor wusste es und Lavinia wusste es auch.

»Er hat sein Testament gemacht.«

»Ja und?« Von einem Mann in Iulius' Alter war dies zu erwarten. Victor rechnete sich außer dem Pflichtteil ohnehin keine nennenswerte Hinterlassenschaft aus. Iulius hatte ihn noch nie gemocht, im Gegensatz zu Victors Bruder Felix. Ja, wenn der Frau und Kind hätte und damit erbfähig wäre, könnte er sich nach Iulius' Ableben – die Götter mochten dem Onkel noch viele Jahre schenken – über ein stattliches Vermögen freuen.

Lavinia stand auf und lehnte sich an eine Säule. »Iulius hat Felix geschrieben, ich war im Nebenraum und habe gehört, wie er Theophilus diktiert hat. Er forderte deinen Bruder nachdrücklich auf, endlich zu heiraten, damit er wenigstens die Hälfte dessen erben kann, was Iulius ihm zugedacht hat. Daran, dass Felix es noch zu Kindern und damit zur vollen Erbberechtigung bringen könnte, scheint jedoch selbst euer Onkel nicht mehr zu glauben.« Sie stieß geräuschvoll ihren Atem aus. »Ich verschone dich mit den Ausdrücken, mit denen er uns bedacht hat.«

Was bedeutete ihm die Erbschaft, solange er mit der Frau zusammen war, die er liebte. Victor trat an sie heran, streckte seine Hand aus, doch Lavinia schüttelte sie ab.

»Was soll es, mein Herz. Wir sind auf Iulius' Vermögen nicht angewiesen.« Victor schloss die Augen. O ja, Fortuna war wieder auf seiner Seite, er spürte es. Und wenn nicht, so gab es andere Wege. »Virius Lupus schätzt mich und hat mir zugesichert, mich langfristig zu unterstützen. Rom, die Welt steht uns offen.«

Victor machte sich nichts vor, Lavinia hatte ihn nur geheiratet, weil ihre Familie verarmt war und der Verlust des Ritterstandes drohte. Schließlich gehörte er nicht zu den bestaussehenden Männern in Rom, mit seinen grauen Schläfen und dem Bauchansatz, der sich unter seiner Tunika zu wölben begann. Er hatte damals kaum glauben können, dass sich eine Schönheit wie Lavinia für ihn interessierte, seine zaghaften Versuche, ihre Aufmerksamkeit zu erregen, wahrnahm. Er hatte sie vom ersten Augenblick an geliebt. Gegen ihren Glanz verblasste die Schönheit jeder Venusstatue. Ihre aufrechte Haltung, ihr Gang bewiesen, dass sie für Höheres bestimmt war, und er betrachtete es seither als seine Aufgabe, sie zu diesen Höhen zu führen. Leider ging das nicht so schnell voran, wie er es sich vorgestellt hatte. Ihretwegen hatte er diese Karriere eingeschlagen, hatte die Verbindungen seines Onkels genutzt. Er hatte sich Virius Lupus vorstellen lassen, weil dem ein Statthalterposten in Aussicht stand. Und als Lupus tatsächlich in die Provinz Germania Inferior entsendet wurde, war Victor unter den Ersten seines Stabes gewesen. Als Kenner der Gegend und einiger Dialekte der hier heimischen Barbarenstämme hatte er sich schnell unentbehrlich gemacht.

Es gab wahrlich schlechtere Posten. Er bekam ein jährliches Salär und sie erfreuten sich eines gewissen Wohlstandes, noch. Victor schickte ein kurzes Gebet zu Fortuna, ihm endlich ihre Gunst zu schenken. Die Angst, Lavinia würde ihn verlassen, erführe sie von seinen hohen Spielschulden, kroch in ihm hoch.

»Victor? Hörst du mir zu?«

»Natürlich, mein Herz.«

»Dein Onkel teilte Felix mit, dass sein begabter Theophilus irgendwo in der Belgica ein reiches Erzvorkommen entdeckt hat. Iulius hat das Grundstück schon gekauft und will sich dafür einsetzen, dass Felix die Pacht bekommt. Victor, kannst du dir vorstellen, welch unermesslichen Reichtum das bedeuten kann? Ganz zu schweigen von dem übrigen Vermögen, das dein Onkel mit seinen zahllosen Bergwerken angehäuft hat! Ich frage mich schon lange, wie er es schafft, sich immer die ertragreichsten Bergwerke zu sichern. Ich würde mich nicht wundern, wenn Felix seine Finger mit im Spiel hat.«

Victor nickte, wenig überrascht. Ein Grundstück! Auf diese Weise plante der alte Fuchs also, Felix einigermaßen auszustatten. Felix war der einzige Mensch, der sich der Liebe des Onkels erfreute – soweit Onkel Iulius fähig war zu lieben –, doch es stand nicht zu erwarten, dass der Lieblingsneffe eine Frau fand.

»Felix ist über jeden Zweifel erhaben. Onkel Iulius ist ein fähiger Kopf und hat gute Beziehungen. Auch wir sind ihm zu Dank verpflichtet. Und du weißt selbst, dass er viel Geld in seine Bergwerke investiert hat. Man kann über Iulius sagen, was man will, aber ehrlich ist er immer gewesen, seine Abgaben entrichtete er stets zuverlässig.«

»Ehrlich, mag sein. Dennoch hat er keinen Grund, dich, Felix' Bruder, zu missachten, nur weil du kein Interesse für den Bergbau zeigst. Und dich jetzt dafür zu strafen, indem er den Hauptteil seines Erbes für Felix bestimmt.«

»Lavinia, das kann er gar nicht, und das weißt du auch. Felix ist nicht erbberechtigt. Er ist ja nicht einmal verheiratet, und als er zuletzt hier war, sah es nicht danach aus, als würde er sich für irgendeine Frau interessieren. Ehrlich gesagt, bezweifle ich, dass er je einen Gedanken an eine mögliche Ehefrau verschwendet hat. Ihm ist das nicht wichtig.«

»Nun, ich hatte einen anderen Eindruck. Wenn er wollte, bekäme er jede, erst recht bei der Aussicht auf ein zu erwartendes Vermögen. Willst du tatenlos zusehen, wie dein Bruder, dieser Wicht, alles an sich reißt? Während wir uns hier für deinen Onkel aufopfern und leer ausgehen. Du musst etwas unternehmen!«

Victor schürzte die Lippen, Lavinias Verhalten begann, ihn zu ärgern. »Sprich nicht so von meinem Bruder!«

Lavinia wandte sich dem Fenster zu. »Dein Bruder! Offenbar ist er dir fremder als du glaubtest …«

Victor hob den Kopf. »Was soll das heißen?«

Lavinia trat vor ihn, ihr Gesicht glühte. »Dein feiner Bruder, mein lieber Gatte, hat bei seinem Besuch neulich die Gelegenheit, als du des Nachts abwesend warst, nicht ungenutzt verstreichen lassen. Ohne zu zögern, nahm er sich, was allein dir gehört.«

Victor spürte, wie sein Blut pulsierte. Was behauptete seine Frau da?

»Ja, da schweigst du! Dein feiner Bruder …«, flüsterte sie und wandte sich ab.

Victors Hals verengte sich, das Atmen fiel ihm schwer. Das konnte nicht wahr sein! Felix wäre zu so etwas nicht fähig. Nicht sein kleiner Bruder, niemals.

»Du glaubst mir nicht.« Lavinias Stimme erinnerte an rostiges Eisen. »Willst du einen Beweis?«

Sie stand auf und ging hinaus. Nach wenigen Augenblicken kehrte sie zurück und legte Victor ein Amulett in die Hand, das Band war zerrissen. »Du kennst es. Ich riss es ihm vom Hals, als er über mich kam.« Mit heiserer Stimme fügte sie hinzu: »Er bemerkte es nicht einmal.«

Victor starrte auf den Anhänger, einen kleinen Halbmond. Es war ein Geschenk ihrer Mutter, kurz bevor die Seuche sie holte, er selbst trug den gleichen. Der Anblick des Amuletts verschwamm vor seinen Augen. Es gab tausend Erklärungen, wie das Schmuckstück in Lavinias Hände gelangt sein konnte, abertausend. Er sah seine Frau an, wollte ihr nicht glauben, und doch, der Stachel bohrte sich in sein Herz. Sagte sie die Wahrheit? Warum sollte sie Felix derart schwer beschuldigen? Er fühlte sich hin- und hergerissen, zwischen seiner Frau, die er liebte, der er vertraute, und seinem kleinen Bruder, von dem er nicht glauben konnte, dass er zu so einer Tat fähig wäre.

Er brauchte Zeit, musste Felix sprechen. Sicher gab es eine einleuchtende Erklärung für den Vorfall.

Lavinia anzusehen, brach ihm das Herz. Die Augen gesenkt, die Wangen so bleich, als hätte ihre Haut nie das Tageslicht gesehen, Schatten unter den Augen – sie wirkte so zart, so verletzlich. Natürlich glaubte er ihr, musste ihr glauben. Er würde nicht mehr leben wollen, verlöre er sie.

Sollte er Felix des Ehebruchs anklagen? Damit ginge dessen völliger Ehrverlust einher. Felix war sein Bruder, hatte ein Recht, gehört zu werden. Doch er musste auch ein Zeichen setzen. »Felix wird nie wieder in deine Nähe kommen. Er wird die Colonia Agrippinensis nicht mehr betreten. Dafür werde ich sorgen.«

Der Plan war gefasst. Draußen war es längst dunkel und Victor bemerkte, dass er seit Stunden reglos in seinem Sessel gesessen hatte. Er richtete sich auf, klatschte in die Hände und befahl dem herbeieilenden Haussklaven Peregrinus, Paullus, seinen Leibwächter, zu rufen. Victor goss sich Wein nach, trank einen Schluck. Noch immer war sein Hals eng und rau.

Paullus trat in das Tablinum, grüßte mit einem flüchtigen Kopfnicken. Die Hände auf dem Rücken verschränkt, blieb er vor Victor stehen.

»Setz dich, ich habe einen Auftrag für dich.«

Wortlos ließ Paullus sich in einen der Sessel sinken, schlug ein Bein über das andere, so dass seine Oberschenkelmuskeln spielten. Bisher hatte sich Victor blind auf den ruppigen Kerl verlassen können. Sie hatten ihn in Rom in einer Gladiatorenschule gekauft, Lavinia war es wichtig gewesen, jemanden im Haus zu haben, der auf Leib und Leben achtete. Victor hatte zugestimmt, natürlich, obwohl es ihn einige Mühe gekostet hatte, den Kaufpreis aufzubringen. Doch die Investition hatte sich gelohnt, der Sklave verdankte ihm sein Leben, entsprechend ergeben war er ihnen. »Es geht um meinen Bruder.«

Paullus hob die Brauen, nickte.

»Du kennst ihn nicht; als er neulich zu Besuch war, warst du nicht da.«

»Du schicktest mich zu den Chatten.«

»Oh, ja, richtig, sie wollten mehr Geld.« Victors Antwort war unmissverständlich gewesen und Paullus als Überbringer hatte sich in dem Fall als gute Wahl erwiesen, denn die Chatten respektierten eher überlegene Muskelkraft als gewandte Rhetorik und waren seither ruhig. Aber war er auch in dieser Angelegenheit der Richtige? »Wie dem auch sei, dass du ihn nicht kennst, spielt keine Rolle. Du wirst Felix finden, er soll dieser Tage in dem Bergbaurevier westlich Montiacums nahe dem Mons Iovis, oder wie die Einheimischen sagen, Berg des Donar, eintreffen. Felix hat erzählt, er wird in einem der Vici südlich des Berges Quartier beziehen. Dort wirst du ihn aufsuchen und ihm klarmachen, dass er sich künftig der Agrippinensis fernzuhalten hat. Er ist hier unerwünscht.«

»Wie du meinst«, entgegnete der Sklave, den Blick auf den Boden geheftet.

»Und dann«, Victor zögerte. Sollte er sich so weit erniedrigen, seinen Sklaven darum zu bitten? Aber er musste es wissen, musste seinem Bruder eine Gelegenheit geben, sich zu äußern. »Und dann möchte ich, dass du ihn dazu bringst, mir zu schreiben. Er soll mir erklären, was während seines letzten Besuchs bei uns vorgefallen ist. Er sollte wissen, was gemeint ist. Beobachte, wie er auf das Anliegen reagiert, es ist wichtig.«

Paullus kratzte sich über den kahl geschorenen Schädel.

»Bei allem, was du tust, vergiss nicht, er ist und bleibt mein Bruder, also sei nicht zu grob.«

»Hm«, brummte sein Leibwächter.

Victor sammelte sich. »Noch etwas anderes. Der Verwalter meines Onkels, Theophilus, ist auf dem Weg zu Felix. Nimm Kontakt zu ihm auf. Erzähle ihm, dass ich im Auftrag des Statthalters einen Bergbauexperten zur Erkundung und Erschließung möglicher Bergbaureviere in Germanien suche.« Tatsächlich hatte Victor dem Statthalter eine Expedition vorschlagen wollen. Außerdem hatte er beschlossen, sich endlich der Familientradition gemäß mit dem Bergbau zu befassen. Käme die erwähnte Silbermine in der Belgica in seinen Besitz, lohnte allein das die Mühe. Allerdings wäre es in diesem Falle günstig, Theophilus als Verbündeten zu haben. »Lote aus, ob er bereit wäre, für mich zu arbeiten. Ich denke, Theophilus hat lange genug unter Iulius' Launen gelitten, es könnte sein, dass er einem guten Angebot aufgeschlossen gegenübersteht. Er ist ein freier Mann, ein kluger Mann und sollte eine günstige Gelegenheit erkennen, wenn sie sich bietet.« Victor räusperte sich. »Hast du alles verstanden?«

»Durchaus. Wann soll ich los?«

»So schnell wie möglich. Meine Frau wird alles für deine Abreise richten lassen, hier hast du Geld.«

Ohne ein weiteres Wort erhob sich Paullus, nahm den Beutel entgegen und ging.

Victor lehnte sich in seinem Sessel zurück, den Blick zur Decke gerichtet. Hoffentlich machte er keinen Fehler, Paullus war eher ein Mann der Tat als des Wortes. Aber gerade deshalb hatte er ihn ausgesucht, er würde den Worten gebührenden Nachdruck verleihen, da war sich Victor sicher. Und wenn der Leibsklave nicht das rechte Maß hielte?

Mit einem Anflug von Grauen wurde Victor bewusst, dass er auch das billigen würde. Felix hatte eine Grenze überschritten.

Kapitel III

Der Tote im Schacht

Bergbaurevier am Mons Iovis, 24. bis 25. Juli 192 n. Chr.

Der Geruch von Rauch und geschmolzenem Metall nahm Felix fast den Atem. Er blinzelte in die aufgehende Sonne. Schon am Morgen versprach der Tag heiß zu werden, nach dem Regen der letzten Woche ein Lichtblick.

Felix schaute sich um. Hier im Tal westlich des Mons Iovis gab es für ihn nichts mehr zu tun. An den Gruben, viele waren noch im Aufbau, gab es kaum etwas zu beanstanden. In einem Jahr oder in zwei müsste man erneut nach dem Rechten sehen.

Seine Leute sammelten sich für den Rückweg zum Vicus, ihrem Standortquartier. Die Habseligkeiten waren gepackt, die Lederbeutel schnell am Sattel der Pferde befestigt.

Sie ritten in einer Meile Entfernung an dem Berg entlang. Als sie vor zwei Wochen, die Straße aus der Belgica kommend, seiner zum ersten Mal ansichtig geworden waren, hatte sein Anblick ihnen den Atem verschlagen. Wie ein Monument erhob sich das Felsmassiv aus der Ebene. Und auch heute beherrschte er wieder ihren Blick.

Felix' Stellvertreter Quintulus gab seinem Pferd die Fersen und schloss zu ihm auf. »Oben auf dem Plateau soll eine

Siedlung der Kelten gewesen sein.« Sein Kinn reckte er in Richtung des Bergmassivs.

»Ich hörte davon«, sagte Felix. Obwohl er nun schon seit geraumer Zeit mit Quintulus zusammen war und der ihn in fachlicher Hinsicht nie enttäuscht hatte, vertraute er ihm nicht. Schon bald hatte er vermutet, dass Quintulus sich als geeigneter ansah, den Trupp zu leiten. Seit dem Unglück mit Publicus war sich Felix dessen gewiss. Entsprechende Bemerkungen häuften sich, Anspielungen auf Felix' Jugend, die mangelnde Erfahrung – Felix würde das Thema bei Gelegenheit zur Sprache bringen müssen, sonst stiftete Quintulus nur Unfrieden im Trupp.

Der sonst so träge Valentius trabte heran. »Alte Geschichten!«, rief er. »Da oben ist schon lange nichts mehr.«

»Doch, ein kleiner Militärposten, hörte ich«, sagte Felix. Er betrachtete den Berg und fragte sich, was der Posten dort sollte. Die Straße war weit, der Rhenus und damit die Grenze zu den Barbaren erst recht.

»Was die wohl bewachen«, meinte dann auch Valentius und zügelte sein Pferd.

»Bestimmt hat man vom Gipfel einen guten Ausblick.« Mit zusammengekniffenen Augen musterte Quintulus das Gelände. »Es soll dort oben ganze Wälle aus Schlacken geben. Meinst du, sie haben damals schon Erz in solchen Mengen verhüttet? Was gibt es hier alles: Kupfer, Eisen – und sonst?«

»Vielleicht gibt es ja dort noch Stollen, von denen wir nichts wissen.«

Quintulus zog am Zügel und lenkte sein Pferd um ein Loch herum. »Zustände sind das hier …«, murmelte er. »Wir sollten uns das mal ansehen.« Er wies auf das Bergmassiv.

»Hm. Bei allen Göttern, was für eine Hitze!« Felix wischte sich mit der Hand über den Nacken, die Sonne stand schon fast senkrecht am Himmel und die leichte Tunika klebte ihm am Körper. Genauso warm war es in der Hispania gewesen, wo Felix in der berühmten Bergbauschule in der Tarraconensis die neuesten Verfahren im Erzabbau gelernt hatte. Dass es auch in der Germania so heiß werden konnte, hatte er fast vergessen. »Also gut, meinetwegen können wir bei Gelegenheit einmal da hochreiten. In diesen alten Gruben gibt es oft noch etwas auszubeuten.«

Quintulus grinste Felix an. »Heutzutage haben wir ja ganz andere technische Möglichkeiten als die Kelten damals, aber wem sage ich das.«

War das schon wieder eine Anspielung? Ach, er war zu empfindlich seit dem Unglück mit Publicus. Der Tod des Bergarbeiters lastete auf ihm wie ein Bleibarren. »Weißt du was? Wo wir schon einmal hier sind, mache ich gleich jetzt einen Abstecher dorthin. Ab der Wegkreuzung übernimmst du die Führung. Ich schaue mich dort oben kurz um und komme hinter euch her. Heute Abend spätestens treffen wir uns in unserem Quartier im Vicus, um unsere morgigen Aufgaben zu besprechen.«

»Wenn du meinst«, brummte Quintulus.

Bis zu der Wegkreuzung, an der die Überlandstraße von Divodurum nach Borbetomagus einbog, ritten sie schweigend nebeneinander her. Über dem Ziegeldach eines Rasthauses flirrte die Luft in der Hitze. Dort würden sich ihre Wege trennen.

»Du denkst noch oft an Publicus, nicht wahr?«, fragte Quintulus wie aus heiterem Himmel.

Felix schwieg.

»Du bildest dir ein, du hättest es verhindern können. Das ist Unsinn! Ich rate dir, mach dich frei von diesen trüben Gedanken.«

Quintulus hatte gut reden. Seit Publicus' Tod war Felix klar geworden, dass das Leben endlich war. Zum ersten Mal dachte er daran, dass er etwas hinterlassen wollte, was ihn überdauerte. Heiraten, Kinder in die Welt setzen ... Er sollte endlich anfangen, nach einer passenden Frau Ausschau zu halten. Felix gab seinem Pferd die Fersen.

Der Weg zum Bergplateau zog sich länger hin als gedacht. Er musste schon Stunden geritten sein, aber noch immer schien er dem Gipfel kaum näher gekommen. War dies überhaupt der richtige Weg? Immerhin ging der schmale Pfad bergauf. Sei's drum, es war eine Wonne, im Schatten der Bäume auf einem Pferd zu sitzen, das wie im Schlaf stetig bergauf trottete. Felix war, als könne er freier atmen, als sähe er die Farben klarer, als fiele diese Schwere, die seit Wochen seine Bewegungen lähmte, von ihm ab.

Da, vor ihm war etwas. Wälle erhoben sich zur Rechten und Linken, wie durch ein Tor führte der Weg in eine Art Einfriedung, wenngleich sie riesigen Ausmaßes sein musste. Eine Weile ritt Felix weiter geradeaus, hielt nach der Wachstation Ausschau, konnte aber nichts dergleichen entdecken. Wie lange würde es wohl dauern, bis auch dieser Wald der Axt zum Opfer fiel, um als Holzkohle für die Schmelzöfen der Erzgewinnung zu dienen? Ein Wunder, dass es in dieser Gegend überhaupt noch Bäume gab ...

Hier und da sah man trotz des dichten Waldes die Ebene. Es würde ihn nicht wundern, wenn der Dunststreifen am Horizont der Rhenus wäre.

Felix musste sich jetzt mitten in der ehemaligen Siedlung befinden, angesichts ihrer Ausmaße war sie wirklich bedeutend gewesen. Vermutlich hatte ein Stamm der Treverer auf dem Plateau gesiedelt. Die Treverer zählten zu den Kelten, deren Fähigkeiten und Kenntnisse im Bergbau legendär waren.

In der Richtung, in die er sich bewegte, wurde der Wald lichter, nur junge Bäume reckten ihre dünnen Stämme dem Himmel entgegen. Buchen und Eichen. Dahinter, ein wenig erhöht, sah er etwas. Ein Haus, vielmehr eine Hütte, seit Jahren verlassen, wie der abblätternde Putz und herabgefallene Dachziegel bewiesen. Gestrüpp und Brombeerranken hinderten ihn, näher zu treten. Dies musste der vermutete Posten sein. Von hier aus konnte er über einen Teil der Ebene blicken, bis zum Rhenus reichte die Sicht, bei klarem Wetter vielleicht sogar bis zu den Barbaren auf der anderen Seite. In unruhigeren Zeiten als heute war es vermutlich doch klug gewesen, hier einen Posten zu haben.

Felix ritt weiter, zurück in den Wald. Nicht weit von der Hütte entfernt schimmerte ein großer Stein in flirrenden Sonnenstrahlen. Das Blätterdach der Bäume, die ihn umstanden, tauchten den Brocken in sattes Grün. Felix stieg von seinem Pferd und ließ es an den Grashalmen zupfen. Der Stein lockte als Rastplatz, er setzte sich und genoss die Aussicht. Von hier aus konnte man zwischen den Bäumen hindurch die Ebene erkennen. Die Sonne hatte den Zenit schon lange überschritten, in ihren schrägen Strahlen tanzte ein Mückenschwarm. Von ein paar Vögeln abgesehen, die in den Baumkronen zwitscherten, und einer Böe, die die Blätter rauschen ließ, war es still. Felix stützte sich auf seine Arme, legte den Kopf in den Nacken und schloss die Augen. Ungefragt und unerwünscht tauchten die Bilder der letzten Wochen vor ihm auf. Publicus, Columba, Rom, wo er seine ›Taube‹ zum ersten Mal gesehen hatte, bei einem Gastmahl. Anfang des Jahres war er ihr in der Agrippinensis wieder begegnet und bei der Erinnerung spürte Felix die gleiche Unsicherheit, die ihn auch da befallen hatte. Diese atemberaubende Frau hatte das Gespräch mit ihm gesucht, ihn darauf hingewiesen, dass sie am übernächsten Tag Zeit hätte, dass sie ihn sehen wollte. Sie würde zu ihm kommen, sie wüsste ja, wo er untergebracht sei, in dem Seitentrakt im Hause seines Bruders. Er sah sie vor sich, ihr verheißungsvolles Lächeln, spürte gar ihren Kuss auf seinen Lippen. Damals war er überwältigt gewesen, sein Sinn umnebelt, keines klaren Gedankens fähig. – Ein bitterer Geschmack drängte seine Kehle herauf. Er war wohl nicht der Erste gewesen und er würde wohl auch nicht der Letzte sein, dem sie sich auf diese Art näherte. Er öffnete die Augen, aber das Bild, das er zu verdrängen versuchte, ließ sich nicht vertreiben. Ausgerechnet sie ... Das schlechte Gewissen traf ihn wie der Nordwind im Januar und ließ ihn schaudern, trotz der Hitze des Nachmittags. Einerlei, dass sie es gewollt, die Situation herbeigeführt hatte. Er hätte standhaft bleiben, sich nie auf das Angebot einlassen dürfen, bedenken müssen, welche weitreichenden Konsequenzen es für sie, ihn selbst, für seinen Bruder nach sich ziehen könnte, käme es heraus.

Bei Venus, künftig beherrschte er sich, würde sich mit Columba auf kein Abenteuer mehr einlassen. Felix' Brust wurde ihm eng, ihm war, als schnüre ein eiserner Ring sie zusammen, als er seinen Entschluss fasste, obwohl es ihm schien, er habe schon längst festgestanden. Er sollte sich bei der nächsten Gelegenheit eine Frau suchen, klare Verhältnisse schaffen.

Genug, er musste weiter. Sein Pferd tänzelte, als er sich auf dessen Rücken schwang. Wie er selbst wäre wohl auch das Tier gern noch geblieben, aber es half nichts. Er presste ihm die Fersen in die Flanken und es sprang vorwärts.

Nach einer guten halben Meile querfeldein tauchte der Wall wieder auf und Felix folgte seinem Verlauf. An einer

Stelle, wo das Gestein des Walls zwischen Gras und Kräutern von Regen und Wind blank gewaschen war, stieg er ab, um es sich genauer anzusehen.

Tatsächlich fand Felix Schlacken, aber auch unterschiedliches Gestein war im Wall verbaut worden. Je nachdem, wie sie der Witterung ausgesetzt waren, leuchteten die Brocken gelb oder braun, auch kräftig rote waren darunter, die Ziegeltrümmern ähnelten. Brüchig, wie der Grund war, wären Bergbauaktivitäten hier oben schwierig. Aber woher kamen dann die Schlacken? Üblicherweise fielen sie bei der Verhüttung an – hatte man das Erz anderswo gebrochen und zur weiteren Verarbeitung hier heraufgeschafft? Wohl kaum. Nun, Erz jedenfalls war hier oben nicht abgebaut worden. Schade, zu gern hätte er dem Kaiser eine kostengünstige Einnahmequelle verschafft.

Kaum hatte Felix den Wald hinter sich gelassen, sah er in der Ferne der kahlen Ebene Rauchwolken senkrecht gen Himmel steigen. Kein Wind wehte, dennoch nahm er den Geruch nach Holzkohle und geschmolzenem Metall wahr. Dabei waren es noch etliche Meilen zum Vicus Rufiniana, einer der bedeutendsten Verhüttungsplätze der Provinz. In der kleinen Ansiedlung, ein paar Meilen nördlich Rufinianas, in der sie Quartier bezogen hatten, waren allerdings nur wenige Schmelzöfen in Betrieb.

Er passierte die Mansio an der Wegkreuzung, wo er sich von seinen Leuten getrennt hatte. Kurz überlegte er, einen Becher Wein zu trinken, auch sein Magen knurrte, doch er entschied sich dagegen. Schließlich war es nicht mehr weit und im Vicus bekäme er ebenso einen guten Tropfen.

Doch nach zwei weiteren Meilen stolperte sein Pferd. Es stieß ein erschrecktes Wiehern aus, schüttelte den Kopf und blieb stehen. Felix sprang ab und hob den Huf an, betastete das Bein. Es schien nicht gebrochen, doch würde er das Pferd die letzten Meilen am Zügel führen müssen. Zu allem Überfluss färbte sich nun der Himmel rötlich, bald war es finstere Nacht.

Die letzte Meile wurde zu einer Tortur. Längst war es dunkel, das Pferd hinkte stärker, Felix' Füße schmerzten bei jedem Schritt, Hunger und Durst plagten ihn. Er hätte doch in der Mansio einkehren oder wenigstens seine Flasche auffüllen sollen. Zum Glück war die Nacht klar und es schien ein fast voller Mond.

Quintulus würde über Felix' Verspätung jubilieren.

Lichter in der Ferne kündigten endlich die Bergwerkssiedlung an. Doch nicht nur dort, wo er die Häuser wusste, sondern auch ein Stück entfernt tanzten funkelnde Lichtpunkte. In dieser Richtung befanden sich die Stollen. Fackeln in der Nacht, was mochte das bedeuten?

»Los, schneller«, raunte Felix dem Pferd ins Ohr, sammelte seine letzten Kräfte und zog das Tier vorwärts.

Männer, mit Fackeln und Laternen in der Hand, kamen ihm entgegengerannt.

»Felix, komm schnell!«, schrie der vorderste und schwenkte seine Fackel, so dass die Funken stoben.

Felix ließ die Zügel fallen und folgte den Männern, so schnell es seine wunden Füße zuließen. »Was ist passiert?«, fragte er, kaum konnte er mit den Arbeitern Schritt halten, unter denen er auch einige seiner eigenen Leuten ausmachte.

Ein dunkelhaariger Mann, Felix kannte den Grubenarbeiter vom Sehen, drehte sich im Lauf um. »Gerade kam ein Junge ins Dorf gerannt und rief um Hilfe, jemand sei in einen Schacht gestürzt. Proclus und ein paar andere sind schon mit dem Knaben dorthin. Wir haben noch Seile und Haken geholt.«

»Wo ist Quintulus?«, fragte Felix keuchend.

Einer seiner Männer zuckte die Achseln. »Ich glaube, der sucht dich.«

Seltsam, dass Felix ihm nicht begegnet war, es gab doch nur die eine Straße, die zum Vicus führte. Einerlei, im Moment gab es Wichtigeres.

An der Unglücksstelle erwartete sie Proclus. Er hatte bereits für Beleuchtung gesorgt, entzündete nun die letzte Fackel.

»Wie sieht es aus? Können wir ihn herausziehen?«, fragte Felix.

»Er rührt sich nicht und steckt ziemlich tief«, antwortete Proclus und winkte dem Dunkelhaarigen, ein Seil hinunterzulassen.

Felix trat an den Schacht, das Holz seines Verbaus bildete oben einen niedrigen Rand. Ah, die Verschalung war wohl der Grund dafür, dass der Mann stecken bleiben konnte. Einzelne runde Holzsegmente mit immer geringer werdendem Durchmesser waren so ineinandergesetzt worden, dass sich der Schacht nach unten hin stetig verjüngte. Nun steckte der Mann in einigen Klaftern Tiefe kopfüber in der Enge fest, gerade konnte Felix im Fackellicht noch die Schuhsohlen des Verunglückten erahnen. Vermutlich war es ein Mann, was hätte eine Frau hier verloren?

»Wer ist der Unglückliche, wird jemand vermisst?«, fragte Felix in die Runde.

Ein alter Mann knetete seine Filzkappe in den Händen. »Keiner aus dem Dorf, aber im Gasthaus drüben sind ein paar Fremde abgestiegen.«

Felix beugte sich über den Schacht. »Hallo, kannst du mich hören? Kommst du an das Seil?« Er lauschte, doch nur der Hall seiner Stimme antwortete.

Der Alte zeigte auf einen großen Blonden neben sich. »Er meint, das mit dem Seil ist sinnlos. Der Mann wird es nicht erreichen können, wenn er nicht ohnehin längst …« Er schwieg und drückte sich mit einer ungelenken Bewegung seine Kappe aufs Haupt.

»Ich werde hinuntersteigen und versuchen, ihn herauszuziehen.« Ohne nachzudenken, hatte Felix es gesagt.

»O nein«, widersprach Valentius, der plötzlich neben ihm aufgetaucht war. »Ich mache es. Gebt mir ein Seil!« Ausgerechnet der trägste von Felix' Männern meldete sich freiwillig.

Proclus reichte ihm das Seil und Valentius schlang es sich unter der Brust um den Leib. Dann legte er sich bäuchlings auf den Boden und ließ sich langsam hinunter, während Felix, Proclus und ein Dritter das Seil Spanne für Spanne durch ihre Hände gleiten ließen.

»Ich habe ihn an den Füßen, jetzt zieht!«

Sie packten das Seil fester und zogen. Es tat sich nichts. Aus dem Schacht klang Ächzen und Stöhnen, dann erneut Valentius' Stimme. »Es hat keinen Zweck, so geht es nicht. Er klemmt fest.«

»Holt ihn hoch.« Felix überließ es den anderen, das Seil einzuholen, er selbst kniete neben der Öffnung und half Valentius heraus.

»Lebt der Mann noch?«, erkundigte sich Felix, kaum dass Valentius wieder zu Atem gekommen war. Das Seil hatte sich in seinen Körper gegraben, er musste Schmerzen haben.

»Er hat keinen Laut von sich gegeben. Keine Ahnung, ob da noch etwas zu machen ist.« Verzweifelt schüttelte Valentius den Kopf.

Felix' Gedanken rasten. »Was ist mit dem Stollen? Habt ihr schon versucht, von unten an ihn heranzukommen?«

Proclus nickte düster. »Ich habe sogleich einen Arbeiter in den Stollen geschickt, gerade kam er zurück. Von dort aus kommen wir auch nicht weiter.« Er nagte auf seiner Unterlippe. »Da der Mann sich nicht rührt, glaube ich kaum …«

»Das muss nichts heißen. Ich werde selbst nachsehen. Komm mit, du wirst mir leuchten.« Felix winkte Proclus zu sich und ließ sich von einem der herumstehenden Männer eine Fackel reichen.

Mit schnellen Schritten lief Felix zum Mundloch des Stollens, hinein in den feuchten, moderigen Dunst.

Der Schacht mündete in einer Weitung, die eine Handbreit niedriger war als der Stollen. Ein paar Arbeiter, die Felix und Proclus gefolgt waren, drängten sich nun um die Öffnung, Köpfe und Schultern eingezogen, blickten sie nach oben.

»Halte durch, Hilfe naht!«, rief einer hinauf.

Felix schob sich gebückt zwischen die Männer, fast hätte er sich den Kopf angestoßen. Erst unter der Schachtöffnung konnte er sich wieder aufrichten.

Jemand stellte eine Leiter auf, doch sie war nicht lang genug. Dennoch, Felix wollte versuchen, dem Mann ein Lebenszeichen abzuringen.

Strebe für Strebe erklomm er die Leiter, zwängte sich, so weit es ging, in die enge Öffnung, kaum konnte er einen Arm ausstrecken. Zudem war es finster wie im Schattenreich. Er rief in die Dunkelheit hinein: »Kannst du dich bewegen? Hörst du mich? Sag etwas, mach ein Geräusch, wenn du kannst. Wir holen dich da raus!«

Nichts, Stille.

Seine Machtlosigkeit machte Felix wütend. Der einzige Weg schien, den Schacht unten zu verbreitern, die Holzverschalung herauszureißen, und mit ihr den Mann. Das bedeutete eine Arbeit von Tagen. Wenn der Mann nicht ohnehin schon tot war …

Die Mutlosigkeit musste ihm im Gesicht gestanden haben, denn kaum war er von der Leiter gestiegen, senkten die Männer enttäuscht die Köpfe. Er musste etwas tun, die Leute erwarteten das von einem Curator. Felix leuchtete über die Felswand, klopfte gegen die Verschalung, die Stütze. Das Holz des Verbaus klang dumpf, die Feuchtigkeit des Berges ließ es faulen. Es roch nach Pilzen. Erstaunlich nur, dass der Träger noch halbwegs stabil war. Felix prüfte ihn, klopfte. Doch, der hielt noch eine Weile. Aber der Ausbau musste gänzlich neu gemacht werden.

»Wie kann der Pächter dieses Bergwerk nur so verkommen lassen?«, fragte Felix. – Aber vielleicht war der marode Zustand dieses Stollens jetzt sogar nützlich …

»Dieses Bergwerk ist längst stillgelegt«, entgegnete Proclus. Er deutete zu dem Verunglückten hinauf. »Ist da überhaupt noch etwas zu machen?«

»Wir können den Mann so oder so nicht da stecken lassen. Ich muss mit dem Pächter sprechen, Barbatius Silvester, nicht wahr? Er soll mir die Pläne geben, ich werde sie prüfen, dann sehen wir weiter.« Felix merkte den Männern an, dass sie das nicht befriedigte. »Hört zu. Wir müssen den Schacht von unten erweitern, nur so können wir den Kerl da herausbekommen. Aber der Stollen ist baufällig, der Fels brüchig, wenn wir nicht ordentlich abstützen, stürzt womöglich alles ein.«

Einer der Arbeiter spuckte auf den Boden, griff nach Schlegel und Eisen und kletterte die Leiter hinauf. »Ich fange schon mal an, bis du fertig überlegt hast.«

»Hör sofort auf damit!«, schrie Felix. »Wenn du einfach draufloshämmerst, wirst du uns alle umbringen!«

Der Mann brummte, schlug auf sein Eisen, dass die Steinsplitter spritzten und Geröll herunterkollerte, ein Felsstück streifte ihn am Kopf. Das brachte ihn zur Vernunft.

Auf dem Weg nach draußen leuchtete Felix Wände und Decken ab. Überall der gleiche Moder, das ganze Holz taugte nichts. »Wenn das Bergwerk nicht mehr in Betrieb ist, warum war dann der Schacht nicht gesichert?«, fragte Felix.

Proclus zuckte mit den Schultern.

»Und niemand kennt den Mann? Was läuft der überhaupt in der Dunkelheit zwischen den Stollen und Schächten herum? Jedes Kind weiß doch, wie gefährlich das ist. War jemand bei ihm?« Das Ganze war schon sehr sonderbar.

»Keine Ahnung. Frag den Jungen, der uns gerufen hat. Eben war er noch oben bei den anderen.«

Als sie vor dem Stollen standen, befahl Felix, dass ein paar Männer oben wachen und den Verunglückten weiter rufen sollten, vielleicht erhielten sie ja doch noch Antwort. Proclus sollte mit einem Seil und Haken versuchen, den Mann zu fassen zu bekommen. »Und jemand muss den Zugang zum Stollen absperren. Er ist lebensgefährlich, der ganze Holzverbau ist faul. Allein die Stütze vor dem Schacht ist einigermaßen stabil, sie wird halten. Du kümmerst dich darum, Proclus? Gut. So, jetzt zu dem Knaben, ist das der Kleine da?«

Der Junge lief rot an, als Felix ihn beiseite zog. Er habe mit seinen Freunden hinter den Kohlenmeilern gespielt, berichtete er. Sein Gesicht, schwarz bis unter den Haaransatz, bezeugte das. Es sei spät geworden, und da seine Mutter ihm Prügel verabreichte, wenn er bei Anbruch der Dunkelheit nicht im Hause wäre, hätte er eine Abkürzung durch das Revier genommen. »Ich kenne mich dort aus, jeden Schacht und jeden Stollen kenne ich«, behauptete er mit großem Ernst. »Dann hörte ich was und versteckte mich.

Ich war ohnehin zu spät, also war es schon egal. In der Dunkelheit konnte ich natürlich nichts sehen. Aber dann schien ein Licht auf und ich erkannte zwei Männer, die vor dem Schacht standen. Sie stritten, glaube ich. Und dann ist der eine Mann in den Schacht gefallen, plumps, weg war er.« Der Junge bohrte in der Nase, betrachtete das Produkt der Erkundung auf seiner Fingerspitze.

»Und weiter?«, fragte Felix, seinen Ekel unterdrückend. »Was machte der andere Mann?«

»Der ging weg«, sagte der Junge und steckte den Finger in den Mund, um gleich darauf mit demselben Finger vage in Richtung des Vicus zu zeigen.

»Gut, ausgezeichnet. Du bist ein aufmerksamer Junge, aus dir wird noch etwas werden!«

Der Junge straffte die Schultern, grinste und strich sich sein wirres Haar hinter die Ohren.

»Hast du die Männer erkannt? Waren es Arbeiter aus dem Vicus?«

Der Bursche schüttelte den Kopf.

»Geh jetzt nach Hause und richte deiner Mutter aus, dass sie nicht mit dir schimpfen soll. Sag, ich hätte das befohlen. Aber – halt, Bürschchen, noch eines«, er erwischte den Jungen, der schon loslaufen wollte, noch am Armausschnitt seiner Tunika. »Versprich mir, dass du künftig einen Bogen um die Bergwerke machst. Du siehst, wie schnell da etwas passieren kann. Wenngleich schmächtige Kerlchen wie du sicherlich bis zum Boden hindurchfallen. Doch die Schächte sind tief und es wäre doch schade, schlügest du dir dein helles Köpfchen an. Versprichst du es mir?«

Widerwillig nickte der Junge. »Versprochen.«

Jetzt musste er diesen Pächter aufsuchen, doch bevor Felix einen Schritt machen konnte, reckte der Junge sich zu ihm empor. »Du, mir fällt gerade ein, ich habe auch etwas gehört.«

»Ja?«, fragte Felix ungeduldig.

»Der eine Mann rief den anderen beim Namen. Theophilus, glaube ich, nannte er ihn.« Damit machte der Bursche auf dem Absatz kehrt und war weg.

Felix schluckte. Bei allen Göttern, Theophilus – so hieß der Vertraute seines Onkels. War er etwa derjenige, der im Schacht steckte?

Silvester, der Pächter, händigte Felix bereitwillig die Pläne aus. Natürlich behauptete er, der Stollen sei mit Brettern verschlossen, der Bewetterungsschacht selbstverständlich ordnungsgemäß abgedeckt gewesen, er habe keine Erklärung dafür, wie es zu dem Unfall kommen konnte. Wortlos nahm Felix die Unterlagen entgegen und zog sich zurück. Die ganze Nacht brütete er über den Plänen und Aufzeichnungen und kam endlich zu dem Schluss, dass die einzige Möglichkeit, den Mann zu bergen, tatsächlich war, den Schacht zu erweitern. Er würde das selbst in Angriff nehmen, hatte auch schon sehr genaue Vorstellungen, wie das vor sich gehen könnte.

Bei Morgengrauen klopfte Quintulus an seine Tür, ein schiefes Grinsen im Gesicht.

»Wo hast du gesteckt?«, fuhr Felix ihn an.

»Machst du Witze? Gesucht habe ich dich! Wir müssen uns in der Dunkelheit wohl verfehlt haben. Ich dachte, du wärst Räubern in die Hände gefallen.«

»Gut, lassen wir das.«

Quintulus hatte schon gehört, was geschehen war, und Felix informierte ihn über seinen Plan. »Ich komme mit dir.«

»Nein, einer von den Verurteilten wird mir helfen.«

»Aber es ist gefährlich.«

»Genau deswegen wirst du nicht mitkommen. Falls etwas passiert, muss draußen jemand sein, der weiß, was zu tun ist.« Quintulus widersprach nicht, wie Felix es sich gewünscht hätte, sondern beschränkte sich auf ein Achselzucken.

»Du musst wissen, was du tust. Und vermutlich hast du sogar recht. Ich werde dich von draußen freischaufeln, falls alles runterkracht.«

»Gut.«

Felix war ganz und gar nicht so zuversichtlich, wie er sich gab, als er bei der Unglücksstelle eintraf. Dort war Proclus mittlerweile durch einen anderen Mann abgelöst worden. Arbeiter umringten ihn, immer wieder rief einer in den Schacht hinein.

»Fast hatte ich ihn, der Haken steckte schon in seiner Tunika. Als ich zog, zerriss der Stoff.« Der Mann blickte starr zu Boden.

»Gibt es mittlerweile irgendein Lebenszeichen?«

Nein, nichts.

Auch wenn die Hoffnung geschwunden war, den Mann noch lebend zu bergen, es war ungeschriebenes Gesetz: Wenn irgend möglich, blieb nach einem Unglück niemand unter Tage zurück.

Felix legte dem Mann die Hand auf die Schulter. »Ich weiß, ihr gebt euer Bestes. Wo ist Proclus? Ah, da kommt er.«

Der junge Mann, weitere Arbeiter im Gefolge, kam den Schotterweg herunter. »Salve, Felix. Was hast du vor? Kann ich helfen?« Proclus rieb sich über das Gesicht. So, wie er aussah, hatte er ebenfalls eine schlaflose Nacht verbracht.

»Ich gehe rein und werde von unten den Schacht erweitern. Gibt es einen Mann, der mir helfen kann?«

»Ich«, sagte Proclus, ohne zu zögern.

Felix schüttelte den Kopf. »Dich brauche ich hier oben.«

Proclus hob die Brauen. »Willst du wirklich selbst … Ich meine, gibt es keine andere …«

»Wenn du eine bessere Idee hast, nur zu! Nein? Also, was ist, weißt du jemanden, der mir helfen kann? Einen Verurteilten, der dennoch zuverlässig ist.«

Proclus rieb sich das Kinn, es kratzte leise. »Hmm, Ateius vielleicht. Er soll zwar ein Mörder sein, aber ich habe ihn immer als umsichtig erlebt. Wenn auch nicht sehr umgänglich.«

»Schaff den Mann herbei. Er soll gleich runter in den Stollen kommen. Und falls er in Ketten geht, nehmt sie ihm ab, ich brauche einen Helfer mit Bewegungsfreiheit. Und ihr anderen haltet euch fern. Ihr bleibt draußen, außer ich schreie um Hilfe. Verstanden?« Felix fasste jeden Einzelnen ins Auge, auf Quintulus ließ er seinen Blick länger ruhen.

Wie Felix befohlen hatte, lag der Stollen still und verlassen. Tropfen, die in Pfützen platschten, waren außer seinen eigenen Schritten die einzigen Geräusche. Doch er konnte sein Blut in den Ohren rauschen hören. Mit einem Kienspan entzündete er Öllampe um Öllampe in den Nischen rechts und links. Jede von ihnen erleuchtete den Stollen einige Klafter weit.

Werkzeug sei noch unten, hatte der Pächter gestern auf Felix' Frage hin gemeint.

Tatsächlich, in der ersten Weitung lehnte eine Säge an der Wand, das Blatt glänzte im Licht. Und in einer verstaubten Kiste fand Felix Schlägel und Eisen sowie einige Fackeln. Daneben waren mehrere geflochtene Schutzkappen für den Kopf aufgestapelt, von denen er sich eine aufsetzte und eine für diesen Ateius mitnahm. Wo blieb der nur?

Auf den wenigen Schritten zum Schacht leuchtete er noch einmal den Verbau ab. Fast alle Bretter waren faulig. Nahe der Öffnung, im Licht der Fackel kaum zu sehen, lagen Holzspäne auf dem Boden. Felix hatte schon gestern den pilzartigen Geruch deutlich wahrgenommen, jetzt stieg er ihm wieder in die Nase. Mit einem Schlägel riss er ein Stück des Verbaus herunter, es machte keine große Mühe, teilweise bröckelte das Holz von selbst ab.

Sobald die ersten Bretter entfernt waren, konnte er es sehen. Wegen der Gesteinsart hatte er auf diese Möglichkeit gehofft, aber dass es so ideal sein würde, hätte er nicht zu träumen gewagt. Unter dem Holz befand sich eine poröse Schicht, die sich von einer Seite des Schachtes bis zu der Weitung hinzog. Er leuchtete in den Schacht hinein, ja, es müsste möglich sein, diese bröckelige Schicht seitlich abzusprengen und so den Schacht zu erweitern. Anschließend könnten sie die Holzverschalung des Schachtes Stück für Stück herausziehen und hoffentlich mit ihr den Mann.

Schritte hallten, kamen näher.

»Proclus schickt mich. Ich soll helfen.« Eine tiefe Stimme dröhnte in dem Stollen.

»Ateius?«

Mit einem Brummen trat der Mann neben Felix und verdunkelte für einen Moment den Lichtschein der Öllampe in der Nische hinter ihm. Ateius war einen halben Kopf größer als Felix, so dass er im Stollen den Kopf leicht neigen musste. Im Gegenlicht sah Felix nur sein eigenartig schmales Gesicht mit scharfkantiger Nase, schwarzen Augen. Der kahl geschorene Schädel glänzte, vom Scheitel bis hin zur Schläfe wand sich ein Wulst, wohl die Narbe einer schlecht verheilten Wunde. Ein ehemaliger Gladiator womöglich? Als Ateius beiseite trat, bemerkte Felix weitere Narben, die den muskulösen Oberkörper zeichneten. Die dunkle Hautfarbe des Sklaven sprach für einen Afrikaner, doch die Gesichtszüge und der kräftige Körperbau wiesen eher auf eine gallische oder germanische Abstammung hin. Quer über seine Brust hing eine Ledertasche, was Felix erst jetzt auffiel.

Dieser Mörder würde gleich sein Leben in Händen halten. Felix wunderte sich, wie kalt ihn das ließ.

Ateius zog den Riemen der Ledertasche über den Kopf und legte sie ein Stück weiter hinten im Stollen auf den Boden. »Was soll ich tun?«

»Hier, setz die Schutzkappe auf!«

Ateius drückte sich den Helm auf das Haupt, der ihm etwas zu klein war, hob die Fackel und leuchtete die Stelle ab, die Felix gerade betrachtet hatte. Er streckte seinen Zeigefinger aus und fuhr die Linie ab, auf die Felix als Abbruchkante spekulierte. Der Mann hatte Erfahrung. Und wenn er die als Gefangener in den Minen hatte sammeln können, dann musste er viel von seiner Arbeit verstehen, sonst hätte er nicht so lange überlebt.

»Löcher?«, fragte Ateius.

»Ja.« Felix zeichnete mit Kohle Markierungen auf den Fels. »Immer eine Elle Abstand, bis hin zum Schachtrand. Es gibt hier doch passende Hölzer?«

»Ich habe dort hinten welche gesehen.« Ateius nickte in Richtung der Weitung, in der Felix das Werkzeug gefunden hatte. Anschließend hob der Kahlkopf die Fackel in den Schacht und spähte in die Öffnung. »Hm. Schöne Scheiße.« Er steckte die Fackel in eine der Halterungen und griff zu Hammer und Meißel.

Während Ateius seine Knochenarbeit begann, kümmerte sich Felix um die Beleuchtung. Wie mit der Richtschnur gezogen schlug der Sklave ein Loch nach dem anderen.

»Du verstehst dein Handwerk«, sagte Felix anerkennend. »Es geht ja schneller als erwartet. Ich weiche schon einmal die Hölzer ein. Wir müssen sie in die Öffnungen treiben, bevor sie quellen.«

In der Weitung gab es einen Bottich mit brackigem Wasser, in dem Felix die Holzkeile tränkte. Ateius Klopfen verstummte. Felix nahm die Hölzer aus dem Trog und trug sie hinüber. »Hier!«

Einen nach dem anderen trieb Ateius die Holzkeile mit wenigen präzisen Hammerschlägen in die Löcher. Ein jedes war von genau der richtigen Größe, nicht zu groß und nicht zu klein. Ateius war ein wahrer Könner.

Plötzlich stutzte Felix. Da war etwas, ein Ächzen. So warnte das Holz, wenn es dem Druck nicht länger standhalten konnte. Die Stütze! Auch Ateius hielt inne, den Kopf geneigt, die Augen schmale Schlitze. Die Flamme der Fackel flackerte. Über ihnen knirschte es, aber bevor Felix irgendeinen Gedanken fassen konnte, donnerten ihm schon die Brocken auf die Schultern, prasselte Geröll auf seinen Helm, der ins Rutschen geriet und ihm vom Kopf fiel. Staub füllte seine Kehle, er bekam keine Luft mehr. Wo war Ateius?

Krampfhaft hustete er Staub aus, versuchte, seinen Kopf mit den Händen zu schützen. Über ihm, hinter ihm, vor ihm schien die Welt zu bersten. Dann herrschte schwarzes Nichts.

Kapitel IIII

Schlechte Nachrichten

Colonia Claudia Ara Agrippinensium, 25. Juli 192 n. Chr.

Die Tänzerinnen verbeugten sich, flatterten hinaus in ihren duftigen Gewändern aus Kos und zurück blieb nur ihr Geruch, nach Sandel, Rosen und Schweiß. Lavinia lag neben Victor auf der Kline und lehnte sich an ihn, er fühlte sich ihr so nah wie schon lange nicht mehr. Sie schien die Gesellschaft heute Abend zu genießen, und er freute sich darüber. Er stimmte in den Applaus mit ein.

Lavinia lächelte träge und murmelte in sein Ohr: »Lupus hat für diesen Empfang ganz schön tief in die Tasche gegriffen. Allein die Gewänder der Tänzerinnen werden ein Vermögen gekostet haben.«

Victor streichelte ihr über die Wange. »Gefällt dir der Stoff?« Er deutete mit dem Kinn auf die Tür, hinter der die Tänzerinnen verschwunden waren.

»Oh, ich habe neulich auf dem Forum einen Händler gesehen, der diese Qualität anbot, du kannst mir glauben, ich kenne die Preise, ach, der Stoff ist einfach wundervoll! – Vielleicht zum Geburtstag?«, gurrte sie, blies ihren Atem dabei an sein Ohr. Sie wusste ganz genau, wie sehr ihn das erregte, und sie wusste auch, dass er sich hier beherrschen musste. Vielleicht später, zu Hause … Das letzte Mal war lange her, seit dem leidigen Gespräch über seinen Bruder mied sie seine Nähe. Allerdings war er in gewisser Weise sogar froh darüber gewesen, obwohl er sich nach ihr verzehrte. Ein Stachel des Verdachts meldete sich von Zeit zu Zeit mit einem ziehenden Schmerz. Der Gedanke, sie habe freiwillig mit einem anderen Mann das Lager geteilt, mit seinem eigenen Bruder gar … Er verbot sich so einen Gedanken. Was auch immer vorgefallen war, Lavinia traf keine Schuld, sie durfte keine Schuld treffen.

Heute wirkte sie so entspannt, so glücklich und sie sah verführerisch aus in ihrer golddurchwirkten Tunika. Er wollte nicht daran denken, wie viele Sesterze er dafür auf den Tisch gelegt hatte. Lavinias Lächeln war es wert, zumal Fortuna ihm endlich hold war, er beim letzten Würfeln so viel gewonnen hatte, dass er einen Teil seiner Schulden hatte begleichen und dieses Gewand hatte kaufen können.

Sabina, die Frau des Statthalters, ging vorbei und nickte ihnen zu. »Lavinia, Victor, wie schön, euch zu sehen.«

Sie kannten Sabina aus Rom, ihre Mutter war eine Bekannte von Lavinias Familie und damals hatten sie Sabina gelegentlich getroffen. Ihr Zweig der berühmten Familie der Sabiner gehörte zu den eher unbedeutenden Vertretern der Nobilität. Sabina war erheblich jünger als ihr Gatte Virius Lupus, kaum zwanzig, glaubte Victor. Virius hatte bereits zwei Frauen im Kindbett verloren und war mit Sabina noch nicht lange verheiratet. Erst kürzlich hatte Lavinia geklagt, dass Sabina der Aufstieg in die erste Gesellschaft offenbar zu Kopf gestiegen war, da sie von ihr nicht mehr eingeladen wurde. Heute allerdings wirkte die Gattin des Statthalters ein wenig bedrückt und wich Victors Blick aus, als er ihr zulächelte.

»Ihr Licht ist wohl schon erloschen, scheint mir. Bei dem letzten Empfang, bei dem dein Bruder uns begleitete, strahlte sie heller«, flüsterte Lavinia Victor ins Ohr.

Seit dem Gespräch, in dem sie ihm von dem entsetzlichen Vorfall erzählt hatte, war es das erste Mal, dass Lavinia seinen Bruder erwähnte. »So?«, fragte er zögerlich, fühlte sich, als triebe er auf einer schwankenden Eisscholle über den Rhenus.

»Felix schien ihr zu gefallen, so wie sie ihn umtänzelte.«

»Meinst du?« Victor konnte sich nicht erinnern. Nur daran, dass der Empfang ihm nicht besonders gelegen gekommen war und wie wenig er und sein Bruder sich nach all den Jahren der Trennung zu sagen gehabt hatten. Am nächsten Tag hatte Victor dann den Statthalter nach Bonna begleiten müssen. Eine kurze Abwesenheit, die Felix schamlos ausgenutzt hatte. »Felix und Sabina kennen sich schließlich auch aus Rom, was ist also dabei?«

»Hoffen wir nur, dass Virius Lupus nichts bemerkte«, fiel Lavinia ihm ins Wort, schnell senkte sie wieder die Stimme. »Victor, du weißt, dass ich keinen Grund habe, deinen Bruder vor irgendetwas zu schützen. Doch glaube mir, du solltest besser ein Auge auf Felix haben, er könnte auch deinen guten Ruf beim Statthalter gefährden.« Lavinia steckte sich eine Traube in den Mund. »Sieh an, da kommt er schon«, murmelte sie und lächelte Virius Lupus entgegen.

»Haben euch die Tänzerinnen gefallen? Ich habe sie mir letzten Sommer in Rom gekauft. Ich muss sagen, die Ausgabe – ein mittleres Königreich«, Lupus zwinkerte Lavinia zu, »hat mich nicht gereut.«

Mit seinem Statthaltereinkommen konnte er sich das natürlich leisten. »Ein wahrer Augenschmaus, Lupus. So etwas bekommt man eben nur in Rom, nicht wahr?«

»Wohl wahr. Aber was muss ich sehen, eure Gläser sind leer! Sklave!« Er winkte einem der Jungen, die die Getränke reichten, und sofort wurden ihre Becher wieder gefüllt. »Schmeckt euch der Wein? Ja, das ist germanischer, von der Mosella. Sie haben dort erst kürzlich mit dem Anbau begonnen und sogar der junge Wein ist schon recht ordentlich, findest du nicht?«

Für Victors Geschmack hätte der Wein noch reichlich Honig vertragen können.

»Ja, erstaunlich!«, antwortete er, trank einen Schluck und hoffte, Lupus sah ihm nicht an, wie sich ihm innerlich alles zusammenzog.

»Wir planen im September ein kleines Fest anlässlich meines Geburtstags«, warf Lavinia ein, die in der Gegenwart des Statthalters noch mehr aufblühte.

Sie war so schön wie damals, als Victor sie kennenlernte. Er wünschte, der Statthalter würde verschwinden. Es kostete ihn alle Kraft, seine Hände von seiner Frau zu lassen.

»Ich hoffe, du und deine Gattin beehrt uns?« Lavinia senkte sittsam das Haupt.

»Sofern es unsere Verpflichtungen erlauben, werden wir es uns nicht nehmen lassen«, antwortete der Statthalter, strich sich über den lockigen Bart, den er nach Art des Kaisers frisieren ließ, und blickte zu Sabina hinüber, die sich angeregt mit einem anderen Ehepaar unterhielt.

Neben den älteren Leuten wirkte Sabina wie ein Kind. Victor betrachtete die junge Statthaltergattin und versuchte, sie als Frau zu sehen. Es wollte ihm nicht gelingen. Eher sah er ein Mädchen, das im Garten mit Knöchelchen spielte. Ein Mädchen mit einer Nase wie ein Krähenschnabel – immerhin, schöne Haare hatte sie und eine Haut wie frisch gebleichtes Leinen.

Zu Lavinias Geburtstag war mit den beiden jedenfalls nicht zu rechnen. Victor kannte den Statthalter gut genug, um seine diplomatische Antwort als Absage zu deuten. Lupus, so gesellig er sich heute gab, mischte sich nicht gern unter das einfache Volk. Auch wenn Lavinia es sich wünschte, noch zählten sie nicht zu der hohen Gesellschaft.

Ihm war heiß, sein Kopf schwirrte, er hatte zu viel getrunken, sie sollten allmählich den Heimweg antreten.

Lupus war aufgestanden, um sich an der nächsten Kline sehen zu lassen. »Genießt den Abend!« Schon wandte er sich ab und grüßte den Vertreter des gallischen Statthalters.

Lavinia sah ihm mit gerunzelter Stirn nach. »Du musst ihn unbedingt überreden, dass Sabina und er zu meinem Fest kommen.«

Victor nickte. Auch er wusste, dass die bedeutende Gesellschaft der Stadt nur im Kielwasser des Statthalters in ihr Haus trieb. Wenn das Oberhaupt der Provinz nicht käme, blieben auch die anderen Reichen und Mächtigen fern. »Was meinst du, sollen wir nicht langsam an den Heimweg denken?« Zärtlich strich er Lavinia über den nackten Oberarm, wie Seide schimmerte ihre Haut im Licht der Öllampen.

»Natürlich.« Eilig raffte sie ihre Tunika und erhob sich.

Victor war überrascht über ihre eilige Zustimmung. Anders als sie hatte er sich weder in Rom noch in all den Monaten hier im Gefolge des Statthalters an die feine Gesellschaft gewöhnen können. Er war und blieb eben ein Ritter, der Glanz der Nobilität war ihm versagt, so sehr Lavinia auch an ihm polierte.

Sklaven eilten herbei, lösten die Gastmahlsandalen von ihren Füßen, schnürten die Riemen ihrer Schuhe, die schon bereitstanden. Ein Sklave hielt Lavinias leichte Palla, ein anderer Victors Mantel. Ein dritter reichte ihnen die Servietten mit ausgesuchten Spezialitäten des Mahles und kleinen Aufmerksamkeiten des Gastgebers.

Lupus' Bedienstete waren tadellos organisiert und verfügten über ein bewundernswertes Gedächtnis, was die Kleidungsstücke der Gäste betraf. Und es mussten heute Abend um die hundert gewesen sein. Beneidenswert, so ein Personal sein Eigen nennen zu können, sicher stammte es komplett aus Rom.

Draußen warteten bereits zwei Fackelträger, eine Sänfte würde Lavinia und Victor nach Hause bringen. Lupus hatte für alles gesorgt.

Ein leichter Wind war aufgekommen, hatte aber die Hitze des Tages noch nicht vertreiben können. Victor stieg ein, zog die Vorhänge zurück und öffnete das Fenster.

Kaum hatten sie sich auf den Polstern ausgestreckt, schleuderte Lavinia ihre Serviette mit den Gastgeschenken in die Ecke. »Auf Almosen sind wir nicht angewiesen«, zischte sie.

»Aber Liebling, du weißt doch …«

»Sofern es unsere Verpflichtungen erlauben«, ahmte sie Lupus nach. »Wäre Felix hier, ich schwöre dir, Sabina würde sich überschlagen, um Zeit zu finden. Es würde mich nicht wundern, wenn er auch bei ihr … Versprich mir, Victor …«

Er spürte ihren Blick auf sich brennen, obwohl er sie in dem spärlich hereinfallenden Fackellicht kaum ausmachen konnte.

»Versprich es mir: Irgendwann werden wir reich sein, du wirst Senator, Konsul, womöglich Statthalter sein. Und das nicht in einer so erbärmlichen Provinz.«

Victor zog den Kopf ein. Er wünschte, Lavinia würde endlich von ihren hochfahrenden Zielen ablassen und sich mit der Germania Inferior, der Agrippinensis abfinden. Die Stadt war schließlich fast so kultiviert wie Rom.

»Oh, nicht noch einmal könnte ich solche Schmach erleiden, wie sie uns mein erbärmlicher Vater zufügte, indem er unser ganzes Vermögen mit seinen zweifelhaften Geschäften verschleuderte.« Sie atmete tief durch und sah Victor an, ein Lächeln in den Augen. »Ich weiß, mein Herz, du würdest mir niemals so etwas antun. Wir werden es diesen Aristokraten beweisen, nicht wahr?«

Victor erinnerte sich, dass ihre Mutter Selbstmord begangen hatte, indem sie sich von einer Brücke in den Tiberis stürzte. Lavinia war gerade vierzehn gewesen, sollte die Ehe mit einem Ritter eingehen, der wegen der dann ans Licht gekommenen desolaten finanziellen Verhältnisse jedoch das Weite gesucht hatte. Es war Tagesgespräch in Rom gewesen und Lavinia litt bis heute darunter.

Sie überquerten das Forum. Fackelschein erleuchtete den halbrunden Arkadengang, Silhouetten der Statuen, Kaiser, Befehlshaber, Bürgermeister, zogen an ihnen vorüber.

»Liebster, versprichst du mir, dass du es Lupus beweisen wirst?«, schnurrte sie in sein Ohr. Ihr Haar kitzelte seine Wange. Er suchte ihren Blick, spürte ihre Hand an seinem Schenkel. Oh, er würde ihr alles versprechen, jeden Stern würde er ihr vom Himmel holen …

Mit einem Ruck stand die Sänfte, einer der Träger öffnete die Tür, der Fackelträger leuchtete ihnen beim Aussteigen.

Ihr Janitor Peregrinus wartete schon im Eingang. Ein Windstoß ließ sein schütteres Haar wie Spinnenbeine zittern. »Endlich, Herr. Es ist eine Nachricht gekommen, vorhin hat ein Bote von Iulius sie gebracht.« Er strich sich eine Haarsträhne aus der Stirn und ging ihnen voran.

Im Atrium nahm Peregrinus eine verschnürte Wachstafel von einem Tischchen und reichte sie Victor. »Ich fürchte, das sind schlechte Neuigkeiten.«

Mit erhobenen Brauen musterte Victor ihn.

Peregrinus verstand seinen Blick und neigte das Haupt. »Der Bote machte Andeutungen, Herr.«

Achtlos warf Lavinia ihre Palla auf den Boden. »Wo steckt nur Servilia? Servilia! – Was gibt es denn, Victor?« Sie nestelte an dem Verschluss ihres Halsbandes. Ihre Leibsklavin hastete herbei und nahm ihr die Kette ab.

Lavinia trat neben Victor. Ihre Hand tastete nach einer der Haarnadeln. Sie zog sie heraus und eine Locke ringelte sich über ihre Schulter.

Victor löste die Verschnürung der Wachstafel, legte seinen Arm um die Hüfte seine Frau und überflog die wenigen Zeilen.

Ein bitterer Geschmack kroch ihm den Hals hinauf. Natürlich, es war zu erwarten gewesen, Iulius war alt, schon über siebzig. Aber er hatte sich stets einer guten Gesundheit erfreut und sein wacher Verstand war sogar jugendlich zu nennen gewesen. Jedenfalls, wenn es darum gegangen war, seine Abscheu vor unlieben Menschen zu äußern. Heute Nacht nun, nach kurzem, heftigem Ringen, vor wenigen Stunden erst, war es mit ihm zu Ende gegangen. Onkel Iulius war tot.

Kapitel V

Die Mörder

Bergbaurevier am Mons Iovis, 25. bis 27. Juli 192 n. Chr.

Felix konnte sich nicht bewegen. Wie gelähmt lag er da, Felsbrocken nahmen ihm die Luft zum Atmen, drückten jegliche Kraft aus ihm heraus. Seine Arme, seine Beine gehorchten ihm nicht. Schon bei der geringsten Bewegung durchfuhr ihn brennender Schmerz, auch die kleinste Faser seines Körpers sträubte sich, ihren Dienst zu verrichten.

Er hörte das Geräusch von Steinen, die auf Stein prallten, oder war das nur in seinem Kopf? Überall, in ihm und um ihn, rauschte und summte es.

Seine Augen, was war mit seinen Augen? Er öffnete sie, schloss sie, gleichermaßen Dunkelheit, Finsternis. Etwas hielt seinen Kopf fest, presste sich an seine Wange, wie Holz fühlte es sich an. Er hustete, das Schlucken war eine Qual, sein Hals erschien ihm wie das Innere einer Reibschale, eher ein Flaschenhals, verstopft mit einer Schaufel Sand. Immerhin hatte er Luft zum Atmen.

Was war mit Ateius? Felix lauschte, Tropfen platschten, etwas rieselte, ein Stein rollte irgendwo herunter. Warum nur konnte er sich überhaupt nicht bewegen? Mit aller Kraft versuchte er, sich aufzurichten, wenigstens einen Arm, ein

Bein zu heben. Weitere Steine gerieten in Bewegung, Geröll rutschte nach, doch er bekam einen Arm frei. Es war vielleicht nicht so hoffnungslos, wie er zuerst gedacht hatte. Er sammelte sich. Ein Ruck, eine kurze Anspannung – durchdringender Schmerz war der Lohn. Erschöpft entspannte er sich wieder. »Hilfe!« Sein Ruf war nicht mehr als ein heiseres Flüstern. »Ateius?« Bei Herkules, er krächzte wie ein Rabe.

»Herr? Felix?«, war die Antwort zu hören, gefolgt von einem Hustenschwall. »Warte, gleich.« Ein unterdrückter Fluch. Steinbrocken rieben knirschend aneinander, Holz quietschte an Holz. »Nur ruhig, ich bin gleich frei ... Ah, jetzt ... Wenn es nur etwas Licht gäbe ... War hier nicht irgendwo ... Wo ist die Lampe ...« Poltern, Felsbrocken splitterten auf Fels.

Ateius' Stimme, ein stetiger Strom von Flüchen, beruhigte Felix.

»Da ist sie!«

Ein leises Gluckern, dann Schaben und Kratzen. Hatte der Sklave tatsächlich eine Lampe gefunden, die den Bergsturz überstanden hatte? Wie durch ein Wunder flammte Licht auf. »Ateius?«

»Es geht doch nichts über eine gute Ausrüstung ...«

»Bist du unverletzt?«

»Abgesehen von ein paar Schrammen, ja.«

Ateius begann, die Steine wegzuräumen. Einem Herkules gleich hob er Felsbrocken in die Höhe und warf sie donnernd beiseite, zog den Holzbalken, der sich an Felix' Wange geschmiegt hatte, aus dem Geröllhaufen. Vorsichtig räumte und scharrte er, bis Felix frei war. Er zog ihn heraus und lehnte ihn fast zärtlich mit dem Oberkörper gegen die Wand. Dann, als hätte man ihn bei etwas Unrechtem ertappt, zuckte er zurück. »Alles in Ordnung?« Seine Stimme war kühl.

»Ich weiß nicht.« Zögernd bewegte Felix die Arme, dann die Beine. Ohne das lastende Gewicht der Steine ließ sich der Schmerz aushalten. »Doch, ich glaube schon.« Bei der nächsten Bewegung zuckte ein Blitz durch sein Bein. »Mein Knöchel … Aber ich glaube, er ist nicht gebrochen.«

»Kannst du aufstehen?«

Bei dem Versuch sackte sein linkes Bein unter ihm weg. Ateius konnte ihn noch auffangen, seine Hand umspannte Felix' Arm wie ein Schraubstock. Es schmerzte, gab ihm jedoch Sicherheit.

Felix stützte sich an der Wand ab. Sein Blick wanderte durch den Stollen oder das, was davon noch übrig war. Ein Berg aus Geröll versperrte den Ausgang, der Schacht mit dem Verunglückten war nicht mehr zu sehen. Sie hatten Glück gehabt, dass der Stollen nur dort eingestürzt war, sonst wären sie nicht mit dem Leben davongekommen. Dafür saßen sie jetzt in der Falle, denn soweit Felix wusste, endete der Stollen als Sackgasse. Weder vorn noch hinten gab es ein Entrinnen. In Felix' Kopf sauste und brauste es erneut, ihm wurde schwarz vor Augen.

»He, he«, murmelte Ateius.

Felix spürte wieder seinen festen Griff am Arm und ließ sich auf den Boden gleiten. Allmählich wurde das Summen in seinem Kopf leiser. »Es geht schon wieder.«

Ringsum nur Steine und verfaultes Holz, über ihnen wölbte sich der Abbruch wie eine Kuppel. Felix spürte, wie sein Hals, seine Brust eng wurden. Er schluckte trocken. Niemals kämen sie hier wieder heraus. Nun, dann wäre Theophilus, wenn er es denn wirklich war, wenigstens nicht allein, ein schöner Trost. Er lachte lautlos.

Ateius musterte ihn, dachte sicher, er hätte den Verstand verloren, sollte er nur. Aber vielleicht gab es doch Hoffnung. »Los, Ateius, wir müssen ein Lebenszeichen geben.«

Ihre Hilferufe verhallten. »Man wird uns suchen und herausholen«, murmelte Felix, hauptsächlich um sich selbst Mut zu machen.

Warum war nichts zu hören? Quintulus und Proclus mussten den Einsturz doch bemerkt haben, längst mit dem Graben begonnen haben. Aber alles blieb still.

»Sie denken, wir sind tot«, stellte Ateius nüchtern fest. Er setzte sich ebenfalls auf den Boden und stellte die Lampe zwischen ihnen ab. Bei dieser Beleuchtung sah Ateius furchterregend aus, und das nicht nur wegen der Kratzer und Schrammen. In seinem Gesicht zuckten Schatten, malten eine Mimik hinein, die Felix mit Grauen erfüllte. Als wären die Dämonen des Berges in ihn gefahren, sich für das Schürfen und Schaben, das Kratzen und Bohren in ihrem Berg zu rächen. Jetzt war ihre Stunde gekommen. Felix tastete nach seinem Amulett, dem Geschenk seiner Mutter. Es war fort, natürlich, er vermisste es schon seit seiner Abreise aus der Agrippinensis.

»Wir müssen hier raus«, sagte der Dämon.

Felix kicherte. »Der Berg hat sich seine Opfer geholt. Die Götter haben die Erze nicht ohne Grund im Berg versteckt, wer ist der Mensch, sie ihm zu entreißen?«

»Was faselst du da?« Ateius langte zu ihm herüber und schüttelte ihn. »Jetzt reiß dich zusammen! Wenn uns einer hier herausholen kann, dann doch wohl du. Du kennst diesen Stollen, also, denk nach! Gibt es einen Weg hinaus?«

»Vergiss es. Es ist sinnlos. Du siehst doch«, Felix wies auf die undurchdringlichen Halden aus Fels und Stein. »Die Götter haben es beschlossen, wir werden sterben.« Wie wichtig war ihm seine Ausbildung in Hispania gewesen und nun brachte ihm der erlernte Beruf den vorzeitigen Tod. Er dachte an seine Eltern, die Schwester, auch sie waren zu früh gestorben.

Onkel Iulius, der sich nach dem Tod der Eltern um ihn und Victor gekümmert hatte, würde sicher entsetzt sein, wenn er erführe, dass ausgerechnet die Ausbildung, die er ermöglicht hatte, seinem Neffen nun ein ebenso verfrühtes Ende bescherte. Der Onkel stand Felix sehr nah, trotz seiner Schwächen, fremd dagegen war ihm sein Bruder geworden. Doch der hatte Lavinia gefunden, die Victor offensichtlich guttat. … Columba … er hatte geglaubt, sie zu lieben, sie, die doch so fern und unerreichbar für ihn war. So erfüllte sich sein Vorsatz, sie nie wieder zu sehen, nie mehr ihre weiche Haut zu spüren, nie mehr bei ihr zu liegen, gänzlich unerwartet und ohne sein Zutun. War dies nun die Strafe für seine schändliche Tat? Wieder überlief es ihn kalt.

Flora erschien vor seinem geistigen Auge. Wie mochte es ihr in all den Jahren ergangen sein? Nun gab es keine Gelegenheit mehr, sie zu fragen, sich mit ihr zu versöhnen.

War da nicht ein Geräusch?

Ateius schnaubte. »Denk nach!«, schrie er plötzlich. »Ich habe nicht in der Arena um mein Leben gekämpft, dann Tag für Tag hier unten geschuftet wie ein Ochse, um am Ende lebendig begraben zu werden! Wenn ich Himmel und Erde in Bewegung setzen muss, werde ich es tun. Aber du musst mir sagen, wie und wo.«

Felix sah Ateius' Gesicht vor sich, die schmale Nase näherte sich wie die Schneide eines Messers, seine Augen, schwarze Olivenaugen, spießten ihn auf. Sein Geruch, wie ein wildes Tier in der Falle, offenbarte Panik, Hilflosigkeit, blinde Wut. Und seltsam, im gleichen Maße, wie Ateius aufbrauste, breitete sich Ruhe in Felix aus. Ja, vielleicht war dies alles gar keine Strafe der Götter, sondern eine Prüfung. Erst wenn bewiesen war, dass sein Verstand und Ateius' Kraft nicht langten, war Zeit zu verzweifeln.

»Also gut, versuchen wir es.« Er hielt Ateius' Blick stand.

Der nickte. Den Kopf an die Wand gelehnt, die Augen geschlossen, wartete er schweigend.

Felix rief sich den Plan des Bergwerks in Erinnerung. Er sah den Stollen, jede Strecke, jeden Schacht vor sich. Zu seiner Rechten der Ausgang. Schwerlich wäre dort ein Durchkommen. Felix vermutete, dass der größte Teil des Abbruchs dort heruntergekommen war, sicher auch Teile des Schachtes, in dem der Tote steckte. Fingen sie dort an, das Geröll wegzuräumen, stürzte womöglich weiteres nach und verschüttete sie erneut. Zu gefährlich. Also blieb nur die andere Richtung, wie verlief der Stollen dort? Ein Stück weiter zweigte eine Strecke ab. Wenn er sich nicht täuschte, wartete dort ein anderes Problem. Dennoch, es war die einzige Möglichkeit. »Hör zu. Wir müssen in diese Richtung«, er zeigte nach links.

Ateius brummte. »Unsinn, dort ist doch der Ausgang.« Er nickte in die entgegengesetzte Richtung. »Die Steine dort kann ich leicht wegschaffen.«

Felix schüttelte den Kopf. »Glaub mir. Wir müssen dort entlang, auf der anderen Seite wäre es zu gefährlich, der Einbruch kam von dort. Räumt man das stützende Geröll fort, bricht noch mehr ein.« Er humpelte voran, mit einer Hand suchte er Halt an der Stollenwand.

»Ist doch Unsinn!«, schimpfte Ateius, schloss aber dennoch zu ihm auf, in einer Hand die Lampe, mit der anderen stützte er Felix. Nur gut, dass der Stollen hier breit genug war, so dass sie nebeneinander gehen konnten. »Es dürfte nicht weit sein, bis der Abzweig kommt. Gleich dahinter mündet ein Bewetterungsschacht in die Strecke. Allerdings ...«

Ateius blieb stehen und leuchtete ihm in das Gesicht. »Was, allerdings?«, fragte er und seine Stimme vibrierte.

Felix lehnte sich an die Seitenwand des Stollens, er musste sein Bein einen Augenblick von der Last seines Körpers befreien. »Dieser Teil des Bergwerks wurde als Erstes stillgelegt. Es könnte sein«, er scheute sich, den Satz zu vollenden, als würde seine Befürchtung dadurch zur Tatsache. »Es könnte sein, dass die Strecke eingestürzt ist oder mit Abraum vollliegt. Genauso gut ist möglich, dass der Schacht oben verschlossen ist – oder alles zusammen.«

»Ziegenmist!« Ateius ließ die Lampe sinken, so dass Felix sein Gesicht nicht erkennen konnte.

»Wir werden sehen. Und wenn es da nicht geht, gibt es vielleicht weiter hinten noch eine Möglichkeit. Doch lass uns weitergehen, bevor uns das Öl ausgeht und wir im Dunklen stehen.«

»Bei unserem Glück ...«, brummte Ateius.

Schon nach wenigen Schritten standen sie vor einer Halde aus Geröll.

»Du hast es beschworen«, sagte Ateius und suchte das Hindernis im Lampenschein nach einem Durchschlupf ab. Er beobachtete, ob die Flamme des Öllämpchens flackerte, ob sich ein Luftzug zeigte, ein Hinweis auf die Stärke der Wand. Oben zuckte sie leicht, aber vielleicht hatte nur Ateius' Hand gezittert.

Felix verdrängte die Gedanken, dass der Stollen gänzlich verschüttet, sicher aber einsturzgefährdet war. Im Gegensatz zum verschütteten Ausgang hatten sie hier immerhin eine kleine Chance. »Wenn Fortuna uns beisteht, ist dies hier nur Abraum. Wir müssen es wenigstens versuchen.«

Felix legte sich bäuchlings auf den steilen Geröllhang, zog sich ein Stück hoch und begann dann, die oberen Steine abzuräumen. Unbeirrt warf er Brocken um Brocken hinter sich.

»Vorsicht, Mann.« Ateius kroch neben ihn, rieb sich das Bein, wo ihn ein Stein getroffen hatte. »Geh beiseite, ich mache das schon.«

Wie ein Tier machte sich der Sklave an die Arbeit. Schweiß rann in Strömen sein Gesicht hinab. Felix lehnte sich an die Wand und beschränkte sich darauf, die Lampe zu halten. Hoffentlich reichte das Öl. Und hoffentlich gab es wirklich ein Durchkommen auf der anderen Seite. Hier jedenfalls wurde der Platz immer enger, die Halde rutschte ab, ohne dass oben eine Öffnung zu erkennen war, und hinter ihnen wuchs der Berg der weggeräumten Steine im gleichen Maße an.

Ateius ließ sich hinabgleiten, wischte sich den Schweiß von der Stirn. »Was gäbe ich jetzt für einen Schluck Wasser!«

Immer öfter musste Ateius eine Pause einlegen. Schließlich löschten sie sogar die Lampe, um Öl zu sparen. Felix fluchte leise. Wie viel schneller kämen sie voran, könnte er Ateius eine Hilfe sein.

Endlich, wohl nach Stunden, verkündete Ateius: »Der Anfang ist gemacht.« Er betrachtete sein Werk, und tatsächlich, oben zeigte sich ein handbreiter Spalt.

»Lass mal sehen!« Felix biss die Zähne zusammen, kroch und zog sich ein Stück die schräge Halde hoch, versuchte, sein schmerzendes Bein so wenig wie möglich zu belasten. Er steckte die Lampe durch den schmalen Schlitz, legte den Kopf schräg und lugte in die Öffnung. Der Stollen schien frei, jedenfalls so weit der spärliche Schein der Lampe reichte. »Das sieht gut aus, nur weiter!«, spornte er Ateius an und ließ sich wieder hinuntergleiten.

Ateius wischte sich noch einmal über Stirn und Nacken. Dann erklomm er aufs Neue den Hang, wieder flogen die Steine, so dass Felix achtgeben musste, nicht getroffen zu werden.

Nicht lange und Ateius hatte die Öffnung ein gutes Stück vergrößert.

»Wir könnten mal versuchen, ob das reicht.« Im Lampenlicht glänzte sein Körper wie eine geölte Bronzestatue.

Felix nickte. »Erst du, dann kannst du mich von der anderen Seite aus ziehen, falls mich die Kraft verlässt. Außerdem, wo du durchpasst, passe ich erst recht durch.«

Ateius nahm die Lampe an sich und erklomm den Geröllhügel, schob erst seinen Arm mit der Lampe durch den Spalt zwischen Schutt und Fels und ließ den Rest seines Körpers folgen.

Unvermittelt schlug Felix das Herz bis zum Hals. Was, wenn Ateius ihn hier zurückließ? Bei Herkules, der Mann war ein Mörder, der kam gut allein zurecht. Felix biss die Zähne aufeinander, zog sich die Halde hoch. Seine Hände suchten Halt, Steine rollten ihm entgegen, trafen Kopf und Schultern. Pause, den Schmerz niederringen, weiter. Plötzlich spürte er den festen Griff einer Hand, die ihn zog.

Er zwängte sich mit Ateius' Hilfe durch die Öffnung, ließ sich auf der anderen Seite hinunterrollen. Ateius half ihm auf. »Geht es?«

Felix nickte voller Erleichterung, dass er nicht allein zurückgeblieben war. »Es muss.« Auf den Sklaven gestützt wagte er erste Schritte. Er wollte hinaus, an die Luft.

Die Strecke war frei, zu dem Wetterschacht konnte es nicht mehr weit sein. Hätten sie ein zweites Mal Glück? Erst jetzt fragte sich Felix, wie sie dort hinaufkommen sollten. War er mit der gleichen Holzverschalung ausgekleidet wie der andere, wäre er zu eng. Und dort um Hilfe zu rufen, wäre wohl zwecklos, der Schacht lag sehr abgelegen, vermutlich hatte man ihn längst vergessen.

Die Strecke war niedriger als der Stollen, wurde mit jedem Schritt enger. Gebeugt, einer hinter dem anderen jetzt, kamen sie nur langsam voran.

»Hier ist der Schacht.« Mit dem Fuß stieß Ateius die verrottete und vermutlich schon vor Jahren herabgefallene Holzverschalung beiseite. Vorsichtig richtete er sich auf, hob die Lampe. Felix humpelte an seine Seite und gemeinsam schauten sie nach oben. Wie sollten sie da hochkommen?

»Da wären wir also. Und jetzt?« Erwartungsvoll schaute Ateius ihn an.

Felix zuckte mit den Schultern. »Können wir mit dem herumliegenden Holz und den Steinen etwas anfangen?«

Ateius hob eine Holzplanke auf, zerbröselte sie zwischen den Fingern. »Das taugt nicht einmal als Viehstreu. Aber da kommt mir ein Gedanke. Leuchte mal!« Er drückte Felix die Lampe in die Hand und schob seinen Kopf in den Schacht. Mit den Händen tastete er die Felswände oberhalb seines Kopfes ab. »Wie ich dachte ... Ja, das könnte gehen.« Er wandte sich Felix zu. »Es könnte gehen«, wiederholte er. »Aber ich brauche deine Unterstützung. Du musst mir hochhelfen, allein schaffe ich es nicht.«

»Was hast du vor?«

Ateius drückte Felix sanft, aber bestimmt zu Boden, stellte die Lampe vor ihm ab und hockte sich neben ihn. »Ich werde da hochklettern«, er zeigte mit dem Finger in Richtung Schacht. »Dort sind genug Vorsprünge, an denen man sich festhalten kann und auf denen man mit den Fußspitzen

Halt findet. Du musst mich nur hoch genug heben, damit mir der Einstieg gelingt.«

»Du wirst herunterfallen, und dann sitze ich hier fest, mit deinem Leichnam neben mir.«

Ateius grinste. »Ja, und meine Seele wird kommen und dich quälen, weil du uns in diese Lage gebracht hast.«

»Das finde ich gar nicht komisch. Denn es ist ja nur zu wahr, ich habe uns in diese Lage gebracht, ich hätte wissen müssen, dass die Stütze nicht standhält.«

»Unsinn«, sagte Ateius und stand auf. »Wenn ich draußen bin, hole ich Hilfe.« Er lockerte seine Glieder, reckte sich. »Alles klar, komm.«

Felix stützte sich unter dem Schacht an der Wand ab und verschränkte die Hände. Ateius trat vor ihn und setzte seinen Fuß darauf, zögernd belastete er ihn. Felix biss die Zähne aufeinander, eine Schmerzwelle durchströmte seinen Körper.

»Wenn ich ›Jetzt!‹ sage, hebst du mich hoch.«

Felix schloss die Augen, atmete tief ein.

»Jetzt!«

Im Ausatmen stemmte Felix Ateius in die Höhe. Ein kurzer Ruck und er spürte Entlastung. Über ihm spannten sich Ateius' Beine wie ein Bogen über die Leere. Das Licht spielte auf den Muskeln der glänzenden Waden und schon hatte den Sklaven das Dunkel des Schachtes verschluckt.

Was, wenn oben tatsächlich eine Platte den Schacht verschloss? Felix hatte keine Ahnung, wie lange sie schon hier unten waren, wie viele Stunden sie gebraucht hatten, sich bis hierher durchzugraben. Wäre es Nacht, erklärte dies die Dunkelheit, wäre es Tag, dann … Steine kollerten herab, ein dumpfes Pochen.

Felix schluckte schwer. Verschlossen, der Schacht war verschlossen … Dann ein Ächzen, leises Quietschen, das

Reiben von Holz auf Holz. Felix reckte sich, lauschte, starrte angestrengt nach oben ins Nichts und plötzlich wurde es hell.

Mondlicht sammelte sich in einem silbrigen See zu seinen Füßen, ein himmlisches Zeichen von der Oberwelt, der Rettung.

Grashalme und Erdbrocken rieselten herunter, ein Scharren, dann Stille. Ateius war fort.

Felix setzte sich auf den Boden, lehnte den Rücken gegen die Wand und schloss die Augen.

Er schreckte auf, etwas war auf sein Gesicht gefallen, er wischte sich über die Wange, nur ein Tropfen. Er leckte sich die Feuchtigkeit von der Hand, der Mund, die Kehle waren wie ausgedörrt, doch es folgte kein weiterer. Er lauschte, in der Nähe pitschte es, er kroch in die Richtung des Geräuschs, fand eine Pfütze. Das Wasser schmeckte bitter, metallisch.

Wie lange wartete er nun schon? Felix musste zum Schacht zurück, wenn Ateius kam, wollte er dort sein. Wenn er denn kam …

Der See aus Mondlicht war zu einem Fleck eingetrocknet. »Hilfe!«, schrie er den Schacht hinauf, ein Käuzchen antwortete ihm von fern, der Totenvogel.

Er würde hier verrecken, sollte sich damit abfinden. Würden ihn dann die Furien verfolgen, als Rache für seine Schwäche? Oder würde seine Seele wiederkehren, wie manche glaubten? Er hatte sich nie damit beschäftigt, er war ein Mann der Wissenschaft, nicht der Mystik.

Die Flamme des Öllämpchens züngelte auf, fiel in sich zusammen und erlosch. Lange genug hatte sie ihn mit ihrem Licht getröstet. Felix starrte auf den silbrigen Fleck des

Mondlichtes. In seinem Knöchel klopfte es, er betrachtete seinen geschwollenen Fuß, unförmig und grau wie der Kadaver eines unbekannten Tieres.

Ein Geräusch ließ ihn zusammenfahren, er musste eingeschlafen sein. Ateius? Er lauschte. Dunkelheit ringsum, leises Knistern lag in der Luft.

Bei allen Göttern, Ateius hatte die Klappe verschlossen, ihn endgültig von der Oberwelt abgeschnitten, sein Todesurteil damit besiegelt.

Etwas fiel auf sein Gesicht, sanft und feucht. Er streckte seine Hand aus, spürte die Tropfen auf seiner Haut. Es regnete. Der Himmel hatte sich bezogen, den Mond verhüllt.

Für einen Moment war er erleichtert. Es war noch nicht alles verloren.

Ateius würde zurückkehren. Er war ein zuverlässiger Mann, so hatte er ihn erlebt. Fähig und zuverlässig als Sklave. Doch in wiedergewonnener Freiheit?

An die Wand gelehnt, wartete Felix. Nicht noch einmal wollte er sich gehen lassen und einschlafen, nicht noch einmal so aufschrecken. Mit wachem Geist wollte er sein Schicksal erwarten, welches auch immer die Parzen für ihn ausersehen hatten. Seine Gedanken entglitten ihm, die Parzen, die Götter, bestimmten sie der Menschen Schicksal? Dann wären auch seine vergangenen Tage vorbestimmt gewesen, hätte er nichts tun können, und es stünde nicht in seiner Macht, etwas zu ändern. Er schüttelte den Kopf, nur nicht aufgeben!

»Hilfe, Hilfe, hier bin ich!«, brüllte er hinauf, dann noch einmal, die Hände wie einen Trichter vor dem Mund. »Hallo! Ich bin hier, hier unten! Helft mir! Helft!« Näherten sich nicht Schritte? Felix horchte in die Dunkelheit. Stille. Dann ein Rascheln, Grasbüschel rieselten herab. »Ateius?«

»Still! Nur ruhig«, ertönte es von oben.

Felix lehnte seine Stirn gegen die Felswand. Wie wunderbar, diese Stimme zu hören!

»Ich werfe dir ein Seil hinunter, dann ziehen wir dich hoch. Doch bleib still, kein Geschrei, hörst du?«

Was sollte das? Nun, einerlei, Hauptsache, er wurde erlöst.

Das Seilende klatschte auf den Boden, Felix schnappte es, schlang es sich um den Leib und verknotete es auf der Brust.

»Ich bin so weit!«, rief er mit gedämpfter Stimme hinauf und sofort gab es einen Ruck, seine Füße hoben sich vom Boden, er schaukelte sacht, während er sich Elle für Elle weiter vom Boden entfernte. Mit den Händen und dem unverletzten Fuß stemmte er sich die Wand hoch, so gut er konnte, zog und schob sich Stück für Stück empor. Schweiß perlte auf seiner Stirn, rann ihm in die Augen. Oder war es der Regen, der stärker wurde, je mehr er sich der Oberfläche näherte? Endlich spürte er das Gras unter seinen Fingern. Noch nie hatte er sich so glücklich gefühlt. »Danke«, murmelte er und rieb sich die Hände, die das Seil aufgeschürft hatte und brannten.

Neben Ateius stand ein Mann, älter als der Sklave, mit schütterem Haar. Gegen Ateius' Gladiatorenfigur wirkte er schmächtig.

»Mein Freund Salvator.« Ateius klopfte dem Mann auf den Rücken. »Hast deinem Namen heute alle Ehre gemacht, du Retter!«

»Ich muss zu Quintulus, sicher sind sie in Sorge. Glauben sie, wir wären umgekommen?«, fragte Felix.

Ateius biss sich auf die Unterlippe, wechselte einen Blick mit Salvator. Statt einer Antwort packte der Felix unter dem Arm, wies Ateius an, ihm zu helfen, gemeinsam schleppten sie Felix mit sich.

Vor einer abgelegenen Hütte hielten sie an, Salvator rüttelte kurz an der Tür, stieß sie auf und Ateius schob ihn hinein.

»Was sollen wir hier? Warum lasst ihr mich nicht …?«

»Still!«, herrschte Ateius ihn an, die Stirn gerunzelt. »Setz dich da hin, halte den Mund und zeig mal dein Bein her.«

Sprachlos gehorchte Felix und ließ sich auf den erstbesten Hocker fallen, den er im spärlichen Licht der Laterne erkennen konnte. Was sollte das alles bedeuten?

Salvator brachte ihm einen Becher, den Felix in einem Zug leerte.

Ateius füllte derweil einen Eimer mit heißem Wasser, das über der Feuerstelle brodelte, und holte einige Leintücher aus dem hinteren Teil der Hütte, in den das Licht der Laterne nicht reichte. Schweigend reinigte der Sklave Felix' Wunden, tastete den Fuß und das Gelenk ab. Er wirkte kundig in dem, was er tat. Vielleicht war er wirklich ein Gladiator gewesen, die sollten sich mit so etwas auskennen. Als er die Blätter, die Salvator ihm reichte, und darüber die Leinenstreifen fest um Bein und Fuß wickelte, schmerzte es, aber als Ateius fertig war, fühlte Felix sich besser. Ein wenig konnte er den Fuß sogar belasten. Ateius rückte einen Hocker vor ihm zurecht. »Leg das Bein hoch.«

Brot und Ziegenkäse war alles, womit Salvator sie bewirten konnte, dazu bot er einen Krug mit verdünntem Wein. Bislang hatte Felix sich beherrscht, doch jetzt brach es aus ihm heraus. »Danke für alles, Salvator, ich werde es dir vergelten. Doch jetzt sprecht, was soll euer geheimnisvolles Getue? Warum soll ich nicht zurück zu meinen Leuten?«

Ateius trank in aller Ruhe einen Schluck. »Es ist so«, er setzte den Becher vor sich ab und lehnte sich zurück. »Es ist so, dass man dich für einen Mörder hält.«

Felix starrte ihn an. »Mörder? Mich? Aber wen soll ich denn …?« Ateius scherzte. Doch der verzog keine Miene, sondern nickte nur schwer.

Ein ungeheuerlicher Gedanke stieg in Felix auf. »Bei allen Göttern! Meint ihr den Mann im Schacht? Ist es tatsächlich Theophilus?«

»Ach, du kennst den Toten, weißt seinen Namen?«, fragte Ateius zögernd.

»Ja, der Kleine, der den Unfall beobachtete, hat den Namen erwähnt. Und Theophilus, so heißt auch der Verwalter meines Onkels, ich kenne ihn sogar sehr gut.«

»Und was wollte dieser Theophilus von dir?«

»Bei Iupiter, woher soll ich das wissen? Ich habe ihn doch gar nicht getroffen.«

Ateius wich Felix' Blick aus, konnte es sein, dass der, selbst ein Mörder, ihn für schuldig hielt?

Salvator schenkte Wein nach. »Gestern hat sich ein Freund dieses Theophilus im Dorf gemeldet. Theophilus habe ihm erzählt, er hätte dir eine Nachricht von deinem Onkel überbracht, und zwar eine wenig erfreuliche Mitteilung. Er behauptet, du habest Theophilus im Zorn darüber in den Schacht gestoßen, er habe das beobachtet und könne das bezeugen.«

Felix schmetterte den Becher auf den Tisch, dass der Wein auf den Tisch spritzte. »Wer glaubt denn eine so dreiste Lüge? Wie heißt dieser Mann? Wenn jemand die Schuld an Theophilus' Tod trägt, dann zweifellos derjenige, der eine solche Unwahrheit verbreitet.«

»Marcus heißt der Mann angeblich, aus demselben Haushalt wie Theophilus, einen entsprechenden Nachweis der Familie hatte er bei sich.«

Marcus, der Name sagte Felix nichts. »Und wo ist der Kerl jetzt? Ich muss ihn sprechen.«

»Weitergereist ist er, heißt es, aber über das Haus der Iulier in der Agrippinensis zu erreichen.«

»Nun, das wird sich zeigen. Aber da ist ja auch noch dieser Junge, der hat den Unfall doch beobachtet!«

Salvator kratzte sich am Kopf. »Der Bursche bestätigt jedes Wort dieses Marcus. Er hat dich als den Mann wiedererkannt, der den Verunglückten gestoßen hat. Der Fremde habe ihn dann um Hilfe geschickt und selbst am Unglücksort gewartet. Einige Leute im Dorf bestätigen auch das.«

Felix schüttelte den Kopf. »Das ist doch alles eine Ungeheuerlichkeit. Was ist mit Quintulus, der weiß doch, wo ich war, als Theophilus verunglückte.«

»Quintulus gibt an, du habest dich von ihrem Trupp entfernt. Und du habest Gelegenheit gehabt, den langsamen Tross zu überholen und vor ihnen im Vicus zu sein.«

Quintulus – dass der so weit gehen würde, hätte Felix ihm nicht zugetraut. »Welch eine Unverfrorenheit!«, fluchte er.

»Alle deine Männer bestätigen Quintulus' Angabe, dass du dich abgesondert hast, du die Tat also hättest begehen können. Es sieht so aus, dass man dem Fremden, diesem Marcus, Glauben schenkt«, sagte Salvator.

»Lüge, alles Lüge«, murmelte Felix fassungslos.

»Mag sein, aber nach dem Einbruch des Stollens ist den Leuten der wahre Sachverhalt ohnehin gleichgültig. Denn zu deinem Glück«, Ateius' Mundwinkel verzogen sich, »giltst du als tot, verschüttet im Schacht.« Er trank einen Schluck, rollte den Wein im Mund, schluckte. »Und ich übrigens auch.« Er grinste breiter. »Und was mich betrifft, ist das nicht das Schlechteste.«

Kapitel VI

Die Frist läuft

Colonia Claudia Ara Agrippinensium, 27. Juli 192 n. Chr.

Victor saß in seinem Tablinum und wartete. Gaius Tiberius Niger, vom Statthalter mit der Bearbeitung juristischer Angelegenheit betraut, hatte seinen Besuch angekündigt. Natürlich würde es um Onkel Iulius' Testament gehen.

Niger war nie pünktlich, das wusste Victor. Sie kannten sich aus Rom, und wie er selbst gehörte auch Niger zu den Beratern, die Virius Lupus mit in die Provinz gebracht hatte. Fast täglich trafen sie sich im Prätorium.

Niger stammte aus Leptis Magna in der Provinz Africa. Er war groß, aber feingliedrig, der Bart pechschwarz wie aus Ebenholz geschnitzt, aber seine dichten Locken durchzogen schon vereinzelt silbrige Strähnen. Dunkelbraune Augen funkelten in einem nur wenig helleren Gesicht. Zweifellos war Niger hier im Norden eine auffallende Erscheinung. Wenn er denn erschien.

Bei der Bestattung des Onkels war er jedenfalls pünktlich gewesen. Lavinia hatte sich um alles gekümmert, die Masken, den Umzug, die Musik. Die Korporation der Bergwerkspächter, bei der Iulius Mitglied gewesen war, hatte die Bestattungskosten übernommen. Erstaunlich viele Mitglieder waren gekommen – obwohl der Onkel wahrscheinlich mit allen eine Auseinandersetzung gehabt hatte –, um die Urne in einem festlichen Umzug zu dem Grabmal zu geleiten. Dieses schmucklose Bauwerk, das schon von Iulius' Vater gebaut worden war, würde irgendwann wohl auch seine Überreste und die Lavinias beherbergen. Es war ein schönes, kleines Grabmal, an der Straße nach Bagacum gelegen, in der Nähe von Iulius' Gutshof, auf den sich der Onkel vor etlichen Jahren zurückgezogen hatte. Viel zu selten hatte Victor ihn dort besucht, obwohl das Anwesen zu Pferde in einer Stunde zu erreichen war. Aber er sah diese Landvilla stets mit gemischten Gefühlen. Auf dem Gut hatten die beiden Brüder nach dem Tod ihrer Eltern gelebt, bis Iulius sie vor nun zehn Jahren nach Rom zur Ausbildung schickte. Eine schwere Zeit war das gewesen.

Victor nahm sich das Protokoll der Audienz einer Chattendelegation vor, die gestern im Prätorium vorgesprochen hatte, legte es aber sofort wieder beiseite, denn nun hallten Schritte im Eingang.

Lavinia trat ein, auf dem Arm den kleinen Tertius Iulius. Ein seltener Anblick.

»Meine Liebe? So früh zurück?« Victor konnte sich nicht mehr daran erinnern, was Lavinia heute vorgehabt hatte.

»Niger ist noch nicht eingetroffen?« Sie setzte Tertius auf den Boden, drückte ihm eine Schnur in die Hand, an der eine Holzente befestigt war. Sofort kroch der Kleine los, zog die Ente hinter sich her. Die Räder quietschten erbärmlich, was Tertius begeistert nachahmte.

Servilia, Lavinias Leibsklavin, huschte durch das Atrium, die Arme voller Kleidungsstücke.

»Servilia, bring Tertius bitte zu seiner Amme und sage Peregrinus, er möge bei Gelegenheit die Achsen des Entchens ölen.« Victor schloss die Augen und mahnte sich zur Nachsicht. Als endlich wieder Ruhe eingekehrt war, sah er seine Frau an. »Nein, Niger ist noch nicht da. Du kennst ihn doch. Hast du jemals erlebt, dass er sich an einen Termin gehalten hätte? Das ist sein südländisches Phlegma, nehme ich an.«

Lavinia trat hinter ihren Gatten und umschlang seine Schultern. Zärtlich schmiegte sie ihre Wange an seine, dann küsste sie ihn auf das Ohrläppchen. Sie duftete nach Zitrusholz und Narden. »Wenn es nach mir ginge, könnte er sich Zeit lassen«, gurrte sie.

Doch als er sich umdrehen, sie umfassen und an sich ziehen wollte, richtete sie sich auf, nur ihre Hände lagen noch auf seinen Schultern und brannten sich in sein Fleisch. Sie war ein begabter Foltermeister, verstand dessen Handwerk.

Fast geräuschlos durchquerte erneut Servilia das Atrium, jeden Augenblick konnte Niger eintreffen oder jemand anderes, bei Herkules. Victor bekämpfte seine Erregung, versuchte, seinen Atem unter Kontrolle zu bringen. Wie sah es aus, wenn er im Tablinum mit seiner Frau zusammenstand und schnaufte wie ein brünstiger Hirsch?

»Hast du schon etwas von Paullus gehört?« Lavinia wandte sich ab und setzte sich in einen Korbsessel.

»Nein, wie denn? Er ist doch erst gut eine Woche fort. Wir müssen uns noch ein paar Tage gedulden, denke ich.«

»Ja, natürlich. Victor, mein Herz, Niger kommt doch wegen des Testamentes, nicht wahr? Ich möchte dabei sein, wenn er es eröffnet. Hast du etwas dagegen?«

Lavinia musterte ihre Fingernägel, die wie eingeölt glänzten. Richtig, sie hatte heute Vormittag in die Thermen gehen wollen. Würde sie es verkraften, käme die Sprache auf seinen Bruder? Selbst er fühlte sich unbehaglich bei dem Gedanken, wollte Paullus' Rückkehr abwarten, bevor er ein endgültiges Urteil fällte. »Es wird dich langweilen, mein Herz. Diese juristischen Spitzfindigkeiten ermüden sogar mich. Immerhin denke ich, dass Iulius alles ordnungsgemäß verrichtet hat und es keine Schwierigkeiten gibt. Mehr als den Pflichterbteil erwarte ich ohnehin nicht.«

Peregrinus trat herein und kündigte Niger an. Der folgte ihm, begleitet von einem schmächtigen Schreiber, auf dessen Wangen zahllose Pickel blühten. Kurz neigte Niger den Kopf vor Lavinia, dann nickte er Victor zu.

»Victor, Lavinia, entschuldigt meine Verspätung, ich bin untröstlich, aber ich wurde aufgehalten.«

Seine volltönende Stimme füllte das Tablinum, als stünde er in einem Konzertsaal.

»Ein trauriger Grund, der mich herführt. Ich habe deinen Onkel sehr geschätzt, ein hervorragender Geschäftsmann. Auch wenn er menschlich sicher seine Schwächen hatte.« Niger lächelte.

Servilia, ein Tablett mit Früchten und Getränken in den Händen, blieb auf der Schwelle stehen und starrte Niger an wie eine Erscheinung. Sie war entzückt, das war nicht zu übersehen.

»Servilia, stell das Tablett hier ab.« Mitleidslos riss Lavinia ihre Leibsklavin aus der Verzückung. Sie deutete auf den Tisch und winkte ihr dann zu gehen. »Wie geht es deiner Frau, Niger? Es dürften doch nur noch wenige Wochen bis zur Geburt eures Kindes sein?«, fragte sie.

»Oh, ausgezeichnet, danke. Sie meint, sie würde einem Elefanten immer ähnlicher. Wenn das Kind nicht früher als erwartet kommt, fürchtet sie, bei einer Tierhatz im Circus zu enden.«

Nigers Heiterkeit war ansteckend, der konnte sich selbst Lavinia nicht entziehen. Und lächelnd gewann sie zusätzlichen Reiz. Victor wusste, dass Niger zu den wenigen seiner Freunde gehörte, die seine Frau schätzte, obwohl diese Freundschaft seine Karriere nicht vorantrieb. Davon hatte Victor nicht viele, und wenn er es recht betrachtete, fiel ihm eigentlich nur Niger ein.

»Setz dich, werter Freund.«

Niger zeigte auf das Pickelgesicht. »Du kennst Helvius, meinen Schreiber? Er wird Protokoll führen und als Zeuge fungieren.« Nigers weiße Zähne blitzten in dem dunklen Gesicht. »Ich gehe davon aus, dass die Sachlage klar ist. Sofern du nichts dagegen hast, Victor, können wir auf weitere Zeugen verzichten.«

Victor war es recht. Niger wandte sich Lavinia zu, zog fragend die Brauen empor.

»Ich würde gern bleiben, wenn nichts dagegenspricht.«

»Oh, nun, es ist eigentlich nicht üblich, aber wenn Victor keine Einwände hat, bei Herkules, warum nicht. Also, dann wollen wir mal.« Niger holte ein paar verschnürte Wachstafeln aus seinem Lederbeutel und wandte sich an Helvius. »Verkündet, gesiegelt und beglaubigt durch sieben Zeugen, wie das Gesetz es vorschreibt, an den Nonen des Juni im Konsulat des Opilius Pedo Apronianus und M. Valerius Bradua Mauricus. Hast du das?«

Helvius kritzelte, die Zungenspitze schnellte zwischen den Lippen hin und her. Die Zunge verschwand, er nickte, drückte das letzte Zeichen fest in das Wachs seiner Tafel und sah auf.

Victor spürte die Erregung, unerwartet war sie über ihn gekommen, denn er hatte sich tatsächlich bislang keine Gedanken über eine mögliche Erbschaft gemacht. Trotz aller Geldsorgen wäre Iulius der Letzte gewesen, den Victor um Hilfe gebeten hätte. Er wusste nicht einmal genau, wie groß das Vermögen des Onkels war, nur dass es stattlich sein musste. Denn als klar gewesen war, dass nach der Regelung der Verbindlichkeiten seiner verstorbenen Eltern fast das gesamte Familienvermögen verbraucht war, hatte Iulius sich um ihre Ausbildung gekümmert, sie nach Rom geschickt und ihnen ein knappes, aber ausreichendes Auskommen gewährt. Zudem hatte der Onkel, ohne mit der Wimper zu zucken, die nötige Summe bereitgestellt, um für seinen Bruder und ihn den Ritterstand zu sichern. Aber sie hatten es sich teuer erkauft, mit seinen Beschimpfungen, seiner schlechten Laune, seinen Verboten und Schlägen.

In seine Gedanken vertieft hatte Victor die einleitenden Worte Nigers nur mit halbem Ohr verfolgt, die Formularien, die jeder bürokratische Akt mit sich brachte.

»Ich befehle, dass Felix und Victor zu gleichen Teilen die Erben der Hälfte meines Vermögens, Grundbesitzes und sämtlicher laufender Verträge sein sollen«, las Niger jetzt vor.

»Von der anderen Hälfte soll ein Drittel an meinen Verwalter Theophilus gehen, ein Drittel an meine Angestellten und Sklaven, das letzte Drittel an die Korporation der Bergwerkspächter.

Konkret sollen erhalten: Victor: 1.500.000 Sesterze, die Grundstücke in Iuliacum im Wert von einer Million Sesterzen, gemäß beiliegender Vertragskopie. Felix wird zugedacht: 1.500.000 Sesterze sowie der Gutshof in der Colonia Claudia Ara Agrippinensium samt Hausstand, sämtliche Bergwerkspachten und das Grundstück in der Belgica gemäß hinterlegter Vertragsabschrift, insgesamt ebenfalls eine Million Sesterze wert.

Ferner verfüge ich, dass Felix, falls er bis zu meinem Tod nicht vermählt ist, innerhalb der Frist von sechzig Tagen ab Testamentseröffnung heiratet und, falls er nicht noch Kinder bekommen und damit die volle Erbberechtigung erlangt hat, er so zumindest die Hälfte dessen erhält, was ihm zugedacht ist, das wären in diesem Fall 750.000 Sesterze und das Grundstück in der Belgica. Bis zu Felix' Eheschließung soll Theophilus die Verwaltung und Aufsicht des Felix' zugedachten Vermögens und der Geschäfte übernehmen. Nach termingerechter Eheschließung wird Theophilus Felix sein Erbteil überlassen und ihm mit seinen Kenntnissen zur Seite stehen. Dies alles ist in einem gesonderten Vermächtnis geregelt.« Niger räusperte sich und fuhr fort: *»Sollte Felix die Erbbedingungen ganz oder in Teilen nicht erfüllen, wird das ihm zugedachte Erbe an Bargeld und Grundstücken gänzlich beziehungsweise die Hälfte davon unter den übrigen Erben aufgeteilt. Die Bergwerkspachtverträge fallen an Theophilus.«*

Victor pulsierte das Blut in den Ohren. Damit hatte er nicht gerechnet. Anderthalb Millionen Sesterze, Grundstücke ... Zwar war ihm Fortuna zuletzt häufiger hold gewesen, doch hatten sich in all den Monaten viele Schulden angehäuft, die er nun auf einen Schlag würde begleichen können. Insgeheim bat er seinen Onkel um Vergebung für seine bösen, rachsüchtigen Gedanken, seine Flüche und Verwünschungen, mit denen er ihn bedacht hatte.

Niger fuhr fort, die Worte rauschten an Victor vorbei. Erst als Niger aufsah und seinen Blick suchte, hörte er wieder zu.

»Unabhängig von der Klausel der Eheschließung, die nur Felix betrifft, könnt ihr beide, was die Erbschaft angeht, innerhalb der nächsten einhundert Tage entscheiden, ob ihr sie überhaupt antretet. Wenn ihr innerhalb dieses Zeitraumes nicht entscheidet, sollt ihr enterbt sein. Nehmt ihr die Erbschaft an, so wird euch euer Anteil nach Ablauf der einhundert Tage sofort überschrieben werden.«

Victor runzelte die Stirn. »Ab welchem Zeitpunkt gelten solche Fristen? Wie soll Felix seine Auflage erfüllen, wenn er vermutlich noch nicht einmal weiß, dass der Onkel gestorben ist?«

»Iulius war dieses Problem durchaus bewusst. Es war sein Wunsch, dass Felix endlich eine Familie gründet, und mit seinem Testament gedachte er, diesem Wunsch Nachdruck zu verleihen.«

»Aber wir wissen nicht einmal genau, wo Felix sich derzeit aufhält«, warf Lavinia ein.

Niger klappte die Wachstafeln zusammen. »Iulius versicherte mir bei der Testierung, dass Felix von den Bedingungen des Testaments erfährt.«

Richtig, der Brief, dessen Diktat Lavinia mitangehört hatte! Theophilus müsste ihn längst überbracht haben. Möglicherweise war diese Botschaft ein Grund, der Felix zur Rückkehr in die Agrippinensis bewegte – wenn es Paullus nicht gelungen war, ihn zurückzuhalten. Victor spürte ein Kribbeln im Magen.

»Theophilus wird sich freuen«, warf Lavinia ein. »Hat er nicht vier Kinder? Die können jetzt gelassen in die Zukunft schauen.«

»Fünf sogar«, antwortete Victor abwesend. »Ist Theophilus eigentlich schon wieder zurück? Er wird wissen, wo Felix sich aufhält.«

Niger schüttelte den Kopf. »Ich hätte ihn sonst herbestellt, denn er ist ein wesentlicher Miterbe. Davon abgesehen haben wir vom Magistrat jemanden losgeschickt, sowohl Theophilus als auch Felix zu suchen, um ihnen die traurige Nachricht zu überbringen.«

»Das ist nicht üblich, Niger. Selbstverständlich hätte ich alles …«

»Ich weiß, Victor. Doch ich dachte, nach dem schmerzlichen Verlust kann ich euch wenigstens das abnehmen.«

»Theophilus ist noch nicht zurück, sagst du? Und wenn ihm etwas zugestoßen ist? Die Götter mögen es verhütet haben! Aber was ist dann?«

»Oh, für den Fall, dass einer der Begünstigten stirbt, bevor er das Erbe antreten kann, wird sein Teil den anderen zugeschlagen. Iulius' Vorgaben sind da ganz eindeutig und entsprechen den gesetzlichen Bestimmungen.« Niger verstaute die Testamtenttafeln wieder in seinem Beutel. »Ist soweit alles klar?« Er schaute zu Victor, den Kopf leicht geneigt.

»Für den Augenblick, ja. Es werden sicher noch Fragen auftreten. Aber jetzt, so denke ich, sollten wir darauf anstoßen, dass ich Millionär bin!«

Victor versuchte, einen Blick von Lavinia einzufangen. Kurz hatte er überschlagen, dass er mit dem Vermögen alle seine Schulden begleichen könnte und dennoch reichlich übrig bleiben würde. Ihm fiel ein Stein vom Herzen, nun würde Lavinia nichts von seiner heimlichen Leidenschaft erfahren und er würde ihr weiterhin jeden Wunsch erfüllen können.

»Bald, bald bist du Millionär«, dämpfte Lavinia seine Begeisterung.

Niger nickte. »Melde dich bei mir, sobald du sicher bist, dass du das Erbe antreten willst.«

»Ich denke, da brauche ich nicht lange zu überlegen.«

»Ich kann dir nur raten, nimm dir die Zeit, die die Abwicklung des Testamentes in Anspruch nimmt, schau in die Unterlagen, die zu deinem Erbe gehören.«

Niger hatte Iulius sehr gut gekannt, und obwohl Iulius ihn immer als Verschwender, Hurenbock und Trinker beschimpft hatte, über mangelnde Redlichkeit hatte er nie etwas verlauten lassen. Wenn Niger jetzt zur Prüfung riet, so sollte Victor das ernst nehmen.

Niger hob den Becher und zwinkerte Victor zu. »Vielleicht hat Iulius dir ja ein Kuckucksei ins Nest gelegt und die Grundstücke sind verschuldet. Dann hättest du womöglich mehr Kosten am Hals, als Bargeld winkt. Ich rate dir, prüfe in Ruhe und dann melde dich bei mir.«

Bei Nigers Worten zitterten Lavinias Hände. Victor sah es, als sie ihm Wein nachschenkte. »Zuzutrauen wäre es ihm«, murmelte sie.

KAPITEL VII

Ein Fremder und ein Brief

Mons Iovis, 28. Juli bis 30. Juli 192 n. Chr.

Ateius schnarchte neben ihm. Felix lauschte den an- und abschwellenden Atemgeräuschen. Von Salvator war nur ein gelegentliches leises Pfeifen und Schnaufen zu vernehmen. Aber auch ohne diese nächtlichen Geräusche hätte er kein Auge zugetan. Sein Fuß schmerzte, die Decke roch nach Ziege und die Tunika, die Salvator ihm geliehen hatte, kratzte. Er warf die Decke von sich und wälzte sich auf die andere Seite.

Zwei Tage und Nächte hatten sie im Schacht verbracht, zwei Tage, die sein Leben völlig auf den Kopf gestellt hatten. Immer wieder überdachte er das Gehörte, doch es blieb unbegreiflich. Ein Mörder sollte er sein, ein toter Mörder noch dazu. Er konnte froh sein, dass Ateius einen Freund wie Salvator hatte, der ihnen Unterschlupf gewährte.

Wie Felix dem gestrigen Gespräch entnommen hatte, kannten sich die beiden aus der Arena. Über die Hintergründe, warum Ateius aus der Gladiatorenschule heraus wegen eines Mordes in die Minen verurteilt worden war, hüllten sich beide in Schweigen. Salvator hingegen hatte sich freikaufen können und arbeitete seither im Bergbau, seit einiger Zeit hier am Mons Iovis, wohin dann Ateius verurteilt worden war. Salvator schien Ateius gegenüber irgendeine Verpflichtung zu haben. Warum sonst bemühte man sich für einen Gefangenen, einen Mörder noch dazu? Einerlei, jetzt war dieser Umstand von Vorteil, genauso wie der Umstand, dass Salvators Hütte sich außer Sichtweite der Siedlung hinter einer Schlackenhalde befand und so gut wie nie jemand herkam.

Felix verschränkte die Hände im Nacken. Wie hatte es nur zu dem Einsturz des Stollens kommen können? Er hatte den Pfosten doch untersucht, morsch war er nicht gewesen, sonst hätte er erst eine neue Stütze anbringen lassen. Wenn der Schacht weiter vorn oder hinten eingefallen wäre … Aber gerade dort, wo sie gearbeitet hatten … Nein, der Pfosten war nicht morsch gewesen!

Es dämmerte, neben ihm regte sich Ateius. Felix musste doch noch einmal eingeschlafen sein, denn er hatte Salvator nicht hinausgehen hören, der nun die Tür aufstieß. In der Hand trug er einen Eimer mit frischem Wasser.

»Schon wach?«, fragte er. »Ich muss los. Brot und Käse stehen auf dem Tisch, bedient euch. Ich werde versuchen, etwas über diesen Fremden, diesen Marcus, herauszufinden. Ihr bleibt hier, geht auf keinen Fall vor die Tür und lasst niemanden ein.«

Ateius brummte etwas, kurz darauf waren seine regelmäßigen Atemzüge zu hören.

Felix beneidete ihn, er selbst fürchtete den Schlaf. Die Hände hinter dem Kopf verschränkt, starrte er an die Decke, bis ihm endlich doch die Augen zufielen.

Bilder tauchten vor ihm auf, herunterstürzende Steine, Dunkelheit, Todesangst. Ein Gesicht erschien, entstellt von einem Feuermal. »Hilft sie nicht, kommt es noch schlimmer, schlimmer, schlimmer …« Panik ließ ihn hochschrecken, sein Gesicht war schweißnass. Er stürzte einen Becher Wasser hinunter, fühlte sich dennoch wie ausgedörrt.

Ateius erwachte und reckte sich. Er schlenderte zu einem Regal, stöberte zwischen den gestapelten Schüsseln und Bechern. Kurz darauf hielt er einen Becher in die Höhe. »Hast du Lust zu würfeln?« Ateius kippte die Würfel in seine hohle Hand und ließ sie klappern.

»Meinetwegen.«

Immerhin verging die Zeit. Nach einigen Spielen häuften sich die Mühlesteine, die sie als Einsatz verwendeten, vor Ateius, Felix hatte erst einen einzigen gewonnen. Er schüttelte die Würfel, ließ sie auf dem Tisch rollen. Der erste fiel: sechs, der zweite: sechs. Felix sah mit angehaltenem Atem dem dritten zu, der sich um die eigene Achse drehte, torkelte und endlich zu liegen kam: sechs! Venuswurf, gewonnen!

Ateius würfelte neun. Mit grimmigem Gesicht schob er Felix siebenundzwanzig Steine zu.

»Ha, das sieht jetzt aber schon anders aus!«

»Psst, ruhig!« Ateius hob die Hand und lauschte.

In seinem Überschwang hatte Felix gar nicht bemerkt, dass er seine Stimme erhoben hatte. Erschrocken hielt er den Atem an. Alles war still, zum Glück.

Der Zauber war vergangen, für die Dauer des Spiels hatte Felix seine Anspannung vergessen, jetzt schnürte sie ihm nur noch stärker die Brust zusammen. »Lass genug sein«, bat er Ateius.

Schon bald bereute Felix, dass er den Zeitvertreib abgebrochen hatte, denn sofort kreisten seine Gedanken wieder um das Unglück, den Tod des Theophilus.

Ein dumpfes Klatschen ließ Felix aufblicken. Ateius warf einen kleinen Ball hoch und fing ihn wieder auf. Das Auftreffen des Balles in der Hand verursachte das Geräusch.

»Heute Nacht hast du im Schlaf gesprochen«, sagte Ateius, ohne sein Fangspiel zu unterbrechen.

»So?« Felix stand auf und humpelte an die Fensterluke, um einen vorsichtigen Blick hinaus zu riskieren. Es dämmerte, bald musste Salvator zurückkehren, dann hatte das Warten ein Ende. »Was habe ich denn gesagt?«

»Ich konnte die Worte nicht verstehen.«

Felix drehte sich zu ihm um. »Wo hast du denn den Ball gefunden?«

»Das ist meiner.«

Ateius musste ihn in seiner Tasche gehabt haben, die er wie seinen Augapfel hütete. Darin verwahrte er Pilze, um Feuer zu machen, einen Ball, und Felix fragte sich, was er wohl noch alles mit sich herumtrug.

»Du bist vom Kaiser persönlich als Curator eingesetzt, heißt es. Stimmt das?«

Es war das erste Mal, dass Ateius eine persönliche Frage an ihn richtete.

»Ja, ich erhielt den Befehl von Commodus.«

»Also kennst du den Kaiser?«

»Ich habe ihn mal gesehen, bei einem Empfang.«

»Er hat dich beauftragt, da müsstest du ihn doch kennen.« Gleichmütig warf Ateius erneut den Ball in die Luft.

Das mochte man denken, wenn man mit den Regularien in Rom nicht vertraut war. »Der Befehl wurde mir von seinem Cubicularius Eclectus übermittelt.«

»Ah, dem Ägypter.«

Felix staunte, dass Ateius den Mann kannte. »Wie gesagt, Commodus traf ich nur bei einem Empfang, zu dem mein Onkel mich mitnahm. Da begrüßte ich ihn, er fragte, was ich täte, Höflichkeiten eben.«

»Hmm. Und wie ist er so? Der Kaiser?«

Was sollte er darauf sagen? Er wusste auch nur, was man in Rom so redete.

»Mir ist seine Schwärmerei für Gladiatorenkämpfe und Pferderennen aufgefallen. Er ist erklärter Bewunderer der Grünen, soll manchmal sogar deren Kleidung tragen, hörte ich. Auf dem Empfang schien er mir ganz normal, falls es das ist, was du meinst.«

Ateius unterbrach sein Spiel. »Auf dem Empfang – und was erzählt man sich sonst?«

»Na ja, so einiges. Aber bedenke, dass er erst neunzehn war, als sein Vater starb. Und was für ein Erbe er antreten musste. Es ist nicht leicht, den Fußstapfen eines so berühmten und gewürdigten Mannes wie Marcus Aurelius zu folgen. Es wird viel über Commodus geredet, aber die Hälfte davon ist sicher erfunden.«

»Dass er schon viele hat ermorden lassen, ist kein Gerücht. So unbedarft kann er also auch wieder nicht sein.«

»Er hat Berater. Und bei denen, die ihm nach dem Leben trachten, muss er handeln. Außerdem unterscheidet ihn das nicht von anderen Kaisern vor ihm.«

»Auch wahr.«

»Commodus lebt in ständiger Furcht vor Anschlägen. Und Attentäter sogar im engsten Familienkreis annehmen zu müssen ... Seine eigene Schwester Lucilla, stell dir vor, wiegelte ihren Mann Pompeianus zu einem Attentat auf. Mit erhobenem Schwert soll er sich dem Kaiser in den Weg gestellt haben.«

Ateius rollte den Ball zwischen den Handflächen. »Diese Lucilla muss ihren Mann sehr gehasst haben.«

Damit traf Ateius den Nagel auf den Kopf. In Rom hatte niemand daran gezweifelt, dass Lucilla eher ihren Gatten Pompeianus als ihren Bruder Commodus hatte loswerden wollen. – Dieser Gladiator hatte eine außerordentliche Kombinationsgabe.

Ateius ließ seinen Ball wieder in die Höhe schnellen. »Viel zugetraut hat sie Pompeianus offenbar nicht.«

Felix lachte.

»Und jetzt sind sie beide tot, denke ich mal.«

»Lucilla ja, von Pompeianus habe ich nichts mehr gehört. Ateius?«

»Ja?«

»Darf ich dich auch etwas fragen?«

»Sicher.«

»Warum hat man dich in die Minen verurteilt?«

Ateius hielt den Ball fest. Er starrte schweigend vor sich hin. Schließlich fuhr er mit seinem Spiel fort. »Möglich, dass ich es dir irgendwann erzähle.«

Das musste Felix wohl so hinnehmen. »Wo hast du eigentlich als Gladiator gekämpft?«

»Hier und da.«

»Auch in der Agrippinensis?« Zuletzt hatte Felix im vergangenen Jahr in Rom einen Gladiatorenkampf gesehen, und da war er über sich selbst entsetzt gewesen, als er spürte, wie ihn der Anblick der Kämpfer und der Geruch des Blutes erregt hatten. »Oder kämpftest du sogar in Rom?«

Ateius unterbrach wieder sein Spiel, in seinen dunklen Augen glomm ein Feuer. »Warum fragst du all das? Was willst du von mir?«

Felix spürte, wie ihm das Blut in die Wangen schoss. »Nichts! Entschuldige, ich dachte … Ich war einmal dort, im Amphitheater, ich dachte, vielleicht hätte ich dich da gesehen.«

»Ich war nie dort.«

Die Antwort kam mit Nachdruck, so dass Felix es nicht wagte, weiter zu fragen.

Sie hingen ihren Gedanken nach, bis Salvator rüttelnd die Tür aufstieß. »Verdammt, müsste ich endlich einmal richten, das krumme Ding.«

»Hast du etwas herausbekommen, Salvator?« Felix konnte seine Ungeduld nicht zügeln.

Salvator hantierte an der Feuerstelle. Als die Flammen aufloderten, stellte er einen Topf darauf, füllte Wasser hinein. Dann bückte er sich zu einem Korb am Boden, nahm Zwiebeln, Rüben, Bohnen, Knoblauch heraus und hangelte einen Speckstreifen vom Haken an der Decke, den er zu dem Gemüse auf den Tisch legte. Er zog ein Messer vom Gürtel und drückte es Ateius in die Hand. »Ich habe etwas zu berichten, aber erst einmal arbeitet ihr eure Unterkunft ab.«

Felix schob er ein kleines Messer und den Speck zu, mit der Anweisung, eine dicke Scheibe davon in Würfel zu schneiden. Kurz darauf warf ihr Gastgeber das vorbereitete Gemüse und den Speck in einen Topf mit Wasser und stellte ihn auf den Rost der Feuerstelle.

Sie setzten sich an den Tisch und Salvator schenkte ihnen verdünnten Wein ein.

»Warum hilfst du uns, Salvator? Du könntest große Schwierigkeiten bekommen.«

»Hat Ateius nichts gesagt? Nun, das sieht ihm ähnlich.« Salvator nahm einen Schluck. »Er hat mir in der Arena den Kopf gerettet.«

»Genug davon, Salvator hätte das Gleiche für mich getan«, brummte Ateius und stand auf, den Eintopf umzurühren.

»Hast du mehr über diesen Marcus herausgefunden, der diese absurde Geschichte verbreitet?«, fragte Felix.

Salvator wiegte den Kopf. »Man beschrieb ihn als großen, kräftigen Kerl mit dunkler Haut, dunklen Augen, das Haar kurz geschoren.«

Dieser Beschreibung entsprachen hier etliche. »Das ist wenig hilfreich. Ich wüsste jedenfalls nicht, dass unter den Leuten meines Onkels jemand so aussieht.«

Salvator zuckte die Achseln und strich sich über das stoppelige Kinn. »Er hat wohl behauptet, du selbst hättest den Schacht zum Einsturz gebracht, um deine Mordtat zu verschleiern. Es sei die Rache der Götter gewesen, dass du dabei zu Tode gekommen seiest. Den Leuten im Dorf ist es offenbar gleich; da du tot bist, ist die Angelegenheit für sie erledigt.«

»Und was glaubst du?«

Salvator kratzte sich am Kopf. »Ach, was weiß ich.«

»Warum bietest du mir dann Unterschlupf? Ateius' wegen, nicht wahr?«, stellte Felix fest.

Salvator nickte. »Er hält dich für einen Ehrenmann.«

Felix warf Ateius einen Blick zu, doch der führte seinen Becher zum Mund, nahm einen Schluck und stellte ihn bedächtig wieder auf den Tisch, die Augen halb geschlossen, als hätte er die Unterhaltung nicht verfolgt.

»Was ist mit Quintulus, hast du ihn gesehen?«

Salvator schüttelte den Kopf. »Ein Kollege meinte, er habe es sehr eilig gehabt, deinen Trupp zu übernehmen. Heute Morgen sei er zum nächsten Revier aufgebrochen, um deine Arbeit fortzusetzen, bis neue Befehle aus Rom kommen.«

»Dann hat er also bereits eine Nachricht an den Kaiser geschickt, dass ich … dass wir …« Felix' Stimme versagte.

»Dass wir tot sind«, ergänzte Ateius, plötzlich erwacht. »Ja, so sieht es aus. Kaum ist einer fort, rückt der Nächste nach.«

Felix konnte es Quintulus nicht einmal verdenken, dass er die Gunst der Stunde zu seinem Vorteil nutzte. Dennoch kroch ihm ein bitterer Geschmack die Kehle herauf.

Er versuchte, seine Verzweiflung zu unterdrücken, einen klaren Gedanken zu fassen. Was sollte er jetzt tun? Wo konnte er hin? Da war er im Schacht knapp dem Tode entronnen, um nun als Schatten in der Welt der Lebenden zu wandeln.

Salvator saß ihm gegenüber und hatte ihn ins Auge gefasst. »Was denkst du?«

»Es muss einen Zusammenhang geben. Einen Zusammenhang zwischen dem toten Theophilus und dem Einsturz.«

Ateius lachte. »Natürlich, du hast doch wegen dieses Theophilus den Einsturz des Stollens herbeiführen wollen, weißt du nicht mehr?«

Felix nickte. »Ja, ganz recht. Nur ist der Einsturz anders verlaufen als geplant. Warum, frage ich dich?«

Ateius wiegte den Kopf. »Du hast etwas übersehen, eine Spalte, eine Fehlstelle im Fels.«

»Die Stütze.«

»Was meinst du?«

»Die Stütze brach zusammen, als du den Fels absprengen wolltest. Darüber stand das Gestein locker an.«

»Der Stützbalken war morsch, das hast du doch selbst gesagt, bevor du hinuntergegangen bist«, wandte Salvator ein. »Ich war dabei.«

»Ich habe gesagt, der Verbau sei morsch und müsse ausgewechselt werden, weil das Gestein darüber brüchig schien. Zugleich habe ich darauf hingewiesen, dass allein der Balken sicher sei.«

Ateius richtete sich auf. »Das war aber am Tag zuvor, als die Rede darauf kam. Und es standen genug Leute herum, die das gehört haben. Wenn nun jemand …«

Felix nickte. Genau dieser Gedanke ging ihm auch durch den Kopf.

Salvator winkte ab. »Wenn, wenn, wenn. Habt ihr nicht etwas Bewiesenes?«

Felix rieb sich über das Gesicht. »Erwiesen ist, dass der Balken nicht hätte brechen dürfen. Ich habe ihn geprüft. Er hätte gehalten«, sagte er fast trotzig. Da hatte Holzmehl am Boden gelegen, und dann war da noch diese blinkende Säge, die er kaum beachtet hatte.

Salvator schöpfte jedem einen Napf mit Suppe voll und stellte sie vor sie hin. »Langt zu.«

Felix kostete die Suppe, sie war heiß, er blies über den Löffel und genoss den Duft nach Speck und Zwiebeln. »Weiß eigentlich jemand, was Theophilus von mir wollte, Salvator? Was ist mit dieser Nachricht von meinem Onkel, von der du erzählt hast, wo ist sie abgeblieben?«

Salvator zuckte die Achseln.

»Weißt du, wo Theophilus einquartiert war, während er auf mich wartete?«

»Nicht im Vicus. Aber ganz in der Nähe, ein Stück die Straße nach Mogontiacum hoch, gibt es eine Mansio, die auch Zimmer an Reisende vermietet.«

»Ich werde hingehen und den Brief suchen.« Felix wischte sich über den Mund.

»Und wenn Theophilus ihn bei sich hatte und er jetzt mit ihm zusammen im Schacht steckt?«, fragte Salvator.

Felix zuckte die Schultern. »Möglich, aber warum hätte er die ganze Zeit eine Wachstafel oder eine Pergamentrolle mit sich herumtragen sollen? Nein, ich glaube, dass der Brief noch in seiner Kammer ist.«

»Nehmen wir das einmal an«, sagte Salvator. »Du gehst also in das Rasthaus und sagst: Guten Tag, mein Name ist Felix, ich bin zwar tot und gelte als Mörder, aber kann ich mal einen Blick in Theophilus' Kammer werfen?«

Sogar Ateius grinste.

»Außerdem musst du durch den ganzen Vicus, um dorthin zu gelangen. Man wird dich erkennen.« Salvator legte ihm seine Hand auf die Schulter. »Ich werde gehen und mich erkundigen. Mich kennen sie, ich trinke dort gelegentlich einen Wein.« Salvator stand auf. »Der Kerl behauptete doch, zum Hausstand deines Onkels zu gehören, und der heißt Lucius Iulius Modestus, oder?«

Das Quietschen der Tür weckte Felix aus einem unruhigen Schlaf. Salvator war zurück.

»Und?« Felix starrte in die Dunkelheit und versuchte, den Bergmann auszumachen.

Der entzündete eine Öllampe und stellte sie auf den Tisch. »Es war kein Brief unter seinen Sachen.«

»Hast du sie mitgebracht? Lass mich selbst sehen.«

Salvator schüttelte den Kopf. »Der Wirt hat die paar Habseligkeiten verschenkt, nachdem er von dem Tod seines Gastes erfahren hat. Es sei nichts von Wert darunter gewesen und er habe nicht gewusst, was er damit tun solle. Theophilus hatte schließlich keine Angehörigen hier. Meine Fragen fand er äußerst verdächtig, und dass ich Theophilus von früher kannte, hätte ich auch besser nicht behauptet. Wenigstens hatte er ein schlechtes Gewissen. Ich wette bei Iupiters Blitz, dass er die Sachen für sich behalten oder verkauft hat.«

Felix presste die Lippen aufeinander. »Weißt du, ob sonst jemand nach Theophilus' Sachen gefragt hat?«

»Nein, ich war der Erste, der sich dafür interessierte.«

»Hm. Was wohl in dem Brief steht? Ich glaube, er ist der Grund, dass Theophilus mit dem Mann stritt, der ihn schließlich in den Schacht stieß.«

»Der Brief, der Brief!«, stöhnte Ateius und rollte die Augen zur Decke. »Genauso gut kann es sein, dass es bei dem Streit gar nicht um das verdammte Schreiben gegangen ist, sondern um sonst etwas. Oder der Mörder wollte einfach verhindern, dass die Nachricht dich erreicht. Mit Theophilus' Tod wäre das erledigt gewesen. Warum also will dir der Kerl dann noch ans Leder, indem er den Stollen über unseren Köpfen zum Einsturz bringt?«

»Es ist ganz einfach«, sagte Felix schließlich.

»So?«, fragten Salvator und Ateius wie aus einem Mund.

»Ich werde meinen Onkel fragen, was er mir mitteilen wollte.«

»Ausgezeichnete Idee«, bestätigte Ateius.

Salvator lehnte sich zurück und sah Felix freundlich an. »Hoffentlich fällt der nicht um vor Freude, wenn ein Toter vor ihm steht, denn zweifellos wird schon ein Bote mit der Nachricht von deinem Ableben zu ihm unterwegs sein.«

Kapitel VIII

Eine Hand wäscht die andere

Colonia Agrippinensis, 1. August 192 n. Chr.

Lupus schenkte Victor Wein nach. »Wir sehen die Entwicklungen in Rom mit großer Sorge«, meinte er unvermittelt.

Victor war überrascht, seit wann besprach der Statthalter denn das politische Geschehen der Hauptstadt mit ihm? »Versteigt der Kaiser sich etwa immer noch in seinen Mystizismus?«

Lupus seufzte. »Er hat Geld geschickt, damit wir hier einen Isis-Tempel bauen. Mit einer repräsentativen Inschrift, versteht sich. Das ganze Getue um Magna Mater, Isis, Mithras trägt doch die Handschrift seines Cubicularius Eclectus. Dieser Wicht gewinnt immer mehr an Einfluss, während der Kaiser sich in neue Mysterien einweihen lässt.«

»Was ist mit Marcia?«

»Seine Geliebte!« Lupus lachte auf. »Sie soll einem orientalischen Kult angehören, deren Anhänger einen gekreuzigten Hochverräter verehren. Ich glaube kaum, dass von der ein positiver Einfluss auf Commodus zu erwarten ist.« Lupus strich sich gedankenverloren über den Bart. »Was für Zeiten! Kaum herrscht einigermaßen Ruhe in der Provinz, haben wir die wilden Horden jenseits des Rhenus halbwegs unter Kontrolle, da verschleudert der Kaiser Geld durch die Förderung von Sekten.«

»Während es um die Staatskasse schlecht steht …«

»So ist es! Für seinen Irrglauben treibt der Kaiser Geld auf, während die Legionen rebellieren, weil ihr Sold auf sich warten lässt.«

Victor rieb sich das Kinn. »Meinst du, es ist wieder mit Unruhen zu rechnen?« Es war erst gut fünf Jahre her, dass der Kampf gegen die Armee, die der Deserteur Maternus um sich geschart hatte, ein großes Thema in Rom gewesen war. Die Legionen hatten große Mühe gehabt, Maternus' Truppen zu besiegen, vom Geld gar nicht zu reden. Viele waren bei den Kämpfen umgekommen. Wenigstens hatten die Deserteure, Sklaven, Abenteurer, die sich Maternus angeschlossen hatten, ihre gerechte Strafe bekommen. Entweder waren sie gleich zum Tode oder zur Arbeit in den Minen verurteilt worden. Ob Felix bei seinen Inspektionen mit diesen Leuten zu tun bekam? Vom Krieg selbst hatte sein Bruder wohl kaum etwas mitbekommen, Felix war zu der Zeit in Hispania gewesen.

Genug, an Felix wollte Victor jetzt nicht denken. In Kürze müsste Paullus zurückkommen, dann würde er weitersehen. Mit Mühe konzentrierte Victor sich wieder auf das Gespräch. »Aber was können wir hier schon tun?«, fragte er halbherzig.

Lupus setzte seinen Becher ab. »Ich korrespondiere regelmäßig mit meinem Freund Laetus in Rom. Er kennt Marcia ganz gut und im Gegensatz zu mir schätzt er die Mätresse des Kaisers. Er wirkt seit einiger Zeit auf sie ein …«

Quintus Aemilius Laetus befehligte die kaiserliche Prätorianergarde. Neben dem Kaiser und seinem Cubicularius war er einer der einflussreichsten Männer Roms. Mithilfe der

Prätorianer könnte man Commodus vielleicht zur Vernunft bringen. Es könnte aber auch bedeuten, dass eine Verschwörung im Gange war. Oder … Victor trank einen Schluck Wein. Nein, an so etwas durfte er nicht denken. Und warum zog ihn der Statthalter ins Vertrauen? Er wollte so etwas nicht wissen, in seiner Position durfte er so etwas nicht wissen. Victors Magen zog sich zusammen, der Schluck Wein kroch brennend seine Kehle herauf.

Lupus stützte seinen Arm auf die Lehne seines Sessels und beugte sich zu ihm hinüber. »Kein Grund zur Sorge, mein lieber Victor. Was auch passiert, wir sind hier weit weg vom Geschehen. Du glaubst gar nicht, wie dankbar ich darüber bin, gerade jetzt diese Provinz zu verwalten. Nicht auszudenken, ich wäre in Rom, in diesem Gespinst von Intrigen aller möglichen Parteien. Du weißt, es gibt Senatoren, die ihre Tage damit verbringen, sich bei Commodus einzuschmeicheln, sich um sein Wohlergehen sorgen, ihn hüten wie ihren Augapfel und jedem Kult beitreten, dem der Kaiser gerade seine Gunst schenkt.« Lupus neigte den Kopf. »Doch es gibt auch andere Kräfte in Rom, denen das Wohl des Reiches noch etwas gilt, die sich dafür einsetzen, dass neue Zeiten anbrechen. Viele Senatoren denken so. Doch es fehlt uns noch der Rückhalt aus dem Ritterstand. Und um diesen für uns zu gewinnen, Victor, rechne ich mit deiner Unterstützung.«

»Warum ich? Wie soll ich …?«

Lupus hob die Hand. »Mein lieber Victor. Wie ich hörte, ist dein werter Onkel verstorben und dich erwartet eine Erbschaft. Du weißt sicherlich, wie leicht es bei derlei Angelegenheiten zu unvorhergesehenen Schwierigkeiten kommen kann. Ein gutes Verhältnis zum Statthalter ist da sicher förderlich. Und wenn ich deine finanzielle Situation bedenke und wie einfallsreich du versuchst, deinen Ruin abzuwenden, wirst du bestimmt Wege finden, mir behilflich zu sein. Zumal auch für dich eine Wende im politischen Geschehen Vorteile bringen würde. Ich versichere dir, sobald in Rom das neue Zeitalter beginnt, werde ich mich dafür einsetzen, dass du einen Platz im Senat bekommst. Allerdings erwarte ich, geschätzter Victor, deinen uneingeschränkten Einsatz für meine, unsere Pläne.«

Victor schwirrte der Kopf. Pläne? Bei allen Göttern, was Lupus da andeutete, bestätigte seine schlimmsten Befürchtungen. Und er sah keine Möglichkeit, sich dem Statthalter zu verweigern. Lupus wusste um seine Spielleidenschaft, setzte ihn damit unter Druck. Doch bot er ihm die Aussicht, in den Senat einzuziehen! Victor wäre der Erste seiner Familie, dem diese Ehre zuteil würde. Was würde Lavinia dazu sagen? Nichts und niemand würde sie mehr von seiner Seite wegbringen. Als Frau eines Senators stiege sie in die höchsten Kreise auf. Er räusperte sich. »Du kannst auf mich zählen, Virius Lupus.«

Lupus lehnte sich zurück, nickte leicht. »Ich habe nicht daran gezweifelt.« Er hob sein Glas. »Auf den zukünftigen Senator!«

Der kostbare Falerner des Statthalters wirkte wie ein Vorgeschmack der süßen Zeiten, die für Victor anbrechen würden. »Was genau erwartest du von mir?«

»Dein verstorbener Onkel hatte gute Beziehungen in Rom, vor allem zu den Rittern. Du kennst sie alle. Es wäre gut, wenn du begännest, bei ihnen den Boden für unser Vorhaben zu bereiten.«

»Gut. Und was ist mit den Rittern hier in der Agrippinensis? Niger zum Beispiel oder Lucius Pamphilius, sind sie eingeweiht?«

»Kümmere du dich um deine Kontakte in Rom, darüber hinaus halte Stillschweigen.«

Den ganzen Nachmittag saß Victor nun schon im Arbeitszimmer und brütete vor sich hin. Die Kontakte zu den Rittern in Rom pflegen – wie sollte er das anstellen? Die meisten dieser Leute kannte er nur flüchtig. Victor trommelte mit den Fingern auf die Sessellehne; als er es bemerkte, hielt er inne.

Frauenstimmen drangen aus dem Atrium zu ihm in das Tablinum. Sabina, die Frau des Statthalters, war zu Besuch gekommen. Erst das vertrauliche Gespräch am Morgen, nun der Besuch seiner Frau … Ein saurer Geschmack kroch in seinem Hals hoch, als er an die möglichen Folgen eines Umsturzes dachte. Er wäre nicht der Erste, den Commodus aufgrund eines Verdachts hinrichten ließe.

Lachen hallte zu ihm herüber. Immerhin bestand die Aussicht, dass alles besser werden würde. Victor wurde ein wenig leichter ums Herz, er wandte sich den Akten zu. Sein Bericht über die Verhandlungen mit den Chatten stand an.

»Noch immer bei der Arbeit, mein Armer?« Lavinia schlang ihre Arme um seinen Nacken und schmiegte sich an seinen Rücken. »Stell dir vor, Sabina beabsichtigt, zu meiner Feier zu kommen. Sie versprach, auf Virius Lupus einzuwirken.« Seine Frau beugte sich über ihn und küsste ihn auf die Stirn. »Du wirst es noch zu etwas ganz Großem bringen, mein Victor! Ich weiß es!«

Fast hätte Victor ihr erzählt, wie nah ihr Traum der Wirklichkeit war. Doch im letzten Moment verbiss er sich jedwede Andeutung. Erst musste Gewissheit herrschen. Er schaute Lavinia hinterher, wie sie leichten Schrittes hinauseilte, zu ihrem Sohn. Das duftige grüne Gewand umwehte sie. So musste eine Nymphe aussehen.

Kaum war sie verschwunden, durchquerte sein Sklave Peregrinus das Atrium und blieb auf der Schwelle des Tablinums stehen. »Paullus ist eingetroffen und möchte dich sprechen. Ist es dir genehm, Herr?«

Endlich! Zwei Wochen war sein Leibwächter nun fort gewesen. »Führe ihn sofort herein, Peregrinus.«

Victor trommelte mit den Fingern auf den Tisch, schenkte sich Wein nach und trank hastig. Was Paullus wohl für Neuigkeiten brachte? Ob er Felix gesprochen hatte? Victor brannte darauf, zu erfahren, was sein Bruder zu dem Vorfall – so nannte er Lavinias Anschuldigung inzwischen bei sich – zu sagen hatte. Seit ihrer Bezichtigung pendelten seine Gefühle für Felix von einem Extrem ins andere. Einmal suchte er nach Erklärungen, nach Entschuldigungen, dann wieder spürte er unbändigen Zorn, fast Hass. Manchmal, aber dafür schämte er sich sofort, fragte er sich, ob Lavinia vielleicht übertrieben, gar seinen Bruder ungerechtfertigt beschuldigt hatte. Nein, unmöglich, so etwas würde Lavinia niemals tun.

»Herr!« Paullus trat mit energischen Schritten in das Tablinum.

Victor winkte ihm, sich zu setzen. »Berichte! Hast du Felix gesprochen?«

»Nein, Herr, das war nicht möglich.«

Victor runzelte die Stirn. »Warum nicht?«

Paullus hob die Hand. »Es ist alles in deinem Sinne, denke ich, du wirst es gleich verstehen, gedulde dich.«

Victor zügelte seinen Zorn und winkte Paullus, fortzufahren.

»Im Vicus traf ich Theophilus und sprach mit ihm.«

»Immerhin, und, ist er bereit, mit mir zu kooperieren?«

»Nein, Herr.«

»Du hast vielleicht gehört, dass sich die Situation während deiner Abwesenheit grundlegend geändert hat. Mein Onkel Lucius Iulius Modestus, Theophilus' Herr, ist gestorben. Und er hat auch Theophilus einen ordentlichen Betrag hinterlassen. Das wird ihn sicher freuen. Seid ihr gemeinsam zurückgekehrt?«

Paullus sah auf den Becher in Victors Hand, dann zu Boden. »Theophilus ist verunglückt, Herr, er ist tot.«

Victor sprang auf. »Was ist passiert?«

»Nun, Herr, es wird sicher ein Unglücksfall gewesen sein. Doch in der Siedlung unten am Mons Iovis heißt es, dein Bruder habe ihn im Zorn ermordet.«

Victor lachte auf und ließ sich wieder in seinen Sessel sinken. So sehr er an der moralischen Qualität seines Bruders zweifelte, einen Mord traute er ihm nicht zu. »Das ist lächerlich.«

»Natürlich, Herr.« Paullus schluckte trocken, den Blick auf dem Becher.

Victor verstand den Wink. »Peregrinus«, rief er in die Leere des Atriums hinein, »bring einen Becher für Paullus.«

Unverzüglich kam der Sklave dem Befehl nach und schenkte Paullus ein. Der trank gierig, setzte den Becher ab und wischte sich mit der Hand ein Rinnsal vom Kinn.

»Wie kam es zu der Anschuldigung? Und was ist mit Felix? Wo ist er?«

»Noch ein wenig Geduld, Herr. Ich traf also Theophilus, der Felix einen Brief seines Onkels zu überbringen hatte. Ich wollte nicht gleich in ihn dringen, so verabredete ich mich mit ihm für den nächsten Abend auf einen Wein.«

Ungeduldig schenkte Victor seinem Sklaven nach. »Und?«

»Am nächsten Abend war Theophilus gänzlich unzugänglich. Gern hätte ich mit ihm in Ruhe gesprochen, aber die Taverne war dafür zu bevölkert. Als ich dein Anliegen doch vortrug, wies er mich brüsk zurück. Er verabschiedete sich und ging. Ich fragte mich, wohin er zu so später Stunde noch wollte, und folgte ihm. Er schlug den Weg zu den Gruben ein, ein Stück von der Siedlung entfernt traf er auf einen Mann.«

»Und das war Felix?« Victor spürte einen pelzigen Belag im Mund.

»Ich konnte ihn nicht erkennen. Jedenfalls gerieten die beiden in Streit. Plötzlich stieß der Mann Theophilus vor die Brust, der taumelte, verlor das Gleichgewicht und stürzte so unglücklich, dass er kopfüber in einen Schacht fiel.«

Victor atmete schwer, die Kehle wurde ihm eng. »Dann war es also ein Unfall?«

Paullus zuckte die Achseln. »Es sah so aus.«

»Und der Mann, was tat er? Hat er versucht, Theophilus zu bergen?«

»Er flüchtete.«

Victor fühlte, wie sich die Klammer um seine Brust löste. Bei allen Göttern, wer auch immer Theophilus den tödlichen Stoß versetzt hatte, Felix konnte es nicht gewesen sein. Der hätte alles versucht, den Verunglückten zu retten.

»Und dann?«

»Ich lief natürlich zum Schacht, doch Theophilus steckte zu tief, allein konnte ich nichts ausrichten, zumal es längst dunkel war.« Paullus lehnte sich zurück und streckte die Beine von sich. »Also holte ich Hilfe. Später kam Felix hinzu, behauptete, er sei gerade erst eingetroffen.«

»Wieso verdächtigte man gerade ihn?«

Paullus wiegte den Kopf. »Erst sein verspäteter Auftritt und dann war bekannt, dass Theophilus ihn suchte, um ihm einen Brief zu geben. Es lag nahe zu vermuten, dass der Inhalt nichts Angenehmes enthielt. Aber das ist noch nicht alles.« Paullus berichtete über Felix' Rettungsversuch. »Dabei wurde dein Bruder verschüttet. In den Augen der Leute war damit alles klar: Felix hatte Theophilus in den Schacht gestoßen, anschließend begab er sich in den Stollen, um mögliche Spuren zu verwischen. Doch die Götter konnten diese schändliche Tat nicht dulden und straften ihn.«

Victors Herz schlug bis zum Hals. Wenn seinem kleinen Bruder etwas zugestoßen war ...

Seine Hand hielt das Amulett, das Geschenk ihrer Mutter, umschlossen. Er nahm es erst wahr, als sich die Enden des halbmondförmigen Anhängers schmerzhaft in seine Handfläche bohrten. Sein Blick traf auf das Kästchen in dem Regal neben der Tür, in dem er Felix' verborgen hielt. Plötzlich fühlte er sich müde. »Was ist mit diesem Brief von Iulius?«

Paullus zuckte die Schultern. »Ich weiß es nicht. Er war nicht zu finden. Möglicherweise hatte Theophilus ihn bei sich, aber das werden wir wohl nie erfahren.«

»Wieso? Steckt er etwa noch immer in diesem Schacht? Es kann doch nicht angehen, dass man ihn da nicht herausbekommt.«

»Doch, so ist es, Herr. Als ich ging, bestand keine Aussicht mehr darauf, ihn zu befreien.«

Victor richtete sich auf, stützte die Hände auf die Tischplatte und vermied, das Kästchen im Regal anzublicken. »Und was ist mit Felix? Ihn wird man doch herausgeholt haben?«

Paullus senkte den Blick. »Dein Bruder, Herr, wurde von den Steinen begraben. Es gab keinerlei Lebenszeichen von ihm oder dem Gefangenen, der ihn begleitete. Die Experten haben keine Zweifel, dass beide den Einsturz nicht überlebt haben.«

KAPITEL VIIII

Zu viel Wissen ist gefährlich

Mogontiacum, 4. bis 9. August 192 n. Chr.

Sie waren seit Tagen unterwegs, kamen aber nicht allein wegen Felix' verletztem Knöchel nur langsam voran. Um die viel befahrenen Straßen und die zahlreichen Gutshöfe zu meiden, schlugen sie sich querfeldein durch. Ein Ast, auf den Felix sich stützte, erleichterte ihm das Fortkommen ein wenig.

Ihr Ziel war Mogontiacum. Felix hatte vor, sich dort, in der Hauptstadt der Provinz Obergermanien, nach einer Arbeit umzusehen. Sie brauchten Geld, um eine Mitfahrgelegenheit auf einem Handelsschiff bezahlen zu können. Auf dem Wasserweg erreichten sie die Agrippinensis am schnellsten.

Er hatte es sich gut überlegt. Borbetomagus wäre zwar näher gewesen, doch für Mogontiacum hatte gesprochen, dass in der Hauptstadt ständig Menschen aus aller Herren Länder verkehrten, weitere Fremde kaum auffallen würden. Dass Ateius ihn begleitete, damit hatte Felix allerdings nicht gerechnet.

Der Abschied von Salvator war herzlich gewesen. Ein wahrer Freund – schon nach diesen zwei Tagen, die er ihnen Obdach und Versteck gewährt hatte, empfand Felix ein warmes Gefühl der Zuneigung für ihn.

Ateius hingegen gab ihm noch immer Rätsel auf. Auch während der gemeinsamen Wanderschaft blieb er unnahbar. Jeder Frage nach seiner Vergangenheit wich er aus.

Plötzlich hob Ateius die Hand. »Warte!«

»Was ist?«

Ateius' Kinn wies voraus, wo ein rotes Ziegeldach zwischen einer Reihe Pappeln zu erahnen war. »Ein Gutshof, dort.«

»Fein, es wird Zeit, dass wir uns etwas zu beißen besorgen.« Das letzte karge Stück Brot aus Salvators Vorrat hatten sie heute Morgen verzehrt.

Ateius musterte die Umgebung, fasste dann das Hauptgebäude ins Auge. »Wir werden einen Bogen schlagen.«

»Unsinn, wir sind mittlerweile weit genug fort, wir können dort gefahrlos nach etwas zu essen fragen.«

Ateius schwieg.

»Wenn du nicht hinwillst, gehe ich eben allein. Auf dem Gut werden sie es gewohnt sein, dass Reisende bei ihnen vorsprechen.«

»Sie werden sich wundern, dass du ohne Begleitung unterwegs bist.«

»Wir haben keine andere Wahl. Oder willst du mit den bloßen Händen ein Kaninchen oder einen Vogel fangen?«

»Wir könnten eine Falle …«

»Wir würden zu viel Zeit verlieren. Und außerdem«, Felix grinste, »was soll mir schon geschehen, ich bin doch bereits tot.«

Ateius nickte, die Stirn gerunzelt, und setzte sich auf einen Feldstein. »Nun gut. Ich warte hier auf dich.«

Auf seinen Stock gestützt, humpelte Felix den Pfad entlang, der sich durch die Felder schlängelte. Er führte zu den abseits stehenden Wirtschaftsgebäuden und Speichern. Felix verbarg sich hinter einer blühenden Rosenhecke, Windschutz für den Hof, für ihn eine gute Deckung. Er lugte um die Ecke und sah einige Männer, die einen Wagen mit Fässern beluden. Vor einem der Wirtschaftsgebäude waren Steine aufgestapelt, offenbar plante man dort einen Erweiterungsbau. Ein Ochsenfuhrwerk holperte über den Hof und sofort eilten weitere Männer herbei. Lachen scholl zu Felix herüber, ein blonder Hüne sprang von dem Wagen und verschwand durch den Hintereingang in der Villa. Kinder juchzten außerhalb seines Sichtfeldes, kurz darauf überquerte eine Frau den Hof, wischte sich im Laufen die Hände an der Schürze ab und verschwand durch den gleichen Eingang wie der Hüne. Die Männer begannen, den Wagen zu entladen. Jeder ihrer Handgriffe saß, ohne Hast verrichteten sie ihre Arbeit. Alles sprach für eine kluge und umsichtige Verwaltung. Felix griff seinen Stock fester und humpelte auf die Gruppe zu.

Ein dunkelhaariger, untersetzter Mann setzte den Sack, den er auf den Wagen hieven wollte, wieder ab. »Salve, Wanderer! Willkommen!« Er kam ihm ein Stück entgegen. »Bist du verletzt? Hattest du einen Unfall?«

»Ich bin unglücklich gestürzt und habe mir den Fuß verstaucht. Es geht schon.« Felix nickte grüßend. »Es wäre schön, könnte ich bei euch ein wenig rasten.«

»Wir heißen jeden Gast willkommen. Unser Verwalter Marcus Pelagus wird sich freuen, Neuigkeiten von dir zu hören. Komm nur herein.« Der Dunkelhaarige steuerte auf den Hintereingang zu und winkte Felix, ihm zu folgen. Der Mann musterte Felix. »Du bist unbewaffnet. Hast du keine Angst, überfallen zu werden?«

»Mein Geld reicht kaum für das Nötigste, geschweige denn ein Schwert oder Messer. Und wer sollte schon einen armen Wanderer wie mich ausrauben wollen?«

»Täusch dich nicht, schon deine Tunika wäre manchem Räuber eine Untat wert.«

»Ich werde mich in Acht nehmen.«

Der Mann nickte. »Und woher kommst du?«

Ja, woher kam er? Nicht einmal einen Namen hatte er sich überlegt. »Ich heiße Verecundus und komme aus Sarabriga.« Ausgerechnet der Name des Verrückten vom Sirona-Heiligtum war ihm als Erstes eingefallen.

Die Frau, die er vorhin schon gesehen hatte, nahm sie an der Tür in Empfang. »Wen bringst du uns denn da?«, wandte sie sich an den Dunkelhaarigen.

»Einen verletzten Reisenden, Faustina, Verecundus heißt er.«

Aus der Nähe betrachtet, war die Frau älter, als Felix zunächst vermutet hatte. Um Mund und Augen kräuselten sich Falten. Sie schob ihr Kopftuch zurecht und betrachtete ihn neugierig. »Willkommen, Verecundus! Nur herein mit dir, und du melde Pelagus, dass Besuch da ist.« Sie ging Felix voraus in das Haus, einen Gang entlang in die Küche. »Setz dich.«

Felix machte es sich auf einer Bank bequem und die Frau stellte einen Becher vor ihn hin. »Trink, du bist sicher durstig.«

Dankbar nahm Felix einen tiefen Schluck.

»Pelagus wird bestimmt gleich nach dir schicken lassen. Ich richte gerade das Mahl für ihn, er wird darauf bestehen, dass ihr zusammen esst.«

Felix' Magen knurrte, denn schon beim Eintreten war ihm der Duft von Fleischbrühe, Braten und gekochten Rüben verlockend in die Nase gestiegen. »Ich will aber keine Umstände …«

»Unsinn«, schnitt sie ihm das Wort ab. »Wohin willst du?«

»Ich bin auf dem Weg nach«, ein kurzer Moment des Zögerns, »Borbetomagus.«

»Da bist du aber ganz schön vom Weg abgekommen. Vorn läuft die Straße nach Mogontiacum.« Faustina nickte zur Vorderseite des Hauses.

Felix pochte mit dem Zeigefingerknöchel auf den Tisch. »Ich habe es doch befürchtet. Da hat mir dieser Witzbold heute Morgen offenbar falsche Auskunft gegeben.«

»Nun, das Gehen scheint dir beschwerlich, du kannst sicher mit einem unserer Wagen mitfahren, sie fahren heute Nachmittag in deine Richtung.«

Mist, Mist, Mist, dachte Felix. »Danke, das ist sehr freundlich, aber ...«

Ein wohlbeleibter älterer Herr steckte seinen Kopf durch die Tür.

»Pelagus! Das Essen ist gleich fertig.«

Der Verwalter nickte. »Sehr gut. Und da ist ja unser Gast! Verecundus, nicht wahr?« Er winkte Felix, ihm zu folgen.

Im Triclinium klopfte Pelagus auf das Polster einer Kline. »Nimm Platz, nimm Platz! Wenn der Herr nicht da ist, ist es uns erlaubt, hier zu speisen. Du isst doch mit uns? Natürlich, wir freuen uns immer über Gesellschaft. Erst vor etwa zwei Wochen hatten wir Besuch von einem einzelnen Reisenden. Der war allerdings ein seltsamer Mann ...« Pelagus sandte Felix einen prüfenden Blick. »Er war sehr in Eile und wirkte irgendwie ... nun ja.« Der Verwalter schenkte Wein ein. »Du dagegen wirkst eher erschöpft als besorgniserregend. Ich werde jedenfalls das Gastrecht achten. Prosit!«

»Habt ihr denn schlechte Erfahrungen gemacht? Dieser Mann, hat er euch etwa bestohlen?«

»Nein, er hat uns nichts getan, wir versorgten ihn mit Proviant, dann ging er wieder, er wollte zum Mons Iovis, sagte er, in die Bergbausiedlung dort. Möglicherweise bist du ihm begegnet?«

Felix schüttelte den Kopf. Ein Fremder, auf dem Weg in die Siedlung, aus der er kam. War das vielleicht der Mann, dieser Marcus, der Theophilus den tödlichen Stoß versetzt und anschließend das Gerücht gestreut hatte, er, Felix, sei der Mörder? »Wie sah er denn aus?«

»Eine auffallende Erscheinung, muskulös und kahlköpfig, mit der Figur eines Schwerathleten.«

Die Beschreibung entsprach der, die Salvator von dem besagten Mann gegeben hatte. Plötzlich fiel Felix auf, wie gut die auch auf seinen Begleiter Ateius zutraf. Doch der konnte vor zwei Wochen unmöglich hier gewesen sein.

Pelagus rieb sich mit den Fingerspitzen über die Schläfen. »Ich war froh, dass der Mann schnell wieder ging. Er erinnerte mich an die Leute von Maternus. Hast du das miterlebt? Nein? Oh, das war eine schlimme Zeit, fünf Jahre wird das jetzt wohl her sein, aber ich werde es nie vergessen. Ganz hier in der Nähe gelang es einer Einheit Legionäre, Maternus' Leute zurückzuschlagen. Von ihrem Posten oben auf dem Mons Iovis aus beobachteten sie den Einfall der Deserteure und schlugen Alarm. Ihnen haben wir es zu verdanken, dass die Unholde schließlich aus der Gegend vertrieben werden konnten. Doch zuvor hatte diese Räuberbande aus Deserteuren und Taugenichtsen unser Gut heimgesucht. Sie räumten unsere Speicher aus, entführten die Sklaven und zündeten das Haus an. Die Beneficarier kamen viel zu spät, wir können den Göttern nicht genug danken, dass wir mit Leib und Leben davonkamen und das Feuer löschen konnten, bevor das Anwesen bis auf die Grundmauern heruntergebrannt war. Bei Iupiter, es dauerte viel zu lange, bis der Kaiser der Lage Herr wurde. Monatelang herrschte Kriegszustand, so viele Tote ... Ja, ein gewaltiges Unglück, viele hier in der Gegend haben die erlittenen Verluste noch längst nicht verwunden.«

Felix überlief es kalt bei Pelagus' Worten. Ob Ateius zu den Leuten dieses Maternus gehört hatte? Wenn er einer derjenigen gewesen war, die damals Fackeln auf dieses Haus geworfen hatten, würde das erklären, warum er nicht hatte mitkommen wollen.

Pelagus trank einen Schluck, dann setzte er den Becher mit Nachdruck auf den Tisch. »Wir sind zwar immer noch vorsichtig, vermuten aber nicht mehr hinter jedem Reisenden einen Räuber. Obgleich wir wieder einen gut geführten Hof haben.«

Felix verdrängte den Gedanken an Ateius. »Ist euer Herr zurzeit unterwegs?«

»Lucius Lentulus weilt in Rom. Einmal im Jahr kommt er, um nach dem Rechten zu sehen. Er weiß, auf seinen Pelagus ist Verlass. Aber ich bin geschwätzig, entschuldige. Wohin bist du unterwegs, so allein?«

»Oh, ich bin hier in der Nähe mit einem Freund verabredet. Wie mich deine Köchin eben aufklärte, habe ich jedoch den Weg verfehlt. Wir wollen nach Borbetomagus.«

Pelagus nickte. »Eine schöne Stadt! Du kommst aus Sarabriga, hörte ich, was treibt dich also nach Borbetomagus?«

Felix fühlte sich unbehaglich, die Leute hier waren einfach zu freundlich, es war nicht recht, sie zu belügen. »Arbeiten, in einer Werkstatt.«

»Schön, schön. Ah, da kommt Faustina mit dem Essen.« Er neigte sich zu Felix hinüber und hob verschmitzt die Brauen. »Heute soll es Schweinebraten mit Feigen geben, hat Faustina versprochen, und auf den versteht sie sich, bei allen Göttern.« Seine Nasenflügel bebten vor Entzücken.

»Werter Pelagus, ich möchte euch nicht stören ...«

Der Verwalter winkte ab und sein Lächeln ließ seine Äuglein zwischen den Hügeln seiner Wangen fast verschwinden. »In Gesellschaft schmeckt es doch noch einmal so gut.«

Während des Essens befragte ihn Pelagus ausführlich und Felix spann eine Geschichte zusammen, von der er hoffte, sie klänge glaubwürdig. Er und sein Freund seien Freigelassene, Handwerker, von ihrem ehemaligen Herrn nach Borbetomagus geschickt, um dort für ihn eine Werkstatt zu betreiben. Pelagus wurde nicht misstrauisch, im Gegenteil, er war ein äußerst angenehmer Gesprächspartner.

Schließlich war es Zeit zu gehen und Felix verabschiedete sich herzlich bei Pelagus, dankte Faustina für das Essen. Der Beutel mit Lebensmitteln, die der Verwalter ihm aufgenötigt hatte, hing schwer über seiner Schulter.

Ganz in der Nähe, versteckt hinter einem Holunderbusch, erwartete ihn Ateius, über der Nase eine steile Falte. »Du warst lange fort.«

»Glaubtest du, ich mache mich aus dem Staub und lasse dich verhungern?« Felix humpelte, so schnell er konnte, um außer Sichtweite des Gutes zu gelangen. Die freundlichen Leute sollten nicht bemerken, dass er sie belogen hatte.

»Wer kann es wissen.«

»Stimmt.«

»Immerhin hat es sich gelohnt, du scheinst schwer an deiner Last zu schleppen.«

Sie liefen querfeldein durch hoch stehendes Getreide, das noch auf die Ernte wartete. Der Untergrund war holprig und Ateius nahm Felix den Sack ab.

»Damit er nicht noch zu Schaden kommt.« Im Gehen öffnete er ihn. »Oho, welch Gaumenschmaus, damit werden wir ein Weile auskommen. Ich hoffe, du hast schon gegessen, lange genug warst du ja fort.« Schon hatte er ein großes Stück Fleisch aus dem Beutel geangelt und etwas davon abgebissen. »Ausgezeichnet, der Braten«, lobte Ateius mit vollem Mund.

Nach Hitze und Dürre der vergangenen Tage kündigten dunkle Wolken Regen an. Die letzten Meilen bis zur Stadt legten sie auf der Hauptstraße zurück. Hier kannte sie niemand und sie fürchteten keine Schwierigkeiten.

Angesichts des drohenden Unwetters beschlossen sie, etwas abseits der Straße Schutz unter der ausladenden Krone einer Linde zu suchen. Die schwarze Wolkenmasse hatte sich über den ganzen Himmel ausgedehnt, und obwohl es erst Nachmittag war, dämmerte es, bleierner schwefelgelber Dunst legte sich über Felder und Wälder. Am Horizont zuckten die ersten Blitze, dann dröhnte Donnerhall.

Felix zog den Mantel enger und lehnte sich an den Baumstamm, spürte dessen Rinde durch den dünnen Stoff der Tunika. Der feste Stamm gab ihm Halt und Sicherheit, die doch durch das Unwetter ringsum immer wieder ins Wanken geriet. Ein Windstoß ließ die Blätter über ihnen tosen, dicke Wassertropfen klatschten ihm hart auf Kopf und Schultern. Als würden Himmel und Erde gemeinsam gegen die Menschheit in den Kampf ziehen. Als wäre die Erde ihrer Übergriffe in ihren Leib überdrüssig und schüttelte die Unholde von sich, die sich auf ihr und in ihr breitgemacht hatten. Iupiter, Feronia, Proserpina, Pluto, all den Göttern war die Menschheit lästig geworden und sie rüsteten sich, sie zu vernichten.

Ateius teilte ein Stück Brot. »Was macht dein Bein? Hältst dich tapfer, hätte ich nicht gedacht.«

In Wahrheit war die Bewegung Felix zunehmend schwerer gefallen. Der tagelange Marsch tat seinem Knöchel gar nicht gut. Mehr als einmal hätte Felix fast aufschreien mögen vor Schmerz. Ein unbedachter Schritt, ein Stolpern über eine Wurzel, der Stoß gegen einen Stein, jedes Mal zuckte ein Blitz durch seinen Knöchel, das ganze Bein hinauf.

»Wenn es nicht regnen würde, könnten wir Mogontiacum vielleicht schon sehen. Weit kann es nicht mehr sein.« Ateius biss in das Brot und kaute.

Ob er wohl wirklich zu der Bande des Maternus gehört hatte? Was sollte es, Felix war froh, einen Begleiter wie ihn neben sich zu wissen. Warum Ateius wohl mit ihm ging? Sich allein durchzuschlagen, wäre vermutlich leichter für ihn gewesen. Dennoch, aus reiner Menschenfreundlichkeit war Ateius sicher nicht bei ihm geblieben.

Was auch immer der Sklave sich von ihm erhoffte, Felix wünschte nichts mehr, als diese Hoffnung tatsächlich erfüllen zu können.

Immer heftiger rauschte der Regen nieder. Kaum konnte man noch fünfzig Schritte weit sehen, alles verschwand hinter einem dampfenden Vorhang aus Wasser. Das dichte Blätterdach der Linde bot längst keinen Schutz mehr.

Ein Blitz zuckte vor ihnen senkrecht zu Boden, gleichzeitig donnerte es, und Felix schien es, als ob die Erde bebte. Er tastete nach seinem Hals, suchte das Amulett, das ihm stets ein Gefühl von Sicherheit gegeben hatte, er vermisste es schmerzlich. Wo er es nur verloren hatte? Im Haus seines Bruders sicherlich, hoffentlich hatte man es gefunden …

Das Gewitter nahm an Heftigkeit weiter zu, unentwegt gingen jetzt die Blitze nieder, begleitet von Donnerschlägen. Es war finster wie in der Nacht, ein kalter Wind strich über sie hinweg. Felix fröstelte.

»Warum machst du das?«, fragte Ateius in einen Donnerhall hinein.

»Was meinst du?«

»Na ja, diese Bergwerksinspektionen. Als Ritter hättest du doch sicher die Möglichkeit gehabt, einen einträglicheren Beruf zu ergreifen. Du bist doch ein Ritter, oder?«

Felix nickte. »Ja, stimmt. Mein Bruder hat die Verwaltungslaufbahn eingeschlagen. Er sitzt jetzt in der Colonia Agrippinensis im Stab des Statthalters und kümmert sich um germanische Delegationen, die die Provinzhauptstadt aufsuchen. Ob das so viel erfreulicher ist?«

»Im Stab des Statthalters, sicher kommt er viel herum, lernt unterschiedliche Leute kennen, das würde mir gefallen … Aber Fachmann für Bergbau – ich weiß nicht.« Ateius zog seine Beine an und umfasste die Knie mit den Händen. »Warum entscheidet man sich freiwillig für einen Beruf, bei dem man hauptsächlich unter der Erde herumkriecht?« Den Kopf zurückgelehnt schloss er die Augen und schien zu genießen, wie die Tropfen auf sein Gesicht klatschten.

Felix lauschte dem Tosen im Blätterdach über ihm. »Sicher, für dich ist das etwas anderes, du bist in die Minen verurteilt worden. Natürlich kannst du meine Entscheidung nicht verstehen.«

»Erkläre es mir«, murmelte Ateius, ohne die Augen zu öffnen.

»Bergbau hat mich schon als Kind begeistert. Ich stamme aus einer Familie von Bergwerkspächtern. Sobald ich laufen konnte, bin ich in Stollen herumgekrochen. Mein Vater nahm mich oft mit, das fand ich großartig.«

Felix war, als spürte er die starke, warme Hand seines Vaters, hörte seine tiefe, etwas brummige Stimme, mit der er ihm jedes Werkzeug, jeden Handgriff erklärte. Sein Vater hatte ihm gezeigt, wie man Eisen und Schlägel führte, wie man das Gestein bearbeitete. Er erinnerte sich noch genau, wie sein Herz geklopft hatte, als er das erste Mal mit eigenen Händen an der Ortsbrust eine Schrämung anlegte, den Keil hineintrieb und sich ein großer Brocken löste.

Dann war die Seuche gekommen, hatte seinen Vater, seine Mutter, seine kleine Schwester hinweggerafft. Die Götter mochten wissen, warum die tödliche Krankheit ihn und seinen Bruder verschont hatte.

Er schluckte.

»Hm, wo sind denn die Bergwerke deines Vaters?«, fragte Ateius.

»Er ist tot.«

Ateius öffnete die Augen. »Das tut mir leid. Ist er verunglückt?«

Felix wandte sich ihm zu. »Das würde dir wohl einiges erklären, wie? Nein, er ist an der Seuche gestorben, die damals mit den Legionen des Marcus Aurelius ins Land kam.«

»Das ist lange her … Und dein Bruder? Wie ist der denn so? Sicher ist er vermögend und strebt nach Ruhm und Ansehen.«

Felix lachte. »Ganz und gar nicht. Victor war immer der Stille, Zurückhaltende, nie besonders ehrgeizig, und für den Bergbau völlig uninteressiert. Seit ein paar Jahren ist er nun verheiratet. Seine Frau weckte offenbar das Potenzial, das in ihm schlummerte. Lavinias Entschlossenheit und Willenskraft scheint sich auf meinen Bruder günstig auszuwirken. Als ich ihn vor ein paar Monaten wiedersah, machte er einen viel zielstrebigeren Eindruck. Und beim Statthalter hat er sich, wie es scheint, unentbehrlich gemacht.«

»War sicher nicht leicht, als eure Eltern so plötzlich tot waren.«

»Nein. Aber was ist mit dir? Es klingt, als hättest du auch jemanden verloren.«

»Auch das ist lange her.« Ateius' Stimme wurde kalt, er lehnte wieder seinen Kopf zurück und schloss die Augen. Mehr würde er dazu nicht sagen, es war ganz offensichtlich.

Eine Weile saßen sie schweigend nebeneinander. Irgendwann ließ der Regen nach, die Abstände zwischen Blitz und Donner wurden länger, der Himmel hellte auf. »Das Unwetter zieht ab.«

Ateius reckte sich. »Was ist mit diesem Onkel, zu dem du jetzt gehst?«

»Onkel Iulius. Er ist der Bruder meines Vaters; nach dem Tod unserer Eltern kümmerte er sich um Victor und mich. Ich verdanke ihm viel, alles eigentlich.«

»Hm. Ist er auch Pächter?«

»Ja, natürlich. – Du, Ateius?«

»Ja?«

»Als was hast du gekämpft, in der Arena?« Obwohl er solche Fragen eigentlich nicht mehr hatte stellen wollen, war sie aus ihm herausgeplatzt.

»Als Retiarius.«

Ein Retiarius war den Waffen des Gegners schutzlos preisgegeben, das erklärte die vielen Narben, die Ateius' Körper zeichneten. Die unerwartete Gesprächigkeit seines Begleiters ermutigte Felix. »So stammen die Narben von deinen Kämpfen?«

»Wohl auch von der Arbeit in den Minen. Ich habe nicht darauf geachtet, welche woher kommt.«

»Und die am Kopf?« Ateius' Haar war inzwischen so lang gewachsen, dass der Wulst kaum mehr zu sehen war.

Der Gladiator strich sich gedankenverloren über den Schädel. »Die, ah, die verdanke ich einem besonderen Gegner.«

Bei den Worten verzog sich Ateius' Gesicht grimmig. Die zusammengepressten Lippen verrieten, dass er mehr nicht preisgeben wollte.

»Los, lass uns gehen.« Es hatte aufgehört zu regnen, Ateius stopfte den Rest des Brotes in den Beutel, stand auf und warf sich den Riemen über die Schulter.

Felix ergriff seine ausgestreckte Hand und ließ sich von ihm aufhelfen. Langsam wanderten sie über die Wiese zurück zur Straße, auf der ein Ochsenkarren an ihnen vorüberrumpelte. Ein Trupp Berittener kam ihnen entgegen und drängte sie auf den unbefestigten Seitenstreifen.

Je weiter Felix und Ateius vorankamen, desto mehr Menschen bevölkerten den Weg. Viele wollten in der Stadt ihre Waren verkaufen, die beiden überholten Bauern mit ihren Handkarren, Männer mit Tragen, Frauen mit hoch beladenen Eseln. Die vielen Fußgänger und Reiter, die ihnen entgegenkamen oder in die gleiche Richtung wie sie liefen, waren nicht zu zählen. Wenigstens fielen Ateius und er in der Menge nicht auf.

Vorsichtig warf Felix einen Seitenblick auf Ateius. Auf den ersten Blick sah man ihm nicht an, dass er ein Sklave war. Warum war er eigentlich nicht gezeichnet? Felix wagte nicht, ihn danach zu fragen. Immerhin waren die Schürfungen, die die Eisenketten an den Fußgelenken hinterlassen hatten, schon fast verheilt. Gut, dass Salvator ihnen beiden lange gallische Beinkleider geschenkt hatte, die diese Narben verdeckten. Dennoch sollte er Ateius vorsichtshalber als seinen Sklaven ausgeben.

»Wie willst du in Mogontiacum zu Geld kommen?«, fragte Ateius.

»Dort gibt es sicher irgendwo eine Baustelle, da lässt sich immer etwas verdienen. – Und was hast du vor?«

Ateius summte leise vor sich hin, als hätte er die Frage nicht gehört. Plötzlich blieb er stehen und deutete voraus. »Da ist Mogontiacum, siehst du die Türme?«

Wie eine Festung ragte die Stadt vor ihnen auf. Die Straße teilte sich am Tor in drei Ströme und ergoss sich wie ein Flussdelta durch die Torbögen, um im dunklen Inneren zu versickern. Näher kommend beobachtete Felix die Wachen, die jedoch die meisten Ankömmlinge ganz einfach hindurchwinkten.

Er erzählte Ateius von seiner Idee, ihn als seinen Sklaven auszugeben, und dem war es recht. Hauptsache, sie kämen in die Stadt, sagte er.

Niemand machte ihnen Schwierigkeiten und Felix atmete auf, als sie das Stadttor hinter sich ließen.

Zwar war Mogontiacum keine Colonia wie die Agrippinensis, dennoch spürte man, dass hier der Statthalter residierte. Menschen aus allen Gegenden des Römischen Reichs kamen an diesem Ort zusammen, an den Ständen boten Händler Waren aus dem ganzen Imperium feil. Doch dafür hatte Felix jetzt keinen Blick, zunächst sollten sie Arbeit finden, dann war immer noch Zeit, die Annehmlichkeiten der Stadt kennenzulernen.

Das Theater war das größte, das Felix jemals in einer Provinz gesehen hatte, außer denen in Rom natürlich. Die Baustelle war nicht zu übersehen. Ein Passant erklärte ihnen, dass das Bühnenhaus umgebaut wurde und bei der Gelegenheit wohl auch einige Reparaturen durchgeführt werden sollten. Der Statthalter habe seinen eigenen Baumeister damit beauftragt, ein Grieche namens Xanthias, der sei sehr fähig, wie es hieß.

Als sie durch den Eingang des Theaters traten, fanden sie sich in einem Gewimmel von Arbeitern und Lastenträgern mit Körben oder Säcken auf dem Rücken wieder. Felix fragte einen Mann, der die Fußbodenplatten im Durchgang setzte, wer auf der Baustelle das Sagen habe. Der Befragte zeigte auf einen mittelgroßen, edel gekleideten Herrn, der sich über einen auf einem leeren Sockel ausgebreiteten Plan beugte. Felix stellte Ateius als Quintus vor, sich selbst als Verecundus und fragte, ob er Arbeit für sie habe.

Der Baumeister musterte sie eingehend. Erst zögernd, dann aber doch entschlossen, gab er zu, dass er zwei gute Leute brauchen könne. Umso besser, dass sie etwas von Mörtel und Steinen verstünden. Zahlen würde er ihnen zwei Sesterze pro Tag und Mann, dafür erwarte er pünktliches Erscheinen und Leistung.

Das war eine anständige Bezahlung. Felix wechselte einen Blick mit Ateius, der nickte, und sie willigten ein.

Die anderen Männer nahmen sie schnell in ihren Reihen auf. Felix fiel es nicht schwer, sich anzupassen, der Ton hier ähnelte dem, der unter Bergleuten herrschte.

Auch wenn das Mischen von Mörtel und das Steinesetzen Bestandteil seiner Ausbildung gewesen waren, so lag die Jahre zurück. Doch zu seiner eigenen Überraschung bewies Felix einiges Geschick und hatte sogar Freude daran.

Während Felix sich am Abend nach stundenlangem Mörtelmischen die Blasen an den Händen rieb, hatte Ateius die Arbeit gar keine Schwierigkeiten bereitet. Abgesehen von seiner Körperkraft, die ihn befähigte, schwere Kübel zu schleppen und größere Steinquader zu bewegen, bewies er vor allem in der Zimmerei erstaunliche Fähigkeiten. Schon nach kurzer Zeit wurde er mit der Verschalung für das Opus Caementitium beauftragt. Das Einzige, was ihre Freude über die gefundene Arbeit trübte, war, dass sie ihren Lohn erst am nächsten Abend erhalten sollten. Das sei so üblich, hatte Xanthias behauptet. Erst wolle er sehen, wie sie sich anstellten, dann gebe es Geld. Nur weil Felix gedroht hatte, sich woanders zu verdingen, hatte der Baumeister ihnen zwei Sesterze als Vorschuss gegeben, so dass sie ein Zimmer mieten und etwas zu essen kaufen konnten.

Eine Kammer fanden sie in einer Insula im Zentrum. Der Raum lag im obersten Stockwerk am Ende des Flures und erhielt sein Licht einzig durch die Tür. Klein, wie es war, beherbergte das Gemach noch zwei weitere Männer, die Felix und Ateius allerdings noch nicht zu Gesicht bekommen hatten. Die Schlafstatt kostete dafür auch nur zwei Asse und wirkte leidlich sauber, sofern das in dem spärlichen Schein der Laterne zu beurteilen war. Auf der Matratze hatte sich jedenfalls nichts geregt, als Felix darauf geklopft hatte.

Ateius hatte sich das Zimmer nur kurz angesehen und entschieden, sich der Enge nicht länger als nötig auszusetzen. Er war gegangen, um sich noch einen Wein zu leisten.

Felix legte sich auf die prall gestopfte Matratze, verschränkte die Arme hinter dem Kopf und genoss die Ruhe und das Gefühl, mit eigenen Händen etwas geschaffen zu haben. Auch die Geborgenheit eines fest gemauerten Hauses war nicht zu verachten. Nur gedämpft drangen die Geräusche der Straße zu ihm herauf, ein Obstverkäufer pries seine Waren an, Felix verstand seinen Dialekt nicht. Die Augen fielen ihm zu, er sollte ein wenig schlafen, bevor die übrigen Untermieter einträfen und herumlärmten.

Felix wachte auf, schweißgebadet von den Träumen, die ihn seit dem Stolleneinsturz quälten. Er spürte Hände, die sacht seinen Leib abtasteten. Traum oder Wirklichkeit? Schlaftrunken erkannte er im Lampenlicht das erschreckte Gesicht eines Mannes. »Was soll das? Was machst du?«

Hastig drehte der Mann sich um und flüchtete. Knarrend schnappte die Tür hinter ihm ins Schloss. Die übrigen Liegen waren noch leer, Felix konnte nicht lange geschlafen haben. Aufgeregt tastete er nach den restlichen drei Assen, die er in einer Falte seiner Hose verborgen hatte. Sie waren weg.

Da war er unbeschadet bis Mogontiacum gelangt, um sich hier gleich in der ersten Nacht bestehlen zu lassen. Gut, dass die Kammer bezahlt war und sie sich auf dem Weg noch etwas zu essen gekauft hatten. Besser hätte er wie Ateius den restlichen Lohn in Wein umgesetzt. Aber so etwas sollte ihm nicht noch einmal passieren, er würde sich wach halten, bis sein Gefährte zurückkehrte.

Am nächsten Morgen war Ateius wie üblich vor ihm auf den Beinen. »Wir sind spät, beeile dich, Verecundus.« Er lachte spöttisch. »Der Name passt zu dir!«

Felix warf sich ein paar Hände voll Wasser in das Gesicht und strich sich die Locken glatt.

Als sie auf der Straße standen, atmete er tief durch. Mit drei Männern in einer Kammer – eine solche Enge war er nicht mehr gewohnt. Auch dauerte es eine Weile, bis er den in dem Zimmer angestauten Geruch nach Schweiß, saurem Wein und verdautem Kohl aus der Nase bekam.

Am Vormittag traf eine Lieferung Sand ein. Felix wies die Träger an, ihn neben den Haufen mit Kalk in die Orchestra zu schütten. Während die Arbeiter die Körbe ausleerten, fiel ihm das Geräusch auf. Der Sand knirschte eigenartig, eher war es ein Quietschen. Felix nahm eine Handvoll auf, rieb den Sand erst zwischen den Händen, dann zwischen den Fingerspitzen, schließlich leckte er an seinem Zeigefinger. »Das ist Seesand«, sagte er zu einem der Männer, der gerade einen Korb ausgeschüttet hatte.

»Sand ist Sand«, erwiderte der.

»Unsinn!« Wo war der Baumeister? Felix fand Xanthias hinter dem Proscenium, einen Stilus zwischen die Lippen geklemmt, zeichnete er mit Kohle etwas an die Wand. »Herr?«

»Hm.«

»Es geht um den Sand.«

Der Baumeister nahm den Stilus aus dem Mund. »Was ist damit?«

»Das ist Seesand.«

»Was? Ich habe ausdrücklich befohlen … Bist du dir sicher?« Zweifelnd musterte er Felix, eine steile Falte erschien zwischen seinen Brauen. »Woher weißt du, dass Seesand einem Bauwerk abträglich ist?«

»Ich habe darüber gelesen.« Ehe Felix sich versah, war es heraus und sofort reute es ihn.

Xanthias musterte ihn. »Darüber gelesen, so, so, du, ein Arbeiter … Vitruvs Handbuch über Architektur womöglich.« Die Falte auf seiner Stirn vertiefte sich, misstrauisch verengten sich seine Augen. »Wenn ich nicht so dringend gute Leute bräuchte, dann …« Er ging zu dem Durchgang und blickte zu dem Sandhaufen hinüber, der sich mitten in der Orchestra aufhäufte. »Seesand …« Kopfschüttelnd ging er auf den wartenden Arbeiter zu, doch nach wenigen Schritten wandte er sich noch einmal zu Felix um und streckte seinen Zeigefinger aus. »Wir sprechen uns noch!«

Felix starrte dem Baumeister nach. Sie mussten verschwinden.

Langsam und möglichst unauffällig bewegte er sich in Richtung des Seiteneingangs. Dort würde er Ateius finden, hoffte er. Einer der Steinsetzer verlegte die Fußbodenplatten vor dem Aufgang zum Zuschauerbereich. Auf seine Frage hin wies er Felix zum nächsten Eingang.

Tatsächlich hobelte Ateius am Balken für die Türlaibung. Felix schilderte ihm sein Missgeschick.

Der verstand sofort. »Dann müssen wir wohl wieder los«, stellte er fest. Sie vereinbarten, dass Felix ihre Sachen packen und in der Nähe des Stadttores auf ihn warten solle. Ateius spitzte die Lippen, pfiff ein Lied vor sich hin und setzte seine Arbeit fort.

Felix schlich durch einen Hintereingang aus dem Theater hinaus. Auf dieser Seite des Gebäudes kannte er sich nicht aus, er musste auf gut Glück versuchen, sich zu ihrer Insula durchzuschlagen.

»Salve, Felix!«

Felix hielt wie versteinert inne.

»Was ist denn mit dir los? Geht es dir nicht gut, du bist ja ganz blass?« Mercurius Modestus, ein Bekannter aus seiner Zeit in der Hispania, legte den Arm um Felix' Schulter und sah ihn besorgt an.

Felix zwang sich zur Ruhe. »Nein, es ist nichts, ich habe wohl etwas Schlechtes gegessen. Doch bei allen Göttern, Modestus, das ist ja eine Überraschung!«

»Das Gleiche kann auch ich sagen! Dich hätte ich hier wahrhaftig nicht erwartet. Wolltest du dich nicht den Bergwerken in den entfernteren Teilen des Reiches widmen?«

Felix nickte. »Das Schicksal zwingt einen manchmal auf seltsame Pfade. Ich hatte in der Stadt zu tun und wollte mir diese gigantische Baustelle einmal ansehen. Doch was machst du hier? Ich glaubte dich noch in der Hispania.«

Modestus lachte. »Hast du vergessen? Ich komme aus Mogontiacum, meine Familie lebt hier. Mein Vater berief mich zurück, da er eine Braut für mich ausgewählt hat. Dieser Tage ist die Hochzeit. Du bist herzlich eingeladen, mein Bester! Mein Vater würde sich freuen, ich habe ihm von dir erzählt.«

»Das ist überaus freundlich von dir, doch ich bin nur auf der Durchreise, noch heute verlasse ich die Stadt.«

Modestus nahm ihn am Arm und führte ihn geradewegs zum Haupteingang des Theaters. Felix traten Schweißperlen auf die Stirn.

»Wenn das so ist, will ich dir schnell einen alten Freund vorstellen.«

Unerbittlich zog Modestus ihn mit sich, es hätte Aufsehen erregt, sich zu widersetzen. In Felix' Kopf wirbelten die Gedanken. Bei allen Göttern, er musste weg, doch Modestus hielt seinen Arm mit eisernem Griff.

Die Magenverstimmung! Felix presste eine Hand auf den Bauch. »Warte!«, ächzte er.

Modestus blieb stehen. »Noch immer übel? Willst du dich einen Moment setzen? Ich hole meinen Freund her, wenn es dir nicht gut geht.«

Ein Hoffnungsschimmer, Felix stimmte sofort zu und setzte sich auf einen roh behauenen Stein. Modestus nickte ihm zu. »Rühr dich nicht von der Stelle!« Eine Hand auf Felix' Schulter hielt er einen Arbeiter an, der gerade einen Holzbalken in Richtung Eingang schleppte. »Wo finde ich Xanthias, den Baumeister?«

Der Arbeiter setzte seine Last ab und rief zu einem entfernt stehenden Mann: »Wo ist Xanthias?«

Endlich ließ Modestus ihn los und durchquerte das Tor, verschwand aus seinem Sichtfeld. Jetzt oder nie! Felix sprang auf und rannte in die nächstbeste Gasse. Kreuz und quer irrte er durch die Stadt, bis er in vertrautes Gebiet kam, die Insula mit ihrer Unterkunft fand.

In der Kammer blieb er stehen, lehnte keuchend seine Stirn gegen die geschlossene Tür. Ein wahrhaft erfolgreicher Tag! Wieder ohne Geld auf der Flucht. Und zu allem Überfluss würde in Mogontiacum bald jeder wissen, dass er, Felix, der Mörder des Theophilus, am Leben war.

Kapitel X

Über Verstorbene nur Gutes

Agrippinesis, 10. August 192 n. Chr.

Er hatte Lavinia von dem Unglück, von Felix' Tod, erzählt und sie hatte die Nachricht gefasst aufgenommen. Warum auch nicht, nach dem, was sein Bruder ihr angetan hatte.

Das Arbeiten fiel ihm schwer. Gleich kamen zwei Abgesandte der Chatten, mit denen er Einzelheiten eines Handelsabkommens abstimmen wollte. Die Chatten, derzeit ruhige Nachbarn jenseits des Rhenus, aber immer gut für einen Aufstand, musste man sich gewogen halten. Er hätte sie ins Prätorium bestellen sollen, statt zu sich nach Hause. Da hätte er größeren Abstand, würde nicht immer an Lavinia, an seinen Bruder denken müssen.

Victor schritt im Tabli-num auf und ab, und jedes Mal, wenn er sich der Tür näherte, verharrte sein Blick auf dem unscheinbaren Kästchen in dem Regal, dem Kästchen, in dem er das Amulett seines Bruders aufbewahrte. Er sollte es endlich entfernen lassen.

Er machte kehrt, trat an seinen Schreibtisch, auf dem sich die Unterlagen häuften. Mit seinem Anteil am Erbe – und nach der ersten Durchsicht der Unterlagen seines Onkels stand ein schönes Vermögen zu erwarten – könnte er eigentlich seinen Dienst aufgeben, sich Ländereien anschaffen und leben wie ein Aristokrat. Lavinia würde es gefallen. Jetzt, da Fortuna ihm hold war, er Geld bekam, einen Platz im Senat so gut wie sicher hatte ... Ein bitterer Beigeschmack begleitete diese Aussichten. Nicht nur wegen seiner Angst, durch die Machenschaften des Statthalters zum Verräter zu werden. Mit seinem Erbe war der Tod zweier Menschen einhergegangen, der Tod seines Bruders. Victor stand wieder vor dem Regal neben der Tür, streckte seine Hand nach dem Kästchen aus – kurz davor hielt er inne, zog sie zurück.

Die Götter hatten ihre Gründe, das Schicksal so zu fügen, wer war er denn, an der Richtigkeit zu zweifeln? Endlich stand er einmal auf der Sonnenseite des Lebens, jetzt sollte er sich seinen Erfolg nicht selbst vergällen.

Der Statthalter erwartete für den Senatssitz eine Gegenleistung. Seit Tagen zerbrach sich Victor den Kopf, was er tun könnte. Er hatte seinen Freund Niger aufgesucht, ihn nach den Beziehungen, nach den Freunden seines Onkels in Rom befragt. Wie erwartet hatte Niger ihn ausgelacht. Freunde! Geschäftspartner natürlich, aber doch keine Freunde. Immerhin war der Name Justus Balbus gefallen. Die Familie gehörte schon seit Generationen dem Ritterstand an, Balbus selbst besaß in Rom eine Bank und über ihn hatte Iulius wohl seine Geldgeschäfte abgewickelt. Bei ihm würde Victor demnächst einmal vorfühlen. Ein Mann mit Beziehungen und Geld war sicherlich für den Statthalter wichtig. Er könnte auch noch den Kontakt zu Publicus Metellus auffrischen, den er in Rom noch kurz vor seiner Abreise kennengelernt hatte. Der war tatsächlich ein alter Bekannter von Iulius gewesen. Vielleicht könnte der ihm weitere Türen öffnen. Er würde ihm schreiben.

»Victor?«

Lavinias Stimme klang ungewohnt zurückhaltend, als sie vom Atrium in das Tablinum trat. Blass sah sie aus, fast durchscheinend wirkte ihr Gesicht.

»Was kann ich für dich tun, Liebste? Geht es dir nicht gut?«

Victor stand auf, ging ihr entgegen und umarmte sie. Zart streichelte er über ihr Haar, so glatt und weich wie Seide, ihr Haarknoten, den sie seit Neuestem zu tragen pflegte, schimmerte im Tageslicht. Mit beiden Händen liebkoste er ihre Stirn und Schläfen, sah ihr in die Augen und konnte kaum nicht glauben, dass diese schöne Frau die Seine war. Sanft legte sie ihre Hände auf seine Brust und schob ihn von sich. Natürlich war sie die Besonnenere, er ließ sich zu schnell hinreißen.

»Es ist nichts, ein wenig Kopfschmerzen. Doch ich muss etwas mit dir besprechen, Victor.«

Kurz beschlich ihn wieder die Furcht, sie mochte sein Geheimnis herausgefunden haben, und das schlechte Gewissen stellte sich ein, weil er ihr etwas verheimlichte. Seit er von dem Erbe wusste, war er nur noch einmal zu einem Spiel gegangen, beruhigte er sich, und hatte gewonnen. Dies war das letzte Mal gewesen, hatte er sich geschworen.

»Natürlich, mein Herz. Allerdings erwarte ich gleich Gesandte. Ich fürchte, das Gespräch mit ihnen wird einige Zeit beanspruchen, doch dann stehe ich dir zur Verfügung.«

Lavinia nickte. »Ich werde in meinem Zimmer sein. Thabäa wird mir solange etwas vorlesen.«

Victor freute sich, dass Lavinia das neue Sklavenmädchen gefiel. Eigentlich hatte er den Spielgewinn für Lavinias Fest zurücklegen wollen. Nun, da sich Sabina und womöglich der Statthalter selbst angesagt hatten, mussten sie schon Besonderes bieten. Aber dann hatte sich die Gelegenheit zum Kauf dieser Sklavin ergeben und nach all dem Kummer hatte er Lavinia eine Freude machen wollen.

Bis zum Fest waren noch gut vier Wochen Zeit, bis dahin würde er auf seinen Anteil an der Erbschaft zugreifen können. Und selbst wenn nicht, so würde ihm ein jeder Kredit einräumen. Schließlich war auch Pamphilius noch einmal so freundlich gewesen, ihm mit dem fehlenden Betrag für dieses entzückende Sklavenmädchen auszuhelfen, der Spielgewinn hatte nicht ganz gereicht.

Thabea, dieses Mädchen aus Judäa, war von freundlichem Wesen, konnte lesen und schreiben und Lavinia fand ihre Stimme angenehm.

Was wollte er mehr?

Wie eine Göttin lag seine Frau auf ihrem Lager ausgestreckt, die Augen geschlossen lauschte sie dem Gedicht von Ovidius, das Thabea mit ausdrucksstarker Stimme vortrug. Die Sklavin hatte wirklich eine Begabung für Sprachrhythmus und Satzmelodie, Victor blieb auf der Schwelle stehen, um zuzuhören. Als das Mädchen zum Ende kam, räusperte er sich.

Lavinia öffnete die Augen, sie leuchteten dunkel und geheimnisvoll. »Ah, da bist du ja. Die Zeit ist wie im Fluge vergangen. – Danke, Thabea, du kannst jetzt gehen.« Ihre Hand spielte mit dem Stoff ihres Kleides. »Ovidius Naso ist einfach herrlich!« Sie strich sich eine Haarsträhne aus der Stirn und lächelte ihn an. »Komm, setz dich an meine Seite.«

Das Polster war weich und ihr Leib schmiegte sich an seinen, als wären sie zwei Teile ein und desselben Körpers. Er legte seinen Arm um sie und zog sie näher an sich.

»Ich habe die letzten Tage sehr viel nachgedacht, über deinen Bruder, über dich.«

Victor brauchte eine Weile, um das Gesagte zu begreifen. »Tatsächlich?« Was sollte das bedeuten? Weitere, unangenehme Neuigkeiten über seinen Bruder?

Wie abwesend strich Lavinia über seine Wange. »Trotz allem fällt es mir schwer, zu glauben, dass Felix wirklich tot ist … Unsinn natürlich. Victor, ich denke, jetzt, da er tot ist, sollten wir ihm verzeihen.«

Victor konnte kaum glauben, was Lavinia da sagte. Sie war bereit, Felix zu verzeihen? »Nach dem, was er dir angetan hat?«

»Ich habe mich immer wieder gefragt, ob ich es nicht hätte verhindern können. Ob ich mich Felix gegenüber hätte anders verhalten, deutlichere Worte finden müssen, vorher, nicht erst …« Ihre Stimme versiegte, während sie wieder seine Wange streichelte. »Ach, Victor …« Sie zog ihn an sich, nahm seine Hand und drückte sie. »Lass uns die Tat seiner Jugend und Unvernunft zuschreiben. Über den Tod hinaus wollen wir ihm nichts nachtragen.«

Er räusperte sich. »Wenn du das wünschst …« Er drückte seine Nase in ihr Haar, sog ihren Duft ein, seine Lippen strichen über ihren Hals. Erregung wallte in ihm auf. Wer konnte es Felix verdenken, dass er der Sinnlichkeit dieser Frau erlegen war, er selbst erlag ihr, seit er sie kannte. Nein, Felix hatte sich hinreißen lassen, hatte ihrer Anziehungskraft nichts entgegenzusetzen gehabt. Ja, er würde ihm verzeihen, denn wer könnte ihn besser verstehen als er selbst.

»Liebster?«

»Komm zu mir!«, flüsterte er heiser in ihr Ohr, seine Hände begaben sich auf Wanderschaft ihren Rücken entlang, verharrten auf ihren Hüften.

»Du solltest ihn heimholen.«

Victors Gedanken und Hände kreisten um die sanften Rundungen ihrer Schenkel. »Wen?«, murmelte er abwesend.

»Deinen Bruder, du Dummkopf«, gurrte sie. »Du solltest Paullus schicken, ihn zu holen, damit wir ihn hier angemessen bestatten können.«

»Bestatten, natürlich.« Ihre nüchternen Worte rissen ihn aus seiner Verzückung. »Selbstverständlich, du hast recht.«

Kapitel XI

Alte Seilschaften

Nahe Confluentes, 21. August 192 n. Chr.

Es war noch dunkel, als Felix die Augen aufschlug. Schon lange hatte er nicht mehr so gut geschlafen. Seit sie mit Maximus unterwegs waren, hatten die Albträume, die ihm nach dem Stolleneinsturz die Nächte vergällt hatten, ein Ende. Und allmählich schwand auch seine Furcht vor der Finsternis, gewöhnte er sich an das harte Lager auf der nackten Erde, an das unstete Leben. Und schließlich waren gemauerte Räume kaum sicherer als die freie Natur. Hier draußen war ihm jedenfalls noch nichts Widriges begegnet, außer Blasen an den Füßen und Schrammen am ganzen Körper von ihren Querfeldeinmärschen.

Ateius hatte ihn geweckt und ließ ihm kaum Zeit für ein Stück Brot und einen Schluck Wasser. Er drängte zum Aufbruch. »Der Weg nach Confluentes ist noch weit, lass uns gehen, bevor es auf der Straße zu belebt wird.«

Doch schon kurz nach Sonnenaufgang trieb sie die wachsende Zahl der Reisenden wieder zurück in den Schutz der Wälder und Felder.

Seit den Vorfällen in Mogontiacum mieden sie wieder die Straße, schlugen um jeden Gutshof einen Bogen. Und es gab zahllose Güter in dieser Gegend, meist mit ausgedehnten Ländereien und vielen Helfern auf den Feldern, es war Erntezeit.

Wegen des kargen Frühstücks dauerte es nicht lange, und Felix' Magen knurrte. Da, am Wegesrand wuchsen Brombeeren, fast schwarz glänzten sie in der Sonne. Felix wies Ateius darauf hin und sie pflückten ein paar Hände voll.

»Genug jetzt!« Schon hetzte Ateius weiter, über Trampelpfade, Seitenwege, manchmal querfeldein durch die Wälder, immer Richtung Norden.

Heute Morgen hatte Felix kurz den Rhenus zur Rechten glänzen sehen. Der Fluss beschrieb in dieser Gegend eine weite Schleife, die sie auf geradem Wege abkürzten. Von da an verlor Felix jegliche Orientierung und musste Ateius vertrauen. Der schien am Lauf der Sonne, sogar am Bewuchs der Bäume die Richtung zu erkennen, bei Nacht gab ihm der Stand der Sterne den Weg vor. Felix zweifelte jedenfalls keinen Augenblick daran, dass sie Confluentes erreichen würden. Es war Ateius' Vorschlag gewesen, es dort zu wagen, ein Schiff zu suchen, das sie mitnahm. Ohne Geld zweifelte Felix zwar an dem Erfolg, aber Confluentes war so gut wie jede andere Stadt und lag zumindest in der richtigen Richtung.

Er stolperte über eine Baumwurzel, ausgerechnet mit dem noch immer geschwollenen Fuß. Sein Aufstöhnen veranlasste Ateius dazu, Gnade walten zu lassen und endlich eine Pause einzulegen. Die Sonne stand schon hoch, Mittag war längst vorüber.

Ateius ließ Felix auf einem Lager aus Moos zurück, um nach Kräutern für den Fuß zu suchen und etwas zu essen aufzutreiben.

Felix rieb seinen geschundenen Knöchel. Ateius hatte nicht einen Lidschlag lang gezögert, Mogontiacum mit ihm zusammen zu verlassen – Felix konnte sich nicht erklären, warum.

Felix lehnte seinen Kopf zurück und schaute in den Himmel. Eine dicke weiße Wolke schob sich gemächlich vor die Sonne, ihre Form ähnelte der eines Schwans. Er beobachtete, wie der Schwan sich allmählich in einen Adler mit ausgebreiteten Schwingen wandelte.

Die Beine ausgestreckt, einen Grashalm im Mund genoss Felix die Rast. Am Stadttor in Mogontiacum dagegen, versteckt in einem Hauseingang, ihre Habseligkeiten zwischen die Beine geklemmt, war ihm die Wartezeit quälend lang geworden. Bei Iupiter, in einer fremden Stadt auf einen Bekannten zu stoßen, damit hatte er wirklich nicht rechnen können. Hoffentlich sprach sich seine Auferstehung nicht so schnell herum.

Und ausgerechnet der geschwätzige Modestus! Aufzutauchen, wenn man ihn am wenigsten erwartete, war schon immer seine besondere Begabung gewesen.

Die Wolke zog weiter und die Sonne trat wieder hervor. Sofort spürte er die Hitze auf der Haut. Wo Ateius wohl etwas zu essen besorgen wollte? Fand er eine Mansio oder wagte er sich gar in einen der umliegenden Gutshöfe?

Ein Knacken im Gehölz riss ihn aus seinen Gedanken, hoffentlich Ateius. Er horchte. Es gab Bären und Wölfe hier, ihren Spuren waren sie unterwegs oft begegnet. Gut möglich, dass einer ihre Witterung aufgenommen hatte. Felix hielt den Atem an und stieß ihn erst aus, als er Ateius erkannte, der den Kopf unter einem tief hängenden Ast neigte.

»Gute Nachrichten!«

Felix stand auf, verfluchte seinen verstauchten Fuß, der wegen der unentwegten Anstrengungen nicht heilen wollte, verfluchte, dass er dem treuen Ateius so hinderlich war.

»Was denn? Hast du einen Bären erlegt, so dass wir die nächsten Wochen zwar ausreichend zu essen haben, aber ein winziges Problem mit dem Transport?«

»Holla, du hast ja Humor!« Ateius zwinkerte ihm zu. »Fast, und doch viel besser. Ich habe eine Mansio gefunden, dort können wir rasten. Sie ist in der Nähe, gleich da hinten verläuft die Straße, eine Meile gen Norden liegt sie. Von dort ist es nicht mehr weit bis Confluentes.«

Irgendetwas an Ateius' Gesichtsausdruck erregte Felix' Argwohn. »Klar, wir spazieren einfach so in die Raststätte, ohne einen blanken As in der Tasche, bestellen Essen und Trinken, ein Bad und womöglich ein Bett, abgesehen davon, dass wir inzwischen vermutlich gesucht werden, du als entlaufener Sklave und ich als Mörder.«

»Erstens vergisst du, dass ich im Gegensatz zu dir sehr wohl zwei Asse besitze, zum anderen habe ich alles bedacht.«

»Ach! Ich dachte, du hättest dein Geld in Wein angelegt?«

Ateius hob den Kopf und schnalzte mit der Zunge. »Oh, ich habe ein paar Münzen im Würfelspiel gewonnen.«

»Du trägst also wahre Schätze mit dir herum und lässt uns darben?« Nun, Ateius konnte schließlich mit seinem Geld machen, was er wollte. »Und woher willst du wissen, dass ich keins mehr habe?«

»Hättest du welches, hättest du längst vorgeschlagen, irgendwo etwas zu essen zu kaufen. Du hast dich bestehlen lassen, du Esel, gib es zu! Kommt aus Rom in die Provinz und kaum steckt man ihn mal unter das niedrige Volk, lässt er sich sofort sein Geld klauen!« Ateius lachte schallend. »Na, komm schon, weg ist weg. Geld kommt, Geld geht. Los jetzt.«

Ateius schritt voraus und lachte von Zeit zu Zeit leise vor sich hin. Felix konnte es hören, während er hinter ihm herhumpelte. Seit seiner Rückkehr wirkte der Gefährte wie verwandelt, keine Spur mehr von dem wortkargen, mürrischen Gefährten. Was hatte seinen Sinneswandel wohl verursacht?

Die Mansio lag direkt an einer belebten Kreuzung, sie mussten es riskieren, sich unter die Reisenden auf der Straße zu mischen. Sie traten aus dem Unterholz, als hätten sie dort ihre Notdurft verrichtet.

An dem Meilenstein an der Kreuzung blieb Ateius stehen und schien aufmerksam die Entfernungsangaben zu studieren. Hin und wieder folgte sein Blick der Richtung der Pfeile, als überlege er, welchen Weg sie einschlagen sollten.

»Die Luft ist rein«, murmelte er endlich und führte Felix um das Haus herum zum Hintereingang. Er klopfte, und als sich die Tür öffnete, wurde Felix klar, was die Verwandlung des Gladiators herbeigeführt hatte. Eine üppige Rothaarige stand im Eingang und trocknete sich die Hände an einem Tuch ab, das sie sich um die Hüfte geschlungen hatte. Das rot und grün karierte Gewand ließ ihre Wangen blühend wirken, ihre grünen Augen blitzten und ihr Mund lächelte so breit, dass sie ohne Not einen ausgewachsenen Hering samt Kopf und Schwanz quer hätte verspeisen können.

»Da bist du ja. Kommt herein!«

Felix erntete ein flüchtiges Nicken, als sie beiseite trat, um ihn durchzulassen. Ein schmaler, dunkler Gang führte in die Küche, die gegenüberliegende Tür war geschlossen. Die Geräusche, die gedämpft hereindrangen, ließen vermuten, dass sich dahinter der Gastraum befand. Ein grob gezimmerter Tisch in der Mitte, Regale an den Wänden, eine Bank und etliche Hocker vor der Feuerstelle waren das einzige Mobiliar. In einer Ecke lehnten bauchige Amphoren, an der Wand reihten sich geöffnete Säcke, voll mit Bohnen, Getreide,

Rüben. Auf einem Regal waren Kohlköpfe zu einer abenteuerlichen Pyramide gestapelt, auf einem anderen wand sich ein Stapel Teller in die Höhe, flankiert von ineinandergestellten Bechern. Blinkende Töpfe hingen von der Decke, daneben baumelten Würste, sogar ein ganzer Schinken, auch ein Netz mit Vögeln, die darauf warteten, gerupft zu werden. Kräutersträuße trockneten neben der Feuerstelle und verströmten würzigen Duft. Auf dem Tisch lag eine Rehkeule und in dem Kessel über dem Feuer brodelte etwas. Felix' Magen knurrte.

Das Mädchen lachte, winkte ihnen, sich auf die Bank zu setzen. Mit wenigen Handgriffen hatte sie Schalen mit dem Eintopf gefüllt und ihnen Löffel in die Hand gedrückt. »Lasst es eusch schmecken.« Sie schob jedem noch ein Stück Brot zu, nahm dann ein Messer und widmete sich der Rehkeule.

»Das ist Vanataxta«, sagte Ateius mit vollen Backen kauend, seine Augen glänzten.

Die Tür ging auf, ein untersetzter Mann stürmte herein, auf einer Hand balancierte er ein Tablett. »Oh, wer ist denn das?«, entfuhr es ihm und er blieb wie angewurzelt stehen. Mit gerunzelter Stirn sah er von Ateius und Felix zu Vanataxta, die ihn mit ihrem breiten Lächeln anstrahlte.

Felix verschluckte sich, sein Herzschlag schien auszusetzen. Jetzt waren sie verraten. Ein liebestoller Ateius hatte ihr Schicksal besiegelt.

Vanataxta jedoch war ganz Herrin der Lage. »Mein Freunde, zu Besuch«, erklärte sie dem Mann, ihre eigenartige Aussprache verriet ihre gallische Herkunft. »Das Ioincorix«, sagte sie in Richtung des Untersetzten, »alle sagen Io, und das sein Freund Quintus«, ihr Lächeln in Ateius' Richtung hellte den Raum merklich auf, »und Verecundus.« Die Messerspitze deutete auf Felix' Brust. Ein Fleischstückchen klebte an der Schneide.

Der Mann nickte ihnen zu, nicht unfreundlich. »Freunde von Vanataxta sind auch meine Freunde.« Er stellte das Tablett neben der Rehkeule ab. »Noch zwei Portionen von dem Hammeleintopf und zwei Hirschpasteten.« Er stapfte zu der Ecke, in der die größeren Amphoren lagerten, zog eine hervor und befüllte einen Krug. »Biete deinen Gästen doch einen Schluck Wein an, Vanataxta«, schlug er vor und schob die Amphore zurück in ihre Ecke. Erst als die Tür hinter ihm zufiel, konnte Felix wieder frei atmen.

»Das Wirt«, sagte Vanataxta und wandte sich erneut dem Rehbein zu. »Gutes Mann, hat mich aufgenommen. Sehr weische Herz. Gäste sind immer willkommen, auch wenn sie nicht zahlen. Bald ist er ruiniert, wenn er nicht aufpasst, Herz zu weisch und Kopf auch.«

Das beunruhigte Felix nicht weniger. Ein Dummkopf konnte leicht etwas ausplaudern, sie sollten sich nicht zu lange hier aufhalten. Bald hätte jeder Posten entlang der Provinzgrenze eine Personenbeschreibung von ihnen. Sie sollten sehen, dass sie schleunigst in die Agrippinensis kämen, dort wären sie erst einmal in Sicherheit. Außerdem hatten sich bestimmt die geistigen Fähigkeiten dieses Mansiowirts auch zu den Beneficariern herumgesprochen, bei so einem würden sie als Erstes suchen.

Vanataxta schien ihm die Gedanken vom Gesicht ablesen zu können. »Kein Sorg, hier droht kein Gefahr«, versicherte sie. »Trotzdem besser, er eure richtigen Namen nicht weiß.«

Was immer Ateius ihr erzählt hatte, es schien sie nicht zu stören, dass sie sich wie Flüchtlinge benahmen.

Was hatte sie wohl in diese Gegend verschlagen? Gerade wollte Felix fragen, da strich sie sich mit dem Handrücken das Haar aus der Stirn und es war ihm klar. Er sah das Mal, das man geflohenen Sklaven nach ihrer Ergreifung auf die Stirn brannte, um sie für ewig zu kennzeichnen. Vanataxta hatte einst wohl selbst bei Io Zuflucht gesucht und gefunden, so vermutete Felix. Dennoch, jede Stunde, die sie sich hier aufhielten, vergrößerte die Gefahr, erkannt oder gefasst zu werden. Auch Beneficarier nutzten die Annehmlichkeiten der Rasthäuser. Wenn sie einem von denen über den Weg liefen, wären sie verloren. Die Gedanken schlugen ihm auf den Magen, der Appetit war ihm vergangen.

Vanataxta beobachtete ihn. »Beneficarier oft hier, wir kennen gut. Immer essen umsonst, wir dafür unser Ruh. Drücken Auge zu, verstehst, was isch mein?«

Immer wieder tauschte sie innige Blicke mit Ateius, der mit dem Mädchen scherzte und lachte, so entspannt hatte Felix ihn noch nie gesehen. Ja, natürlich!

»Ihr kennt euch doch!«, platzte er mit seinem Gedanken heraus. Und mit Genugtuung beobachtete er, wie beide erröteten. Vanataxta nahm sich zwei Schüsseln mit Eintopf, im Hinausgehen wechselte sie einen weiteren Blick mit Ateius. Der zuckte die Achseln.

»Jetzt reicht es mir! Ich will es endlich wissen!«

Ateius saß unbeweglich und schweigend da wie eine Marmorstatue.

Dieser Gleichmut, diese Beharrlichkeit im Schweigen brachte Felix in Wallung. »Genug, entweder du erzählst mir jetzt, woher du diese Frau kennst, oder …«

»Oder?«

»Oder ich gehe allein weiter.« Felix schnaubte. »Wie soll ich dir vertrauen, wenn ich nicht weiß, warum du mit mir gehst.«

Ateius musterte ihn, er lächelte leicht. »Sieh an, du kannst dich ja richtig aufregen. Ich dachte, deine Gefühlsregungen erschöpfen sich in Spielarten der Verzweiflung. Du willst doch nur zu deinem Onkel, um dein geordnetes Leben wiederherzustellen. Begreife endlich, dass dieses Leben verloren ist. Glaube mir, es wird nie mehr so, wie es war, gewöhne dich an den Gedanken.«

Ateius' Worte erregten Felix umso mehr. »Und wenn. Ich weiß nichts über diese Frau, diese Mansio, diesen Wirt, ich weiß nicht, ob wir hier sicher sind oder nicht. Man sucht nach uns …«

Ateius zeigte mit dem Zeigefinger auf ihn. »Woran einzig deine vorlaute Zunge schuld ist.«

Felix hob die Hände. »Ich weiß, ich weiß. Ich bin ein Dummkopf, ein Grund mehr, dass wir uns trennen.«

»Du willst also allein weiter?«

»Ja.«

Ateius nickte, lehnte sich zurück und faltete die Hände vor dem Bauch.

Vanataxta war hereingekommen und hatte den letzten Teil ihres Gesprächs mitbekommen. Sie runzelte die Stirn und stupste Ateius mit dem Finger in den Rücken. »Isch weiß nicht, aber deine Freund wird nicht weit kommen, allein.« Sie wandte sich an Felix. »Du ordentlische, aufreschte Bürger von Rom, immer treu, immer zuverlässig. Du hast doch keine Ahnung mit Flucht. Ihr beide seid ein komisch Gespann.«

Ateius grinste. »Vanataxta verfügte schon immer über eine außerordentliche Menschenkenntnis. Also, was soll's, Felix wird uns nicht verraten. Wirst du doch nicht, oder?« Sein Blick fixierte ihn.

»Natürlich verrate ich nichts, wem auch?«, sagte Felix, um Ruhe bemüht, doch er spürte den Ärger in sich nagen, weil Ateius ihn offenbar für einen Trottel hielt. Es wurde Zeit, das Bild zu korrigieren. »Du gehörtest zu den Anhängern des Maternus, warst im Bellum Desertorum dabei, stimmt's?«

Ateius zog die Brauen hoch. »Sieh an, ich wusste doch, du bist ein heller Kopf …«

Vanataxta strich flüchtig mit ihrer Linken über Ateius' Schulter. »Vorbei, vorbei, spielt keine Rolle mehr und deine Freund macht würdige Eindruck.« Sie wischte sich die Hände an dem Tuch ab und setzte sich neben Ateius. Ernst musterte sie Felix. »Ja, Ateius ist ein gut Freund. Schlimme Zeit, damals, immer Unruhe, immer Hunger, isch hatte schlechtes Herrn, immer Schläge, Ketten. Maternus war eine Hoffnung für viele. Ateius gehörte zu Maternus' Leuten, kam zu unsere Gut, hat misch befreit von Ketten, mir geholfen zu fliehen. Er wusste nischt, dass isch bin hier, wirklisch. Die Götter fügten, dass wir wiedertreffen an diese Ort.« Sie lächelte Ateius aufmunternd an.

»Ganz so unvermutet war es nun auch wieder nicht. Es lag nahe, dich in dieser Gegend zu finden. Schließlich haben wir dich kurz vor Confluentes aus den Augen verloren. Aber eigentlich dachte ich«, sagte er zu Felix gewandt, »sie sei tot.«

»Ateius, warum du ihm nicht erzählen alles?«

Ateius winkte ab. »Es wird ihn nicht interessieren. Außerdem …«

Felix konnte sich vorstellen, dass Ateius' Vergangenheit nichts war, das man auf dem Forum diskutieren wollte, aber ihm gegenüber könnte er schon offen sein. »Es interessiert mich sehr wohl, mit wem ich tagelang unterwegs war, wem ich mein Leben verdanke …«

»Oh«, fiel Vanataxta ihm ins Wort. »Er auch dir helfen? Ateius immer helfen, viel Verlass auf ihn. Aber ihm selbst das bringt immer Unglück ein als Lohn.«

Ateius rutschte auf der Bank hin und her, winkte ab. »Genug, ich will das jetzt nicht besprechen.«

»Moment«, sagte Felix. »Was ist mit dem Wirt hier? Gehörte er auch zu Maternus' Bande? Ist das hier ein Unterschlupf gewesen?«

»Diesen Ioincorix kenne ich nicht«, sagte Ateius.

Vanataxta kratzte mit dem Fingernagel an einer Kerbe in der Tischplatte. »Er hat übernommen diese Mansio vor fünf Jahre, nach Abzug von Maternus. Isch gekommen, mein Herr tot, isch Wunde von Schwert in Schulter, schwer krank. Io hat misch gepflegt, seitdem isch arbeite für ihn. Gutes Leben hier.«

»Können wir bis morgen hierbleiben, Vanataxta?«

»So lange ihr wollt. Oben, unter dem Dach ist Kammer für eusch. Isch sage nur Io Bescheid, dann alles in Ordnung.« Sie lächelte Felix an. »Kein Sorg wegen Räuber. Ateius gute Mann, ehrlisch!«

Als sie draußen war, trat Stille ein. Viele Fragen brannten Felix auf der Zunge, die endlich geklärt werden mussten. »Bist du wegen der Beteiligung an der Räuberbande ins Bergwerk verurteilt worden?«

»Nein. Also gut, ich will es dir schnell erzählen. Ich war Legionär, stationiert in einem Lager am raetischen Limes.« Ateius begann, die Schüsseln zusammenzuräumen, und stellte sie in einen Bottich.

Felix goss Wasser aus einem Eimer hinein. Insgeheim war er davon ausgegangen, sein Begleiter wäre schon immer Sklave gewesen. Aber als Legionär hatte er sogar das römische Bürgerrecht besessen.

Ateius spülte die Schüsseln und stellte sie zum Trocknen auf ein Brett. »Da unten im Süden war es nicht leicht, wir waren ständig auf dem Sprung. Marcus Aurelius schickte immer uns, wenn es irgendwo an der raetischen Grenze brannte, und es brannte ständig. Wer nicht im Kampf fiel, war von der Seuche bedroht. Viele verloren auf die ein oder andere Weise ihr Leben und die verbliebenen Soldaten mussten zusätzlich den Dienst der Verstorbenen übernehmen. Mehr Arbeit, weniger Lohn. Dann ging dem Kaiser vollends das Geld aus. Jahrelang haben wir unser Leben riskiert und auf unseren Sold gewartet. Jahr um Jahr wurden wir mit immer neuen Erklärungen, Orden, Belobigungen vertröstet. Unter Aurelius' Sohn Commodus keimte Hoffnung auf. Tatsächlich wurde es ruhiger an der raetischen Grenze, aber die Behandlung bei der Legion blieb unmenschlich und Bezahlung war noch immer Glücksache. Als wir dann von Maternus hörten, witterten wir eine Gelegenheit, uns das Geld, das Rom uns schuldete, endlich zu holen. Oh, nur zu bald habe ich gemerkt, was Maternus für einer war. Ein ganz übler Bursche, nur auf seinen eigenen Vorteil, Reichtum und Macht bedacht. Aber da war es zu spät. Es gab kein Zurück, wir waren ja Deserteure.«

»Du hast diesen Gutshof, bei dem ich war, mit der Bande heimgesucht, deswegen wolltest du da nicht hin?«

Ateius zuckte die Achseln. »Da bist du wohl darauf gekommen, was? Ja, ich war dabei, als sie Feuer legten. Einige der Leute hätten mich erkennen können. – Wie dem auch sei, wir wurden besiegt, viele zum Tode verurteilt. Mich schickte der Statthalter in die Arena. Wider Erwarten habe ich mich gut geschlagen, als Retiarius, das immerhin weißt du ja schon.« Seine Stimme klang bitter.

»Maternus sei nicht nur ein übler Deserteur gewesen, sondern habe einen Anschlag auf Commodus geplant, heißt es in Rom«, hakte Felix nach.

Ateius winkte ab. »Alles Gerede.«

Sein Onkel hatte ihm davon erzählt, erinnerte sich Felix, und der war immer außerordentlich gut informiert. Wenn an dem Gerede ein Funken Wahrheit war, dann hatte Ateius nicht nur zu einer Räuberbande, sondern zu einer Gruppe Hochverräter gehört. Dann allerdings hätte man ihn sofort hingerichtet.

Felix beschlich das Gefühl, dass Ateius ihm noch immer nicht die ganze Geschichte erzählt hatte.

Vanataxta kehrte zurück. »Isch hab für eusch vorbereitet. Ihr könnt nach oben gehen, wenn ihr schlafen wollt. Bestimmt ihr seid müde, nach lange Marsch.« Sie zeigte einladend auf die Treppe, die vom Vorraum der Küche nach oben führte.

Felix hielt Ateius, der sich erheben wollte, zurück, eines musste er noch wissen: »Was hast du getan, dass man dich dann in die Minen verurteilte?«

Ateius winkte ab. »Meinst du nicht, du hast für heute schon tief genug in meiner Vergangenheit gegraben?« Damit stand er auf und folgte Vanataxta hinaus.

Felix blieb allein zurück. Das Gespräch, aber auch die nun eingetretene Stille drückten ihm auf das Gemüt. Vanataxta schien sich mit Ateius gut zu verstehen, sie würde kaum sofort zurückkehren. Er hörte ihr Lachen bis in die Küche hallen.

Es war schon bitter, was Ateius ihm da erzählt hatte. Er dagegen hatte nach seiner Ausbildung zwei Jahre als Tribun beim Militär gedient, stationiert in der Provinz Dacia. Von kriegerischen Handlungen war er verschont geblieben. Immerhin hatte er Reiten gelernt und leidlich, mit Schwert und Schild umzugehen.

Ateius' Geschichte machte ihm bewusst, was es bedeutete, zum Plebs zu gehören, mit vierzehn oder fünfzehn Jahren dem Militär beizutreten und schließlich keine andere Wahl zu haben, als sich einer Räuberbande anzuschließen. Mit dem Ergebnis, die Bürgerrechte zu verlieren, als Gladiator in der Arena zu kämpfen und dann als verurteilter Sklave in den Minen zu enden.

Selbst der Tod seiner Eltern und seiner Schwester verblassten gegen ein solches Schicksal.

Felix dachte an den Einsturz des Stollens, die gemeinsame Flucht – die ganze Zeit war er immer von Ateius' Unschuld ausgegangen, hatte ihn als zu Unrecht verurteilten Mann verklärt, als Helden, der sich gegen sein widriges Geschick behauptet hatte, dem er seine Rettung zu verdanken hatte. Dabei war er wirklich ein Verbrecher. Genug, Tatsache war auch, dass Ateius ihm half.

Vanataxta hatte es gut erkannt, er war wirklich unbedarft. Allein würde er es niemals bis Confluentes schaffen, obgleich die Stadt ganz nah sein musste. Vermutlich würde er schon vor den Toren abgefangen und festgesetzt werden. Nein, er war auf Ateius und seine Erfahrung angewiesen, ob es ihm nun passte oder nicht.

Er sollte allmählich zu den beiden hinaufgehen. Mit lauten Schritten stieg Felix die Treppe empor.

Sie saßen mit dem Rücken zu ihm nebeneinander auf dem Lager aus Stroh und Decken, eine Daumenbreite Platz zwischen sich. Ateius hatte das Gesicht in den Händen vergraben.

»Es war alles umsonst, ich habe sie nicht retten können«, murmelte er, dann bemerkte er Felix. Er drehte sich zu ihm um, die Augen glänzten unergründlich. Außer dem Dunst der Verzweiflung lag noch etwas anderes im Raum, ähnlich der Luft bei einem heraufziehenden Gewitter. Ateius war jedoch über die Störung nicht verärgert, sondern winkte Felix zu sich.

»Hör mal: Vanataxta meinte, es sei aussichtslos, in Confluentes eine Arbeit zu finden. Und ohne Geld kein Schiff. Sie hat aber eine andere Idee, wie wir weiterkommen können. Allerdings wird sie uns einige Tage kosten. Der Lohn für die Verzögerung ist aber, dass wir unauffällig und leidlich sicher in die Agrippinensis gelangen.«

Kapitel XII

Vom Wohl des Reiches und seiner Bürger

Colonia Agrippinensis, 21. August 192 n. Chr.

Die Frau des Statthalters war zu Besuch gekommen, Peregrinus hatte sie angemeldet. Victor ging Sabina entgegen, während sein Leibsklave Lavinia informierte. Der Höflichkeit halber setzte sich Victor zu ihrem Gast, bis seine Frau erschien.

Abwesend streifte Sabina ihren Schleier vom Kopf und hielt das zartblaue Gespinst in der Hand. »Bei Proserpina, was für ein Sommer. Es ist hier noch heißer als in Rom, will mir scheinen.«

Victor hasste solcherlei Austausch von Belanglosigkeiten. »Oh, aber nicht gar so stickig. Den Göttern sei Dank ist die Luft hier noch nicht so verpestet wie in unserer Hauptstadt. Gibt es Neuigkeiten aus Rom?«

Sabina neigte den Kopf und schaute zu ihm auf. »Darüber wird Virius dir sicher mehr erzählen können. Ich bekomme kaum etwas mit.«

Sie lehnte sich zurück, betrachtete die Wandmalereien, die Victor auf Lavinias Wunsch hin in Auftrag gegeben hatte, bei dem bedeutendsten Künstler der Provinz. Allein die Hirtenszene an der Stirnseite war ein Meisterwerk und jede Sesterze wert.

»Prächtig, eure Malereien, das habe ich bereits Lavinia gesagt. Diese Landschaft dort, unglaublich! Da fällt mir ein, Victor, dass ich schon längst einmal fragen wollte, wie es eigentlich deinem Bruder geht? Wir haben uns bei Lupus' Fest seinerzeit so angenehm unterhalten … Ist er nicht irgendwo auf dem Lande tätig?«

»Er war zuletzt in der Nähe von Mogontiacum unterwegs …« Über seinen Bruder sprechen zu müssen, schlug Victor auf den Magen. Der Wein, den er vorhin getrunken hatte, stieg ihm sauer auf. Warum, bei Hercules, interessierte sich Sabina für Felix? Hatte Lavinia etwa recht gehabt mit ihrer Andeutung, Sabina habe eine gewisse Neigung zu ihm? Kam sie deswegen in sein Haus, weil sie sich Neuigkeiten über Felix erhoffte?

Victor konnte sich eigentlich nicht vorstellen, dass Felix besonderes Gefallen an ihr gefunden hatte. Andererseits, was wusste er schon über den Frauengeschmack seines Bruders? Warum nicht Sabina? Anfangs hatte er sie unscheinbar gefunden, doch der zweite Blick offenbarte eine gewisse Anmut. Ihr Haar, das sie wie jede aristokratische Frau zu einem Knoten geschlungen trug, weil es die Damen des Kaiserhauses so vorgaben, war fast schwarz. Dadurch wirkte ihre Haut weißer, das Gesicht fast durchscheinend. Die mandelförmigen Augen hatten die Farbe des Bernsteins von den Küsten der Nordmeere. Doch ihrem Gesicht fehlten die Zeichen des Lebens. Sie war noch so jung, eigentlich unvorstellbar, dass Sabina sich derart gegen ihren Gatten wenden würde, indem sie … Nein, weder ihr noch Felix traute er so etwas zu.

»Ihr müsst uns demnächst einmal besuchen, ganz zwanglos«, riss Sabina ihn aus seinen Gedanken. »Virius schätzt deine Gesellschaft.«

Unbehagen überlief ihn, nur zu bald könnte es sein, dass Lupus von ihm enttäuscht war, unternähme er nicht endlich etwas. Wenn er nur wüsste, was genau Lupus plante. Umsturz? Kaisermord? Hochverrat? Er hatte nichts weiter als einen Verdacht.

»Und falls dein Bruder demnächst wieder in der Stadt ist, so ist er uns selbstverständlich ebenso willkommen. Auch mein Gatte war von ihm sehr angetan.«

»Ach, du weißt es offenbar noch nicht ...« Victor legte eine Pause ein. »Unser Haus hat erneut einen Schicksalsschlag zu tragen. Felix, der Unglückselige, hat bei einem Unfall in einem der Bergwerke sein Leben gelassen. Wir sind alle noch zutiefst bestürzt.«

Sabina starrte ihn an, den Mund leicht geöffnet, das Gesicht schien noch bleicher zu werden. »Wie schrecklich!«, murmelte sie. Ihr Blick wanderte ruhelos durch das Atrium, sichtlich rang sie um Fassung. Wandte sie sich von ihm ab, weil Tränen in ihren Augen glänzten?

»Wir hoffen, ihn hier noch angemessen bestatten zu können.«

Sabina nickte und plötzlich begriff Victor, dass Lavinias Anliegen nur dazu dienen sollte, den Schein zu wahren, denn natürlich wurde von ihnen eine standesgemäße Totenfeier erwartet. »Ah, da kommt Lavinia, und Servilia bringt Wein und Gebäck. Sehr schön.«

Neben Sabina kam Lavinias voll erblühte Schönheit erst recht zur Geltung. Ihre grüne seidige Tunika – war sie neu? – ließ sie wie Aphrodite erstrahlen. Victor riss sich vom Anblick seiner Frau los, nickte der Statthaltergattin zu. »Sabina, ich überlasse euch jetzt euren Gesprächen. Entschuldigt mich.«

Sabina nickte und begrüßte Lavinia, ein Lächeln erhellte ihr Gesicht, zarte Röte ließ ihr Gesicht lebendiger wirken.

Sie hatte sich wieder vollends in der Gewalt. Oder Felix' Tod war ihr doch nicht so nahe gegangen, wie es zunächst den Anschein gehabt hatte.

Nach einer Stunde, die er mit der Bearbeitung seiner Korrespondenz verbracht hatte, legte Victor den Stilus beiseite und lauschte. Er hörte das Lachen seiner Frau, in das Sabina einstimmte.

Noch einmal las er den Brief, der vor ihm lag. Ein alter Bekannter aus Rom hatte ihm geschrieben. Gaius Vulpianus Rufus bat um Rat bei seinen Geschäften. Er wolle in den Germanienhandel investieren, ob Victor da nicht Kontakte besäße, fragte er. Die Neuigkeiten aus Rom, über die er in seinem Schreiben eher beiläufig berichtete, waren allerdings beunruhigend. Der Kaiser habe die Stadt Rom umbenannt, Colonia Felix Commodiana hieße sie jetzt. Auch der Monatsnamen habe er sich angenommen und den April nach sich benannt. – Colonia Felix Commodiana, ts. Im Übrigen gefiele sich der Kaiser immer häufiger darin, sein Können als Gladiator unter Beweis zu stellen.

Victor hatte dergleichen selbst schon mit ansehen müssen. Im letzten Jahr – oder war es das davor gewesen? – hatte sich Commodus in ein Löwenfell gewandet und als Herkules in der Arena gekämpft. Dann diese Tierhatz, ein paar Monate später wohl, ein Spektakel, wie es die Welt noch nicht gesehen hatte und es wahrhaftig auch nicht hätte sehen müssen! Hunderte wilder Tiere waren unter des Kaisers Speerwürfen verendet. In einem Bericht über diese Attraktion hieß es später, der Kaiser habe ein jedes Tier mit einem Wurf niedergestreckt. Nun, ganz so war es nicht gewesen. Verschanzt hinter einer Schutzwand hatte Commodus gestanden, in Sicherheit vor den Angriffen der verletzten Tiere. Die waren, sich gegenseitig zerfleischend, brüllend auf dem Sand umhergeirrt. Der Geruch des Blutes, der Tiere, Victor war übel geworden. Doch die Menschen im Rund hatten getobt, Ritter und Senatoren bei jedem tödlichen Wurf applaudiert, bis die Hände brannten. Aber Victor wusste genau, dass ihnen genauso wie ihm selbst die Angst in der Kehle gesteckt hatte, das Missfallen des Kaisers zu erregen.

Ja, Rufus gehörte genau zu den Leuten, die der Statthalter suchte. Mit seinem Brief bot sich eine gute Gelegenheit, seine geheime Aufgabe voranzutreiben, lange genug hatte Victor es vor sich hergeschoben. Seit Tagen lag der unvollendete Brief an Balbus auf dem Stapel der Korrespondenz. Er legte Rufus' Schreiben darauf. Später würde er sich darum kümmern, jetzt musste er sich zum Statthalter begeben, der würde erste Ergebnisse erwarten und alles, was Victor vorweisen konnte, waren Namen. Immerhin Namen der einflussreichsten und mächtigsten Ritter Roms.

Die Sänfte schaukelte durch die sonnendurchglühten Straßen der Stadt. Auf den Plätzen hatten die Händler tief hängende Tücher über ihren Waren aufgespannt, die Leute suchten den Schatten der Portiken, so herrschte darunter ein noch größeres Gedränge als sonst.

Im Viertel des Prätoriums bemerkte Victor vermehrt ausländische Gesichter unter den Passanten, Delegationen aus allen Teilen des Reiches. Auf dem Forum schoben sie sich scharenweise durch den Statuenwald der Kaiser und Statthalter, bestaunten die riesige Reiterstatue des Commodus, die den Platz beherrschte. Die Sänfte passierte eine Gruppe vornehm gekleideter Männer, dunkelhäutig wie sein Freund Niger, sicher Gesandte aus der Provinz Africa.

Ob Niger über die Pläne des Statthalters Bescheid wusste?

Vor dem Prätorium stoppten die Träger und Victor stieg aus. Er befahl den Männern, ihn bei Einbruch der Dunkelheit wieder abzuholen.

Bei Hercules, dort drüben, unter einem Säulengang, stand Pamphilius, sein Gläubiger, im Gespräch mit einem groß gewachsenen Mann mittleren Alters, den Victor nicht kannte. Ob er wohl ungesehen in das Prätorium gelangen konnte? – Zu spät, er war bemerkt worden.

»Ah, Victor, einen Augenblick!« Lucius Pamphilius bedeutete seinem Gesprächspartner, er solle warten, und kam näher.

»Salve, Lucius Pamphilius, wie geht es?«, fragte Victor. Pamphilius war an die fünfzig, seine grauen Locken begannen, sich zu lichten. Sein aufrechter Gang, die teure Kleidung verrieten den Mann von Einfluss. Er besaß die größte Bank der Stadt, betrieb einige Geldwechselstände und arbeitete mit den bedeutendsten Händlern der Stadt zusammen. Sein Haus war eines der prächtigsten, es stand in der Nähe des Forums.

Pamphilius ordnete die Falten seiner Toga. Er gehörte zu den wenigen, die dies unbequeme Kleidungsstück stets in der Öffentlichkeit trugen, ungeachtet von Kälte, Hitze oder Regen.

»Es geht mir ausgezeichnet. Und selbst? Auf dem Weg zum Statthalter? Oder führen dich andere Geschäfte her, Gesandte aus dem Barbaricum?«

Victor wusste genau, worauf dieses Gespräch hinauslaufen würde, und sah eine Chance, es schnell zu beenden. »Du hast recht, der Statthalter erwartet mich. Entschuldige bitte, ich bin sehr in Eile.«

»Gewiss, gewiss. Ich werde dich nicht lange aufhalten.« Pamphilius zupfte an einer Locke hinter dem Ohr und ließ seinen Blick zu dem Freund wandern, der unter den Säulen auf und ab schlenderte. »Auch ich habe zu tun. Aber es wird dich interessieren, dass wir uns morgen wieder zu unserer Abendunterhaltung treffen. Auch mein guter Freund Pontianus dort drüben, du kennst ihn noch nicht, hat sein Kommen angekündigt. Wir werden eine nette Runde sein, da darfst du natürlich nicht fehlen. Ich hoffe, der Termin passt dir?« Pamphilius hegte offenbar nicht den geringsten Zweifel, dass Victor kommen würde.

»Ich werde sehen«, entgegnete Victor vage.

Schon wandte sich Pamphilius zum Gehen, drehte sich aber noch einmal um. »Wir zählen auf dich! – Und sorge dich nicht wegen des Einsatzes …«

Die Wachen vor dem Statthalterpalast kannten Victor und ließen ihn passieren. Er verwünschte das Schicksal, das ihn zum Spiel, zu Pamphilius und seinen Kumpanen geführt hatte. Mit schweren Schritten lief er die Korridore entlang, wartete, bis man ihn vorließ.

Lupus winkte ihn zu sich. »Victor, endlich.« Der Statthalter nahm seine Hand, drückte sie fest. »Sieh es mir nach, dass ich nicht längst kam, um dir mein Beileid zum Tode deines Bruders auszudrücken, aber wie du weißt, kam ich erst gestern von einer Reise zurück. Und heute Morgen fand ich die Berichte der Prätoriumsboten vor, die Niger wegen des Testaments losschickte. Bei Iupiter, so ein Schicksalsschlag!« Er deutete auf einen Sessel, setzte sich ebenfalls. Lupus räusperte sich. »Nun, was hast du erreicht?«

Victor faltete die Hände vor dem Bauch. »Oh, ich musste sondieren, wer von den Bekannten meines Onkels vertrauenswürdig, wer geeignet ist.«

»Das ist nicht viel, angesichts der zwei Wochen, die mittlerweile vergangen sind. Also?«

Victor trat Schweiß auf die Stirn. »Die Vorgehensweise will gut überlegt sein, Lupus. Ich habe einen Freund in Rom, über den wir das Vertrauen einer Gruppe einflussreicher Leute gewinnen können. Es handelt sich um die ersten Kreise des römischen Geschäftslebens, sämtlich dem Ritterstand angehörend.«

Lupus nickte aufmunternd. »Und dein Freund ist integer?«

»Selbstverständlich. Ich weiß, dass er die Fähigkeiten unseres Kaisers – nun – realistisch einschätzt. Und dass er einer Veränderung durchaus wohlwollend gegenübersteht. Ich werde ihm, dein Einverständnis vorausgesetzt, signalisieren, dass dieser Wandel im Rahmen des Vorstellbaren liegt.« Victor legte eine Pause ein. Wenn er Rufus dies schriebe, würde der für seine Unterstützung natürlich eine Gegenleistung erwarten. »Darf ich meinem Freund gewisse Vergünstigungen anbieten? Sagen wir, eine Erlassung von Zollabgaben auf seine Handelswaren nach Germanien? Das würde sein Wohlwollen sicher verstärken. Ich wollte vor einer Antwort erst deine Rückkehr abwarten und nicht eigenmächtig …«

Lupus runzelte die Stirn. »Das ist das Ärgerliche am Ritterstand. Immer auf den persönlichen Vorteil bedacht. Es geht um das Wohl Roms, ist das nicht genug?«

»Ach, ächzen die Senatoren nicht unter der Sondersteuer, die Commodus ihnen abverlangt? Außerdem hatte ich bislang den Eindruck, auch der Nobilität ginge es um Geld, Macht und Herrschaft.« Kaum hatte Victor das gesagt, biss er sich auf die Lippen. Er war zu weit gegangen.

Doch Lupus lachte. »Das war ein offenes Wort, Respekt! Aber, Victor, die Rechnung ist ganz einfach: Geht es dem Reich gut, geht es allen gut. Egal ob Edler, Ritter oder Plebs. Insofern schließt das eine das andere nicht aus. Herrschen die Richtigen, dient es allen.«

»Und mit den Richtigen meinst du die Edlen.«

»Selbstverständlich. Wen wohl sonst? Schließlich beschäftigen wir uns von klein auf mit nichts anderem. Sieh es doch einmal so: Was dürfen wir denn anderes tun, als Ackerbau betreiben, philosophieren oder politisieren? Dir als Ritter stehen andere Möglichkeiten offen, aber wir Aristokraten haben nichts anderes gelernt als Politik und Staatsführung. Und dem ein oder anderen traue ich es durchaus zu, dieses Wissen zum Wohle des Reiches auch praktisch anzuwenden.«

»Ob dieses Wissen bei der Staatsführung tatsächlich von Vorteil ist?«

»Das ist eine Frage, die wir hier und jetzt nicht klären werden. Doch interessant ist sie schon. Sagt dir der Name Septimius Severus etwas? Er war vor ein paar Jahren Statthalter in der Gallia Lugdunensis. Derzeit steht er mit einigen Legionen in Pannonien. Er hatte mit diesem Maternus-Krieg zu tun. Diese alte Geschichte gewinnt momentan neue Aktualität. Erinnerst du dich an den Rüffel, den er bekommen hat, weil dieser Aufstand nicht im Handumdrehen niedergeschlagen werden konnte? Septimius Severus ist bekannt für seine militärischen Fähigkeiten, warum also gelang ihm der Sieg über Maternus nicht? Ich kenne ihn ganz gut, er unterstützt unser Vorhaben, wie du sicher ahnst. Ich erwähne ihn in diesem Zusammenhang, da ich, seine Person betreffend, deine Befürchtungen teile. Er besitzt Ehrgeiz und Durchsetzungsvermögen. Viele Senatoren in Rom schätzen ihn und vertrauen auf seine Qualitäten. Ich dagegen denke, vor dem Mann sollte man sich in Acht nehmen.«

»Ich hoffe, es gibt einen würdigeren Kandidaten, die Geschicke des Reiches zu lenken?«

Lupus lehnte sich zurück. »Oh, ich denke schon. Kennst du Pertinax? Er ist ein ausgezeichneter Feldherr, verfügt über Erfahrungen in allen wichtigen Bereichen, aber das Wichtigste: Pertinax ist durch und durch ehrenhaft. So unterschiedlich die Interessen der Beteiligten sind, alle sind sich einig darüber, dass Pertinax ein würdiger Nachfolger für Commodus wäre. – Du wunderst dich über meine Offenheit dir gegenüber? Fragst dich, warum ich mir deiner so sicher sein kann?«

So seltsam war das nun wieder nicht. Victor war klar, dass er in jeder Hinsicht vom Wohlwollen des Statthalters abhing. Lupus konnte ihn wegen seines Glücksspiels jederzeit verhaften und seine Erbschaft wäre dahin. Er sollte sich vor den Spitzeln des Statthalters hüten, bestimmt saß einer in ihrer Spielrunde und … Victor durchlief ein eisiger Schauer, bei allen Göttern, war das möglich? Ein Spitzel bei ihm zu Hause? Sabina?

»Aber du hast mich doch in der Hand, Lupus.« Victor quälte ein Lächeln auf seine Lippen.

Lupus winkte gönnerhaft. »Ich vertraue dir, du vertraust mir. Bislang bin ich mit dir zufrieden. Schreibe also deinem Freund und stelle ihm Zollerleichterungen in Aussicht. Auch steuerlich ließe sich gewiss etwas machen, das sehen wir dann.«

Victor wollte ein paar Schritte zu Fuß gehen und schickte die Sänfte fort, die vor der Tür wartete. Alles in allem war sein Gespräch mit Lupus wie erhofft verlaufen. Die Korrespondenz mit seinen Freunden in Rom würde ihm Zeit verschaffen. Rufus könnte er immerhin die Namen seiner Handelspartner entlocken, das wäre unverfänglich, und er könnte sich bei denen auf die gemeinsame Bekanntschaft mit Rufus berufen. Ja, das schien einigermaßen erfolgreich, jedenfalls um dem Statthalter sein Bemühen zu beweisen. Der Schriftverkehr mit Rom konnte sich ein paar Monate hinziehen, bis dahin floss noch viel Wasser den Rhenus hinunter. Gemächlich spazierte er durch die Straßen.

Auf der Forumsstraße stand ein Juwelenhändler vor seinem Geschäft. Er grüßte Victor und streckte ihm ein Kissen mit Halsbändern entgegen. Bei ihm hatte er das Geburtstagsgeschenk für Lavinia erstanden. Goldene Ohrringe mit Bernsteinperlen, die vorzüglich zu der Tunika passen würden, die sie heute Vormittag getragen hatte. Er erwiderte den Gruß des Händlers, eilte vorüber und bog an der nächsten Ecke in eine Seitenstraße, an deren Ende sein Haus lag.

Er müsste Lavinia einmal nach ihren Plänen, dem Stand der Vorbereitungen ihres Festes fragen und, wie viel Geld sie dafür auszugeben beabsichtigte. Wahrscheinlich würde er Lucius Pamphilius noch einmal um einen größeren Betrag angehen müssen. Spielen jedoch sollte er besser nicht mehr, gelobte sich Victor, er schöbe für morgen einen wichtigen Termin vor.

Peregrinus öffnete ihm. »Es ist eine Nachricht eingetroffen, Herr. Ich habe sie in das Tablinum gelegt.«

Hatte Paullus geschrieben? War es etwa nicht gelungen, Felix zu bergen? Musste sein Leichnam auf ewig in dem verschütteten Stollen ruhen? Wenn die Götter es so beschlossen hatten …

Der Brief lag zuoberst auf seinen Unterlagen. Victor nahm die Wachstafel zur Hand, löste die Verschnürung und las. Langsam ließ er seine Hand sinken, spürte gleichermaßen Freude wie Zorn in sich aufsteigen. Seine Hände zitterten, fast wäre ihm die Schreibtafel entglitten. Er zwang sich, sie auf den Tisch zu legen, richtete sie mit den Rändern sorgfältig an den gestapelten Briefen und Berichten aus. Mit den Händen strich er über die bündigen Kanten der Unterlagen, als könnte er dadurch auch seine Gedanken ordnen.

Alles hatte sich angeschickt, wieder gut zu werden, der Tod des Bruders hätte ihn den Treuebruch von Felix und Lavinia allmählich vergessen lassen. – Sollte nun alles wieder von vorn anfangen? Würden ihn der Verdacht, die Zweifel ewig quälen? Nein, er musste den Sachverhalt ein für alle Mal aufklären, konnte ihn aufklären, jetzt, da sein Bruder Felix noch lebte.

Kapitel XIII

Schwerter und Flammen

Nahe Confluentes, 23. bis 26. August 192 n. Chr.

Kanalarbeit als Tarnung, warum nicht? Sie wollten es versuchen, auch wenn es hieß, zwei Tage verborgen in der Mansio auszuharren, bis die Arbeiter sich einfinden würden. Zwei Tage, in denen Felix einerseits die Annehmlichkeiten eines weichen Lagers, eines festen Daches über dem Kopf und regelmäßiger warmer Mahlzeiten genoss, andererseits die Enge des Quartiers und das tatenlose Warten verfluchte.

»Langsam könnte dieser Constantius Maximus kommen. Kostbare Zeit, die wir hier sinnlos vergeuden«, grollte Felix und fing den Ball auf, den Ateius ihm zuspielte.

»Zeit haben wir genug. Hier vermutet uns keiner, wir sind sicher.«

»Warum sollte dieser Maximus uns denn überhaupt anstellen?« Nicht auszudenken, wäre diese Warterei völlig umsonst. Längst könnten sie schon auf einem Boot in Richtung Agrippinensis unterwegs sein. – Oder unterwegs in die Kerker des Statthalters, mahnte sich Felix in den Momenten des Zweifels.

»Vanataxta meint, er habe über Arbeitermangel geklagt.«

Endlich, Vanataxta kam zu ihnen und Felix konnte an ihrem Gesicht ablesen, dass das Warten ein Ende hatte.

»Sie da. Isch jetzt werde Maximus fragen. Er sagte vorhin, eigentlisch brauchen noch drei Männer zusätzlich. Aber isch habe gar nicht bedacht …«, Vanataxta musterte sie zweifelnd, »… könnt ihr überhaupt reparieren Wasserleitung?«

Felix winkte ab. »Das ist kein Problem. Wasserführung habe ich gelernt. Und was Ateius alles kann, brauche ich dir wohl nicht zu sagen. Übrigens, es wäre gut, wenn du uns auch ihm als Quintus und Verecundus vorstelltest.«

»Natürlisch«, sagte sie mit einem verschwörerischen Blick in Ateius' Richtung.

Kurz darauf hörte Felix, wie sich ihre Schritte die Treppe hinab entfernten.

Die Verbundenheit zwischen Vanataxta und Ateius war nicht zu übersehen, auch wenn Felix diese besondere Vertrautheit des ersten Tages nicht wieder beobachtet hatte. Die ganze Zeit brannte es ihm unter den Nägeln, Ateius zu fragen, was zwischen ihnen war, aber er konnte sich nicht überwinden. Er würde ja doch nur eine Abfuhr erhalten. Andererseits … »Du magst sie sehr.«

Ateius zuckte die Achseln. »Auf Vanataxta war immer Verlass. Eine Tugend, die nicht viele Frauen haben, schätze ich.«

»Nun, mir scheint, dabei ist nicht nur Verlässlichkeit im Spiel. Es ist nicht zu übersehen, dass …«

»Was?«, herrschte Ateius ihn an. »Genug jetzt! Du weißt alles, was du wissen musst, gib endlich Ruhe.«

Felix grinste. Ateius' Gebrüll konnte ihn nicht einschüchtern. Denn so viel stand fest: Die Gallierin war entzückend und sie erreichte Ateius' Herz.

Bis zu ihrer Rückkehr schwiegen sie. Doch diesmal empfand Felix die Stille nicht als lastend, sondern vielmehr als

Ausdruck ihres neu gewachsenen Vertrauens, einer Freundschaft, die nicht vieler Worte bedurfte.

Es dauerte nicht lange und Vanataxta kehrte zurück. »Maximus eusch möchte sehen, er warten in Küsche.«

»Ihr seid also Quintus und Verecundus.«

Constantius Maximus war ein kleiner, aber drahtiger Mann Ende dreißig. Er saß in der Küche, die Arme vor der Brust verschränkt, die Beine von sich gestreckt.

»Und wollt euch meinem Trupp anschließen, bis vor die Colonia Agrippinensis. Schön, dann sagt mir doch einfach in zwei Sätzen, warum ich euch mitnehmen sollte.« Mit seinen blauen Augen musterte er zunächst Felix von Kopf bis Fuß, dann wanderte sein Blick zu Ateius. Auf seiner Stirn erschienen Falten.

Felix war klar, dass Maximus seine Arbeitskraft infrage stellte und überdies durch Ateius Schwierigkeiten befürchtete. »Ganz einfach, weil dir die nötigen Männer fehlen und wir nicht nur zuverlässige, sondern auch im Wasserbau erfahrene Arbeiter sind. – Das ist sogar nur ein Satz.«

Maximus verzog keine Miene. »Hm, und was ist mit dir?«, fragte er Ateius zugewandt. »Kannst du auch etwas sagen oder bist du stumm?«

»Was soll ich viele Worte machen? Was er gesagt hat, stimmt, da gibt es nichts hinzuzufügen.«

Maximus neigte den Kopf, die Augen schmal. Sichtlich misstrauisch, gehorchte er nur der Not. »Na gut, wir werden sehen, wie ihr euch anstellt. Sobald mir irgendetwas zu Ohren kommt, ihr euch tölpelhaft anstellt oder sonst irgendetwas Fragwürdiges passiert, könnt ihr sehen, wo ihr bleibt.«

Felix nickte, Ateius ebenfalls, wie er aus den Augenwinkeln beobachtete.

»Ein Sesterz pro Tag und Mann, Essen wird gestellt. Einverstanden? Gut, so sind wir uns also einig.« Maximus stand auf, streckte sich. »Ich fahre morgen früh mit meinen Leuten nach Confluentes hinein, Werkzeug von der Reparatur holen und ein paar Materialien einkaufen. Wollt ihr mitkommen?«

»Nein, nein«, sagten sie zugleich. Die Stadt wollten sie sich ersparen.

»Wir werden hier nicht mehr vorbeikommen. Darum treffen wir uns dann morgen gegen Abend an der Wegkreuzung hinter Confluentes. Vanataxta kann euch den Weg weisen, ihr werdet es schon finden. Geradeaus geht es nach Rigomagus, wir aber werden uns links halten, nach Icorigium, wir werden euch am Meilenstein auflesen.«

»Gut, wir werden euch dort erwarten.«

Es war wieder ein heißer Tag geworden. Bald wäre die Sonne hinter dem Horizont verschwunden und immer noch lastete die Hitze drückend auf dem Land. Heuschrecken zirpten im Gras und vom Wald rief ein verfrühtes Käuzchen herüber. Kurz darauf zog es mit schweren Flügelschlägen über sie hinweg.

Sie erklommen den flachen Hang neben der Straße. Aus dem nahen Wald wehte es kühl heraus und etwas erhöht bot eine einzelne Buche einen schattigen Rastplatz. Zu ihren Füßen verlief die Straße, teilweise verdeckt durch niedrige Büsche und Baumschösslinge, die den Hang begrünten.

Der Meilenstein, Sinnbild der Ausdehnung des Römischen Reiches, reckte sich am Straßenrand in die Höhe und warf seinen langen, schlanken Schatten quer über die Kreuzung. Alles war still, um diese Zeit war kaum noch ein Reisender unterwegs, alle suchten sich ein Quartier für die Nacht.

Ateius döste, an den Stamm gelehnt, vor sich hin, darin war er regelrecht ein Meister. Auch Felix genoss die Ruhe. Nur eine Meise zwitscherte in einem Busch und hüpfte von Zweig zu Zweig.

Im Halbschlaf registrierte er das Geräusch eines fahrenden Wagens auf dem Pflaster. Es kam näher, Hufgeklapper begleitete das Rumpeln der Räder.

Mit einem Schlag war Felix hellwach.

Im schwindenden Licht gewahrte er einen Reisewagen mit kleiner Eskorte, die Gesellschaft näherte sich aus südlicher Richtung, also aus Richtung Confluentes. Ihre Fackeln machten sie weithin sichtbar.

»Sehr leichtsinnig, zu dieser Stunde und beleuchtet wie ein Statthalterpalast unterwegs zu sein«, murmelte Ateius und versank sogleich wieder in seinen Dämmerzustand.

Da die Reisenden sie hier oben schwerlich sehen konnten, bestand für sie keinerlei Grund zur Beunruhigung. Dennoch behielt Felix den Wagen im Blick. Im Licht der Fackeln konnte er erkennen, dass die Fenster verhängt waren.

Plötzlich schreckten ihn Rufe von der gegenüberliegenden Straßenseite auf. Eine Horde Reiter sprengte aus einem Wäldchen heran, die Schwerter gezückt. Der vorderste zügelte grob sein Ross, so dass es stieg. Er winkte und seine Leute umringten die Reisegruppe, zwei weitere Männer galoppierten aus der Senke heraus, brennende Pfeile auf ihren Bögen. Die Eskorte des Wagens bestand nur aus sechs Reitern, Männern, die sich kaum auf den Rücken ihrer Pferde halten konnten, wie es schien. Immerhin trugen die meisten ein Schwert, die übrigen Speere, doch gegen die Überzahl der Räuber hatten sie keine Chance. Dennoch warfen die Überfallenen die Fackeln weg und griffen tapfer zu ihren Waffen, um sich zu wehren.

Schon flog der erste Pfeil, steckte mit bebendem Schaft in der Wagenwand. Kaum einen Atemzug später folgte ein zweiter und Feuer leckte an dem Holz.

»Ateius, ein Überfall, komm, wir müssen helfen!« Felix sprang auf und blickte auf Ateius hinunter, der keine Anstalten machte, aufzustehen.

»Bist du des Wahnsinns? Das sind zu viele und wir haben keine Waffen. Die Leute werden ihre Wertsachen herausgeben und die Räuber ziehen ab. Du wirst uns nur wieder verraten. Fang endlich an, wie ein Mörder zu denken und zu handeln!«

Was forderte Ateius da?

»Wie könnte ich das«, zischte Felix. »Ich bin kein Mörder! Ich … Ach, was.« Er wandte sich ab, schlich gebückt, das Geschehen auf der Straße im Auge behaltend, in Richtung Wald.

Ateius folgte ihm langsam. »Hör mal, Felix! Ob es dir passt oder nicht, solange alle Welt denkt, du seist ein Mörder, bist du einer. Also fang an, dich hineinzufinden. Du hast doch gar keine andere Wahl, wenn du überleben willst!«

Felix winkte ab.

Ateius presste Luft zischend zwischen den Zähnen heraus, murmelte etwas vor sich hin. Lauter sagte er: »Du unvernünftiger Tropf, wenn das nun ein Wagen des Statthalters ist oder man uns erkennt?«

Felix straffte den Rücken, beschleunigte seinen Schritt. »Einerlei. Wir können doch nicht einfach tatenlos zusehen! Der Wagen brennt, die Insassen sind in Gefahr. Wenn du zu feige bist, dann bleibst du eben hier.« Die letzten Klafter rannte er, suchte am Waldboden nach einem passenden Knüppel und stürmte den Hügel hinab. Er hörte Ateius hinter sich seufzen, aber er hörte auch dessen Fußtritte.

Felix schrie wie ein germanischer Berserker, während er auf den erstbesten Reiter losstürmte, den Knüppel schwang und ihn dem Mann gegen die Lenden schlug. Der krümmte sich, stürzte vom Pferd, Felix vor die Füße. Sofort wollte der Gefallene sich wieder aufrappeln, doch da tauchte Ateius hinter ihm auf und versetzte ihm einen Schlag mit der Faust. Der Räuber sackte in sich zusammen und rührte sich nicht mehr.

Damit war das Überraschungsmoment vertan. Neben den Bogenschützen, die einen brennenden Pfeil nach dem anderen abschossen, hatten sie es mit zehn oder zwölf Reitern zu tun, von denen jetzt vier mit gezücktem Schwert auf sie zuritten.

»Wir nehmen den Linken, ihr den Großen rechts!«, rief ein blonder Kerl seinen Gefährten zu. Auf dem Pferderücken wirkte er riesig.

Aus den Augenwinkeln registrierte Felix, dass zwei Männer der Eskorte mit ihren Speeren zielten, sie mit zusammengepressten Lippen schleuderten. Ihre am Boden liegenden Fackeln beleuchteten die Szenerie wie ein Bühnenstück. Er konnte nicht mehr verfolgen, ob die Speere ihr Ziel fanden, denn der blonde Reiter zügelte direkt vor ihm sein Pferd.

Nur knapp konnte Felix seinem Schwerthieb ausweichen, der auf seine Brust gezielt hatte, und taumelte gegen den Bauch eines anderen Pferdes. Schon holte ein zweiter Reiter mit seinem Schwert aus.

Felix hob seine Knute, mehr zur Abwehr als zum Schlag, da flog der Kerl aus dem Sattel, ein Lanzenschaft ragte aus seiner Schulter. Felix spürte einen Hieb im Rücken, drehte sich um, wild um sich schlagend. Er war sich ganz sicher, ihn verfehlt zu haben, dennoch sah er seinen Gegner fallen.

Weitere Kämpfer stürmten heran, auch sie mit Knüppeln bewaffnet, eine Schwertschneide blitzte in einem Lichtschein. Hilfe oder neue Gegner?

Eine Seite des Wagens brannte, die Tür pendelte in einem Windzug, der die Flammen auflodern ließ. Eine Frau schrie, doch wohl eher im Zorn, als vor Schmerz oder Angst.

Hinter dem Gefährt kam die Frau nun zum Vorschein, sie ging rückwärts, Schritt um Schritt, ein Schwert in der Hand kämpfte sie um ihr Leben.

Mit einer Hand schützte der Angreifer sein Gesicht vor ihren Hieben, mit der anderen führte er das Schwert. Ihre Gestalt erschien Felix irgendwie vertraut.

Er rannte zu ihr, lenkte den Kämpfer von ihr ab. Sie drehte sich um, wild blitzten ihre Augen, kampfeslustig.

Der Moment, in dem er die Frau erkannte, hätte seinem Gegner fast den Sieg beschert. Mit einer schnellen Drehung wich Felix dem Streich aus, das gegnerische Schwert traf die Wagenwand, Holzsplitter und Funken stoben durch die Luft. Er nutzte den Schwung seiner Bewegung zum Gegenschlag, der Mann fiel vor ihm nieder und regte sich nicht mehr.

Der Wagen brannte jetzt lichterloh, die Hitze des Feuers ließ alle zurückweichen. Einer der Räuber, von Ateius attackiert, verlor seine Waffe und flüchtete in Richtung Wald. Ateius setzte ihm nach. Wütend schwang Felix seinen Knüppel. Wen konnte er sich als Nächstes vornehmen?

War der Mann dort drüben nicht Maximus? Natürlich, ihn und seine Männer hatte er während des Kampfgetümmels gehört. Bei Hercules, Hilfe zur rechten Zeit.

Maximus beugte sich über einen Bewusstlosen, daneben umringten seine Leute einen zweiten. Felix gesellte sich zu ihnen. »Danke, Freunde! Gibt es Verletzte in euren Reihen?«

Ein Rothaariger hielt sich den Arm, einer blutete am Bein. Maximus selbst hatte eine Blessur an der Wange.

»Nichts, was nicht in ein paar Tagen abgeheilt wäre«, antwortete Maximus. Er deutete auf Felix' Gesicht. »Aber du siehst übel aus.«

Felix wischte sich über die Wange, Blut, ein Kratzer sicher nur. »Nichts Schlimmes, den Göttern sei Dank!« Allerdings brummte sein Schädel erbärmlich, da musste er einen tüchtigen Schlag abbekommen haben.

»Das war leichtsinnig von euch, hier einzugreifen. Wenn wir nicht gekommen wären …« Maximus schüttelte den Kopf.

»Ja, da hatten wir wirklich verdammtes Glück«, gab Felix zu.

Maximus wies seine Männer an, die überwältigten Räuber zu fesseln. Felix wandte sich ab, um nach Ateius Ausschau zu halten, doch eine andere Gestalt fesselte seine Aufmerksamkeit: Dort drüben, ihm den Rücken zugewandt, stand diese Frau. Ihre Frisur hatte sich aufgelöst, die rote Tunika war verschmutzt, der Saum zerrissen und voller Blut.

Er trat hinter sie. »Das ist aber eine Überraschung«, sagte er leise und sie drehte sich erschrocken um. »Salve, Flora.«

Im nächsten Moment wusste er nicht, wie ihm geschah: Unvermittelt warf sich Flora ihm entgegen, schlang ihre Arme um seinen Hals und presste sich an ihn. Seine Hände flatterten hilflos hinter ihrem Rücken. Zögernd umfasste er ihre Schultern und drückte sie an sich.

Felix spürte ihre Wärme, das leichte Beben. Es war ein seltsames Gefühl, sie in den Armen zu halten, fremd und doch vertraut.

»Du bist verletzt!« Ihr Finger strich sacht über seine Wange.

»Nichts Ernstes«, sagte Felix.

»Alles in Ordnung?« Maximus trat zu ihnen und musterte Flora neugierig. »Ihr kennt euch?«

Abrupt wich Flora einen Schritt von Felix zurück. »Ja. Ja, alles in Ordnung. Danke, dass ihr uns geholfen habt.« Sie nickte Maximus zu und seinen Männern, die sich langsam näherten.

Felix durchlief es eiskalt. Nun war alles verloren, wieder hatte er sich und Ateius durch seine Unbesonnenheit in Gefahr gebracht. Abgesehen davon, dass Flora jetzt wusste, dass er lebte, würde sie ihn allein dadurch verraten, dass sie im Beisein der anderen seinen wahren Namen sagte. Es half nichts, er musste mit ihr sprechen, sofort. »Flora ist eine alte Bekannte, so ein Zufall, nicht wahr?«, rief er Maximus zu, griff Floras Hand und zog sie beiseite. Widerstrebend folgte sie ihm, die Brauen erhoben.

»Was soll das?«, zischte sie und versuchte, sich zu befreien.

Felix warf einen Blick zurück. Maximus unterhielt sich mit Ateius. Floras Männer halfen, die bewusstlosen Räuber zu fesseln und zum Straßenrand zu schleppen.

Er sah Flora in die Augen, diese zweifarbigen Augen, die ihn stets so irritierten. Sie erwiderte seinen Blick mit erhobenem Kopf.

Er hatte keine Wahl. In aller Kürze erzählte Felix, was ihm wiederfahren war. Er sagte, er gelte als Theophilus' Mörder, und ihre Augen weiteten sich, doch blieb sie erstaunlich schweigsam. Er berichtete, dass er nun mithilfe der Kanalarbeiter versuchte, zu seinem Onkel zu gelangen, weil er sich von ihm einen Anhaltspunkt versprach, warum Theophilus hatte sterben müssen. Als er hinzufügte, dass man ihn als tot betrachte, verschüttet beim Versuch der Rettung seines vermeintlichen Opfers, grinste sie.

»Na, dann bist du ja fein heraus.«

»So könnte man meinen, wäre da nicht die Sache mit Modestus, einem alten Bekannten von mir.« Er beschrieb ihr die Begegnung und sie wurde wieder ernst.

»Das sieht dir ähnlich, dir selbst ein Bein zu stellen. Das war schon früher deine Spezialität.«

»Wie bitte?«

Flora verschränkte die Arme vor der Brust. »Sollte ich sonst noch etwas wissen?«

»Ja, ich nenne mich jetzt Verecundus. – Flora, bitte, kann ich dir vertrauen? Wirst du schweigen?«

Den Kopf schräg gelegt wie eine Dohle, sah sie zu ihm auf. »Aber Felix, du kennst mich doch.«

Ein ungutes Gefühl beschlich ihn. »Eben«, sagte er.

»Verecundus, ts.« Flora spitzte die Lippen, dann marschierte sie in Richtung ihres Wagens. In einiger Entfernung blieb sie stehen und betrachtete kopfschüttelnd die Flammen.

Felix blieb nichts anderes übrig, als ihr zu folgen.

»Diese Esel, die mir mein Vater als Eskorte mitgegeben hat, taugen nicht einmal zum Wasserholen, fürchte ich, geschweige denn dazu, ein Feuer zu löschen. Erstaunlicherweise sind sie noch am Leben. Wo sind sie eigentlich? Wo ist Ausonius?«

Wie zur Antwort kämpften sich zwei ihrer Leute laut raschelnd durch das Unterholz des Wäldchens.

»Mindestens einer ist uns in der Dunkelheit entwischt«, rief der erste schon von Weitem.

»Ah, da bist du ja, Ausonius. Bei Hercules, dass ihr wirklich alle mit dem Leben davongekommen seid, grenzt an ein Wunder.«

Gestützt von Ateius humpelte ein weiterer Mann die Straße zu ihnen herauf.

»Dieser Blonde, der Anführer, ist spurlos verschwunden«, stellte Ateius fest.

Flora lief ihnen entgegen. »Wenigstens sorgt mein brennender Wagen für ausreichend Licht ... Decimus, du bist verletzt! Dein Bein blutet, lass sehen.« Zu Ateius gewandt sagte sie: »Setz ihn dort hin, dann kann ich mir die Wunde ansehen.« Sie deutete auf einen Stein am Wegesrand, zu dem Ateius den Mann führte. Floras Befehlston schien ihn nicht zu stören.

»Es sieht schlimmer aus, als es ist«, meinte Ateius.

Doch Flora schenkte ihm nur ein flüchtiges Lächeln. Schnell hatte sie dem Mann das Messer vom Gürtel gezogen und das Hosenbein aufgeschnitten. »Ich bräuchte Wasser, saubere Tücher«, murmelte sie, während sie einen Streifen vom Saum ihrer Tunika abriss und das Bein abtupfte.

»Ein Stück die Straße hoch stehen unsere Wagen, dort haben wir Verbandszeug. Zwei meiner Leute halten dort Wache«, sagte Maximus zu Ateius. »Nimm dir eines der Pferde.«

Felix wandte sich an Ausonius, offenbar der Anführer der Eskorte. »Was verschlägt euch in diese Gegend? Zuletzt sah ich Flora noch in der Belgica.«

Ausonius hielt sich den Oberarm, sein Umhang hing in Fetzen von seinen Schultern. »Wir sind auf dem Weg in die Agrippinensis.« Mit einem Blick auf den Wagen korrigierte er sich. »Wir waren auf dem Weg in die Agrippinensis. Die Domina hatte in Borbetomagus etwas für ihren Vater zu erledigen. Es dauerte länger als gedacht, die Domina wollte keine Zeit vergeuden und, statt die Nacht in Confluentes zu verbringen, lieber weiterfahren, ungeachtet der Dunkelheit. Wir glaubten, heutzutage sind die Straßen sicher.« Er spuckte auf den Boden. »Diese Beneficarier sind nie da, wenn man sie braucht.«

Ateius kehrte zurück, händigte Flora einen Beutel mit Verbandsmaterial aus und gesellte sich zu Felix.

Der ließ seine Blicke über die Kreuzung schweifen. »Habt ihr vorher nichts be…«

Felix taumelte zur Seite, als Ateius' Stoß ihn traf. Ein Sirren, dann flog neben seinem Kopf ein Pfeil vorüber, bohrte sich mit einem leisen Knirschen hinter ihm in den Boden.

Ateius hetzte den Hang hinauf, zum Wald, von dort war der Pfeil gekommen.

»Fe…, Verecundus!« Flora ließ den Verband fallen und eilte auf ihn zu. »Bist du verletzt?« Ihre Augen funkelten dunkel, als sie ihn ansah.

Felix schüttelte den Kopf, wollte nicht begreifen, was geschehen war. Jemand hatte auf ihn geschossen, aus dem Hinterhalt!

»Es ist alles in Ordnung«, brachte er heraus, ließ Flora stehen und ging zu der Stelle, an der der Pfeil steckte. Fassungslos starrte er auf den Holzschaft, als ob der seinen Schützen preisgeben könnte. Sein Blick hob sich zum Waldrand. »Quintus!«, rief er, doch sein Gefährte antwortete nicht, vielleicht reagierte er ja auch nur nicht auf die ungewohnte Ansprache. Langsam, die Beine weich wie Wachs, ging Felix den Hang hinauf. »Quintus!«, rief er noch einmal.

Endlich hörte er Rascheln und Knacken, Ateius kam aus dem Gebüsch, Schrammen auf Armen und Beinen.

»Hast du ihn erwischt?« Felix' Stimme klang, als hätte er Eisenspäne verspeist.

»Nein, verdammt.«

»War es einer von den Räubern?«

Ateius blieb vor ihm stehen, seine braunen Augen zu Sicheln verengt. »Wer soll es sonst gewesen sein, wenn nicht dieser Blonde?«

»Keine Ahnung.«

Ateius runzelte die Stirn. »Du denkst, der Anschlag hängt mit den anderen Vorfällen zusammen, dem Toten im Schacht, dem Einsturz? Das wäre für meinen Geschmack ein wenig zu viel des Zufalls.« Ateius stieß die Luft durch die Nase aus. »Außerdem wird es sich noch nicht so weit herumgesprochen haben, dass du lebst. – Andererseits ...«

»Andererseits musst du mir, seit wir uns kennen, unentwegt das Leben retten. Danke, Ateius, für deinen Stoß.«

Ateius beschleunigte seinen Schritt. »Gewöhne dich besser an den Namen Quintus, sonst gibt es wieder ein Unglück«, zischte er, bevor sie in Hörweite der anderen kamen.

Mit einem Mal war Hufgeklapper zu vernehmen, ein einzelnes Pferd preschte heran, mit einer Reiterin auf dem Rücken. Sand und Erde spritzten auf, als sie das Tier zum Stehen brachte.

»Vanataxta, was ...« Ateius sprang hinzu und griff den Zügel mit der Linken. Beruhigend sprach er auf das Tier ein, das nervös tänzelte.

Die Gallierin stieg ab und wischte sich mit der Hand über die Stirn, der Staub hinterließ einen grauen Streifen. Sie sah sich gehetzt um. »Was ist passiert?«

»Ein Überfall. Wir haben nur geholfen«, entgegnete Ateius.

»Ah, das ist ja ... Komm, isch muss dir etwas sagen, es ist wischtig«, keuchte Vanataxta und zog Ateius mit sich. »Isch muss gleich wieder zurück, bevor merken, das Pferd weg.«

Misstrauisch beobachteten die anderen die beiden, die in einiger Entfernung stehen blieben. Vanataxta sprach auf Ateius ein, wobei ihre Hände ausladende Bewegungen vollführten.

Als sie schwieg, heftig atmend, legte Ateius seine Hände auf ihre Schultern, ergriff nun seinerseits das Wort. Schließlich beugte er sich zu ihr hinab und drückte Küsse auf ihre Wangen. »Danke!«, hörte Felix ihn sagen und sah zu, wie Ateius sie auf das Pferd hob.

Langsam schlenderte Felix näher.

»Alles Gute, Verecundus!«, rief Vanataxta vom Pferderücken zu ihm herüber. »Guten Weg, Maximus!«

Sie winkte in die Runde und drückte dem Tier die Fersen in die Flanken. Schon war sie wieder fort.

»Was gab es denn so Dringliches?«, erkundigte sich Felix.

Ateius starrte der verschwindenden Gallierin nach und saugte an seiner Oberlippe.

»Was ist?«, fragte Felix noch einmal.

»Vielleicht liegst du mit deiner Vermutung doch nicht so falsch.« Er atmete tief durch. »Vanataxta wollte uns warnen. Ein Mann, ähnlicher Statur wie ich, habe sich in der Mansio eingehend nach uns erkundigt.«

»Ein Mann? Was für ein Mann? Männer deiner Statur gibt es haufenweise.«

»Hast du nicht zugehört?« Ateius neigte sich Felix zu, so dass ihre Nasenspitzen sich fast berührten. »Er hat sich nach dir erkundigt. Nach dir vor allem.«

Felix erstarrte. So war ihr Überleben also wirklich schon bekannt. Gerade noch hatten sie die Möglichkeit erwogen, dennoch verschlug ihm die offensichtliche Tatsache nun die Sprache.

»Vanataxta fand den Mann verdächtig und behielt ihn im Auge – ich sagte ja, sie besitzt eine außerordentliche Menschenkenntnis. Aber der Fremde ging ihr aus dem Weg, er suchte Ioincorix' Gesellschaft, denn die Geistesgröße dieses Wirtes war wohl auch für ihn ersichtlich. Er gab sich als dein Freund aus, der dich sucht, eine Nachricht für dich hat. Grund genug für den liebenswürdigen Wirt, ihm behilflich zu sein. Als Vanataxta davon erfuhr, hat sie sich das erstbeste Pferd genommen und sich zu uns aufgemacht.« Er schüttelte den Kopf, Bewunderung im Blick, Stolz und Wärme. »Riskiert, als Pferdediebin eingekerkert zu werden, um uns zu schützen. So ist sie. Aber jetzt komm zurück zu den anderen, sie werden sich schon wundern.«

Tatsächlich kam Maximus ihnen bereits entgegen. »Was wollte Vanataxta?«

Ateius zuckte die Achseln. »Eine Nachricht für mich, sie dachte, sie sei wichtig. Und wer sie kennt, wundert sich nicht darüber, dass sie sich sofort auf den Weg macht.«

Maximus nickte und blickte zu der Staubwolke, die Vanataxtas Pferd zurückgelassen hatte.

»Maximus! Ausonius will den Beneficariern Bescheid geben«, rief einer seiner Männer herüber.

»Gut, dann sollten wir jetzt los. Diese tatkräftige junge Dame hat ihre Eskorte ja gut im Griff, da sind wir nicht mehr vonnöten.«

Felix nickte. »Geht schon vor, ich verabschiede mich noch kurz.«

Flora stand etwas abseits am Straßenrand, mit ausdruckslosem Gesicht starrte sie auf das noch immer glimmende Wagenwrack. Als Felix nur noch wenige Schritte von ihr trennten, drehte sie sich zu ihm um. »Wer war das Mädchen?«

»Eine Freundin von Quintus.«

Sie nickte. »Verstehe. Ich nehme an, ihr verschwindet, bevor die Beneficarier kommen.«

Felix wurde es warm unter ihrem Blick. »Und du? Geht ihr nach Confluentes zurück?«

»Wohin sonst? Wir brauchen einen neuen Wagen oder zumindest ein weiteres Pferd.« Sie schnaubte und deutete auf die glühenden Überreste. Wie Rippen eines Kadavers stakten die Holzverstrebungen in den Nachthimmel. »Hätte nicht wenigstens einer von meinen Männern so viel Hirn haben können, das Feuer zu löschen?«

»Sei nicht undankbar, sie haben tapfer gekämpft. Du hättest tot sein können.«

»Wenn ihr nicht gekommen wärt, wären wir jetzt tot.« Sie trat einen Schritt auf ihn zu. »Danke, Felix«, flüsterte sie, nah an seinem Ohr.

Kapitel XIIII

Über den Tod hinaus

Agrippinensis, 31. August 192 n. Chr.

Kaum hatte er ihn geschrieben, verwarf Victor den Satz wieder. Mit dem platten Ende seines Stilus strich er das Wachs seiner Schreibtafel glatt. Nunmehr zum hundertsten Mal überflog er die verbliebenen Zeilen: *Gaius Iulius Victor grüßt Publicus Metellus in Rom! Ein trauriger Anlass gebietet mir, dir zu schreiben. Dein Geschäftspartner, mein Onkel Lucius Iulius Modestus ist kürzlich verstorben.*

Gut, und wie weiter? Victor streckte seinen Rücken. Hätte ihn nur der Statthalter nicht auch noch in die Colonia Ulpia Traiana geschickt, wegen irgendwelcher Streitigkeiten unter heimischen und auswärtigen Germanen. Sieben verschwendete Tage … Und seit seiner Rückkehr brütete er nun über dem Schreiben an Metellus, kam jedoch über die Anfangszeilen nicht hinaus.

Der Brief an seinen Freund Rufus war ihm leichter von der Hand gegangen. Er kannte Rufus' Einstellung, oft genug hatte der das Verhalten des Kaisers kritisiert. Doch Metellus war etwas anderes. Ihn hatte er nur einmal getroffen. Onkel Iulius hatte ihn verabscheut, dennoch aus Metellus' Qualitäten als Geschäftsmann Vorteile gezogen. Hatte Iulius jemals etwas geäußert, das eine Einschätzung von Metellus' Haltung gegenüber dem Kaiser, seiner Politik erlaubte?

Ha, das könnte es sein! Er musste sich Metellus' Gespür für lohnende Geschäfte zunutze machen. Ein vielversprechender Ansatz, den sollte er ausarbeiten.

Er lauschte. In den Tiefen des Hauses klapperte die Köchin mit dem Geschirr, Peregrinus summte im Vestibül eine monotone Melodie vor sich hin, sonst war alles still. Von Lavinia war nichts zu hören, er hatte sie am Morgen nur kurz gesehen, danach hatte sie sich zurückgezogen.

Noch hatte er keine Gelegenheit gefunden, seiner Frau zu erzählen, dass sein Bruder Felix lebte. Wie würde sie diese Nachricht aufnehmen? Er wusste ja selbst kaum, wie er damit umgehen sollte.

Gelegentlich übermannte ihn das Verlangen, Felix für das, was er Lavinia angetan hatte, zur Rede zu stellen, ihn mit eigenen Händen zu schütteln, ihn zu ohrfeigen, ihn ... Doch seinen Befehl an Paullus hatte er mit kühlem Kopf geschrieben. Dennoch, kaum abgeschickt, hätte er sich um ein Haar nach Mogontiacum aufgemacht, Felix selbst zu suchen.

Heute Morgen hatte ihn endlich eine kurze Nachricht von Paullus erreicht, dass Felix offenbar beabsichtigte, durch die Silvae Arduennae in die Agrippinensis zu gelangen. Sollte er seinem Leibsklaven nun befehlen, Felix herzuschaffen, koste es, was es wolle? Paullus hatte eine Mansio südlich von Icorigium, irgendwo in den Silvae Arduennae, erwähnt. Dort würde er, so hatte er geschrieben, in den nächsten Tagen eintreffen. Der Befehl könnte morgen, spätestens übermorgen ... Nein, nein, Felix durfte nicht in die Agrippinensis, in die Nähe seiner Frau kommen.

Aber hatte er mit Paullus wirklich die richtige Wahl für diese Aufgabe getroffen? Was wusste er schon über ihn? Ein

Aufständischer sei er gewesen, hatte man ihm beim Kauf mitgeteilt. Welcher Aufstand war das wohl gewesen? Etwa dieser Bellum Desertorum, von dem der Statthalter gesprochen hatte? Das wäre ja was! Womöglich war Paullus sogar an Maternus' Attentat auf den Kaiser beteiligt gewesen? Nein, mehr als ein Mitläufer konnte er nicht gewesen sein, sonst hätte man ihn hingerichtet. Und da Lavinia Paullus für einen geeigneten Wächter über ihrer beider Leib und Leben hielt, sollte er nicht an ihm zweifeln.

Ob es Lavinia besser ging? Seit Tagen klagte sie über bohrenden Kopfschmerz. Sogar Sabina hatte sie gestern abgewiesen, es musste ihr wirklich schlecht gehen. So hatte Lavinia zuletzt gelitten, als sie mit dem kleinen Tertius schwanger war. Bei allen Göttern, momentan käme es ihm nicht sonderlich zupass, für ein weiteres Familienmitglied sorgen zu müssen. Jetzt, da er tatsächlich aufgehört hatte zu spielen ... Nur weiteren Ärger hatte er sich damit eingehandelt. Gestern hatte Pamphilius ihn auf dem Forum angesprochen und sich äußerst gekränkt über sein Fernbleiben geäußert. Zudem hatte er energisch auf eine Rückzahlung der bestehenden Schulden gedrängt. Die Auszahlung seiner Erbschaft schien Pamphilius nicht mehr abwarten zu wollen. Nun, Victor würde ihm ein Geschenk schicken oder einfach abwarten. Pamphilius würde sich schon wieder besinnen. Er musste sich besinnen, schließlich brauchte Victor einen weiteren Kredit für die Bestreitung von Lavinias Feier in zehn Tagen.

Oder sollte er den Statthalter nach einer Vorauszahlung seines jährlichen Salärs fragen? Nein, das wäre dann doch zu peinlich. Victor verschränkte die Hände im Nacken und lehnte sich zurück, schaute durch die Öffnung im Dach zum Himmel, der sich allmählich purpurn färbte.

Er liebte es, zu dieser Stunde im Atrium zu sitzen, wenn die Lampen noch nicht entzündet waren und die Dämmerung zwischen den Säulen wie die Schatten der Ahnen waberte. Wer konnte es wissen … Sein Blick glitt hinüber zu seinem Larenheiligtum, das seit gestern eine kleine Büste des Onkels schmückte. Möglicherweise würde ihn Iulius' Geist mit Wohlwollen bedenken, nannte er seinen zweiten Sohn nach ihm Lucius Iulius.

Vielleicht aber waren es gar nicht Kopfschmerzen, die Lavinia quälten … Trotz der spätsommerlichen Hitze durchfuhr Victor ein Schauer. Seit der Nachricht von Felix' Unfall klagte sie über Kopfschmerzen. Hatte ihr Unwohlsein etwa mit Felix' Tod zu tun? Wollte sie seinen Leichnam nicht aus purer Großherzigkeit, wegen des Verlangens nach Aussöhnung herholen, sondern nur, um wenigstens nach seinem Tod in der Nähe des Geliebten zu sein?

Victor strich sich mit beiden Händen über die Schläfen. Dann schüttelte er den Kopf. Seine Lavinia und sein eigener Bruder – niemals! Eher war sie wieder schwanger. Heute Abend, wenn er sie zur Nacht küsste, würde er sie fragen. Sie musste sich wieder fangen, schließlich wurde es höchste Zeit, die Vorbereitungen für ihre Geburtstagsfeier in Angriff zu nehmen.

Er sollte ihr etwas abnehmen. Morgen würde er sich nach einem Koch umschauen. Ihre Köchin wäre mit den Anforderungen für ein Gastmahl der geplanten Größenordnung überfordert, sie stieß bereits mit der Zubereitung von gefüllten Wachteln an ihre Grenzen. Hatte nicht Niger vor einigen Wochen einen wahren Künstler für ein Gastmahl gemietet? Ja, Victor würde ihn darauf ansprechen.

Möglicherweise waren mit dem Koch auch gut ausgebildete Sklaven zur Aufwartung der Gäste zu bekommen, man würde sehen. Auch um Musiker und Tänzer könnte er sich kümmern.

Wenn er Lavinia von diesen Sorgen befreien konnte, würde es ihr hoffentlich besser gehen.

Peregrinus kam auf leisen Sohlen herein. »Herr, Gaius Tiberius Niger wünscht dich zu sprechen.«

Ah, der Freund kam wie aufs Stichwort. Dann konnte er die Frage nach dem Koch sofort klären. »Führe ihn herein. Und sorge für einen guten Becher Wein.«

Victor ging hinüber in sein Tablinum, in dem er üblicherweise arbeitete und seine Gäste empfing.

»Ah, Niger!« Victor rückte dem Freund einen Sessel zurecht. »Alles wohlauf?«

»Julia geht es leidlich gut. Es kann jeden Tag so weit sein. Wer weiß, vielleicht bin ich bereits Vater, wenn ich nach Hause komme.«

»Geben die Götter, dass die Geburt gut verläuft. Ihr opfert doch der Iuno oder auch Carmenta?«

Niger nickte. »Vorsichtshalber allen, man kann ja nie wissen.« Sein sonst so heiterer Gesichtsausdruck wirkte besorgt.

»So setz dich doch.« Victor ließ sich selbst in einem Sessel nieder. »Mach dir keine unnötigen Sorgen. All eure Kinder sind doch bisher ohne Schwierigkeiten auf die Welt gekommen.«

»Ja, du hast recht.«

»Du kommst mir wie gerufen. Du weißt ja, Lavinia plant ein Gastmahl anlässlich ihres Geburtstages. Ein prächtiges Gastmahl soll es werden. Und gerade erinnerte ich mich an diesen Koch, den du letztens angemietet hattest. Wo hattest du den noch gleich ausfindig gemacht?«

»Ah, ja, den kann ich nur empfehlen. Frag doch Pamphilius danach, es ist seiner. Er vermietet ihn gelegentlich an gute Freunde.«

Ausgerechnet Pamphilius. Nun, dann ließ sich das Problem des Küchenpersonals doch nicht so schnell lösen. »Und sonst kennst du keinen? Ich meine, falls Pamphilius seinen Koch nicht entbehren ...«

»Vielleicht kann dir Iulius Indus weiterhelfen. Kennst du ihn? Er ist Decurio im Rat. Der hat so allerlei Beziehungen. Oder du hörst dich auf dem Forum um, irgendeiner weiß immer etwas.«

»Ja, ein guter Gedanke.« Victor kannte den Decurio flüchtig.

Niger nahm einen Schluck Wein, drehte das Glas vor den Augen und bewunderte das eingeschmolzene Muster vor dem Licht.

»Prächtig, nicht wahr? Eine Neuerwerbung Lavinias von diesem Künstler der Glasherstellung – wie heißt er noch?«

»Ja, ich weiß, wen du meinst.« Niger riss sich von dem Anblick los und stellte das Glas auf den Tisch. »Mein lieber Victor, ich bin nicht allein des Plauderns wegen gekommen. Es geht um eine dringliche Angelegenheit.«

»Und zwar?«

Niger legte die Hände zusammen und stützte sein Kinn auf die Fingerspitzen. »Eine unerfreuliche Geschichte, es gibt Probleme mit deiner Erbschaft.«

Victor zog seine Brauen empor. Die Durchsicht der Unterlagen hatte ergeben, dass alle Akten sehr sorgfältig geführt worden waren, es keinen Hinweis auf Schulden oder andere Verbindlichkeiten seitens seines Onkels gab. »Probleme? Welcher Art?«, fragte er vorsichtig.

»Ein Freigelassener aus dem Hause deines Onkels, Apollonius, sprach bei den zuständigen Magistraten vor.«

»Und?«

»Er behauptet, dein Onkel sei ermordet worden.«

Victor richtete sich auf. »Aber wie kommt der Mann dazu? Es gab keinerlei Anzeichen für Gewalteinwirkung, du kannst den Arzt fragen.«

»Das haben wir bereits.«

Victor stieß die Luft geräuschvoll aus. »Mord? Lächerlich.«

Niger hob die Hand. »Lächerlich ist das keineswegs. Das Problem ist ja nicht allein, dass jemand diese Beschuldigung erhebt, Victor. Das Problem ist vor allem, dass du dein Erbe nicht antreten kannst, bevor du nicht durch einen Prozess den Sachverhalt geklärt hast.«

Kapitel XV

Freund oder Feind?

Silvae Arduennae, 1. September 192 n. Chr.

Stumpfsinnig setzte Felix Fuß vor Fuß. Jetzt waren sie seit fast einer Woche unterwegs und der Agrippinensis kaum fünfzig Meilen näher gekommen. Der Tross kroch wie eine Schnecke dahin, die Ochsen, die den Wagen mit dem Material zogen, schafften in dem bergigen Gelände längst nicht die üblichen zehn Meilen pro Tag.

Am Abend begutachtete Felix seine Blasen. Seine Füße brannten wie Feuer, es war ein Wunder, dass sein Knöchel trotz der Strapazen nicht wieder angeschwollen war. Zu allem Überfluss hatte ihm am Morgen ein Ochse auf den Fuß getreten und nun schillerte sein großer Zeh in prächtigem Violett.

Sie saßen am Feuer, aßen und ausnahmsweise war der siegreich überstandene Raubüberfall nur kurz das beherrschende Thema, bald sprachen sie über alte Bekannte in Confluentes. Mitten in das Geplauder fragte einer von Maximus' Männern, dessen Gesicht von Pockennarben gezeichnet war: »Wo kommst du eigentlich her, Verecundus?«

»Aus der Gegend um Sarabriga«, antwortete Felix bedächtig.

»Warst du dort bei der Legion?«

»Zeitweise.« Dass Felix beim Militär gewesen sein musste, hatte Maximus angesichts Felix' Kampffertigkeit noch am Abend des Überfalls unterstellt. Felix hatte dazu geschwiegen, das Thema war heikel. »Und du? Wo bist du schon überall gewesen?«

Bereitwillig gab der Pockennarbige Auskunft und Felix war froh, dass er von sich hatte ablenken können.

»Wie kommt es, dass du etwas von Wasserführung verstehst?«, fragte der Mann jedoch weiter.

Dieses Thema war unverfänglich, über seine berufliche Laufbahn hatte sich Felix die Geschichte eines ruinierten Baumeisters zurechtgelegt, bei dem er alles gelernt hatte.

»Und du, Quintus, warst du auch bei dem?«, fragte dann ein Bärtiger namens Hilarius, der aus Raetien stammte und bei dem Kampf gegen die Räuber zwei Gegner niedergestreckt hatte.

Ateius schüttelte den Kopf. »Wir haben uns erst später getroffen. Ich habe eine Zeit lang als Tagelöhner gearbeitet und dabei Verecundus kennengelernt.«

»Und jetzt wollt ihr in die Agrippinensis?«

»Mein Onkel wohnt dort«, antwortete Felix. »Wir können vielleicht in dessen Geschäft unterkommen.« Das zumindest entsprach der Wahrheit.

Der bärtige Raetier lachte auf. »Oha, ich vermute, es ist eher diese schlagkräftige kleine Göttin, wegen der es unseren Verecundus gerade in diese Stadt zieht.«

Ruto, ein hünenhafter Gallier, dessen roter Zopf seinen halben Rücken hinabhing, stimmte in das Gelächter ein. »Ich hätte schon eine Vorstellung, wie man dieser Göttin huldigen kann!«

Felix stieg das Blut in die Wangen. »Ich kenne Flora nur, weil ihr Vater ein Bergwerk in der Nähe von Sarabriga betreibt. Man begegnet sich eben öfter in so einer kleinen Siedlung.«

»Natürlich, sicher!«, schallte es ringsum.

Hilarius zwinkerte ihm zu. »Jedes Dorf hat ja seine Flora! Aber womöglich ist Verecundus für ihre Anfechtungen unempfänglich. Schließlich hat er ja auch noch seinen Quintus!« Er knuffte Ateius in die Seite.

»Sieh dich vor«, mahnte der grinsend.

Hilarius winkte lachend ab, kramte in einem Beutel herum und förderte eine Flöte zutage. Als er ein Lied anstimmte, war Felix froh, dass die Fragen vorerst ein Ende hatten. Er verabschiedete sich von der Runde und legte sich ein Stück abseits auf seine Schlafmatte.

Trotz des kräftezehrenden Marsches, der bleiernen Müdigkeit, die ihn auf das Lager zog, fand er keine Ruhe. Jedes Rascheln im Gesträuch ließ ihn zusammenfahren, in jedem Schatten wähnte er einen Attentäter oder gar einen der Dämonen, die zuhauf die Wälder bevölkern sollten. Schlief er endlich, kamen die Albträume, seit dem Überfall suchten sie ihn wieder heim.

Nach tagelanger brütender Hitze fing es am nächsten Morgen an zu regnen. Ihr Weg zu der Leitung, die die Colonia Claudia Ara Agrippinensium mit Wasser versorgte, verlief auf kaum befestigten, mitunter steilen Pfaden weitab von jeglicher Zivilisation. Der Boden war stellenweise knochentrocken, der Regen verwandelte die Pfade binnen Kurzem in Sturzbäche. In den Senken dagegen war der Weg aufgeweicht, so dass die Ochsen im Morast versanken. Jeder Schritt bedeutete Mühsal.

Sie dankten den Göttern, als es gegen Nachmittag ein wenig aufhellte und sie kurz vor Sonnenuntergang einen Felsüberhang fanden, unter dem sie einen leidlich trockenen Rastplatz einrichten konnten.

Die Ochsen standen mit hängenden Köpfen neben den Maultieren und den Pferden. Die Tiere dampften in der Abendsonne und freuten sich über das Gras, das überall reichlich wuchs.

Ein Bach staute sich zu einem kleinen Teich. Eine gute Gelegenheit für ein Bad. Nach dem anstrengenden Marsch war es eine Wohltat, endlich den Staub vom Körper waschen zu können.

Felix' Haut brannte von dem kalten Wasser, er stieg aus dem Teich und rubbelte sich warm. Der Duft von Weizengrütze mit Speck und Zwiebeln wehte zu ihm herüber. Ateius saß schon neben ihrem Koch Sidonius. Leise unterhielten sie sich.

Ruto, der Gallier, winkte Sidonius zu sich. »Komm auch mal ins Wasser, dein Gestank macht einen ja schwindelig.«

»Was der nur wieder hat«, murmelte der Koch, erhob sich aber.

»Alles klar bei euch?« Maximus ließ sich neben Felix nieder. Seine Haare glänzten feucht. »Was hat unser Meisterkoch denn heute Herrliches zubereitet?« Er beugte sich über den Topf und fächelte sich den Essensduft in die Nase. »Ah, Weizengrütze, wie immer.« Maximus stellte seine Tonschüssel neben sich auf den Boden und nickte Felix zu. »Du wirst bei Einbruch der Dunkelheit mit mir die erste Wache übernehmen, Verecundus.«

Inzwischen hatte sich Felix an seinen neuen Namen gewöhnt. Also die erste Wache, gut, sie war ihm so recht wie jede andere, hielte sie ihn nur wach.

»Ist es eigentlich üblich, dass ihr in eine andere Provinz abbestellt werdet?« Felix fragte, nur um etwas zu sagen.

Maximus streckte die Beine von sich und stützte sich auf den Ellenbogen. »Ein Einsatz außerhalb unserer Provinz ist ungewöhnlich, aber es kommt vor, wie du siehst.« Er musterte Felix skeptisch. »Interessiert dich das wirklich?«

Felix nickte und hob seine Hand in einer aufmunternden Geste.

Maximus trank einen Schluck. »Manchmal helfen sich die Statthalter untereinander aus, sofern sie gut miteinander können.« Vielsagend schürzte er die Lippen. »Alte Seilschaften aus Rom funktionieren erst recht in der Fremde, verstehst schon. Und unser Statthalter Caerellius Priscus in Mogontiacum schätzt seinen Kollegen Virius Lupus in der Agrippinensis offenbar so sehr, dass er es sich mit ihm nicht verscherzen will. Und uns fragt ja keiner.«

»Kann es euch nicht egal sein, wo ihr eingesetzt werdet?«

»Oh, klar. Ist ja egal, wann wir unsere Familien wiedersehen.«

Felix hatte offenbar einen wunden Punkt angesprochen und nickte verhalten. »Das habe ich nicht bedacht. Die Wasserleitungen nach Confluentes sind wohl nicht sehr lang?«

»Es ist keine Frage der Länge, zu tun gibt es immer. Es ist eine Frage der Organisation. Wir jedenfalls halten unseren Abschnitt gut in Schuss, kontrollieren die Rinnen regelmäßig, wir haben gute Leute, auf die ist Verlass.« Stolz blickte Maximus hinüber zu seinen Männern, die noch immer badeten oder am Ufer des Sees ausgestreckt lagen und die letzten Sonnenstrahlen auf der Haut genossen.

Ateius legte einen Ast auf das Feuer. »Und die niedergermanischen Leute taugen nicht?«

»Darüber kann ich mir kein Urteil erlauben«, antwortete Maximus. »Ich kenne sie nicht. Aber wenn ein Trupp nicht in der Lage ist, seiner Arbeit nachzukommen, dann liegt das meist an der Führung. Also am Statthalter, am örtlichen Wassercurator oder am Leiter des Trupps, so einer wie ich eben. Doch ich kann auch nur so gute Arbeit machen, wie ich Leute und Material habe. Priscus weiß um die Wichtigkeit meiner Aufgaben und der Curator lässt mir freie Hand. Ich kann so viele Leute einstellen, wie ich brauche, und Material von guter Qualität einkaufen. Bislang waren alle mit mir zufrieden. In Niedergermanien dagegen fehlen wohl momentan Leute, die mit verantwortungsvollen Aufgaben betraut werden können. Wir müssen uns ein Aquädukt vornehmen, das kann eben nicht jeder Primus und Sextus reparieren.«

»Verstehe«, meinte Ateius, »und wann geht es endlich los?«

»Ich denke, in einer Woche sollten wir bei dem ersten Abschnitt der Wasserleitung eintreffen, den wir zu kontrollieren haben, das wird hoffentlich nicht so viel Zeit in Anspruch nehmen. In zwei, drei Wochen werden wir dann unseren eigentlichen Einsatzort erreichen.« Maximus spuckte in das Feuer, das aufzischte.

Das Aquädukt, weswegen man sie angefordert hatte, lag kaum fünf Meilen vor den Mauern der Colonia, erklärte Maximus. Bis dahin bräuchten sie nur kleinere Schäden zu reparieren, größere sollten sie provisorisch beheben und später der agrippinensischen Wasserbehörde melden. »Kalk, Sand und Steine, die wir mitschleppen, reichen gerade für die Reparaturarbeiten, die sich unterwegs ergeben. An der Hauptbaustelle am Aquädukt finden wir alles vor, was wir brauchen, hieß es. Ich hoffe nur, auf die Agrippinenser ist Verlass …«

Sidonius, ein Tuch um die Hüften geschlungen, kehrte zum Feuer zurück. »Na, klagst du wieder über die mangelnde Disziplin der Kanalarbeiter anderer Provinzen?« Er grinste und zwinkerte Felix zu. »Du musst wissen, es gibt keine fähigeren Leute als uns und keinen besseren Inspektor als Maximus und überhaupt ist unsere Provinz die beste und feinste, außer Rom selbst versteht sich. Überall sonst gibt es nur Faulpelze und Trottel.«

Die Dämmerung brach herein und lautstark näherten sich nun auch die übrigen Männer.

Nach dem Essen saßen sie noch eine Weile beisammen und plauderten. Schließlich griff der Raetier zu seiner Flöte, eine willkommene Unterhaltung, wenngleich seine Auswahl an Liedern überschaubar und sein Talent mäßig war.

Felix war froh, als die Männer sich Schlafplätze suchten und sich in ihre Mäntel hüllten. Am klaren Himmel funkelten die Sterne, die Nacht versprach, kühl zu werden.

Felix und Maximus setzten sich ans Feuer. Ateius kam zu ihnen, fragte, ob er ihnen Gesellschaft leisten könne, er sei noch nicht müde.

»Sechs Augen sehen mehr als vier«, meinte Maximus nur. »Hauptsache, du bist später für deine eigene Wache munter.«

Eine Weile schwiegen sie. Felix lauschte den Geräuschen der Nacht. Am Rand des Gewässers hatten die Frösche und Kröten ihr Konzert angestimmt. Im Gebüsch raschelte etwas, ein Tier wahrscheinlich. Sonst war alles still.

»Noch immer lässt die Männer der Überfall nicht los«, murmelte Maximus vor sich hin. »Sie sind ja noch nicht so lange dabei, kennen die alten Zeiten nicht, ja, da war es wirklich abenteuerlich.«

»Wieso?«, fragte Felix. »Räuberbanden sind doch stets eine große Gefahr.«

»Stimmt schon«, räumte Maximus ein. »Aber ich rede ja auch nicht von Räubern.«

»Was meinst du dann? Drohende Einfälle aus dem Barbaricum?« Felix hatte der Gedanke, dass die Germanen jenseits des Rhenus Einfälle in die Provinz unternehmen könnten, nie berührt. Vermutlich, weil er selbst Germane war, Ubier, obwohl seine Familie schon seit der Zeit Iulius Caesars das römische Bürgerrecht besaß.

»Oh, nein, nicht die Barbaren«, winkte Maximus ab und steckte sich einen Grashalm in den Mund. »Die größte Gefahr erwächst immer innerhalb des Imperiums. Ich dachte an den Bellum Desertorum, das waren Zeiten!«

Wieder diese Geschichte …

Maximus ließ den Grashalm von einem Mundwinkel zum anderen wandern, versonnen fuhr er fort: »Die Horden des Maternus haben uns damals ganz schön zugesetzt. Bin froh, dass ich einigermaßen unbeschadet davongekommen bin und dieser Krieg ein Ende hat. Lange genug hat es gedauert, bis die hohen Herren mit den Lumpen fertig geworden sind.« Maximus spitzte die Lippen. »Wenn du beim Militär warst, müsstest du eigentlich besser als ich darüber Bescheid wissen.« Seine Augen verengten sich zu Schlitzen, als er Felix ansah.

»Ich war damals in der Provinz Hispania«, nun war die Wahrheit einmal hilfreich. »Dort haben wir zwar davon gehört, aber du weißt ja, auf die Entfernung macht man sich keine Vorstellung, was wirklich vorgeht. Ich hielt vieles, was erzählt wurde, für übertrieben.«

»Oh, manches sicher, aber die Tatsachen waren schrecklich genug. Maternus hatte eine wilde Horde um sich geschart. Ausgebildete, kampferprobte Soldaten, aber auch viel Gesindel.«

Felix warf einen Seitenblick zu Ateius, der mit ausdruckslosem Gesicht zuhörte, und bemerkte dann, dass auch Maximus Ateius ins Auge gefasst hatte.

»Andererseits konnte ich die Aufständischen verstehen«, fügte Maximus nach einer Weile des Schweigens hinzu.

»Schlechte Bezahlung, wenn überhaupt, harte Arbeit, das führt zu Unzufriedenheit und aus Unfrieden folgt die Revolte. Ich denke, wenn Maternus sich bei seinen Angriffen auf die Richtigen beschränkt hätte, die Befehlshaber, Tribunen und Statthalter, hätten ihn noch viel mehr Leute unterstützt ... Aber Leidtragende waren die einfachen Leute auf dem Land und in den Städten, da hat er einen großen Fehler gemacht. Tja, dagegen leben wir hier und heute wahrhaft auf der Insel der Seligen.«

»Maternus selbst war der übelste Geselle«, meinte Ateius und stocherte im Feuer. Kleine Funken stoben auf. »Nach dem, was man so hörte.«

»Hast du die Zeit hier erlebt?« Wieder schickte Maternus Ateius einen schmalen Blick.

Ateius zuckte die Schultern. »Ich wohnte in der Belgica, unsere Siedlung haben die Deserteure nicht verschont.«

»Maternus hatte scheinbar vor, den Kaiser zu ermorden, erzählte man sich in Mogontiacum. Aber das ist natürlich Unsinn, denn wie hätte er das wohl machen sollen?«, sagte Maximus.

Ateius schwieg.

»Nun ja«, fuhr Maximus fort. »Sie haben ihn in Rom hingerichtet.«

»Und seine Leute mit ihm?«

»Nicht alle. Schließlich waren das alles Soldaten, also galt für dieses Gesindel das Kriegsrecht. Viele wurden nicht, wie das Gesetz es vorsieht, an Ort und Stelle ihrer Untaten verurteilt, sondern in Rom, vom Kaiser selbst.«

Felix erstarrte, was hatte Maximus da gesagt? Nur die Ruhe, mahnte er sich. »Ach, willst du damit sagen, dass ein Dieb oder dergleichen bloß in eine andere Provinz fliehen muss und ihn dann niemand mehr belangen kann?« Sein

Herz schlug bis zum Hals, er spürte Ateius' Blick auf sich, der hatte eine Braue erhoben. Hatte er das gewusst?

»Ja, so ist es. Man kann normalerweise nur in der Provinz, in der man das Verbrechen verübt hat, dafür verfolgt und verurteilt werden. – Eigentlich.« Maximus lachte leise. »Wie alles und jedes hängt es an den Statthaltern. Wenn sie sich verstehen, unterstützt der eine den anderen bei der Suche und überstellt den Täter. Wenn nicht, dann nicht. Zwietracht unter den Statthaltern heißt Glück für den Dieb.« Er wischte sich über den Mund. »Und nach ein paar Jahren ist Gras über die Sache gewachsen. Der Bursche kann wieder zurückkehren und normal weiterleben, als wäre nichts gewesen.«

Felix' Mund war trocken geworden, er schraubte seine Feldflasche auf und trank einen Schluck. Wenn das stimmte, wäre er bald in Sicherheit. »Woher weißt du das alles, Maximus?«

»Oh, ich bekomme einiges mit, das kannst du mir glauben. Wir kommen herum und haben den Auftrag, die Augen nach Herumtreibern offen zu halten. Unentdeckt über die Grenze zu kommen, ist nicht so einfach, wie man glauben könnte.«

War zunächst die Hoffnung auf Rettung in Felix aufgekeimt, so hatten Maximus' letzte Worte sie sogleich erstickt.

Maximus sandte ihm einen misstrauischen Blick, Felix konnte es im Feuerschein ausmachen, doch dann erschien ein Grinsen auf seinem Gesicht. »Man könnte meinen, ihr hättet euch uns genau deswegen angeschlossen. Aber da du diese Gesetze offenkundig nicht kanntest, brauche ich mir wohl keine Sorgen zu machen. Ich mache mir allerdings sehr wohl Sorgen wegen dieses Pfeilschusses. – Warum trachtet dir jemand nach dem Leben?«

Felix hielt dem Blick stand. »Mir? Der Pfeil hätte doch jeden treffen können! Einer der entkommenen Räuber wollte sich an uns rächen. Wir leben eben nicht auf der Insel der Seligen, wie du sagtest.«

»Stimmt, man kann nicht vorsichtig genug sein.« Maximus reckte sich ausgiebig. »Wachablösung. Ich wecke mal Annius und Sidonius.«

Ateius stützte sich auf einen Arm. »Lass sie ruhig schlafen, Maximus. Verecundus und ich können noch eine Weile die Augen offen halten.«

Felix nickte, er fürchtete sich ohnehin vor dem Schlaf, vor den Albträumen. Maximus zuckte die Schultern und zog sich zu seinem Schlafplatz unter dem Felsvorsprung zurück. Wenig später stimmte er in das Schnarchen seiner Männer ein.

Ateius und Felix saßen eine Weile schweigend nebeneinander, starrten vor sich hin. Felix fühlte sich unbehaglich, lauschte angestrengt in die Nacht, hörte aber nur sein Herz klopfen, es schlug ihm bis zum Hals.

»Langsam fängst du an, wie ein Mörder zu denken«, sagte Ateius schließlich.

Felix wandte sich zu ihm um. »Wie meinst du das?«

»Oh, so, wie du Maximus eben ausgehorcht hast. Jetzt wissen wir also Bescheid. Bist du über die Grenze, bist du in Sicherheit. Also brauchst du dir eigentlich keine Sorgen mehr zu machen.«

»Du willst mich nur beruhigen. Aber das gelingt dir nicht. Jedenfalls nicht, solange ich keine Erklärung für alles gefunden habe. Außerdem hast du es doch gehört, so einfach ist es nicht. Wenn die Statthalter sich verstehen …«

Ateius winkte ab. »Ach was. Du denkst viel zu kompliziert.«

»Wenn du meinst … Und was ist mit dir? Was hast du dann vor, in der Agrippinensis? «

Sein Gefährte zuckte die Achseln.

»Ateius, ich stehe tief in deiner Schuld. Du kannst auf meine Hilfe, die meiner Familie vertrauen, was auch immer …«

Mit einer Handbewegung brachte ihn Ateius zum Verstummen. Mit geschlossenen Augen lauschte er.

Hinter einem Busch raschelte es.

»Was war das?« Wie unter Zwang stand Felix auf und näherte sich dem Strauch. Er hatte das seltsame Gefühl, er würde beobachtet.

»Komm zurück!«, zischte Ateius.

Ein paar Schritte vor dem Busch blieb Felix stehen. Der flackernde Schein des Lagerfeuers reichte kaum bis hierher. Zwei Lichtpunkte zuckten auf, so kurz, dass Felix sich nicht sicher war, sie wirklich gesehen zu haben.

Ateius war ihm gefolgt.

»Da ist jemand«, flüsterte Felix ihm zu und deutete auf den Strauch.

Ateius trat näher, lauschte. Alles blieb still. »Ein Tier sicherlich. Komm zurück, bis zum Feuer wird es sich nicht wagen.«

Kapitel XVI

Die Stimme der Göttin

Colonia Agrippinensis, 9. bis 10. September 192 n. Chr.

Trat man in Pamphilius' Haus, fühlte man sich nach Rom versetzt. Schon im Vestibül, erst recht im Atrium, zeigte der Hausherr seinen Wohlstand und seinen Einfluss. Schwere Bronzekandelaber beleuchteten die Malereien der Wände, allein die Ausschmückung des Atriums stellte alles Victor Bekannte in den Schatten.

Pamphilius musste einen Maler aus Rom beauftragt haben, wenn nicht gar aus Griechenland. Gemälde, Säulen, Mobiliar, alles war erstklassig, selbstverständlich auch das Personal. Der Türsklave ließ an Haltung und Würde nichts zu wünschen übrig, Pamphilius' Leibsklave glich einem Senator, den Victor kannte, fast aufs Haar. Nur gut, dass Lavinia noch nie hier gewesen war, er hätte keine ruhige Minute mehr.

Warum war er überhaupt Pamphilius' Einladung gefolgt, warum wieder schwach geworden?

Nein, so konnte man das nicht nennen. Pamphilius hatte einen ausgezeichneten Juristen an der Hand, den Victor damit beauftragen wollte, die Todesursache seines Onkels zu klären und gegebenenfalls einen Prozess anzustrengen. Das Honorar wollte Pamphilius vorstrecken, gegen günstigen Zins. – Vorausgesetzt, Victor beende seine Abstinenz und bereichere wieder die Spielrunde …

Victor hatte gar keine Wahl gehabt. Der Statthalter wusste ohnehin von seiner Schwäche und da die Auszahlung der Erbschaft wegen dieses leidigen Prozesses womöglich in weiter Ferne lag, blieb ihm gar nichts anderes übrig, als in der Zwischenzeit zu spielen.

Überdies war heute der Tag der Tage! Heute würde er gewinnen; seit er am Morgen die Augen aufgeschlagen hatte, wusste er es.

Und nun stand er in Pamphilius' Haus und fühlte sich elend.

»Lieber Victor, endlich!« Pamphilius trat ihm im Atrium entgegen, legte ihm seinen Arm um die Schulter und führte ihn in eines der angrenzenden Zimmer.

Die brennenden Kandelaber veredelten den Safranton der Wände durch einen goldenen Schimmer. Die ersten Gäste standen oder saßen in Grüppchen beisammen, leiser Plauderton erfüllte den Raum.

Victor grüßte in die Runde. Er erkannte den Mann wieder, den Pamphilius ihm neulich vor dem Prätorium vorgestellt hatte. Ein Centurio, abkommandiert zum Dienst beim Statthalter, unterhielt sich mit einem Gutsherrn, der ausgedehnte Landgüter vor den Toren der Stadt besaß. Beide waren regelmäßige Gäste der Gesellschaft.

»Komm an meine Seite!«, rief ein junger Mann, den Victor erst zweimal bei Pamphilius gesehen hatte. Er wagte recht hohe Einsätze, hatte kürzlich eine stattliche Erbschaft gemacht und setzte augenscheinlich alles daran, sie so schnell wie möglich unter die Leute zu bringen. Aber Victor war sicher der Letzte, der den Jüngling für sein Verhalten verurteilen durfte, schließlich verspielte er eine Erbschaft, die er noch nicht einmal angetreten hatte.

Pamphilius klatschte in die Hände und vier Sklaven schleppten einen Spieltisch herein, rückten die Stühle ringsum zurecht. Ihnen folgten andere mit Tischchen, die sie in Reichweite aufstellten. Während sie Platz nahmen, brachten weitere Bedienstete Tabletts, beladen mit Weinkannen, in Schalen häuften sich getrocknete Früchte, Austern, zerlegte Wachteln, gefüllte Haselmäuse, geröstetes Schweinefleisch. Alles in mundgerechte Happen zerlegt, so dass das Spiel nicht wegen des Essens unterbrochen werden musste.

Victor hatte keinen Appetit. Seine Hände zitterten wie meist kurz vor dem Spiel. Nach dem ersten Wurf dann war er wieder die Ruhe selbst.

Der Schweiß sammelte sich in Tropfen auf seiner Stirn, er spürte, wie sie an seinen Schläfen hinabrannen, im Halsausschnitt seiner Tunika versickerten, die ihm am Körper klebte.

Fortuna strafte ihn mit Nichtachtung. Seit seinem letzten Spiel quälte ihn die Sehnsucht nach diesem ganz besonderen Glückstaumel, diesem Rausch, dieser Befriedigung bei einem Gewinn. Doch eingestellt hatte sich dieses Gefühl heute nicht.

Die fünfhundert Sesterze, die Pamphilius ihm für heute Abend geborgt hatte, waren auf dreißig oder vierzig Münzen geschrumpft, gewachsen waren Zweifel und Scham. Victor gab ein Zeichen, dass er aussetzen wollte, und erhob sich, um ein wenig Luft zu schnappen.

»Victor, was ist? Komm, gib Fortuna noch eine Chance! Beim nächsten Wurf wirst du alles zurückgewinnen.« Der Centurio schüttelte den Würfelbecher.

Woher hatte der nur immer das Geld für den Einsatz? So hoch konnte sein Sold doch gar nicht sein. Victor ging hinaus, an die Luft.

Pamphilius' Triclinium öffnete sich zum Garten. Zwischen einem schmalen Weg und einem Blumenbeet lag ein Wasserbecken, in dessen Mitte ein Bronzeknabe seinen Krug entleerte. Das Plätschern war bis in das Triclinium zu hören. Victor ging ein paar Schritte das Becken entlang, beobachtete die Goldfische, die ihre Kreise zogen. Auf der Suche nach Futter stippte einer das Maul heraus, um sofort wieder zu verschwinden. Konzentrische Kreise breiteten sich auf der Wasserfläche aus, brachen sich einer nach dem anderen am gemauerten Rand, verebbten schließlich.

Es war noch erstaunlich warm für bald Mitte September. Victor wischte sich mit dem Handrücken über die feuchte Stirn. Er schüttelte den Kopf, rang mit der Verachtung für sein Tun, seinem schlechten Gewissen, sich selbst und Lavinia gegenüber.

Gelächter drang aus dem Triclinium zu ihm herüber. Lampenschein ergoss sich in den Garten und der gepflasterte Weg glühte darunter wie flüssiger Honig. In einiger Entfernung flackerten hier und da Fackeln in der Dunkelheit. Durch diese Inseln des Lichts wirkte die Anlage noch größer, als sie ohnehin war.

Victor spazierte tiefer in den Garten hinein, hoffte, in seinem Grün Ruhe zu finden.

Die Venusstatue, die er hinter einem blühenden Rosenbusch entdeckte, war neu, das letzte Mal hatte sie dort noch nicht gestanden. Und Victor kannte Pamphilius' Garten nur zu gut, denn er wanderte nach jedem Verlust darin herum. Anschließend konnte er vor Lavinia treten, als käme er von einem dienstlichen Termin.

Victor schloss die Lider und sog den Duft ein, der schwer in der Luft lag. Das Bild der Göttin erschien vor seinem inneren Auge, Venus, die Schöne, die Wohlriechende. Tatsächlich verströmten natürlich die tiefroten Rosenblüten den süßlichen, schweren Geruch. Victor öffnete seine Augen, konnte sich von dem Anblick der Venus nicht losreißen. Er wünschte, er könnte Lavinia mit einer ähnlichen Statue erfreuen. Ach, die Zeiten würden sich auch wieder ändern. Pamphilius' Jurist Demetrios hatte einen ausgezeichneten Ruf, er würde die Klage schnell abwickeln. Und Victors gute Beziehungen zum Statthalter wären dabei sicher auch nützlich.

So oder so, Fortuna würde ihn irgendwann begünstigen, entweder im Spiel oder bei der Erbschaft. Tag für Tag brachte er Opfer dar. An Verehrung und Huldigung ließ er es jedenfalls nicht fehlen, machte sich Victor Mut.

Plötzlich erklang ein sanftes Säuseln in seinem Kopf, ein Singsang in seinem Ohr.

Vertraue mir!

Bei allen Göttern, die Stimme schien aus dem Nichts zu kommen, war mehr Ahnung denn Gewissheit.

Ich bin an deiner Seite.

Victor schauderte, lauschte.

Da, wieder diese Stimme: *Vertraue, wage es!*

Er hastete in das Triclinium zurück. Kaum jemand beachtete ihn, als er sich wieder an seinen Platz setzte. Sein Herz klopfte schmerzhaft. Seine Hände waren feucht, erneut sammelte sich Schweiß auf seiner Stirn, rann in seinen Nacken, während er darauf wartete, dass er an die Reihe kam. Er schüttelte den Becher, murmelte: »Fortuna, jetzt halte dein Wort«, und ließ die Würfel rollen.

Zwei, drei, sechs, nichts.

Die Nacht verbrachte Victor wie im Fieber. Er erinnerte sich kaum, wann er zu Hause eingetroffen war.

Pamphilius hatte ihm weiteres Geld angeboten, Victor glaubte, dass er es ausgeschlagen hatte, doch sicher war er sich nicht. Ohnehin vermochte er kaum mehr zu sagen, wie viel Geld er Pamphilius insgesamt schuldete. Einerlei, er war verdammt, er war vernichtet. Lavinia würde ihn verlassen, weil er schwach geworden war, einer lächerlichen inneren Stimme vertraut hatte. Fortuna, Göttin, pah! Seine eigene Gier, seine eigene Maßlosigkeit hatte er einer Göttin zugeschrieben, die sich ihm noch nie zugewandt hatte. Die es womöglich gar nicht gab. Ach was.

Er musste eingeschlafen sein; als er erwachte, fühlte er sich wie gefoltert. Es war schon später Vormittag, hatte er einen Termin? Er wusste es nicht. Es war ihm gleich. Er schwitzte, gleichzeitig fror er. Er wischte sich über die Stirn, sie war feucht.

Er verschränkte die Hände hinter dem Kopf und starrte an die Decke. In seinem Kopf dröhnte ein dumpfer Schmerz. Nach einer Weile wurde ihm bewusst, dass er den Kopf schüttelte, immer schneller, immer verzweifelter. Ja, es war unbegreiflich, dass er nicht vom Spiel lassen konnte, unbegreiflich, dumm, ehrlos, verantwortungslos. Er legte die Hände auf die Augen, doch er konnte die Tränen nicht zurückhalten.

Er hörte das Klopfen wie durch eine wollene Decke.

Hastig trocknete sich Victor Wangen und Stirn, räusperte sich und dankte den Göttern für die Dämmerung in seinem Zimmer. »Ja.« Er zog die Decke enger um seinen Körper, warum war es hier nur so kalt?

Peregrinus trat herein. »Herr, der Jurist Demetrios wünscht dich zu sprechen.«

Einen schlechteren Zeitpunkt hatte Demetrios nicht finden können. Es half nichts, Victor konnte den berühmten

Juristen schließlich nicht wegschicken. Und vielleicht wusste der ja sogar einen Ausweg aus Victors Elend.

»Führe ihn in mein Tablinum, biete ihm etwas an, Wein vom besten. Ich komme sogleich.«

Seine Beine fühlten sich an, als seien sie mit Blei gefüllt. Victor quälte sich vom Lager, spritzte sich Wasser in das Gesicht. Sein Spiegelbild erschreckte ihn, unrasiert, blass war er, tiefe Falten hatten sich um die Augen eingegraben. Das Spiel, der viele Wein, die Heimlichkeiten hinterließen eben ihre Spuren. Er lachte bitter.

Demetrios war erst um die dreißig Jahre alt, kaum älter als er selbst. Ein Bein über das andere geschlagen, einen Behälter mit Schriftrollen auf seinem Schoß, ließ der Anwalt sich von Peregrinus Wein einschenken.

»Salve, Demetrios.«

Der Jurist stellte den Rollenbehälter auf den Boden und erhob sich andeutungsweise. Er zog eine Braue in die Höhe und musterte Victor. »Komme ich zu früh? – Ähm, fühlst du dich nicht wohl?«

»Doch, doch. Ein später Termin gestern Abend raubte mir den Schlaf. Aber so ist das nun einmal, im Dienste des Statthalters macht man die Nacht zum Tag, da reibt man sich auf.« Verstohlen wischte er sich den Schweiß von der Stirn.

Demetrios neigte den Kopf. »Ja, es gibt Tage, die kosten einen Jahre seines Lebens, das kenne ich.«

Victor winkte Peregrinus hinaus und ließ sich nieder. »Nun, gibt es Neuigkeiten? Kommt die Klage voran?«

»Oh, durchaus, durchaus.« Demetrios griff zu seinem Schriftrollenbehälter, öffnete den Deckel und zog ein Pergament heraus. Er entrollte es und überflog den Inhalt. »Die Formalitäten sind erledigt. Zur Vorbereitung für den Prozess benötige ich allerdings noch ein paar Informationen.«

Wenn der Anwalt doch endlich zur Sache käme und verschwand. Victor zwang sich zu lächeln. »Wie kann ich helfen?«

Demetrios trommelte mit den Fingern auf die Sessellehne. »Nun, es würde die Sache erheblich vorantreiben, könnten wir einen Täter vorweisen.«

Einen Täter? Victor war von der Haltlosigkeit der Beschuldigung ausgegangen. Dass es tatsächlich einen Täter geben könnte, daran hatte er nicht gedacht. »Hm, aber dieses Gerede ist doch völliger Unsinn. Onkel Iulius war alt, sein Tod kam keineswegs überraschend. Was ist denn mit diesem Angestellten? Vielleicht hat er …?«

»Nein, ausgeschlossen. Dieser Apollonius hat einen Bürgen, zudem hat er gar keinen Grund zu lügen. Nein, nein.« Demetrios Blick war auf die Wachstafel geheftet, er räusperte sich. »Ich ging davon aus, du wüsstest es … Der Angestellte beschuldigt dich.« Demetrios schwieg einen Moment. »Dich, und deine Frau.«

»Das wird ja immer unglaublicher!« Victor richtete sich auf, der Schweiß rann seinen Nacken hinunter. »Er beschuldigt uns?« Seine Hände waren feucht und zitterten, er faltete sie. »Das ist doch lächerlich. Ich verdanke Iulius alles und meine liebe Frau hat sich für den Onkel aufgerieben, war Tag für Tag bei ihm, half ihm, wo sie nur konnte.«

»Gerade das untermauert den Verdacht. Sowohl du als auch deine Frau hatten ausreichend Gelegenheit, die Tat zu begehen.«

In Victors Kopf rauschte es. »Es ist unerhört, uns so etwas zu unterstellen! – Wer ist derjenige, der diese Lügen in die Welt setzt? Ich werde das nicht hinnehmen. Das ist Verleumdung!«

»Willst du eine Klage gegen Apollonius anstrengen?«, fragte Demetrios beiläufig und kritzelte etwas auf seine Wachstafel.

»Ich werde darüber nachdenken.« Hastig stürzte Victor einen Becher Wein hinunter. »Wie soll dieser Mord denn überhaupt vor sich gegangen sein? Der Arzt hatte doch keinerlei Verletzungen gefunden, die auf eine Gewalttat hätten schließen lassen.«

»Die Beschuldigung lautet, dass er vergiftet worden ist.«

»Vergiftet«, murmelte Victor tonlos. »Aber ...«

»Offenbar ein langsam, unauffällig wirkendes Gift. Man fand es in einer Amphore mit Wein, den Iulius ausschließlich selbst zu trinken pflegte. Dein Onkel erfreute sich immer bester Gesundheit. Erst unmittelbar vor seinem Tod sei es ihm plötzlich schlecht gegangen, meinte der besagte Angestellte. Da wäre ihm schon der Verdacht gekommen, es stimme etwas nicht, mit Iulius sei aber nicht zu reden gewesen. Durch den überraschenden Tod seines Herrn habe der Mann seinen Verdacht bestätigt gesehen.«

»Aha, er hatte also schon länger den Verdacht! Möglicherweise hat Apollonius selbst seine Hände im Spiel. Er könnte genauso gut den Wein vergiftet haben, ja, sogar noch nach dem Tod des Onkels. Also, warum lässt er die Sache nicht einfach auf sich beruhen? Hat mein Onkel etwa vergessen, ihn in seinem Testament zu berücksichtigen?«

»Dein Onkel hat Apollonius großzügig bedacht, das kann kein Grund für einen derartigen Vorwurf sein.«

Victor schloss die Augen und atmete tief durch. Als er sie wieder öffnete, sah er Demetrios mit festem Blick an. »Der Verdacht gegen uns erwächst allein dadurch, dass Lavinia und ich einen erheblichen Anteil an Iulius' Vermögen erben, nicht wahr?«

Demetrios nickte.

»Wir sind nicht die Einzigen. Auch sein Vertrauter Theophilus ist bedacht.«

»Der seinerseits verstorben ist.«

»Richtig.« In Victors Kopf formte sich ein Gedanke. »Richtig, Theophilus ist tot, aber wenn es sich mit dem Mord an meinem Onkel so verhält, wie du sagtest, hätte er durchaus vor seiner Abreise alles in die Wege leiten können. Das wäre sogar klug eingefädelt von Theophilus, Onkel Iulius während seiner Abwesenheit sterben zu lassen. Dass ihn sein Schicksal während der Reise selbst ereilt, hatte er ja nicht wissen können.«

Demetrios nickte verhalten und machte sich eine Notiz. »Die übrigen Erben, ja, das ist ein Weg, den ich ebenfalls in Erwägung ziehe. Ich habe, dein Einverständnis vorausgesetzend, Erkundigungen über diesen Theophilus in Auftrag gegeben. Bislang ist noch nichts Verdächtiges ans Licht gekommen, aber warten wir ab. Fällt dir noch jemand ein?« Den Stilus an den Lippen schaute ihn Demetrios mit eisblauen Augen an, die alles zu durchdringen schienen.

Victor nickte, langsam. »Ja, noch jemand kommt in Betracht. Jemand, der meinem Onkel bei seinem letzten Besuch eine Amphore mit seinem Lieblingswein verehrt hat. Jemand, von dem es heißt, er habe schon einen Mord zu verantworten. – Wer einen Mord begeht, schreckt auch vor einem zweiten nicht zurück, nicht wahr?«

»Das klingt interessant!« Demetrios' Augen blitzten. »Und wer soll das sein, werter Victor? Ist er in der Agrippinensis, damit wir Klage erheben können? Denn das wäre erforderlich …«

Victor schloss die Augen. »Es ist mein Bruder Felix. Und ich werde Sorge dafür tragen, dass er herkommt.«

Kapitel XVII

Aqua Vitae

Nahe Icorigium in den Silvae Arduennae,
10. bis 12. September 192 n. Chr.

Felix wischte sich den Schweiß von der Stirn. Für die Jahreszeit war es ungewöhnlich warm. Seit einer Woche hatte es nicht mehr geregnet und heute war es schon den ganzen Tag drückend gewesen. Nun endlich zogen dunkle Wolken auf und verhießen Abkühlung. Hoffentlich schafften es Maximus, Sidonius und Ruto, rechtzeitig vor dem Gewitter zurückzukehren. Sie waren nach Icorigium geritten, die Lebensmittelvorräte aufzufüllen. Noch wehte kein Lüftchen, doch fernes Donnergrollen kündigte das baldige Einsetzen des Unwetters an.

Felix trieb den letzten Hering in den harten Boden. Das Zelt würde dem Unwetter trotzen, doch prüfte er noch einmal die Schnüre, sicher war sicher.

Ateius saß schon am Feuer bei den anderen, seine Tasche nicht wie sonst umgehängt, sondern neben sich gelegt.

Annius verteilte das Abendessen. Heute bestand das Mahl aus Brot, Speck und Käse, da ihr Koch Sidonius fehlte und niemand sonst Lust auf Küchenarbeit hatte.

Felix ließ sich neben seinen Gefährten auf die Matte sinken. »Warum schleppst du eigentlich immer diesen Beutel mit dir herum?«

»Du weißt, sein Inhalt war schon gelegentlich von Nutzen«, entgegnete Ateius und reichte Felix einen Streifen Fleisch und ein Stück Brot.

Es war hart und knirschte beim Kauen zwischen den Zähnen. Den salzigen Speck spülte Felix mit verdünntem Wein hinunter.

Das Essen lag ihm schwer im Magen. Statt anschließend noch mit den anderen zusammenzusitzen und ihren ewig gleichen Geschichten und Hilarius' schrillen Flötentönen zu lauschen, zog er sich lieber ins Zelt zurück. Er verschränkte die Hände im Nacken und starrte in die Dunkelheit. Je näher sie der Provinzgrenze kamen, desto mehr wuchs seine Angst, dort erkannt und ergriffen zu werden. Was, wenn Flora sein Vertrauen missbraucht und ihn doch verraten hatte? Dass sie als Kinder Nachbarn gewesen waren, machte sie nicht zuverlässiger, im Gegenteil, sie hatte schon früher gepetzt, wenn sie das Recht auf ihrer Seite glaubte.

Wo blieb Maximus? Es war nicht besonders weit bis Icorigium, er und seine Begleiter hätten längst zurück sein müssen.

Im Zelt war es unerträglich heiß, wenn es doch nur regnen würde ... Felix schlug die Plane zurück und legte sich mit dem Kopf zum Ausgang. Im flackernden Feuerschein sah er Ateius mit den anderen am Feuer sitzen. Ihre Stimmen schallten gedämpft zu ihm herüber. Der Raetier blies leise eine Tonfolge auf seiner Flöte, verstummte aber nach wenigen Takten.

Nach einer Weile wurde es ruhig, kurz darauf kroch auch Ateius ins Zelt. Kaum hatte er sich neben ihm ausgestreckt, hörte Felix ihn tief und gleichmäßig atmen.

Was war das? Schritte, Stimmen. Ah, Maximus wohl. Im schwachen Schein des niedergebrannten Lagerfeuers konnte

Felix Sidonius und Ruto ausmachen, die Säcke auf den Wagen umluden. Maximus war nicht zu sehen.

Noch immer war es drückend, noch immer ließ der Regen auf sich warten. Aber in der Ferne zuckten Blitze.

Felix drehte sich um und spürte Ateius' Leib neben sich. Es war gut, ihn so nah zu wissen, obwohl er dadurch erst recht schwitzte und seine Tunika am Körper klebte. Er dachte an das Schicksal seines Gefährten und daran, was er wohl noch alles vor ihm verborgen hielt. Einerlei, Felix würde ihm jedenfalls jegliche Hilfe zuteilwerden lassen, das war er ihm schuldig. Seine Gedanken schweiften zum Onkel, zum Bruder, glitten in die Dunkelheit der Unterwelt, in die Enge eines Stollens, eines Grabes, Steine prasselten auf ihn nieder, Dämonen streckten ihre Krallen nach ihm aus …

Felix schreckte auf. Regen trommelte auf die Zeltwand, der Morgen dämmerte zögerlich. Die Hitze hatte sich verzogen und die ungewohnte Kühle ließ Felix schaudern. Ateius hockte neben ihm, in seinen Mantel eingewickelt, das Kinn auf die Knie gelegt, sah er hinaus.

»Na, gut geruht?«

Felix gähnte. »Ein Hering in einer Garumtonne wird sich kaum schlechter fühlen.« Er suchte seinen eigenen Mantel und zog die Kapuze tief in das Gesicht.

»Hier haben wir es doch gut, beim Militär teilten wir uns zu acht ein Zelt.«

»Die waren aber größer als dieses.« Felix lugte hinaus, ein dicker Tropfen klatschte vom First herab auf seine Nase.

Maximus und Annius waren schon auf den Beinen und mühten sich, die schwere Handmühle auf den Rücken eines Maultieres zu hieven.

»Was glotzt ihr? Macht hin, damit wir schnell fortkommen!«, rief Maximus zu ihnen herüber.

Bis auf ihres waren schon alle Zelte abgebaut und verstaut. Sie waren spät dran.

»Warum hast du mich nicht geweckt?«, wandte Felix sich an Ateius und raffte seine wenigen Sachen zusammen.

»Du hast so schön geschlafen.«

Ateius' Stimme klang väterlich, aber sein Grinsen strafte den Ton Lügen. Felix schnaubte. Erneut sah er zu Maximus hinüber. »Ich habe ihn gestern Nacht nicht gesehen, als die anderen mit den Einkäufen zurückkamen«, sagte Felix leise.

»Ja, Maximus ist erst später aufgetaucht, fast graute schon der Morgen.« Ateius runzelte seine Stirn und beobachtete Maximus, der jetzt einem ihrer Lastesel das Geschirr anlegte. »Was mag er so lange getrieben haben, allein?«

Sidonius reichte ihnen Schüsseln mit dampfendem Brei ins Zelt. Es grenzte an ein Wunder, wie er ihn angesichts der vom Himmel stürzenden Fluten zum Kochen gebracht hatte. »Hier, aber beeilt euch, Maximus gibt wieder den Galeerentrommler.«

»Wir kommen sofort«, sagte Felix. »Dass ihr schon so munter seid! Mir ist, als wäret ihr erst spät hier eingetroffen.«

»Ja, es war schon eine ziemliche Plackerei, so allein mit den Tieren und all dem Zeug.«

»Ach? War Maximus nicht bei euch?«

»Nein, er schickte uns vor, wollte nicht, dass die Lebensmittelsäcke nass werden.« Sidonius wischte sich einen Tropfen von der Nase, der von seiner Kapuze herabgeronnen war. »Scheißwetter. Ich muss fertig packen.« Hastig wandte er sich ab, um seine Kochutensilien zusammenzuräumen.

Felix kratzte seine Schüssel leer, nahm auch die von Ateius und brachte sie Sidonius zurück.

»Was hatte Maximus denn noch zu tun?«, fragte er beiläufig.

»Warum interessiert dich das?«

»Na ja, ich dachte, es sei gefährlich, im Wald allein herumzulaufen. Haben wir nicht vorgestern noch Wölfe heulen hören? Auch Bären soll es hier geben.«

»Maximus weiß sich zu wehren, hast du doch gesehen.« Sidonius ruckte sein Kinn nach vorn, wie ein Tauber in der Balz. »Nun, ich glaube, er hat jemanden getroffen, mit dem er noch einen Becher Wein trinken wollte.«

Das war ja seltsam. »Maximus hat in Icorigium Bekannte?«

»Weißt schon.« Sidonius zwinkerte ihm zu. »Maximus gönnt sich halt hin und wieder ein bisschen Spaß. Seine Frau ist … Aber das geht uns ja nichts an. Und dich auch nicht!« Sidonius schnappte sich die Lederbeutel mit Gerste, Speck und Zwiebeln und rannte mit gesenktem Kopf hinüber zu den Tieren.

Ateius und Felix brachten ihr Gepäck zum Wagen. Zwischen den Säcken, Eimern, Kisten und Werkzeugen fanden sie einen leidlich trockenen Platz. Ateius half, die Ochsen anzuspannen, und Felix sah sich auf dem Lagerplatz um, ob jemand etwas vergessen hatte. Nur einen einsamen Hering fand er noch, sonst war alles verstaut.

Bei allen Göttern, der Regen schien immer stärker zu werden. Alles war feucht und Felix zurrte die Lederplane des Wagens fester. Sein Mantel hing schwer an ihm herab, es würde eine ungemütliche Etappe werden.

Maximus gab das Zeichen zum Aufbruch und der Wagen setzte sich schwerfällig in Bewegung. Der Gallier und der Pockennarbige sicherten zu Pferde als Vorhut den Weg. Felix und Maximus prüften die Strecke auf Hindernisse, Schlaglöcher oder sumpfige Stellen, damit der Wagen rechtzeitig ausweichen konnte.

Die ersten zwei Meilen legten sie schweigend zurück. Maximus blickte starr auf den Boden vor sich. Merkwürdig, so wortkarg war er sonst nicht. Nun, vielleicht hing er noch seinem gestrigen Abenteuer nach.

Ein wenig wunderte es Felix, dass Maximus eine Hure aufgesucht haben sollte, so liebevoll, wie er neulich von seiner Frau und seiner Familie erzählt hatte. Na und wenn schon, manche Männer ließen ja keine Gelegenheit ungenutzt verstreichen, ihren Schwengel in fremden Brunnen zu versenken.

Plötzlich trat Felix Columba vor Augen, fast leibhaftig stand sie vor ihm, Wärme durchflutete seinen Körper. Die Mühen der letzten Wochen hatten ihr Bild verblassen lassen, doch vergessen können würde er sie nie … Es war nicht nur die kalte Windböe, die ihm plötzlich eine Gänsehaut über den Rücken jagte. Einmal mehr packte Felix der Gedanke, dass seine Abenteuer eine gerechte Strafe für sein Versagen waren. Columba, Publicus, Theophilus …

Nach einer Steigung hielt Maximus inne und schaute sich nach seinen Leuten um. Der Tross war zurückgefallen, bergauf taten sich die Ochsen schwer. Mit vereinten Kräften schoben, drückten und stemmten die Männer den Wagen vorwärts.

»Warten wir, bis sie aufgeholt haben.« Maximus schob seine Kapuze aus der Stirn, der Stoff war schwarz vor Nässe. »Bis zur Grenze kann es nicht mehr weit sein. Laut Karte müssten wir gleich auf eine Beneficarierstation treffen. Ab da sind es noch etwa zehn Meilen bis zur Quelle, die die Wasserleitung speist.«

Die Grenze, die Beneficarierstation, dort warteten Freiheit oder Gefangenschaft, Leben oder Tod. Nur ruhig, redete sich Felix Mut zu.

Die Ochsen dampften, als sie auf der Kuppe des Hügels standen. Alle waren dankbar für die kurze Rast.

Ab hier sollten Ruto und Hilarius die Strecke prüfen, entschied Maximus. Da Felix und er an ihrer Stelle die Vorhut übernahmen, mussten die beiden ihnen ihre Pferde abtreten.

Kaum hatten sie sich wieder in Bewegung gesetzt, legte der Regen noch einmal an Intensität zu. Mit gebeugten Häuptern ließen sie das Unwetter über sich ergehen, die Ochsen stapften gleichmütig voran.

Nach gut einer Meile bogen sie in eine Schotterstraße ein und bald darauf tauchte aus dem Regenvorhang ein Haus vor ihnen auf, daneben ein Meilenstein, der die Rückkehr in die Zivilisation verhieß. Die Grenze.

Felix lockerte den Halsausschnitt seines Mantels, ihm wurde heiß. Alles krampfte sich in ihm zusammen in dem ohnmächtigen Versuch, seine Aufregung zu verbergen.

Wo war Ateius? Felix versuchte, einen Blick von ihm aufzufangen, doch das war unmöglich. Er trottete neben dem Wagen her, eine Hand auf dessen Seitenrand gelegt, die Kapuze tief in das Gesicht gezogen.

Die Beneficarier mussten sie schon gesehen oder gehört haben, denn die Tür öffnete sich und ein Legionär in voller Rüstung trat heraus. Unter dem Vordach blieb er stehen und beobachtete sie.

»Ich regele das«, sagte Maximus und gab seinem Pferd die Fersen.

In stetigem Tempo zogen sie weiter, vorbei an der Station, wo Maximus jetzt bei dem Legionär stand und ihm ein Schreiben vorwies. Sicherlich der Einsatzbefehl vom Statthalter.

Felix konnte seinen Blick nicht von der Station abwenden. Verharrte nicht der Blick des Legionärs auffallend lange auf ihm, auf Ateius? Sein Herz klopfte bis zum Hals. Nein, eigentlich wirkte der Beneficarier eher gelangweilt, als er

Wagen und Geleit musterte. Und jetzt verstaute Maximus seine Wachstafel, saß auf und galoppierte hinter seinem Trupp her.

»Alles in Ordnung?«, fragte Felix bemüht beiläufig.

»Was sollte denn nicht in Ordnung sein?«, entgegnete Maximus.

Täuschte sich Felix schon wieder oder hatte es in Maximus' Augen geblitzt? So, als wollte er sagen: Du hattest wohl mit Gefangenschaft gerechnet? – Ach Unsinn, die Dämonen des schlechten Gewissens gaukelten ihm solcherlei vor. Erleichtert sollte er sein, die größte Gefahr war überwunden.

»Halt!«, kommandierte jemand in der Vorhut und riss Felix aus seinen Gedanken.

Der Tross kam zum Stehen. Vor ihnen war der Weg abgesackt, ein breites Wasserloch tat sich auf. Das hieß, wieder alle Kräfte zu bündeln und zu schieben.

Felix keuchte, als der Wagen endlich mit einem Ruck aus dem Matsch rollte, doch unerbittlich scheuchte Maximus sie weiter. Laut seiner Karte sei es nicht mehr weit und der Wald rechts und links des Weges zu dicht und dunkel für einen sicheren Rastplatz.

Nach einer Meile lichtete sich das Gehölz und Felix vermutete in der Senke vor ihnen ihr Ziel. Es dämmerte, als sie endlich die Umfassung der Quelle vor sich auftauchen sahen. Wenigstens hatte der Regen aufgehört.

Dennoch schlugen sie eine Lederplane als Regenschutz auf, unter der sie das Feuer entfachten. Niemand stand untätig herum, alle bauten Zelte auf, luden den Wagen ab. Wer fertig war, ging Sidonius beim Zwiebel- und Rübenschneiden zur Hand.

Felix sollte sich um die Wasservorräte kümmern. Die Feldflaschen aufzufüllen würde einige Zeit beanspruchen, daher schleppte er zuerst einen Eimer für Sidonius herbei. Nach der Kälte und Nässe freute Felix sich schon auf die warme Suppe.

Felix schöpfte das Wasser mit der Hand und trank ein paar Schlucke. Ja, die Qualität der Quelle war ausgezeichnet, die Agrippinenser konnten sich glücklich schätzen.

Nach dem Essen holte Maximus die Unterlagen über das Leitungssystem hervor, ließ sich neben Felix auf der Matte nieder und studierte die Karten und Aufzeichnungen.

Felix brannte darauf, einen Blick in die Unterlagen zu werfen. Doch er beherrschte sich, nicht noch einmal wollte er sich durch zu großes Interesse und verdächtige Kenntnisse verraten.

»Hm«, murmelte Maximus und ließ den Plan sinken. »Allerhand.«

»Was meinst du?«, fragte Felix.

Maximus reichte ihm die Karte. »Es kann nicht schaden, wenn ihr euch auch einen Überblick verschafft. Schau ihn dir an und reiche den Plan dann weiter.« Maximus nahm sich ein anderes Pergament vor und entrollte es. »Hört mal her, damit ihr wisst, was uns erwartet. Die Leitung ist knapp achtzig Meilen lang, eine reine Gefälleleitung. Nicht schlecht, was?« Er beugte sich zu Felix hinüber, deutete auf eine Stelle der Karte. »Siehst du hier? Das ist die Wasserscheide zwischen Rhenus und Mosa.«

Felix hatte zunächst Mühe, die Karte zu lesen. Sie unterschied sich doch sehr von denen, die im Bergbau verwendet wurden. »Wenn ich es richtig sehe, dann haben die Ingenieure die Steigung vermieden, indem sie die Leitung am Hang entlangführten. Ein Aquädukt über die Senke wäre deutlich kürzer gewesen.«

»Kürzer schon. Bedenke aber, dass der Bau eines Aquäduktes – oder auch eines Tunnels – sehr viel teurer und zeitaufwendiger ist als der eines Kanals.«

»Obwohl die Leitung viel länger wird?«, zweifelte der Pockennarbige.

»Fünfzehn Meilen etwa«, bestätigte Maximus. »Mit insgesamt achtzig Meilen ist diese wohl eine der längsten Wasserleitungen des Reiches.«

Achtzig Meilen, so elend weit war es noch bis zur Agrippinensis? Felix seufzte leise. Er wollte endlich in die Stadt, wollte seine Ehre, sein verlorenes Leben zurück!

Maximus wiegte den Kopf. »Wenn ich es recht bedenke, sind nur die Leitungen von Alexandria und Byzantion länger als diese.«

»Sieh an«, bemerkte Sidonius und stieß Felix in die Seite. »Maximus würdigt die Arbeit von Kollegen anderer Provinzen. Als könnte er das beurteilen, er kennt doch nur die Leitung von Confluentes.«

Maximus tippte sich gegen die Stirn und winkte ab.

»Die Agrippinenser werden nicht ohne Grund gerade ihn als Verstärkung angefordert haben«, bemerkte Ateius.

»Er war der Einzige, auf den man verzichten konnte«, ätzte Sidonius weiter.

»Nur eine Leitung also?«, bemerkte Ruto misstrauisch. »Ich dachte, wir wären wegen eines Aquäduktes geholt worden!«

»Reg dich nicht auf, natürlich gibt es Aquädukte, nur hier am Anfang nicht. Die Hauptschadensstelle befindet sich an dem Aquädukt etwa fünf Meilen vor der Agrippinensis.«

Felix erinnerte sich an das Bauwerk vor der Stadt, zwei Stockwerke hoch, ein imposanter Anblick. In seiner Kindheit war er mit seinem Vater einmal dorthin gewandert, von

Onkel Iulius' Gut aus war es in knapp zwei Stunden zu erreichen. Den Kopf in den Nacken gelegt hatte er sich damals kaum von dem Anblick losreißen können. Früher war er von der puren Größe dieses einzelnen Bauwerks beeindruckt gewesen, heute konnte er das Gesamtwerk beurteilen. O ja, er wusste, was es hieß, auf eine Strecke von achtzig Meilen eine Gefälleleitung anzulegen.

Allerdings war jede Wasserleitung auf ihre Art ein Wunderwerk. Gern würde Felix die Unterlagen über diese geniale Ingenieursleistung durcharbeiten, er könnte viel lernen. Vielleicht gab ihm Maximus ja noch die Möglichkeit. – Wenn alles vorbei, er wieder ein anerkannter Bürger Roms war. Wenn, wenn, wenn ... Sie kämen schneller in die Agrippinensis, wenn sie allein auf dem kürzesten Weg weitermarschierten. Laut der Karte dürften es dann höchstens fünfzig oder sechzig Meilen sein.

Nein, er musste sich gedulden. Bei Maximus hatten sie einen Schlafplatz, Verpflegung und – am wichtigsten – die Sicherheit der Gruppe, wichtig nicht nur wegen der Wölfe, die in den vergangenen Nächten den Mond angeheult hatten.

Früh am nächsten Morgen scheuchte Maximus sie von ihrem Lager. »Lasst uns anfangen und keine Zeit verschwenden!«, rief er. Schon im ersten Tageslicht hatte er die Quelleinfassung inspiziert, den Zulauf kontrolliert und die Strecke ein Stück weit abgeschritten.

Er trat zu seinen Männern, die noch um das Feuer saßen und ihren Morgenbrei aßen.

»Na«, meinte Sidonius, einen lästerlichen Zug um den Mund. »Ist ein Wunder geschehen? Gibt's nichts zu beanstanden? Haben die Agrippinenser nicht gepfuscht? Zu schade aber auch.«

Maximus winkte ab. »Ja, gute Arbeit. Kann man nichts gegen sagen.«

»Es muss ihn bitter ankommen, das zuzugeben.«

Sidonius erntete Gelächter. Niemand nahm ihm seine Sticheleien übel.

»Dann können wir uns ja auf einen zügigen Marsch freuen«, setzte Sidonius noch hinzu.

»Und eine schnelle Heimkehr«, ergänzte Maximus.

»Du willst ja nur deine Venus aus Icorigium noch einmal beglücken«, meinte Sidonius.

Schnell zog er den Kopf ein, da Maximus drohte, ihm seinen Becher an den Kopf zu werfen. »Männer, auf geht's«, sagte er aber stattdessen und griff nach seinem Mantel.

»Immer langsam, Maximus. Iss erst mal was, damit du bei Kräften bleibst, deine Venus wird es mir danken, das ist mal sicher!«

Die Leitung zog sich unterirdisch am Hang eines Hügels entlang, in gut drei Fuß Tiefe war sie vor Frostschäden sicher. Sie folgten dem befestigten Inspektionsweg, der ihren Verlauf markierte. In unterschiedlichen Abständen trafen sie auf Revisionsschächte. Bei jedem hielten sie an, hoben den Deckel und Maximus selbst stieg in den Kanal hinab, um den Status des Mauerwerks zu prüfen.

Zwar zeigte sich in der Rinne unterhalb des Wasserspiegels immer eine mehrere Finger dicke Sinterschicht, doch die sei kein Problem, erklärte Maximus. Die sei nur ein Zeichen für sehr kalkhaltiges Wasser. Spalten oder Risse im Verputz waren bislang nirgends zu finden gewesen. Ausgezeichnetes Material, ausgezeichnet verarbeitet.

Auf dem gut gewarteten Inspektionsweg kamen sie zügig voran. Schließlich, vielleicht vier, fünf Meilen von der Quelle entfernt, kamen sie an eine Stelle, an der ein Rinnsal am Hang auf eine undichte Stelle hindeutete. Maximus ließ Hilarius und Ateius den nächstliegenden Inspektionsschacht öffnen.

Maximus beugte sich hinunter und leuchtete mit einer Fackel hinein. »Wir sind hier an einer Nebenleitung, die ist noch nicht so tief wie die Hauptstrecke, vielleicht zwei oder drei Fuß.« Seine Stimme klang dumpf, als er in dem Schacht verschwand.

»Ah, ich sehe es schon«, hallte es kurz darauf nach oben. »Ein Riss, von unten hoch bis in die Wölbung.« Tropfnass kam Maximus wieder zum Vorschein. »Kein Problem, vier Leute sollten für die Reparatur genügen.« Ruto half Maximus heraus.

Zu Felix und Ateius gewandt meinte der Curator: »Steigt runter und seht euch die Sache an. Meine Jungs kennen derlei, aber ihr könnt hier was lernen.«

Felix beugte sich über die Öffnung, feuchter Modergeruch schlug ihm entgegen. Moos bedeckte die Wände des Schachtes, in die Eisenstreben einzementiert waren, auf denen man wie auf einer Leiter hinabsteigen konnte.

Ein Schauer durchfuhr Felix, als sein Fuß auf das kalte Wasser traf. Vorsichtig tastete er mit dem anderen nach der Kanalsohle.

Als er stand, gurgelte das Wasser um seine Beine. Er beugte sich vor und spähte in den Tunnel. Kurz empfand er Vertrautheit, wäre da nicht der Strom gewesen, der dicht vor seinem Gesicht vorbeifloss, nicht die Nässe, die vom Saum seiner Tunika emporkroch.

Ateius reichte ihm eine Fackel herunter und Felix tastete sich gebückt voran. Unter seinen Sohlen spürte er den glatten Untergrund der Kalkablagerung.

Schon nach wenigen Schritten bemerkte er den Riss. Dunkel zeichnete er sich im Fackellicht ab, zog sich vom Scheitelpunkt der Wölbung bis unter den Wasserspiegel.

Genug gesehen, nur raus aus dem kalten Wasser. Er erklomm die Streben wieder, griff nach Ateius' Hand, die sich ihm entgegenstreckte.

Maximus wandte sich an Ruto. »Verriegelt die Rinne am letzten Schacht mit einem Schieber. Bei dem geringen Gefälle der Leitung wird das Wasser nur langsam steigen. Natürlich solltet ihr den Schaden so schnell wie möglich reparieren. Sollte es wider Erwarten zu Problemen kommen, brecht ihr die Reparatur ab und markiert die Stelle. Dann müssen sich die Agrippinenser selbst darum kümmern.«

Maximus nickte Felix und Hilarius zu. »Ihr beide, und Ruto und Quintus übernehmt die Reparatur, der Rest zieht mit mir weiter.« Er zögerte einen Augenblick. »Außer Quintus und Verecundus habt ihr ja alle ein Schwert dabei, falls es nötig sein sollte. Oder …«, er nagte an seiner Unterlippe, überlegte offensichtlich, ob er seinen eigenen Tross schwächen sollte, indem er den Zurückbleibenden noch zwei weitere Schwerter überließ, entschied sich dann dagegen. »Ich habe ja gesehen, dass ihr euch zu verteidigen versteht, auch ohne eiserne Waffe.«

Felix war nicht ganz wohl bei diesen Worten. Was war mit den Wölfen? Und Räubern? Gefahren lauerten überall. Überließ Maximus sie nicht ein wenig leichtfertig ihrem Schicksal?

»Wir kommen zurecht«, entgegnete Ateius, die anderen beiden nickten.

Immerhin ließ Maximus ihnen Pferde, damit sie den Tross anschließend einholen konnten, dazu ein Lasttier für das Werkzeug und überschüssiges Material. »Los, nehmt euch vom Wagen, was ihr braucht.«

Ruto lud mehrere Eimer ab, einer davon mit rötlichem Pulver gefüllt. »Kennst du so etwas?«, fragte er.

Sicherheitshalber verneinte Felix.

»Ziegelmehl für das Opus Signinum, der bindet schnell und ist völlig wasserdicht«, erklärte der Gallier bereitwillig und drückte Felix einen Eimer in die Hand, dessen Gewicht ihn fast in die Knie zwang.

Aller Eile zum Trotz gönnte Maximus seinen Männern noch einen kurzen Imbiss. Sidonius verteilte Brot und Ziegenkäse, den sie in Icorigium gekauft hatten. Der Käse, schneeweiß, hart und herzhaft, erinnerte Felix etwas an den in der Hispania, den er während seiner Ausbildung dort oft gegessen hatte.

Kaum waren die anderen fort, machten sie sich ans Werk. War das Opus Signinum erst einmal angemischt, musste alles Weitere schnell gehen.

Ateius stieg als Erster in den Kanal. Er sollte die leergelaufene Rinne so weit wie möglich abschreiten, prüfen, ob sich irgendwo weitere Risse zeigten.

Felix klemmte sich die Kelle unter den Gürtel und reichte ihm zwei Fackeln hinunter. Anschließend nahm er den Eimer mit dem Putz und folgte seinem Gefährten. Erneut ließ ihn die Kälte des Wassers schaudern. Auf der letzten Stufe blieb er stehen. Der Kanal konnte verschlossen werden, bedeutete er Ruto.

Der Gallier winkte Hilarius, den Holzriegel zu senken.

»Abgesperrt!«, hörte Felix Hilarius schreien und ließ sich auf den Boden des Kanals gleiten. Hastig wendete er mit der Kelle noch einmal den Zement um.

Ateius watete schon ein paar Schritte voraus, damit Felix mehr Platz hatte. Er musste gebückt gehen, um sich nicht den Kopf zu stoßen, und sein Gang glich dem einer Ente.

Während Felix begann, den Riss von oben zu verputzen, sank der Wasserspiegel langsam, die Sinterschicht an den Seiten wurde sichtbar, bald umspülte das Wasser nur noch seine Knöchel, schließlich versiegte es bis auf ein Rinnsal.

Trotz der Enge und der schlechten Beleuchtung arbeitete Felix schnell und sorgfältig. um Schluss leuchtete er die Stelle noch einmal genau ab, seine erste Reparatur sollte perfekt sein.

»Wie sieht es aus?«, hallte Ateius' Stimme dumpf zu ihm herüber.

»Fertig! Komm zurück«, antwortete Felix und seine eigene Stimme erschien ihm fremd. Er trat unter den Revisionsschacht, griff nach der Strebe in Augenhöhe, zog sich hoch. Kaum konnte er über den Rand des Schachtes blicken, sah er Rutos Füße vor sich. Riesig wirkten sie, so nah. An seiner rechten Sandale hatte sich die Verschnürung gelöst, registrierte Felix, im gleichen Moment wunderte er sich, warum Ruto da stand.

Schon hob sich der rechte Fuß und stellte sich auf seine Hand.

Bei allen Göttern, was sollte das? »Geh da runter!«, schrie Felix.

»Was ist denn los?«, tönte Ateius' Stimme hinter ihm.

Ruto schaute ungerührt auf Felix herab. »Hilarius!«, rief er, ohne seinen Blick abzuwenden. »Zieh!«

»Geh beiseite, damit wir hochkönnen!«, brüllte Felix. Seine Füße suchten Halt, mit der freien rechten Hand langte er nach dem Rand des Schachtes. Ruto verlagerte sein Gewicht und Felix spürte jeden einzelnen Knochen seiner Hand. Selbst wenn es ihm gelänge, sie unter dem Fuß herauszuzerren, er kam nicht aus dem Schacht, solange Ruto so dicht am Rand stand.

»Was soll das?« Felix spürte, wie Panik in ihm aufstieg. Er hatte keine Ahnung, welchen Druck das aufgestaute Wasser erreicht haben mochte, wie stark die Strömung war, wenn der Schwall sie gleich erreichte.

Ruto grinste.

Das Wasser würde ihnen die Beine wegreißen, sie würden ertrinken wie junge Katzen. Felix schluckte.

»Was ist? Nun geh schon!«, drängte Ateius, der ja nicht sehen konnte, was vor sich ging. »Das Wasser steigt.«

Felix' Atem ging stoßweise, seine Gedanken rasten. Wollte Ruto sie umbringen? Unsinn.

»Ruto, zum letzten Mal, geh beiseite!«, schrie er, wobei sich seine Stimme überschlug. Unter ihm rauschte das Wasser. Rutos Gesicht war noch immer ausdruckslos, er blickte starr zu ihm hinunter, eine Kakerlake, die er gleich ersäufen würde.

Felix spürte Wut aufsteigen. Gut, Ruto hatte ihn überrascht, und wenn schon. Er straffte seinen Rücken, suchte erneut mit den Füßen Halt. Dann spannte er seine Muskeln und schnellte über den Rand hoch. Im nächsten Moment hatte er Rutos linken Knöchel gepackt und riss ihm den Fuß unter dem Körper weg.

Der Gallier schlug rücklings auf den Boden. Seinen Schrei, vor Überraschung oder Schmerz, dämpfte der Boden.

Kapitel XVIII

Folgen übler Nachrede

Colonia Agrippinensis, 16. bis 17. September 192 n. Chr.

Victor schlug die Augen auf. Wo war er? Was war geschehen?

»Den Göttern sei Dank! Liebster, Victor, geht es dir besser?«

Lavinia saß an seinem Bett, hielt seine Hand. Ihre Stimme drang wie der Gesang einer Nymphe an sein Ohr, lockte ihn, sich süßen Träumen hinzugeben. Ein feuchtes Tuch kühlte seine Stirn.

»Danke«, krächzte er. Bei Hercules, er hatte Durst, furchtbaren Durst.

Als hätte Lavinia seine Gedanken erraten, führte sie einen Becher an seine Lippen. Er konnte gar nicht genug bekommen, trank so gierig, dass ein Rinnsal sein Kinn hinunterlief und auf die Decke tropfte. Lavinia tupfte seinen Mund mit einem Tuch ab.

»Was ist geschehen?« Warum konnte er sich an nichts erinnern? Alles verschwand in einem undurchdringlichen Nebel.

»Peregrinus war in Sorge um dich und schaute des Nachts nach dir. Er fand dich im Fieber am Boden liegend, fantasierend, wir verständigten sofort den Arzt. Tatsächlich warst du bis jetzt nicht ansprechbar. Ich war in großer Sorge um dich, mein Herz, ich fürchtete …«

Victor traten Schweißperlen auf die Stirn, und Lavinia beugte sich über ihn, trocknete sie ihm mit einem kühlen Tuch.

»Ich bin so froh, dass es dir jetzt besser geht, Liebster.«

»Wie lange …?«

»Seit zwei Wochen etwa wachen wir Tag und Nacht an deinem Bett.«

Zwei Wochen! Victor bat Lavinia, ihm noch einmal zu trinken zu geben. Langsam klärte sich sein Kopf, kehrte seine Erinnerung zurück, eine schreckliche Erinnerung … Das Spiel … der Verlust … Oh, wie tief war er gesunken. Hatte er sich im Fieberwahn womöglich verraten? Kannte Lavinia sein Geheimnis? Ahnte es zumindest? Er richtete sich auf, die Arme nach ihr ausgestreckt. »Lavinia, ich …« Im letzten Moment beherrschte er sich.

Sie drückte ihn zurück in die Kissen. »Schone dich, Liebster!«

So sehr sein Geheimnis ihm Leib und Seele einengte, er durfte es ihr nicht enthüllen. Etwas anderes aber musste er mit Lavinia besprechen. Er lechzte nach ihrer Bestätigung, dass es recht war, was er getan hatte, wenigstens das. Er näherte sich ihr erneut, wollte sie an sich ziehen. »Lavinia, ich muss es dir endlich sagen.«

Sie legte ihren Finger auf seinen Mund. »Sorge dich nicht. Ich weiß es bereits …«

Sie wusste es? Bei Mercurius, was wusste sie? Matt ließ er sich auf das Kissen zurücksinken.

»Ich weiß, dass du dich um einen Koch bemühen wolltest, Niger hat es mir erzählt.«

Ihre Feier! Sie dachte an ihre Geburtstagsfeier, bei Venus und Mars.

»Schau nicht so betrübt, du hast sie nicht verpasst. Alle hatten Verständnis dafür, dass ich mein Geburtstagsfest deiner Erkrankung wegen verschoben habe. Sie nehmen großen Anteil. Niger lässt dir Grüße ausrichten, er ist Vater eines prächtigen Knaben geworden. Auch Pamphilius hat dir Genesungswünsche bestellt. Er schickte dir eine Amphore mit Wein und eingelegte Datteln aus Africa. Und denk nur, Sabina war jeden Tag hier und erkundigte sich nach deinem Befinden. Sie überbrachte Grüße von Lupus. Von ihm stammt übrigens diese Statuette des Aesculapius.« Sie deutete auf eine kleine Bronzestatue, die auf dem Tisch neben seinem Bett stand.

Lupus, der Name des Statthalters verstärkte sein Gefühl des Versagens. »Dein Geburtstag, Lavinia ...« Husten unterbrach ihn.

»Bleib ruhig, das ist doch unwichtig.«

»Doch. Schau dort in die Truhe.« Victor deutete in die Ecke des Raumes. »Ganz oben, eingeschlagen in ein weißes Tuch.«

Lavinia ging, klappte den Deckel auf und nahm das Päckchen heraus. Fragend sah sie ihn an.

»Komm her zu mir.« Er klopfte auf das Polster an seiner Seite. Sie sollte ihm nah sein, wenn sie es öffnete.

»Was ist darin?«, sagte sie und hob das kleine Päckchen hoch, das ihre Handfläche bedeckte.

»Sieh nach!« Er beobachtete ihr Gesicht, während sie das Tuch auseinanderschlug.

»Oh, wie schön!«, hauchte sie.

Victors Herz klopfte bis zum Hals. Er schien ihren Geschmack getroffen zu haben. »Gefallen sie dir?«

»Sie sind wunderschön.«

»Gib her, ich werde sie dir anlegen.« Er nahm ihr die Ohrringe aus der Hand. »Komm näher!« Sie neigte sich zu ihm. Er roch ihren Duft, Blumen, leicht wie der Frühling. Vorsichtig verrichtete er sein Werk und schob dann Lavinia von sich. »Lass dich ansehen. Ja, wie ich dachte. Der Bernstein passt zu dir, er lässt deine Haut glühen, deine Augen leuchten.«

Lavinia legte ihre Arme um seinen Hals, drückte sich an ihn. »Danke, Victor!«

Er stöhnte. Sofort rückte sie von ihm ab.

»Geht es dir schlechter?«

Ihre Hand strich über seine Stirn, sanft wie der Flügelschlag einer Taube. Sie war so schön, so zärtlich, so voller Anteilnahme. Ihre Augen leuchteten vor Liebe zu ihm, wie er es sich immer ersehnt hatte. Und er war so falsch, so unaufrichtig. Auf einmal fühlte er sich erschöpft, wollte nur schlafen und ihren Anblick in seine Träume retten. Er schloss die Augen.

Ein Schatten senkte sich über ihn, ein anderes Bild schob sich vor Lavinias, das Bild seines Bruders. »Felix lebt«, ächzte er.

Lavinia zog ihre Hand zurück, langsam, ganz langsam. »Wie das?«

Sie wirkte so ruhig, bei Iuno, wie wusste diese Frau, sich zu beherrschen.

»Seit wann weißt du es?«

»Seit einer Weile schon.« Er schwieg, spürte ihren Blick, unnahbar jetzt. Er schluckte trocken, bevor er ihr erzählte, was in Paullus' letztem Brief gestanden hatte.

»Und erst jetzt sagst du es mir?«

»Ich habe es nicht über mich gebracht. Du hattest ihm verziehen, weil du ihn tot glaubtest. Jetzt, da er lebt, ist …, ist es etwas anderes.«

Lavinias Blick wanderte in die Ferne, doch ihre Hand suchte seine, drückte sie. »Wo ist er?«

»Ich weiß es nicht.« Nun, nicht genau jedenfalls.

Lavinia nickte. »Es ist mir gleich, ob er lebt oder tot ist, wo er ist. Es ist mir gänzlich einerlei. Hauptsache, dir geht es wieder besser.« Als wollte Lavinia durch eine Tat das Gesagte besiegeln, stand sie auf, tätschelte seine Hand. »Und jetzt hole ich dir etwas zu essen und einen Becher Wein. Damit du zu Kräften kommst.«

Er richtete sich auf, noch etwas war ihm eingefallen, etwas Wichtiges. »Lavinia, du warst zuletzt so ... so ... ich meine, bist du ... können wir uns womöglich auf Nachwuchs freuen?«

Lavinia runzelte die Stirn. »Was sagst du da?« Dann lachte sie auf. »Oh, Victor. Du meinst, wegen meines Unwohlseins neulich.« Sie lachte noch einmal. »Nein, das waren nur Kopfschmerzen.« Das Lachen erstarb. »Wünschst du dir denn noch ein Kind?«

Victor schämte sich für seine Erleichterung. Kein Kind, keine neuerlichen Geldausgaben, keine weiteren Schwierigkeiten. »Natürlich wünsche ich mir weitere Kinder, wenn du welche möchtest.«

»Wir sollten zu einem späteren Zeitpunkt darüber reden.«

Lavinia ahnte nicht, wie sehr Victor das begrüßte.

Nach einer Weile kehrte sie zurück, ein Tablett in den Händen. »Das wird dich stärken, mein Victor.« Sie goss erst Wein, dann Wasser in einen Becher, half ihm beim Trinken. »Und hier, koste die Datteln von Pamphilius. Schmelzen sie nicht auf der Zunge?«

Pamphilius, das Spiel, unangenehme Erinnerungen. Victor quälte ein Lächeln heraus, kaute. Die Frucht ließ sich kaum hinunterwürgen. »Ausgezeichnet«, presste er hervor. »Ja, ausgezeichnet. Noch einen Schluck Wein, bitte!«

Lavinia führte ihm erneut den Becher an die Lippen. »Möchtest du jetzt ein Stückchen von der Fleischpastete?

Nein, besser ein paar Löffel Hühnerbrühe, du magst sie doch so gern. Ich habe eigens dafür ein Huhn schlachten lassen.«

»Ja bitte.« Alles war besser als die Datteln des Pamphilius.

Die Brühe tat ihm gut, schon fühlte er sich ein wenig besser. Doch im gleichen Maße, wie er sich besser fühlte, vervollständigte sich auch seine Erinnerung. Jetzt wusste er wieder, dass Demetrios bei ihm gewesen war und worum es in ihrem Gespräch gegangen war. Und dass er danach noch einen Brief geschrieben und ihn Peregrinus übergeben hatte. Alles Weitere lag allerdings im Dunkeln. »Lavinia«, begann er zögerlich.

»Was ist?«

»Hat sich Demetrios, der Anwalt, noch einmal gemeldet?«

»Ja, er hat darum gebeten, ihn zu benachrichtigen, sobald es dir besser geht. – Aber, Victor, ich halte es für verfrüht, dass du dich schon wieder mit deinem Amt befasst.«

»Es geht nicht um mein Amt. – Lavinia, es ist so ...«, wie sollte er es ihr nur sagen?

Lavinia ließ sich auf dem Rand seiner Kline nieder, nahm seine Hand und streichelte sie. »Was bedrückt dich nur, Victor? Du weißt, dass du mir alles sagen kannst. Was es auch ist. – Ich liebe dich.«

Ihre letzten drei Worte überrollten ihn wie Wüstensand, wie Eis und Schnee, wie Lavaglut. Noch nie zuvor hatte sie gesagt, dass sie ihn liebte. Nicht so. In diesem Augenblick fühlte er sich leicht, zum ersten Mal ihrer ganz sicher. »Es geht um Onkel Iulius' Tod.« Er berichtete ihr, was Demetrios berichtet hatte, dass sie beide beschuldigt würden, den Onkel ermordet zu haben. »Selbstverständlich habe ich Demetrios zu verstehen gegeben, dass eine solche Anschuldigung gegen uns vollkommen haltlos ist, dass es aber Felix gewesen sein könnte.«

»Was …« Lavinia starrte ihn an.

»Ich habe Paullus bereits geschrieben. Felix muss in die Agrippinensis kommen, wir klagen ihn an.«

»Das hast du getan?«

Victor runzelte die Stirn. »Demetrios und mir schien es das Beste. Und es ist doch auch wahrscheinlich. Die Amphore, die Felix Iulius schenkte, erinnerst du dich? Vielleicht hat er ja tatsächlich …« Nein, seine Argumente wirkten kläglich, nicht einmal er selbst konnte das glauben. »Demetrios wollte unsere Anklage in die Terminrolle eintragen lassen. Sicher weiß er inzwischen, wann die Verhandlung angesetzt ist.«

»Ihr seid verrückt, vollkommen verrückt.« Lavinia schüttelte den Kopf. »Felix darf nicht herkommen. Auf keinen Fall!«

Ihre Stimme ließ ihn frösteln. Er hätte es ahnen müssen. Lavinia wollte Felix nicht in ihrer Nähe wissen. Was nur verständlich war.

»Aber er muss kommen, sonst können wir ihn nicht anklagen. Und können wir ihn nicht anklagen, dann steht es schlecht für uns. Und auch für die Erbschaft.«

»Aber, weiß Paullus denn überhaupt, wo Felix ist? Wohin hast du den Brief geschickt?«

»Er hat mir Marcomagus als Anschrift genannt, ein kleiner Vicus, gut vierzig Meilen von hier. Er glaubte, Felix sei auf dem Weg dorthin.«

»Victor, Victor, was hast du getan? Dein Fieber muss dir den Verstand getrübt haben.« Lavinias Stimme war beherrscht.

»Aber es schien mir der einzige Weg …«

»Victor, denk doch mal nach! Warum hätte Felix Iulius denn ermorden sollen? Wegen des Erbes sicher nicht.«

»Aber du selbst hast doch gesagt, es wäre eine Kleinigkeit für ihn, durch eine Eheschließung die Erbberechtigung zu erlangen. Vielleicht hat er längst alles in die Wege geleitet, ist womöglich bereits verheiratet?«

Lavinia winkte ab. Sie erhob sich, trat ans Fenster.

Victor richtete sich auf, als käme er ihr dadurch näher. »Und wenn nicht wegen des Erbes, so gäbe es hundert Gründe, Iulius umzubringen, das weißt du so gut wie ich. Womöglich hatten sie Streit ... Oft genug war Felix allein beim Onkel, was wissen wir schon.« Galt Gleiches nicht auch für Lavinia? Ein Hitzeschwall fuhr Victor den Rücken herauf. Nein, sie hatte noch weniger als Felix einen Grund, nur wegen der Schikanen des Onkels würde sie doch niemals ...

Lavinia drehte sich um, den Rücken an die Wand gelehnt, sah sie ihn an. Im Dämmerlicht wirkte sie gefasst.

»Du hast doch selbst Zweifel, dass eine Anklage gegen Felix haltbar ist. Das war keine gute Idee.« Sie kam zu ihm zurück, setzte sich auf die Bettkante, nahm wieder seine Hand. »Und wenn er es nicht war, musst du zudem Folgendes bedenken, Victor: Felix weiß vermutlich weder von Iulius' Tod noch von dem Testament und der darin enthaltenen Heiratsklausel. Erst mit deiner Vorgehensweise gibst du ihm die Möglichkeit, die Forderung einer Ehe fristgerecht zu erfüllen. Na gut, sei es so, dann treten wir eben einen Teil der Erbschaft an ihn ab, sie ist ja groß genug. Aber mit dem Erbe allein wird er dann nicht zufrieden sein, damit wird er es nicht bewenden lassen. Nachdem du ihn des Mordes beschuldigt hast, wird er nicht davor zurückschrecken, dich der Falschanklage, der Verleumdung zu bezichtigen. Ganz abgesehen davon, werden alle glauben, du beschuldigtest deinen Bruder nur, um dich selbst, um uns, reinzuwaschen. – Ich weiß, du warst es nicht, ebenso wenig wie ich, aber alle anderen werden durch die Klage gegen deinen Bruder umso mehr überzeugt sein, dass wir die Schuld am Tod des Onkels tragen.« Lavinia atmete hörbar aus. »Im Gegensatz zu Felix haben wir, als voll Erbberechtigte, ja sehr wohl ein Motiv, deinen Onkel zu ermorden.« Lavinia seufzte, streichelte seinen Handrücken. »Nein, der Täter muss natürlich unter den Leuten deines Onkels zu finden sein, wo sonst? Er muss ausfindig gemacht werden und Felix muss bleiben, wo er ist, in Marcomagus oder sonst wo. Er darf nicht herkommen, hörst du? Keinesfalls!«

KAPITEL XVIIII

Kopfüber unterwegs

Nahe der Colonia Agrippinensis, 16. September 192 n. Chr.

Nach vier Tagen schillerte Rutos Schulter in allen Farben des Regenbogens. Der Gallier saß neben Felix am Lagerfeuer, löffelte seine Frühstücksgrütze und nickte ihm zu, ein schiefes Lächeln im Gesicht. Seit seinem Scherz, Initiationsritus, wie sie es nannten, hatte sich Ruto wohlweislich von Ateius und Felix ferngehalten. Alle Neuen unterzogen sie so einem Einweihungsritual, Felix hätte es sich denken können. Noch immer blieb ihm das Lachen im Halse stecken, wenn er daran dachte. Und er hatte diesen großen Gallier, der den Beschreibungen aus der Literatur so vollkommen entsprach, bis dahin eigentlich gemocht.

»Nimm es mir nicht krumm«, sagte Ruto plötzlich, »sie hatten mich dazu auserkoren, was sollte ich machen.«

»Schon gut.«

Was sollte es. Abgesehen von der Schulter hatte Ruto ein geschwollenes Handgelenk und, viel schlimmer, den Spott der Kameraden zu ertragen.

Sidonius war hinter Felix getreten. »Dass Ruto sich ausgerechnet von unserem empfindsamen Verecundus hat zu Fall bringen lassen! Er, der gallische Häuptlingssohn, Hüne von Mann …« Wie immer bei diesem Thema wollte sich Sidonius ausschütten vor Lachen. Er deutete auf Ateius. »Wäre es Quintus gewesen, dem traue ich alles zu, aber dieser Hänfling?«

Felix erhielt einen Schlag auf die Schulter, dass es klatschte.

Ja, endlich hatte er – vor allem sich selbst – bewiesen, dass er auch zu anderen Dingen taugte, als die Einhaltung des Bergbaugesetzes zu kontrollieren. Er konnte mehr als Rhetorik und Geometrie, mehr als den Gebrauch von Wasserwaage und Groma. Er wusste sich seiner Haut zu wehren.

Sogar Ateius sah ihn nun mit anderen Augen, schien es ihm. Respektvoller, ja, etwas in der Art war es wohl.

Und noch etwas hatte sich verändert: Seit vier Nächten plagten ihn keine Albträume mehr, hoffentlich hatten sie jetzt endgültig ein Ende gefunden.

Vor dem Aufbruch hatte Maximus noch hoffnungsvoll geäußert, sie könnten gegen Abend ihren Einsatzort nahe der Agrippinensis erreichen. Aber schon gegen Mittag gab es eine neuerliche Verzögerung. Maximus, der die ganze Zeit vorausritt, zügelte sein Pferd, machte kehrt und kam dem Tross entgegen.

»Hoh«, Felix brachte die Ochsen zum Stehen. »Was ist?«, fragte er Maximus.

»Dort unten.«

Maximus deutete auf den Hang, unterhalb des Kontrollpfades. An einer Stelle sickerte breitflächig Wasser heraus. »Ihr werdet euch das mal ansehen. Ein Problem ist, dass der nächste Revisionsschacht ein ganzes Stück entfernt liegt, so dass ich bezweifele, dass wir viel ausrichten können. Also, Verecundus, Quintus, Hilarius und …« Maximus sah sich suchend um, dann blieb sein Blick auf dem Gallier haften.

Ausgerechnet Ruto. Dass neben Ateius auch Hilarius wieder dabei war, rief erst recht Misstrauen bei Felix hervor.

Aber die Witzbolde würden es wohl nicht noch einmal wagen, Scherze mit ihnen zu treiben … Und wenn, Felix wäre darauf gefasst.

»Ihr behaltet die Pferde und ein Lasttier«, fuhr Maximus fort. »Wenn alles gut geht, sehen wir uns heute Abend. Ihr kennt die Route, wir schlagen unser Lager am Anfang des Aquäduktes auf.« Sein eigenes Pferd am Zügel, winkte er den anderen, schon loszugehen. An Ruto gewandt, sagte er: »Du bist der Erfahrenste, du trägst die Verantwortung. Und dass ihr mir keinen Unsinn macht!« Er zwinkerte ihnen zum Abschied zu, eine von ihm ungewohnte Geste, und trabte dem Tross hinterher.

Ruto entschied, dass Felix die Wasserabsperrung übernehmen sollte. Er neigte den Kopf auf Felix' Höhe hinunter. »Mein Leben liegt in deiner Hand, achte gut darauf. Ich habe vier Brüder, alle sind größer als ich. Die werden dich finden, wo du auch bist. Und du weißt Bescheid über die grausigen Sitten der Gallier, oder?«

»Nein«, meinte Felix. Er hatte nicht vor, es Ruto auf so billige Art heimzuzahlen.

Der Gallier hob die Brauen und nickte langsam. »Glaube mir, du willst es auch gar nicht wissen.«

»Stimmt«, entgegnete Felix und trottete mit dem Schieber davon. Hinter seinem Rücken hörte er Ateius lachen.

Die Reparatur erwies sich als schwierig. Eine Baumwurzel hatte das Mauerwerk durchstoßen. Der Baum müsste gerodet, der Kanal mehrere Ellen breit freigelegt und neu aufgemauert werden. Ruto beschloss, die undichte Stelle provisorisch abzudichten und den Schaden in der Agrippinensis zu melden.

Es dauerte eine Ewigkeit, bis Ruto aus dem Schacht kletterte, nass bis auf die Haut.

»Fertig, packen wir ein.« Der Gallier runzelte die Stirn und schaute in den Himmel. Im Westen färbte er sich bereits purpurn, eine Krähe flatterte über sie hinweg. »Ob es klug ist, zu so später Stunde noch zu den anderen aufzuschließen? – Andererseits ist es keine erfreuliche Aussicht, hier ohne Zelte und ausreichend Proviant die Nacht zu verbringen. Maximus sagte ja, es sei nicht mehr weit. Was meint ihr?«

Felix gefiel beides nicht. Doch bevor sie schutzlos übernachteten, war es ihm lieber, in die Nacht hineinzureiten, um die anderen so schnell wie möglich einzuholen.

Plötzlich, wie aus dem Nichts, ertönte furchterregendes Geheul, ein ganzes Rudel schien es zu sein, neun oder zehn sicherlich, nicht weit entfernt.

»Wölfe«, murmelte Hilarius und sah sich um.

»Also Beeilung, weg hier«, befahl Ruto. »Lasst nur nichts zurück, sonst könnt ihr morgen früh noch einmal herkommen und zusammen mit den Wölfen euren Kram suchen.«

»Wir sollten Fackeln entzünden, die Bestien fürchten sich vor Feuer«, schlug Ateius vor. »Und wir müssen auf die Pferde achten, die reagieren leicht panisch.«

Natürlich verstand der ehemalige Gladiator sich auch auf den Umgang mit wilden Tieren. Vermutlich war er der Einzige, der wusste, wie man sich bei einem Angriff der Wölfe verteidigen musste.

»Fackeln sind eine gute Idee, die sind auf jeden Fall von Nutzen. Wir müssten ausreichend haben.« Ruto durchsuchte die Packtaschen des Esels und zog vier Stück heraus.

Als alle mit einer brennenden Fackel ausgerüstet waren, band Hilarius das Lasttier an seinem Sattel fest und sie machten sich auf den Weg.

Felix hoffte, dass Maximus' Karte stimmte und ihre Arbeitsstelle tatsächlich nur zwei, höchsten drei Meilen entfernt lag.

Sie kamen anderthalb Meilen weit, dann versperrten ihnen die Wölfe den Weg. Der vorderste, ein grauscheckiges, riesiges Tier, schien sie förmlich anzugrinsen, während er langsam auf sie zukam. Die Zunge hing seitlich aus seinem Maul, Geifer tropfte bei jedem Schritt auf den Boden. Die Wölfe waren zwar nur zu fünft, nicht viele, aber einer war so angsteinflößend wie der andere.

Felix griff seine Fackel fester.

Die Wölfe standen nur da, beobachteten sie. Ihr Leittier streckte den Kopf, nahm Witterung auf.

Felix zügelte sein Pferd, das nervös tänzelte und den Kopf zurückwarf. Auch die anderen hatten Mühe, ihre Pferde ruhig zu halten. Felix stieg der strenge Geruch in die Nase, den die Raubtiere verströmten.

»Gegen die können wir nichts ausrichten«, flüsterte Ruto.

Der Grauscheckige legte nun den Kopf schief, als überlegte er, was seine Beutetiere wohl vorhatten.

»Sie sind nur einer mehr als wir.« Ateius hob seine Fackel. »Ihr bleibt zurück, ich versuche, sie in die Flucht zu schlagen.«

»Du bleibst schön hier, bei uns!«, zischte Ruto. »Ein Alleingang ist viel zu gefährlich.«

Ateius trieb sein Pferd an Rutos Seite. »Hör zu, du gallisches Waschweib. Ich sage dir, was wir tun. Ich werde jetzt direkt auf die Tiere zugaloppieren und dabei wie ein Besessener die Fackel schwenken. Ihr folgt mir und ahmt jede meiner Bewegungen nach. Also losreiten, Fackel schwenken und schreien. Macht Lärm, so laut ihr könnt. Reitet, als wären alle Dämonen dieser Welt hinter euch her.«

Felix musste Ruto eigentlich zustimmen. Ein einzelner Vorstoß war wirklich zu gewagt. Andererseits ging Ateius normalerweise unnötigen Gefahren aus dem Wege …

»Meinst du wirklich? Ich hielte es für sicherer, wir wagten den Vorstoß alle zugleich. Wenn wir sie erschrecken wollen, dann sollten wir das Überraschungsmoment in Gänze ausnutzen.«

Ateius wiegte den Kopf, sein Kiefer mahlte.

Ruto nickte. »Verecundus' Vorschlag gefällt mir besser.«

»Ich fand Quintus' Idee nicht schlecht, soll er doch …«, meldete sich Hilarius von hinten mit unnatürlich hoher Stimme.

Felix wandte sich um und bemerkte, dass aus dessen Gesicht jegliche Farbe gewichen war. Hilarius war regelrecht panisch. »Wir gehen alle zugleich. Beruhige dich, die paar Wölfe werden es mit der Angst bekommen und flüchten. Bleib dicht hinter uns.«

Hilarius' Atem ging stoßweise. Hoffentlich brachte er das Vorhaben nicht zum Scheitern.

Der graue Wolf war wieder ein paar Schritte näher gekommen, wandte sich zu seinem Rudel um, schien sie aufzufordern, sich bereit zu machen. Sie waren nur noch gut zwanzig Schritte entfernt.

Jetzt oder nie, dachte Felix. Er wechselte einen Blick mit Ateius, der nickte kurz. »Los!«

Gleichzeitig trieben sie ihre Pferde vorwärts. Wild fuchtelte Ateius mit der Fackel, Ruto ließ sie über dem Kopf kreisen, dass Funken sprühten.

Brüllend schloss Felix zu Ruto und Ateius auf. Die hatten die Wölfe schon fast erreicht. Beide schienen am Pferderücken festgewachsen, bearbeiteten deren Flanken, brüllten wie Irrsinnige.

Ihr Geschrei gellte Felix in den Ohren. Sein Blick streifte Hilarius. Er war zurückgeblieben, das Lasttier zerrte am Zügel. Sie hätten es losmachen und einfach laufen lassen sollen.

Sein Pferd stieg voller Angst, um ein Haar hätte Felix das Gleichgewicht verloren. Er krallte sich in die Mähne, beugte sich vor, presste seine Knie an die Flanken. Mit den Fersen trommelte er gegen den Bauch, murmelte gleichzeitig beruhigende Worte in das Pferdeohr.

Für einen Moment verlor er die anderen aus den Augen. Ah, gut dreißig Schritte vor ihm waren sie. Was war da los? Jemand lag am Boden, Ruto hielt mit seiner Fackel zwei Wölfe in Schach, drehte sich hilflos nach dem Gefallenen um.

Felix trieb sein Pferd an, brüllte, als habe man ihn auf einen Spieß gesteckt. Er schwang die Fackel, so dass ein glühender Kreis neben ihm schwebte. Als er die Fackel losließ, rauschte sie wie ein Komet durch die Luft. Der Geruch verbrannter Haare wehte Felix an.

Der Leitwolf jaulte auf, warf den Kopf zurück. Zögerlich wandte er sich um, schaute zurück. Dann ertönte ein heiseres Kläffen und das Rudel trabte davon, verschwand im dichter werdenden Wald.

Erst jetzt registrierte Felix, dass es Ateius war, der am Boden lag.

»Guter Wurf!«, rief sein Freund.

Von seinem Oberarm rann Blut, doch er winkte ab, als Felix ihm auf das Pferd helfen wollte. Von hinten näherte sich jetzt auch Hilarius, er zitterte am ganzen Körper.

Als sie die Lagerstätte der anderen erreichten, kam ihnen Maximus entgegen.

»Ihr seid spät! Wo habt ihr gesteckt?« Er musterte die vier und runzelte die Stirn. »Bei Iupiter, was ist euch denn widerfahren?«

»Wölfe«, sagte Ruto und ließ sich vom Pferd gleiten.

»Wir haben sie gehört, das Geheul schien uns jedoch aus einer anderen Richtung zu kommen. Ist jemand verletzt?«

»Quintus«, sagte Ruto. »Verecundus hat ihn buchstäblich im letzten Moment den Zähnen des Wolfes entrissen.«

Felix half Hilarius herunter. Dessen Gesicht glich noch immer einem frisch gebleichten Leintuch. »Komm, setz dich. Bringt Wein, schnell.«

Es war eine Wohltat, mit allen zusammen am Feuer zu sitzen. Im Hintergrund ragten die Bögen des Aquäduktes in den tiefblauen Nachthimmel und boten eine eindrucksvolle Kulisse. Sie erinnerte ihn an die schönen Tage seiner Kindheit, die Wanderung mit seinem Vater. Morgen würden sie mit den Arbeiten an dem Bauwerk beginnen und Felix freute sich darauf. Die überstandene Gefahr, die Aussicht auf neue Erkenntnisse, schon lange hatte Felix sich nicht mehr so zufrieden gefühlt. Und noch nie hatte er die Gemeinschaft mehr genossen als an diesem Abend.

Ruto berichtete ausführlich von ihrem überstandenen Abenteuer, besonders von Felix' Heldentat.

Maximus betrachtete Felix mit einem nachdenklichen Ausdruck. »So, so, unser Verecundus, sieh an, sieh an. War wohl doch eine gute Entscheidung, die beiden mitzunehmen.«

»Das kannst du laut sagen! Lasst uns darauf die Becher heben!«, rief Ruto.

Sidonius schleppte eine Amphore herbei. »Maximus hatte doch am Ziel unseres Marsches einen ausgeben wollen, nicht wahr?«

Maximus nickte.

Es war das erste Mal, dass er den Wein nicht rationierte. Schon waren die Becher geleert und Sidonius füllte nach. Die meisten würden trinken bis zum Umfallen, und das im wahrsten Sinne des Wortes.

Felix lauschte den Erzählungen, dem Lachen nur mit halbem Ohr. Jetzt, nachdem sich die Aufregung über den Angriff der Wölfe gelegt hatte, kreisten seine Gedanken um die Agrippinensis.

So nah war er jetzt der Stadt. Sollte er sich allein fortmachen? Käme Ateius mit? Es tat ihm leid, den Trupp verlassen zu müssen, aber es half nichts. Er musste mit Ateius sprechen, doch der leerte mit Ruto Becher um Becher, schien sich gut zu unterhalten.

Er hörte jemanden etwas rufen, sein Name erklang, Verecundus. War das Ruto gewesen? Er hatte das Gespräch nicht verfolgt, nicht mitbekommen, um was es ging. Er hob den Becher und stimmte in das Gelächter mit ein. Ihm wurde warm, er fühlte sich wohl im Kreise dieser Männer. Auf sie war Verlass, auf Ateius ohnehin, aber auch zu Ruto hatte er wieder Vertrauen gefasst, kaum hätte er es für möglich gehalten, nach dessen Anschlag.

Maximus erhob sich, klopfte seine Tunika ab und verschwand zwischen den Bäumen. Kurz darauf vernahm Felix ein leises Plätschern.

Nicht lange und Maximus kehrte zurück. »Verecundus, Quintus, gebt mir eure Becher, ich fülle euch nach.« Er holte auch sein eigenes Trinkgefäß und schlenderte zu der Amphore, die etwas abseits an einem Baum lehnte.

Er schwankte schon leicht, als er ihnen den Wein brachte. »Auf unsere Helden!«, rief er und alle lallten ihre Begeisterung und Zustimmung heraus.

Felix nahm einen Schluck, er kratzte im Hals, eigentlich hatte er genug. Hilarius hatte sich offenbar erholt, denn er stimmte ein Lied an, ein Liebeslied, das nicht zu seinem groben Äußeren passen wollte.

Felix spürte ein leises Pochen hinter den Schläfen, Tribut der Anstrengungen des Tages? Oder eher Hilarius' schrägem Gesang und dem Wein zu verdanken? Besser, er legte sich hin.

Ateius, von dem Felix glaubte, er habe mit den anderen tüchtig mitgehalten, kam kurz nach ihm. Trotz seiner Weinfahne, die sogleich das Zelt erfüllte, schwankte er nicht. »Du hast kaum etwas getrunken, Felix«, stellte er mit klarer Stimme fest.

»Im Gegensatz zu dir. Du hast einen beeindruckenden Zug, scheinst allerdings auch eine Menge zu vertragen. Was macht deine Verletzung?«

»Nicht der Rede wert. Das war wirklich ein guter Wurf, Felix. Ich verdanke dir mein Leben.«

»Und ich dir meines, und das mehr als einmal. Ich weiß gar nicht, wie ich dir das jemals vergelten soll.«

Ateius brummte etwas Unverständliches.

Da der Schein des Lagerfeuers kaum bis zu ihrem Zelt reichte, war es dunkel darin, aber Felix spürte, dass Ateius sich neben ihm ausstreckte. Felix schlug die Lederplane herunter und verknüpfte die Riemen. Ihr Zelt stand zwar weit genug vom Lagerfeuer entfernt, dennoch senkte er die Stimme. »Ateius, wir müssen reden, und jetzt scheint mir eine gute Gelegenheit. – Oder willst du schlafen?« Er selbst spürte kaum Müdigkeit, allerdings war ihm etwas flau im Magen.

»Nein, ich bin hellwach«, flüsterte Ateius.

»Wir sind jetzt der Agrippinensis ganz nah. Ich könnte morgen bei meinem Onkel sein.« Ein Geräusch, raschelnder Stoff neben ihm zeigte an, dass Ateius sich bewegt hatte.

»So?«

»Wir sollten Maximus' Schutz nicht länger beanspruchen.«

»Du hast recht.« Ein Zischen ertönte, als bliese Ateius seinen Atem zwischen den Zähnen hindurch. »Ich traue Maximus nicht. Er benimmt sich merkwürdig in letzter Zeit. Und auch Ruto ist ein seltsamer Gefährte.«

»Wie kommst du darauf?«

»Nun, warum diese Geheimniskrämerei, als Maximus neulich in Icorigium zurückgeblieben ist? Wenn er wirklich bei einer Hure war, hätte er das doch erzählen können ...«

»Stimmt schon. Aber was soll er denn vorhaben? Er weiß doch nichts über uns. Nein, er verheimlicht die Liebesnacht wegen seiner Ehefrau. Vielleicht kennen die Männer sie. Einer machte so eine Andeutung, Sidonius glaube ich.«

»Hm.«

An dem eintretenden Schweigen erkannte Felix, dass er seinen Gefährten nicht überzeugt hatte.

Endlich raunte Ateius: »Ist dir nicht aufgefallen, wie er uns heute Abend angesehen hat?«

Felix versuchte sich zu erinnern. »Nein, mir ist nichts aufgefallen. Im Gegenteil, er hat doch gesagt, dass es eine gute Entscheidung war, uns mitzunehmen.«

»Ja, aber sein Blick dabei gefiel mir nicht.«

Felix spürte an einem leichten Windzug, dass Ateius' Hand durch die Luft fuhr.

»Also so schnell wie möglich weg hier und in die Stadt?«, fragte Felix leise.

»Hm, ja. Und am besten gehen wir, sobald alle schlafen. Heute Nacht sind sie zu betrunken, um unser Verschwinden zu bemerken.«

Außer den gedämpften Stimmen und aufwallendem Gelächter der übrig gebliebenen Zecher am Feuer waren ihre regelmäßigen Atemzüge für eine Weile das Einzige, was Felix hörte. Schließlich wagte er einen weiteren – sicher wie immer vergeblichen – Vorstoß, etwas mehr von seinem Begleiter zu erfahren. »Ateius?«

»Hm?«

»Was willst du eigentlich in der Agrippinensis?« Zu Felix' Überraschung spürte er plötzlich eine Regung an seiner Seite. Ateius rückte dicht an ihn heran.

»Ich erwarte, dort einen alten Bekannten zu finden. Auch ich habe eine Sache zu klären, und dabei könnte er mir helfen.«

»Was für eine Sache? Hat es mit Vanataxta zu tun?« Felix erinnerte sich an diese sonderbare Vertrautheit, die zwischen den beiden geherrscht hatte.

»Vanataxta?«

Obwohl er nur geflüstert hatte, klang Ateius' Stimme überrascht, was hätte Felix darum gegeben, jetzt sein Gesicht sehen zu können.

»Nein, mit ihr hat es nichts zu tun, nun, wenigstens nicht direkt.«

Ein Geräusch, als zupfe jemand an der Zeltwand, ganz nah an seinem Ohr. Rötlicher Lichtschein fiel auf einmal herein und Felix erkannte Ateius' Profil neben sich. Er hatte die Plane gelüpft und lugte durch den Spalt hinaus. Schnarchen drang von der Feuerstelle herüber, nicht einmal in ihre Zelte hatten es die Männer geschafft.

»Und?«, fragte Felix.

Ateius schüttelte den Kopf. »Zwei sitzen noch am Feuer, aber die anderen scheinen zu schlafen.«

»Was ist mit Maximus?«

»Sehe ich nicht, mag in seinem Zelt sein.«

Ateius ließ die Plane wieder herabgleiten.

»Nun? Was willst du in der Agrippinensis klären?«, knüpfte Felix an das unterbrochene Gespräch an.

»Also gut, so höre.«

Ateius war wieder nahe an Felix herangerückt, seine Stimme war kaum zu vernehmen. »Mir ist zugetragen worden, dass sich einer meiner alten Kampfgefährten in der Agrippinensis aufhält. Einer aus meiner Cohorte, der sich wie ich Maternus angeschlossen hatte. Das Ganze ist eine längere Geschichte und vielleicht erzähle ich sie dir irgendwann. Kurz gesagt, der Mann könnte etwas über den Verbleib meiner Frau und meiner Tochter wissen.«

»Deiner Frau? Ein Soldat darf doch gar nicht heiraten.«

»Wir haben uns im Lager des Maternus die Ehe versprochen. Natürlich hat die Heirat vor dem römischen Gesetz keinen Bestand, uns jedoch war es wichtig. Egal. Ich geriet in die Hände römischer Soldaten, meine Frau und mein Kind mit mir. Ja, Felix, jener Mann, der jetzt wohl in der Agrippinensis ist, war einer meiner besten Freunde und ich habe ihn an die römische Legion verraten. Ich trage Schuld daran, dass er in Rom verurteilt worden ist. Erst jetzt erfuhr ich, dass er nicht tot ist, wie ich dachte. Er war ein tapferer Kerl, hätte es weit bringen können, hätte er sich nicht auf Maternus eingelassen.«

»Wie du.«

»Mag sein.«

Der Weindunst in Ateius' Atem verursachte Felix Übelkeit, zudem meldete sich das Pochen wieder in seinem Kopf. Er trank einen Schluck Wasser aus seiner Feldflasche, benetzte Stirn und Schläfen. Die kühle Nässe linderte das aufkeimende Unwohlsein ein wenig. »Du sagst, dieser Mann war ein Gefangener in Rom, wie kann er dann etwas über deine Frau und Tochter wissen?«

»Auch meine Familie soll nach Rom gebracht worden sein.«

»Und du bist sicher, dass der besagte Mann jetzt in der Agrippinensis ist? Von wem weißt du das?«

»Ahnst du es nicht?«

Felix erinnerte sich an den Beginn ihrer Bekanntschaft. »Salvator?«

Eine Bewegung an seiner Wange ließ ein Nicken erahnen, dann erhellte ein Lichtstreif das Zelt. Ateius lugte wieder hinaus. »Jetzt ist alles ruhig, wir können los.«

Felix setzte sich auf, und plötzlich hämmerten Schlägel in seinem Kopf. Schwindel und Übelkeit ließen ihn zurück auf das Lager sinken. »Ah, ich fürchte, ich muss noch ein wenig liegen bleiben. Mir ist schlecht und mein Schädel dröhnt wie eine Trommel.« Er schloss die Augen und spürte, wie Unwohlsein und Schmerz allmählich nachließen. Sofern er sich nicht rührte, ließ es sich aushalten.

»Na gut«, meinte Ateius und ließ sich wieder neben ihn sinken. »Was ist denn nur los mit dir?«

»Ich habe wohl den Wein nicht vertragen.«

»Hm.«

»Sicher geht es mir gleich wieder besser. Also, wie war das? Du hast deinen Freund verraten, aber deine Familie hat man nicht freigelassen?«

»Nein, ich weiß nicht einmal, ob sie überhaupt noch am Leben sind. Denn mich haben sie nach der Niederschlagung des Aufstandes in die Arena verurteilt. Ich kam in eine Gladiatorenschule.«

»In Rom?«

»Nein, in Mogontiacum.«

»Offenbar hast du tapfer gekämpft.« Das Hämmern in Felix' Kopf war angeschwollen, ging nun in feine Stiche über.

»O ja, zu tapfer.« Ateius' Stimme wurde schleppend.

Felix konnte der Geschichte kaum folgen, wenn doch nur endlich dieses Hämmern aufhörte, dieses furchtbare Stechen, diese Übelkeit. Er unterdrückte ein Gähnen. »Und Vanataxta?«, murmelte er, es kostete Mühe, die Worte zu formen.

Auch Ateius gähnte. »Bei Hercules, warum bin ich auf einmal derart müde.« Er reckte sich, stieß Felix seinen Ellenbogen gegen die Schulter. »Ja, Vanataxta, das ist ...«, Ateius Stimme klang verschwommen.

Die Stiche hinter Felix' Augen hatten nachgelassen, doch seine Lider waren bleischwer. Sein Kopf fühlte sich an, als wäre er mit Heu ausgestopft. Ateius' letzte Worte hörte er kaum noch.

Die Welt schien kopfzustehen. Felix hing schlaff nach unten und schlug im stetigen Rhythmus gegen etwas Weiches. Ein vertrauter Geruch stieg ihm in die Nase, Pferdegeruch. Ihm wurde klar, dass er bäuchlings auf einem Pferderücken lag. Sein Kopf dröhnte noch immer, ihm war schwindelig und das Geschaukel verursachte ihm zusätzliche Übelkeit. Er öffnete die Augen. Nichts, Dunkelheit. Er wollte sich aufrichten, um sich schlagen, treten, doch er konnte sich kaum rühren. Das Atmen fiel ihm schwer, ein Knebel verstopfte seinen Mund. Er keuchte, spuckte, brachte aber dieses Knäuel nicht heraus.

Wo war er, was war geschehen? Er spürte grobes Gewebe im Gesicht, natürlich, man hatte ihm einen Sack oder Ähnliches über den Kopf gezogen.

Er versuchte, sich zu orientieren, einen klaren Gedanken zu fassen. Seine Hände und Füße waren unter dem Bauch des Tieres mit einem Strick zusammengebunden. Man hatte ihn verschnürt wie ein Gepäckstück auf einem Lastesel.

Maximus, dieser Verräter! Er arbeitete mit seinem Gegner zusammen, wer immer das war.

Bei Iupiter, welches Schicksal erwartete ihn? Nun, wenigstens lebte er noch, vorerst jedenfalls. Was war wohl mit Ateius, wo war der? Felix lauschte. Durch das Rauschen seines Blutes hörte er das Klappern von Hufen. Das mussten zwei oder drei Pferde sein. Hatte Ateius das gleiche Schicksal ereilt?

Das Geräusch der Hufe änderte sich. Es klang nicht mehr dumpf wie auf dem Erdboden, sondern war ein helles Knirschen, wie von Schotter oder Kies. Sie mussten eine Straße erreicht haben. Waren sie auf dem Weg in die Agrippinensis? Lieferte man ihn dem Statthalter aus?

»Ho!«

Eine Männerstimme, nie gehört, fremd. Füße klatschten auf Pflaster, Schritte. Eine Hand schlug ihm auf den Rücken.

»Na, weilen wir wieder unter den Lebenden?«

Lachen, dann wurde erneut alles schwarz um ihn.

Er kam zu sich. Jetzt saß er auf dem Boden. Seine Beine waren ausgestreckt und zu seiner Überraschung stellte er fest, dass er sie ein wenig bewegen konnte. Im Gegensatz zu seinen Armen. Sie waren ausgebreitet, als hinge er an einem Kreuz, nur weiter nach hinten und unten gebogen.

Er lehnte an einer Art gewölbter Wand, hart spürte er sie in seinem Rücken. Die Kälte der Steinplatten drang durch seine Hose, sein Hintern war schon nahezu gefühllos.

Wo war er?

In einer Nische ihm gegenüber blakte eine Öllampe, ihr Licht erhellte kaum ihre unmittelbare Umgebung. Zwar gewöhnten sich seine Augen langsam an das Dunkel, doch die Ausmaße des Raumes ließen sich nicht abschätzen. Waren das dort Treppenstufen? Ja, doch sie verschwanden in diffusen Schatten.

Etwas drückte sich an seinem Rücken durch den Stoff der Tunika. Er tastete mit den Händen die Oberfläche ab, soweit die Fesselung es zuließ. Das war gar keine Mauer, an der er lehnte, denn er fühlte einen Rand, als säße er vor einer Art rundlicher Kiste, seine Finger fuhren die Unebenheiten nach, eine Art Riffelung. Er lehnte seinen Kopf zurück, versuchte, seitlich über der Schulter etwas zu erkennen, vergeblich.

Sein Kinn sank auf die Brust. Tief atmete er ein und aus. Ein eigenartiger Geruch hing in der Luft, süßlich, nach verwesendem Gras, verwelkten Blumen. Drang er von draußen herein?

Es musste einen Weg geben, es musste ihm gelingen, sich zu befreien. Bei Proserpina, er würde hier jämmerlich verrecken. Verhungern, verdursten, vermodern. Seine Kehle wurde eng, er hatte Durst. Er zerrte an den Fesseln, sie schnitten ihm in seine Handgelenke, zogen sich immer fester.

»Ruhig, nur ruhig.« Er hatte es laut gesagt, unbeabsichtigt, doch der Klang seiner Stimme hallte in den Gemäuern wider. Er musste herausfinden, wo er sich befand. Zu seiner Linken schälte sich eine eckige Form aus der Finsternis. Wie ein Kasten mit geöffnetem Deckel, womöglich dem ähnlich, an dem er festgebunden war. Und dort, war dort nicht eine Nische in der Wand? Bei allen Göttern, Augen! Und da – noch welche und dort, sie beobachteten ihn.

»Ruhig, beruhige dich! Ach, das sind Büsten, es sind doch nur Büsten …« Beruhigend, die Erkenntnis, doch schauerlich der Nachhall seiner Stimme. Warum, verdammt, standen Büsten in einer solchen Gruft? Und da, diese seltsamen Gefäße, diese pyramidenförmigen Dinger, dieser Geruch …

Alles in ihm erstarrte. Sein Blick zuckte zu den Schemen, zu den Nischen. Er erkannte eine Kline, das Spiel von Licht und Schatten in den Nischen, auf den Büsten. Sein Blick strich über das Gewölbe über ihm …

Ihm wurde klar, wo er sich befand, und seine Härchen richteten sich auf.

Kapitel XX

Trübe Geschäfte

Colonia Agrippinensis, 18. September 192 n. Chr.

Demetrios schüttelte den Kopf. »Am 24. September ist der Prozess vor dem Statthalter, der Termin steht fest. Ist die Mordanklage zu unseren Gunsten entschieden, steht der Testamentsvollstreckung nichts mehr im Wege. Bedenke, dass an diesem Tag auch Felix' Frist abläuft, eine Ehe zu schließen. Ich glaubte, diese Terminierung sei in deinem Sinn, denn somit hättest du anschließend sofort Zugriff auf das dir zustehende Vermögen.«

»Richtig«, sagte Victor. Und Demetrios bekäme sein Honorar.

»Ich habe begonnen, die Klageschrift zu verfassen. Es wäre hilfreich, die Person deines Bruders in ein möglichst unglaubwürdiges Licht zu setzen.« Der Anwalt legte Wachstafel und Griffel auf den Tisch. »Du sagtest etwas von einem anderen Mord, den er begangen haben soll. Weißt du Näheres?«

»Ja, bei dem Toten handelt es sich um Theophilus, den Angestellten meines Onkels. Wir sprachen ja bereits darüber. Felix wird beschuldigt, ihn in einen Schacht gestoßen zu haben.«

»Ich erinnere mich. Hm«, Demetrios rieb sich den Nasenrücken mit Daumen und Zeigefinger. »Obergermanien, ganz schlecht.« Er blickte auf. »Wenn nicht … Du hast doch gute Beziehungen zum Statthalter. Gesetzt den Fall, der steht sich gut mit seinem Amtskollegen in Mogontiacum, wäre möglicherweise etwas zu machen.«

Victor verstand nicht viel von juristischen Fragen. »Wieso?«

»Der Mord ist in Obergermanien geschehen. Nach dem Gesetz muss dein Bruder vor dem Statthalter ebendort angeklagt und gegebenenfalls verurteilt werden. Unser Virius Lupus ist in dem Fall nicht zuständig.«

»Aha.« Victor sah den Sinn hinter dieser Regelung nicht, erkannte aber durchaus, dass sie ihm ungelegen kam.

Demetrios fuhr fort: »Aber wenn Virius Lupus sich dafür verwendet, den dortigen Fall zugleich mit dem hiesigen zu verhandeln, er also eine Art Amtshilfe erwirkt oder eine Zuständigkeitsübertragung vornimmt, dann sähe die Sache schon anders aus.«

Victor schürzte die Lippen. »Ich kümmere mich darum.«

»Ausgezeichnet. Im Übrigen sagtest du ja, dass Lupus dir gewogen ist, und ich bin sicher, das wird sich günstig für uns auswirken. Dennoch wäre es nützlich, gäbe es noch etwas, was Felix' Ruf schadet, seinen Charakter in ein schlechtes Licht rückt. Ein so schlechtes Licht, dass man ihn für fähig hält, eine derart niederträchtige Tat wie einen Giftmord zu vollbringen. Gibt es da etwas?«

Bei diesen Worten blitzten Demetrios' Augen. Er hatte sichtlich Freude an seinem Beruf, wahrscheinlich war er deswegen auch so erfolgreich – und so teuer. Nun, bislang schien er sein Geld wert.

»Schlechter Charakter«, wiederholte Victor leise. Oh, natürlich gab es etwas. Doch sollte er seine und die Demütigung seiner Frau ans Licht der Öffentlichkeit zerren, ihre Schmach preisgeben? Niemals, Felix musste auch ohne diese

Preisgabe seine gerechte Strafe bekommen. »Ich werde darüber nachdenken.«

»Tu das. Also zum nächsten Punkt: Gibt es andererseits etwas, das die Gegenseite vorbringen könnte, um deinem Ruf zu schaden?«

Victor schluckte. »Welche Gegenseite?«

»Nun, falls es tatsächlich zu einer Anklage deines Bruders kommt, wird er sicher einen Kollegen mit seiner Verteidigung beauftragen. Weiß Felix etwas, das er gegen dich verwenden könnte?«

»Nein, da gibt es nichts.« Rasch war es heraus, aber Victor war nicht wohl dabei. Konnte Felix von seinem Würfelspiel wissen? Oder erinnerte er sich anderer Vorfälle, Vorfälle, denen Victor keine Bedeutung beimaß?

Demetrios zog ein Pergament aus seinem Schriftrollenbehälter und überflog es. Mit dem Zeigefinger markierte er eine Zeile und blickte auf. »Hat dein Bruder sich jemals magischer Praktiken bedient, vielleicht Zauberer beauftragt oder auch nur Kontakt zu ihnen gehabt?«

Was sollte nun diese Frage? Hatte Demetrios den Verstand verloren? »Mein Bruder ist ein Mann der Wissenschaft, der Technik. Magie, ts, nein.«

Demetrios zuckte unbeeindruckt die Schultern. »Es wäre eine Möglichkeit gewesen. Nun denn, weiter. Während du krank darnieder lagst, habe ich noch einmal mit diesem Bediensteten deines Onkels gesprochen, Apollonius, der die Anzeige wegen des Mordverdachtes vorbrachte. Ich hoffte, von ihm einen Hinweis auf einen oder mehrere andere mögliche Täter zu erhalten. Doch er verdächtigt nur dich und deine Frau. Ihr hättet bei Iulius kein großes Ansehen genossen, er habe euch beschimpft und gedemütigt. Für Apollonius scheint damit die Tat gut begründet.«

»Gleiches trifft auf Iulius' gesamten Hausstand zu.«

Demetrios nickte. »Doch nur ihr kanntet die Gewohnheiten eures Onkels und hättet die Möglichkeit dazu gehabt, ihn zu vergiften, sagt er.«

»Unsinn. Ich glaube, sogar einige seiner Geschäftspartner wussten davon. Und wenigstens zwei oder drei seiner Sklaven waren mit seinen Gepflogenheiten vertraut. Alle Sklaven und Bediensteten, ohne Ausnahme, fürchteten Iulius, kein Angestellter blieb länger bei ihm als nötig. Das ist kein Geheimnis und ich bin sicher, dieser Bedienstete wird die Richtigkeit meiner Worte bestätigen. Wenn es Felix nicht gewesen ist, wird der Täter zweifellos unter Iulius' eigenen Leuten zu finden sein.«

»Gut, das ist auf jeden Fall eine Alternative, mit der wir uns intensiver beschäftigen müssen. Natürlich haben meine Mitarbeiter auch mit den anderen Leuten aus Iulius' Umfeld gesprochen. Zwar hat sich bislang niemand gefunden, der zugleich über das Wissen und die Möglichkeit zu der Tat verfügte, aber natürlich werden wir das weiterverfolgen.« Demetrios blätterte in seinen Unterlagen, kritzelte einige Zeilen. »Auf jeden Fall müssen wir Vorsorge treffen, dass sich nicht die Gegenseite dieses Bediensteten von Iulius versichert. Und ich werde noch einmal persönlich mit den Angestellten reden, vielleicht hat ja doch jemand etwas mitbekommen.«

»Können wir die Sklaven nicht foltern lassen?«, fragte Victor.

Demetrios nickte schwach. »Das können wir, wenn es sich nicht umgehen lässt und das Gericht es entscheidet. Mir ist da aber noch ein anderer Gedanke gekommen. Wir könnten auch versuchen, die Haltlosigkeit einer Mordanklage zu beweisen. Aber ich gebe zu, das wird schwierig, gibt es doch diese Amphore mit vergiftetem Wein.«

»Den Iulius aber nicht getrunken haben muss.«

Demetrios lächelte dünn. »Gut, wie gesagt, wir werden alle Angestellten deines Onkels noch einmal befragen, auch danach, ob er von dem Wein getrunken hat oder nicht. Günstig wäre zudem, Iulius' Arzt für unseren Standpunkt zu gewinnen, damit er doch noch bestätigt, der Tod deines Onkels sei angesichts seines Alters nicht überraschend gekommen.« Der Anwalt überlegte. »Ich habe da einen guten Mann an der Hand, der so etwas erledigt.« Er lehnte sich zurück, klopfte mit dem Ende seines Stilus auf den Tisch. »Also zurück zu unserer ersten Version, die ich momentan bevorzugen würde. Nehmen wir deinen Bruder als Mörder deines Onkels an. Setzen wir ebenso voraus, der Statthalter wären zu einer Zusammenarbeit bereit, dann müssen wir unbedingt mehr über den Mord in Obergermanien wissen. Ferner müssen wir einen einleuchtenden Grund finden, warum Felix den Mord an Iulius begangen haben soll. Nach Durchsicht der Unterlagen und der Befragung der Zeugen sieht es damit ein wenig dürftig aus. – Zudem liegt in diesem Falle wohl auf der Hand, dass zwischen dem Mord an Iulius und dem an Theophilus ein Zusammenhang besteht, er also für beide ein Motiv haben muss.«

Ja, natürlich, das leuchtete ein. Victor dachte einen Augenblick nach. »Hör mal, Demetrios: Ich bin mir sicher, Felix wusste vom Testament des Onkels, deswegen hat er ihn ermordet. Felix erwartete unter anderem ein Grundstück, das reiche Einkünfte verspricht, sofern er innerhalb einer Frist heiratet. Während seines Aufenthaltes in der Agrippinensis trifft er die Vorbereitungen für den Giftmord und sicherlich auch für eine Eheschließung. Zurück im Bergbaurevier kommt dann Theophilus zu ihm. Theophilus, als Iulius' Vertrauter, hatte zwar den Tod seines Herrn nicht mehr verhindern können, aber er hat Felix' Plan durchschaut und erpresst ihn mit seinem Wissen. Felix, der sein Erbe schwinden sieht, stößt Theophilus in den Schacht und behauptet anschließend, es sei ein Unfall gewesen. – Ein durchtriebener Plan.« Victor sah Demetrios mit erhobenen Brauen an.

»Sehr durchtrieben.«

Victor konnte dem Anwalt nicht ansehen, was er von der Darlegung hielt. Immerhin machte er sich auf einer Wachstafel Notizen. »Und was ist nun mit Felix? In Obergermanien angeklagt hat man ihn ja offenbar nicht.«

»Nein, er galt eine Zeit lang als tot, verschüttet.« Victor erzählte Demetrios in groben Zügen das, was er von Paullus wusste. »Mit Paullus haben wir sogar einen Zeugen.«

»Ein Sklave«, stellte Demetrios fest. »Das ist nicht viel wert. Nun, es werden vermutlich weitere Zeugen für die Geschehnisse beim Schacht aufzutreiben sein.«

»Sicherlich. Ich kümmere mich darum.« Victor würde Paullus schreiben, er sollte ihm eine Liste mit den Namen möglicher Personen zusammenstellen, die sie vorladen könnten.

Demetrios klappte seine Wachstafel zu. »Gut. Und ich kümmere mich um seinen Haushalt. Wenn dort noch etwas in Erfahrung zu bringen ist, werden wir das ans Licht bringen.« Demetrios verstaute Unterlagen und Stilus in seiner Tasche und fasste Victor ins Auge. »Dann ist nur noch eines zu klären, Wertester. Wie gehen wir eigentlich damit um, wenn ich bei meinen Nachforschungen etwas ans Licht bringe, das euch, dich und Lavinia, belastet? Ehrlich gesagt, kann ich nämlich schwer glauben, dass Felix euren Onkel getötet hat. Zumindest kämst du oder deine Frau genauso gut infrage und ehrlich gesagt … Also, Victor, jetzt wäre ein guter Zeitpunkt, mir deine Geheimnisse zu offenbaren, wenn es welche zu offenbaren gibt. Du kannst selbstverständlich auf meine Verschwiegenheit vertrauen.«

Hatte Demetrios den Verstand verloren? Victor konnte sich nur mit Mühe beherrschen, nicht aufzuspringen und den Anwalt hinauszuwerfen.

»Das ist unerhört! Ich habe Iulius nicht umgebracht. Ich nicht, und Lavinia ebenso wenig. Und was weißt du schon über meinen Bruder?« Victor funkelte den Anwalt an. »Gut, wenn du meinst, er war es nicht, dann finde eben denjenigen, der deines Erachtens der Mörder ist. Aber ich bin mir sicher, Felix war es, und du wirst dafür bezahlt – gut bezahlt –, den Richter von seiner Schuld zu überzeugen oder wessen Schuld auch immer.«

Demetrios stellte seine Tasche auf dem Schoß ab, seine Brauen trafen sich über der Nasenwurzel. »Wie du meinst«, sagte er knapp.

Victor schluckte. Bei allen Göttern, ohne den Anwalt hätte er gar keine Aussicht, aus dieser unerfreulichen Sache einigermaßen ungeschoren herauszukommen. »Entschuldige meine Worte, aber deine Beschuldigung …«

Demetrios nickte, erhob sich jedoch. »So ist vorerst alles geregelt.«

Victor streckte die Hand aus, um den Anwalt zu verabschieden, der ignorierte seine Geste.

Schon auf der Türschwelle hielt Demetrios inne, wandte sich zu Victor um. »Ich gebe dir einen guten Rat, Victor. Sieh zu, dass du den Statthalter auf deiner Seite hast. Das ist besser, als wahllos irgendjemanden des Mordes zu bezichtigen.«

Demetrios war gegangen und Victor blieb in seinem Tablinum sitzen, dachte noch eine Weile nach. Er hatte es für eine gute Idee gehalten, seinen Bruder des Mordes anzuklagen. Das Urteil wäre eine Strafe, die Felix in jedem Fall verdient hatte. Doch das Gespräch mit dem Anwalt war gänzlich unerfreulich verlaufen. Fänden sie nicht noch irgendetwas Stichhaltiges, würde Felix die Anklage niederschlagen, und das mit Leichtigkeit. Überdies würde ihm sein Bruder nie verzeihen, dass er ihn des Mordes angeklagt hatte … Und wenn schon, Victor würde dem Bruder seine Schandtat auch nie verzeihen.

Und was sonst konnte er schon tun? Wie die Schuld von sich und von Lavinia abwenden? Es musste einen Weg geben, schließlich wusste er, dass er unschuldig war. Er konnte nur hoffen, dass der Anwalt so gut war, wie Pamphilius behauptete, und er ihm seine Äußerung nicht nachtrug. Bei allen Göttern, wenn es tatsächlich ein Mord gewesen war, musste Demetrios den Täter dingfest machen, wer auch immer es gewesen war.

Wer auch immer … Die Worte des Anwaltes kamen ihm wieder in das Gedächtnis und ließen ihn frösteln. Natürlich hätte Lavinia die Möglichkeit gehabt, Gift in den Wein zu bringen, wer wüsste das besser als er. Die Gelegenheit, hundert Gründe … Aber nicht die Befähigung. Nein, Lavinia war zu einer solchen Tat ebenso wenig fähig wie er selbst.

Heute Nachmittag hatte er einen Termin bei Virius Lupus. Bei der Gelegenheit würde er ihm den Sachverhalt schildern und ihn um seine Unterstützung bitten. Victor wusste, dass Lupus' Beziehungen zum obergermanischen Statthalter Caerellius Priscus freundschaftlicher Art waren, somit gute Aussichten auf Erfolg bestanden. Und es würde sicher für ihn sprechen, dass gestern ein Brief von Rufus eingetroffen war. Ein sehr erfreulicher Brief, bei Minerva. Trotz aller diplomatischen Rhetorik konnte Victor deutlich zwischen den Zeilen lesen, dass Rufus einer Veränderung der Situation aufgeschlossen gegenüberstand.

Victor zog das Schreiben aus dem Stapel und überflog die Zeilen.

Besonders erfreut mich nicht nur deine Andeutung, es könne bald ein Wandel eintreten, sondern auch, dass damit Erleichterungen für mich und meine Handelsbeziehungen einhergehen. Bei Hercules, wenn das so ist, kannst du selbstverständlich bei allen deinen Vorhaben – was immer das auch sei! – auf mich zählen! Hoffentlich habe ich dich richtig verstanden, die Möglichkeiten und Vorteile betreffend, denn Calpurnius Avernus äußerte bereits reges Interesse, sich an einem möglichen Geschäft zu beteiligen. Du kennst Avernus? Dann wirst du seine angesichts der Gewinn versprechenden Aussichten glänzenden Augen vor dir sehen. Über die nötigen finanziellen Mittel verfügt er jedenfalls. Ich habe bereits damit begonnen, Erkundigungen einzuziehen, welche germanischen Handelswaren hier derzeit am gefragtesten sind. Bernstein sicherlich, aber auch Pelze und Haare. Ja, tatsächlich Haare, lach nur! Die Perückenmacher sind ganz wild auf germanisches Blondhaar und sollen schwindelerregende Beträge dafür hinlegen. Aber wie dem auch sei, lass mich dir versichern, mein lieber Victor, dass alles, was mir nützt, auch dir zum Nutzen gereichen wird. Einen Wohltäter wie dich werde ich stets ehren! In diesem Sinne, halte mich auf dem Laufenden!
Lass es dir wohlergehen, mögen die Götter dich schützen!
Dein Freund Rufus

Das war noch besser gelaufen als gedacht. Er hatte gar nicht gewusst, dass Rufus in so einem guten Einvernehmen mit

Avernus stand. Calpurnius Avernus war bekanntermaßen einer der bedeutendsten Handelsmänner in Rom – das war wirklich ein Kontakt, mit dem er Eindruck machen konnte.

Er durfte es nicht länger vor sich herschieben, endlich auch Balbus und Metellus zu schreiben. Victor seufzte. Es war ihm nicht unwillkommen gewesen, mit seiner Krankheit und der Reise in die Traiana einen Vorwand zu haben, die Sache hinauszuzögern. Trotz aller Entschuldigungen konnte er von Glück sagen, dass Lupus noch nicht nachgefragt hatte.

Victor suchte die Wachstafel mit dem Entwurf seines Schreibens an Balbus heraus. Verdammt, er konnte kaum mehr seine eigene Schrift entziffern, so liederlich hatte er seine Versionen zuletzt ausgestrichen. Victor entzifferte die ersten Zeilen. Nun, die konnten bleiben: *… Onkel Iulius, der arme zu früh verblichene …, hoffe, die Familie ist wohlauf und deine Geschäfte stehen zum Besten.* Gut, doch wie jetzt auf den Punkt kommen? Er kratzte sich mit dem Stilus am Kopf, trommelte mit den Fingern auf den Tisch. Ja, so könnte es gehen.

Ich hoffe, hier in der Provinz klingen die jüngsten Neuigkeiten aus Rom schrecklicher, als sie sind? Nun, wir kennen ja unseren Kaiser, wissen, dass er wie kein anderer um unser Wohl besorgt ist. Was bezwecken da wohl diese missgünstigen Stimmen, die auch hier in der Provinz lauter werden. Wollen sie etwa Altbewährtes verändern? Wohin soll ein solcher Wandel führen, frage ich dich? Gerade du wirst beurteilen können, mit welch großer Fürsorge der Kaiser uns bedenkt und welche Handlungsräume er uns bietet. Gerade im Handel zum Beispiel sehe ich in dieser Provinz ein großes Potenzial. Wie du weißt, habe ich gute Beziehungen zu den Stämmen. Sie bieten so eini-

ges, was in Rom geschätzt wird, Bernstein, Pelze, germanisches Blondhaar, das brauche ich dir ja nicht zu sagen. Wie Fortuna es schickt, bieten sich derzeit zudem äußerst günstige Bedingungen hinsichtlich der Steuern und Zölle. Bei Mercurius, wäre ich nicht so gänzlich unerfahren in diesem Bereich, welche Gewinne könnte ich erzielen! Aber ich fürchte, ich langweile dich. Ich würde es auch nicht erwähnen, wenn nicht neulich mein Freund Rufus nach dergleichen gefragt hätte. Noch zögere ich, das Wagnis einzugehen. Dein Rat wäre mir von unschätzbarem Wert, um eine Entscheidung zu treffen. Du bist erfahren, von wem bekäme ich sonst eine zuverlässige Auskunft in diesen Belangen? Daher entschuldige, dass ich dich mit meinen Fragen behellige.

Ich freue mich jedenfalls über Nachrichten aus Rom und bitte die Götter, dass es dir und den Deinen wohlergehen möge!

Iulius Victor

Geschafft. Victor konnte es kaum glauben, die Worte waren wie von selbst aus seinem Griffel geflossen. Er runzelte die Stirn, traute der Gunst der Musen nicht recht. Noch einmal überflog er den Anfang. Waren seine Andeutungen klar genug? Würden Balbus und Metellus das eigentlich Gemeinte verstehen? Sicherlich, sie waren genauso geübt darin wie er, zwischen den Zeilen zu lesen. Morgen sähe er sich den Brief noch einmal an, bevor er ihn auf Pergament kopierte und abschickte. Wenn er auch dann noch zufrieden war, würde er den gleichen an Metellus schicken. Auf jeden Fall war er jetzt einen großen Schritt weiter.

Ihm war heiß, er rief nach seinem Sklaven, ihm Wein zu bringen.

Statt Peregrinus trat Lavinia herein. Sie reichte ihm einen Becher. »Hier, mein Herz, ich mischte dir den Wein mit eigener Hand, so wie du ihn magst.«

»Oh, danke, Lavinia.« Na ja, der Wein war ein wenig zu stark verdünnt, doch sicher war Lavinia nur um sein Wohl besorgt.

»Was schreibst du?«

Victor klappte die Wachstafeln zusammen. »Nichts, meine Liebe, nur eine Depesche wegen des Chaukenbesuchs neulich.«

»Ah.« Lavinia nickte. »Hast du eigentlich etwas von Paullus gehört? Was ist mit Felix? Wann kehren die beiden zurück?«

Victor schüttelte den Kopf. Seinen letzten Befehl an Paullus hatte er an eine Mansio adressiert, die sich in dieser kleinen Siedlung in den Silvae Arduennae befand. Darin ordnete er an, Felix in die Stadt zu schaffen. Gleich nach dem ersten Gespräch mit Demetrios hatte er die Anweisung verfasst, bevor das Fieber ihn auf sein Lager streckte. In diese Siedlung würde er auch den Brief mit der Frage nach den Namen möglicher Zeugen für Theophilus' Tod senden müssen. »Nein, ich weiß auch nicht, wo Paullus steckt, warum er sich derartig Zeit lässt. Ich muss sagen, es beunruhigt mich. Ich hoffe nicht, dass er …«

Lavinia schüttelte energisch den Kopf. »Nein, auf Paullus ist Verlass, ich habe mich noch nie in einem Menschen getäuscht. Paullus weiß, was er uns zu verdanken hat, er ist uns treu ergeben.«

Hoffentlich hatte sie recht. Aber was, wenn er mit seiner Befürchtung, Paullus sei geflohen, doch richtig lag? Nun, dann gäbe es Mittel und Wege, ihn zu ergreifen.

Lavinia legte ihren Arm auf seine Schulter und unterbrach seine Gedanken. »Ich muss etwas mit dir besprechen, Liebster, hast du einen Moment Zeit für mich?«

»Jetzt?« Victor warf einen Blick auf die Wasseruhr, sie näherte sich der neunten Stunde. Er sollte sich allmählich auf den Weg zum Statthalter begeben. »Worum geht es denn?«

»Das Fest.«

Lavinias Geburtstagsfest, das es nachzuholen galt, hatte er gänzlich aus den Augen verloren.

»Natürlich. Hast du schon einen neuen Termin festgesetzt?«

»Darüber wollte ich mit dir reden. In zwei oder drei Wochen vielleicht?«

Gut, das wäre noch Zeit genug. Der Prozess wäre vorüber, eine große Last von ihm genommen, das Erbe wieder in erreichbarer Nähe. Aber Lavinia wollte wohl sofort Geld von ihm. Victor sah Schwierigkeiten auf sich zukommen, wenn er es ihr verweigerte, und die konnte er nicht gebrauchen. Denn zunächst musste er das Gespräch mit dem Statthalter erfolgreich hinter sich bringen. Anschließend jedoch könnte er versuchen, wenigstens eine kleine Summe aufzutreiben, um Lavinia zufriedenzustellen.

»Lass uns später darüber reden. Ich muss jetzt in die Stadt. Heute Abend werden wir alles klären, versprochen.«

Lavinia lächelte. »Victor, mein Schatz, nachher wollte ich Sabina besuchen, es wäre gut, könnte ich den Termin mit ihr abstimmen. Vielleicht kannst du mir wenigstens grob einen Zeitrahmen vorgeben.«

Victor nickte ergeben. »Meinetwegen, in den nächsten Wochen stehen keine wichtigen Gespräche an.«

Lavinia strahlte. »Ausgezeichnet, darauf hatte ich gehofft.« Sie schmiegte ihre Wange an seine. »Dann wäre es gut, könnte ich schon mit der Organisation beginnen, eine Köchin, Tänzerinnen, Akrobaten, du weißt schon. Einige wollen eine Anzahlung, sonst halten sie sich den Abend nicht frei. Dazu …«

Victor trat Schweiß auf die Stirn. »Ich kann es mir denken, Lavinia, aber gab ich dir nicht kürzlich erst einen stattlichen Betrag?« Um die hundert Denare, so glaubte er sich zu erinnern, hatte er ihr für die laufenden Kosten des Haushalts überlassen.

Lavinia strich über seine Wange. »Ja, leider habe ich das Geld schneller als sonst verbraucht, deine Krankheit, der Arzt, ich wollte dich wegen deines beunruhigenden Zustandes nicht damit behelligen. Vorerst benötige ich auch keine bedeutende Summe, nur weitere hundert Denare vielleicht.«

Bei allen Göttern, hundert Denare! Eigentlich keine große Summe für ein prachtvolles Fest, allein – er hatte das Geld nicht. Nicht einmal die Hälfte. Er drückte sie sanft. Aber um keinen Preis würde er Lavinia enttäuschen. »Liebste, du bist wirklich bescheiden. Doch mach dir über die Organisation keine Gedanken, es ist schon alles in die Wege geleitet. Ich habe einen ausgezeichneten Koch an der Hand, dazu geschultes Personal, einige Künstler, du brauchst dich um nichts zu kümmern.«

Lavinia ließ ihre Hände von seinen Schultern gleiten und richtete sich auf.

»Mein Herz, was hast du? Ist es dir nicht recht? Ich hatte gedacht, ich sollte dich ein wenig entlasten … Du hast doch schon so viel zu tun …«

»Oh, Victor, natürlich freue ich mich, was denkst du nur!« Sie stand neben ihm und er musste zu ihr aufsehen. Ihre Augen, abwesend in die Ferne gerichtet, sagten etwas anderes. Er musste sie versöhnen, wollte seinen Arm um ihre Hüfte legen, sie zu sich heranziehen, sie küssen. Da neigte sie sich wieder zu ihm herunter, ihr Duft hüllte ihn ein.

»Natürlich, du meinst es gut. Also ist schon alles geregelt, das ist großartig. Dennoch, und es fällt mir schwer, dich darum zu bitten, benötige ich ein wenig Geld. Ich habe ein paar Geschenke für unsere Gäste im Auge und ich bin besorgt, der Händler verkauft sie anderweitig, wenn ich nicht gleich zugreife. Fünfzig Denare wenigstens.« Sie neigte seinen Kopf, so dass sie ihm in die Augen sehen konnte. »Oder haben wir etwa Geldsorgen, von denen ich nichts weiß? Ich dachte ...«

»Nein, nein«, antwortete Victor hastig. »Geh zu dem Händler, lass dir alles zurücklegen, ich komme in den nächsten Tagen vorbei und begleiche die Summe.«

»Warum willst du dir die Mühe machen, da ich doch gleich dort hingehe? Und selbst wenn der Händler sich darauf einlässt, so will ich doch nicht auf den guten Willen eines solchen Menschen angewiesen sein.«

Es half nichts, er musste deutlicher werden. »Lavinia, nur zu gern würde ich dir die hundert Denare gleich hier und jetzt übergeben. Allein, mehr als zwanzig Denare habe ich momentan nicht zur Hand. Du musst dich ein paar Tage gedulden.«

Sie richtete sich wieder auf. Eine Falte erschien auf ihrer Stirn. »Also doch! Habe ich mich so in dir getäuscht? Du bist nicht besser als mein Vater!«

Victor fühlte sich, als hätte sie ihn geohrfeigt. »Aber nein, nicht doch!«

»Wenn wir in Geldschwierigkeiten stecken, Victor, sollten wir das Fest vielleicht besser gänzlich absagen.« Ihre Stimme war eisig.

»Was redest du da, selbstverständlich haben wir keine Schwierigkeiten.« Victor spürte das Blut in seine Wangen steigen. »Es handelt sich nur um ein paar Tage, höchstens eine Woche. Versteh doch, alles verfügbare Geld habe ich kurzfristig in ein Geschäft gesteckt, das sich ein wenig in die

Länge zieht. Ein äußerst lukratives Geschäft! Es tut mir leid, dass ich dich deswegen enttäusche, glaub mir. Ich war gedankenlos, es nicht zu erwähnen, und erst recht, nichts für dein Fest zurückzubehalten. Aber ich verspreche dir, du bekommst hundert Denare, zweihundert, wenn du willst, nur bitte ich dich um ein wenig Geduld.« Er ging zu seiner Schatulle, zählte zwanzig Denare heraus. Ein kärglicher Rest, fünf oder sechs, blieb zurück.

Lavinia nahm die Münzen, nickte leicht. »Dann ist es ja gut«, sagte sie und ging hinaus.

»Mein lieber Victor, das klingt ja alles ganz ausgezeichnet.«

Der Statthalter schenkte ihm Wein ein, bot ihm eine in Honig eingelegte Aprikose an, die Victor an den Fingern klebte. Aber ihr Geschmack erinnerte ihn an die sonnenüberflutete Küste des Golfs von Baiae, an den Duft von Zypressen und an heißen, trockenen Wind. »Herrlich.«

»Calpurnius Avernus, bei allen Göttern, der ist wahrhaft ein Gewinn, da stimme ich dir völlig zu. Hätten wir ihn auf unserer Seite, zöge das zudem einen Schwarm von gewinnsüchtigen Hinterbänklern mit sich, die seine Unternehmungen fleißig nachahmen.« Lupus lächelte versonnen. »Ich wusste, du würdest mich nicht enttäuschen.« Sein rechter Mundwinkel hob sich höher. »Auch wenn ich zugeben muss, dass ich angesichts deiner zögerlichen Herangehensweise an deiner Befähigung zu zweifeln begann. Aber du bevorzugst offensichtlich deine eigene Gangart, nun, sie scheint sich zu bewähren.«

Victor neigte den Kopf, erleichtert, dass der Statthalter seinen Erfolg anerkannte. »Da wäre aber noch etwas«, bemerkte er eilig, denn Lupus machte schon Anstalten, sich zu erheben. Es war ihm zwar unangenehm, seinen Bruder Felix auch noch dem Statthalter gegenüber zu beschuldigen, doch es ließ sich nicht vermeiden.

»Ja?« Lupus lehnte sich wieder zurück.

»Vielleicht hast du davon gehört, dass mein Bruder in Obergermanien eines Mordes beschuldigt wird.«

»Ach ja?«

»Ich weiß, es fällt nicht in deine Zuständigkeit, aber es wäre hilfreich, könnten wir den Fall hier, in der Agrippinensis, vor Gericht stellen. Es gibt da möglicherweise einen Zusammenhang zu dem Tod meines Onkels, Iulius Modestus.«

Lupus musterte ihn nachdenklich. »Ich verstehe. Ich soll den obergermanischen Statthalter um eine Gefälligkeit bitten.«

»Du kennst ihn gut, daher hoffte ich auf deine Hilfe.«

»Ich habe natürlich von der Beschuldigung gegen dich und deine Frau gehört, Victor. Der Termin für den Prozess ist ja in Kürze, wenn ich nicht irre, und ich werde dabei als Richter fungieren. Die Verhandlung scheint eine äußerst unerfreuliche Angelegenheit zu werden, denn ich entnehme deinen Worten, dass du beabsichtigst, deinen Bruder des Mordes zu bezichtigen?«

Kapitel XXI

Ungerechter Arbeit Lohn

Vor den Toren der Colonia Agrippinensis,
18. bis 19. September 192 n. Chr.

Felix öffnete seine Augen und blickte sich verwirrt um. Wo war er? Was war geschehen? Dann fiel es ihm wieder ein, das Grab. In der Nische gegenüber verglomm das honigfarbene Licht der Lampe, bald würde sie wohl erlöschen. Er war froh darum, denn die Augen der Statuen waren ihm unheimlich, obwohl auf eine seltsame Weise auch vertraut. Von irgendwo oben sickerte diffuses Licht herein, Sonne oder Mond? War es Tag oder Nacht? Wie lange war er bewusstlos gewesen? Oder hatte er geschlafen?

Seine Arme schmerzten. Sein Nacken war steif, Rücken, Beine vor Kälte gefühllos. Durst quälte ihn. Er würde sterben, ganz sicher. Verzweiflung kroch in ihm hoch.

»Lebendig begraben«, murmelte er vor sich hin, und diesmal bot ihm seine Stimme keinen Trost. Dennoch schrie er: »Hilfe! Hilfe!«

Aussichtslos, natürlich. Seine Kehle verengte sich, ihm wurde übel, Feuerringe kreisten vor seinen Augen, selbst dann noch, als er sie schloss. »Ich verliere den Verstand«, flüsterte er.

Ein Laut formte sich in seinem Inneren. »Ahhhh!« Erbärmlich war das Geräusch, das aus seiner Kehle drang. Nein, er durfte nicht verzweifeln. Es musste einen Ausweg geben. Auf jeden Fall würde er sich nicht kampflos geschlagen geben, und dass es sich lohnte, dem vermeintlichen Schicksal zu trotzen, hatte die Vergangenheit bewiesen: Er hatte die Verschüttung überlebt, sich gegen Ruto, dem körperlich Überlegeneren, erfolgreich zur Wehr gesetzt und Wölfe in die Flucht geschlagen.

Was also konnte er tun? Er zerrte erneut an seinen Fesseln, doch sie fraßen sich nur tiefer in seine Gelenke. Nachdenken, er musste nachdenken. Es musste eine Möglichkeit geben, es gab immer eine. Wenn die Götter den einen Weg versperrten, öffneten sie einen anderen …

Wenn er wenigstens wüsste, wo sich dieses Grab befand, ob Aussicht auf Entdeckung bestand. Er hatte während des Transports das Klappern der Pferdehufe auf einer gepflasterten Straße gehört, das sprach dafür, dass er sich in der Nähe der Colonia befand, irgendwo vor ihren Toren. Von der Baustelle am Aquädukt, so hatte Maximus einmal erwähnt, wären es nur noch vier Meilen bis zu den Toren der Stadt. Verdammt, längst hätten sie in der Colonia sein können! Einerlei, es war zu spät. Welche Straße führte von dem Aquädukt aus in die Stadt? Am nächsten verlief wohl die Fernstraße aus Richtung Augusta Treverorum. Ebenso käme aber auch die etwas entferntere Straße aus Bagacum in Betracht. Die kannte er, an der lag das Gut seines Onkels. Von dort aus gelangte man mit einem Fußmarsch von anderthalb, höchstens zwei Stunden zu einem der Aquädukte. Ach was, jede Fernstraße säumten Gräber, er könnte überall sein. Außerdem konnte sein Transport gut vier, fünf Stunden gedauert haben. Er war sich sicher, dass es bei seinem Eintreffen am Grab noch dunkel gewesen war. Tageslicht hätte er durch das Sackleinen sehen müssen, überdies wäre es unvorsichtig gewesen, ihn im Hellen zu transportieren. Selbst bei einer langsamen Gangart des Pferdes waren in vier Stunden leicht zwanzig Meilen zu schaffen. Nein, diese Überlegungen führten nicht weiter.

Immerhin war ihm bei der Erinnerung an das Gut seines Onkels ein wenig leichter ums Herz geworden. Wie viele Ausflüge hatten sie von Iulius' Anwesen aus in die Umgebung unternommen? Oh, wie hatte sein Bruder diese Wanderungen verabscheut und über die Belehrungen ihres Vaters gespöttelt. Wie müde waren sie auf dem Heimweg gewesen, wie lang war ihnen der Rückweg erschienen. Bis kurz vor dem Gut des Onkels war es nur durch Wald und Felder gegangen und Vater hatte Lied um Lied angestimmt, um ihnen den Marsch zu verkürzen. Erst das letzte Stück auf der Straße, eine Meile vor dem Anwesen des Onkels, war die Umgebung abwechslungsreicher geworden. Dort gab es prächtige Denkmäler, Tempel, Landvillen – und zahllose Grabmäler …

Plötzlich, als wäre ein Vorhang zerrissen, erinnerte sich Felix an weitere Einzelheiten. Ihn überlief es kalt. Wie hatte er das nur vergessen können? Das Grab, das zum Gut seines Onkels gehörte!

Kaum fünf Jahre hatte er gezählt, als sie dort seine Tante bestatteten. Ganz deutlich trat ihm jetzt alles vor Augen, die pyramidenförmigen Gebilde, die steinernen Sessel, die Büsten, möglicherweise war das dort drüben sogar das Bildnis seiner Tante. Kein Zweifel, es war dasselbe Grab, nur hatte er es viel größer, weitläufiger in Erinnerung.

Er befand sich also im Grabmal seines Onkels – was hatte das zu bedeuten? Nein, unmöglich! Sicher, Onkel Iulius war ein schwieriger Charakter, aber niemals würde er seinen Neffen entführen lassen, ihm gar nach dem Leben trachten.

Ein neuer Gedanke trieb ihm den Schweiß auf die Stirn. Hatte das alles mit Columba zu tun, lag in diesem Fehltritt der Schlüssel? Das wäre gut möglich und würde einiges erklären. Einige Leute hätten Grund, ihn zu hassen, ihm nach dem Leben zu trachten, wüssten sie von dem Verhältnis.

Felix sank in sich zusammen.

War da ein Geräusch? Er zuckte auf, lauschte. Nichts.

Er war in ein Grab gesperrt, hier herrschten Pluto und Dea Tacita, wohnten die Manen, hausten die Lemuren. Kamen sie jetzt, ihn zu bezwingen? Unsinn, da war nichts. Und außerdem glaubte er nicht daran, dass Götterwesen sich den Menschen bemerkbar machten, ihm war dergleichen jedenfalls noch nie begegnet. Er musste seinen Verstand benutzen. Hätte er wirklich ein Geräusch gehört, könnte das Rettung verheißen ... Verstorbene wurden schließlich geehrt, vielleicht kam jemand zum Grab, legte Opfergaben nieder, hielt eine Feier anlässlich des Todestages ab. Irgendjemand war schließlich erst kürzlich hier gewesen, hatte Blumen niedergelegt, deren Geruch die Luft schwängerte.

Hoffnung keimte in ihm auf. Das Grab lag nahe der Straße, es gab dort weitere Gräber. Ein Leichenzug könnte vorbeiziehen, Reisende, Wanderer vorüberkommen. »Hilfe!« Seine Kehle war trocken, seine Stimme dünn.

Kaum Aussicht, dass seine Rufe überhaupt bis an die Außenwelt drangen. Er lauschte. Nichts, kein Rumpeln von Rädern, kein Ochsengebrüll, nur das Klopfen seines Herzens. Das wurde desto heftiger, je mehr die Ausweglosigkeit seine kaum erstarkte Hoffnung bezwang.

Verzweifelt schloss er die Augen. Man würde ihn nicht hören. Niemand würde mehr kommen, die Verstorbenen zu ehren, niemand ihn finden. Felix grauste bei dem Gedanken, hier neben ihrer Asche zu sitzen. Doch was sollten die Manen der Verblichenen ihm schon antun? Er hatte sie weder gelästert noch ihr Grab geschändet. Vorerst nicht, wurde ihm klar, denn seine Blase drückte. Und jetzt, da er daran dachte, stieg der Druck ins Unerträgliche.

Wenn er sich doch nur bewegen könnte. Seine Handgelenke fühlten sich schon an wie rohes Fleisch, in seinen Schultergelenken brannte es wie Feuer. Er zog seine Beine an, suchte eine Position, die seine Arme ein wenig entlastete, den Zug minderte.

Knarren, Knirschen schreckten ihn aus seinen Gedanken. Diesmal bildete er es sich nicht ein, es kam von oben, aus dem Gewölbe. Stein rieb auf Stein, Holz an Holz, und das Geräusch ließ ihm das Blut in den Adern gefrieren. Er lauschte, Angst und Hoffnung mischten sich.

Ein schwacher Lichtschein fiel in die Grabkammer, Schritte näherten sich. Felix klammerte sich an den zarten Faden der Hoffnung. War dies sein Retter?

»Befreie mich«, stammelte er. »Ich werde dich kaiserlich belohnen.«

Ein Mann beugte sich zu ihm herunter, lachte.

Das Gesicht seines Peinigers war nicht zu erkennen, der Kerl war vermummt. Aber dieses Lachen, es war das Lachen des Mannes, der ihn hergebracht hatte. »Was willst du von mir? Was soll das Ganze? Wer schickt dich?«

Der Vermummte wandte sich ab. Felix hörte leises Plätschern, dann setzte ihm der Mann einen Becher an den Mund. »Trink!«, befahl er mit dunkler Stimme.

Immerhin, verdursten lassen wollte er ihn nicht. Was hatte er dann mit ihm vor? Felix schluckte, das Wasser war eine Wohltat.

»Mehr?«

»Ich muss erst Wasser lassen«, sagte Felix.

»Oh, der feine Herr möchte wohl eine Latrine!«, antwortete der Mann. »Lass einfach laufen, hier stört es keinen.«

»Aber ich kann doch nicht in ein Grab …«

Wieder dieses Lachen, halb belustigt, halb verärgert. »Hör zu, mir ist es egal, ob du platzt oder in das Grab pinkelst. Die Manen werden es schon verstehen.«

Felix hatte keine Wahl. »Dann gib mir mehr Wasser.«

Tatsächlich füllte der Mann den Becher erneut. Felix trank gierig. Er musste die Gelegenheit nutzen, wer konnte wissen, wann er wieder zu trinken bekam.

»Jetzt ist es genug. Hier, iss.« Der Vermummte stopfte Felix ein Stückchen Brot in den Mund. Kaum hatte er es hinuntergewürgt, noch eines. »Das reicht.«

Felix hustete, ein Krümel war ihm in den Hals gelangt. »Wer bist du? Was hast du mit mir vor?«, keuchte er. »Lass mich gehen. Ich werde dir Geld geben, so viel du willst, wirklich.«

»Oh, tatsächlich. Danke, aber ich werde schon bezahlt.«

»Wer schickt dich?«

Der Mann nestelte an einem Beutel, warf sich den Riemen über die Schulter. Bei Iupiter, er würde gehen. Felix wollte nicht allein in der Dunkelheit zurückbleiben. »Warte!«

Die Schritte verhallten im Gewölbe und mit dem Geräusch der aufeinanderreibenden Steine versiegte das Tageslicht.

Er erwachte in einer Lache, seine Tunika, seine Beine waren nass. Er stank, ekelte sich vor sich selbst. Seine Zähne klapperten, er zitterte am ganzen Leib. Wie lange mochte er nun hier gefangen sein? Eine Ewigkeit, in der er tausend Tode gestorben war.

Zwischendurch schien es ihm, als wäre es heller in dem Gemäuer geworden, dann wieder dunkler, irgendwann war er eingeschlafen, aufgewacht, erneut eingeschlafen. Er hatte jegliches Zeitgefühl verloren. Seine Kehle fühlte sich an wie eine Reibschale, seine Zunge pelzig wie eine Ratte.

Bei allen Göttern, was für ein Durst! Und Hunger. Er konnte sich nicht erinnern, jemals solchen Hunger und Durst gelitten zu haben. Was, wenn der Mann nie mehr zurückkehrte?

Als er das knirschende Geräusch der Steine hörte, wusste er, dass ihm gerade dies am liebsten gewesen wäre.

Felix' Nackenhaare sträubten sich, seine Kehle war wie zugeschnürt. Was hatte der Kerl vor?

Ohne ein Wort zu sagen, ja, ohne ihn überhaupt zu beachten, zog der Mann seinen Beutel von der Schulter und stellte ihn in einer Nische ab. Wieder trug er diese Haube über dem Kopf, die nur die Augen frei ließ.

Der Mann beugte sich hinunter zur Lampe, füllte Öl nach. Trotz des spärlichen Lichts bemerkte Felix seine athletische Figur, seine geschmeidigen Bewegungen – die eines geübten Kämpfers. Felix zwang sich, ruhig zu bleiben, der Vermummte wollte ihn nicht umbringen, redete er sich ein. Ganz sicher handelte es sich um eine Entführung. Onkel Iulius war reich, er würde zwar lamentieren, die geforderte Summe aber bezahlen und Felix wäre frei.

»Bei allen Göttern, was für ein Gestank!«, hallte endlich die Stimme in der Kammer. Der Mann wühlte in seinem Beutel. Felix hörte es leise klirren, als riebe Metall auf Metall, Münzen. Das Geld! Sein Onkel hatte das Lösegeld bezahlt, der Mann kam, ihn freizulassen!

Oder …? Kälte kroch plötzlich in ihm hoch. War das Geld kein Lösegeld? Was das der Lohn für einen Mord?

Kapitel XXII

Beredter Schmuck

Colonia Agrippinensis, 20. September 192 n. Chr.

Nervös lief Victor in seinem Tablinum auf und ab. Noch immer keine Nachricht von Paullus, kein Felix, keine Liste der Zeugen des Unglücks am Mons Iovis, nichts. Und in vier Tagen war der Gerichtstermin. Bei allen Göttern, er würde Paullus auspeitschen lassen, bis ihm die Haut in Fetzen hing. Es konnte doch nicht Tage dauern, wenigstens eine kurze Nachricht über den Stand der Dinge zu senden. Eigentlich gab es nur zwei Möglichkeiten: Entweder Paullus hatte die Gunst der Stunde genutzt und war geflohen oder er steckte in Schwierigkeiten.

Victor trat in das Atrium, niemand war zu sehen. »Peregrinus!«

»Herr?«, schallte es aus dem Vestibül heraus.

»Ist eine Nachricht gekommen?«

Peregrinus trat heraus, neigte sein Haupt. »Nein, Herr, noch immer nicht. Ich hätte dich unverzüglich informiert.«

Victor nickte. Geduld, es war noch früh, die Sonne gerade aufgegangen. Wenn er nur etwas tun könnte ... Nicht einmal sein übliches Geschäft bot ihm heute Ablenkung. Keine Delegation, keine Verhandlungen mit barbarischen Stämmen, und auch der Statthalter wünschte ihn nicht zu sehen.

Alle Briefe waren geschrieben und verschickt, die Antworten würden günstigenfalls in ein, zwei Wochen eintreffen, das wusste Lupus bereits.

Victor könnte sich allerdings Gedanken darüber machen, woher er das Geld nehmen sollte, das er Lavinia versprochen hatte. Gestern erst hatte sie wieder danach gefragt und er sie erneut vertröstet. Seither war sie zu beschäftigt, um ihn zu sehen, weil sie sich um ihr Fest kümmern müsse, hatte sie ihm durch Thabea ausrichten lassen.

Ihm war klar, dass er sie diesmal ernstlich verärgert hatte, aber es war ihm rätselhaft, wie er das Geld beschaffen sollte – durch Glücksspiel jedenfalls nicht. Seit dem verheerenden Verlust neulich war er nicht mehr bei Pamphilius gewesen und die Götter hatten es gefügt, dass er ihm seither nicht begegnet war.

Victor nahm seine Wanderung wieder auf, doch die Bewegung half ihm nicht, die Unruhe zu vertreiben. Wie auch, die Zeit drängte und er konnte nichts tun, als warten, warten, warten.

Nein, vielleicht konnte er doch etwas tun!

Sein Schritt beschleunigte sich. Er könnte ein Pferd nehmen und ein Stück in Richtung Icorigium reiten, den Ort, an den er seine letzten Befehle adressiert hatte, und sich unterwegs nach Paullus und Felix erkundigen. Selbst wenn er nichts in Erfahrung brachte, so hatte er wenigstens etwas unternommen.

»Peregrinus!«

Der Sklave trat herein und schüttelte den Kopf. »Es ist noch immer …«

»Hole mein Pferd!«

Peregrinus' Brauen zuckten in die Höhe. »Wie du wünschst, Herr.«

Bis Peregrinus zurückkehrte, würde es eine Weile dauern. Das Pferd stand in einem der Mietställe vor dem Stadttor nach Bagacum. Ach, während der Wartezeit würde er ohnehin keinen klaren Gedanken fassen, genauso gut konnte er zu Fuß dorthin gehen. »Warte, lass gut sein. Bring mir Mantel und Schuhe.«

»Wie du wünschst, Herr«, antwortete Peregrinus mit leichtem Kopfschütteln. »Wann wirst du zurück sein?«

»Gegen Abend, nehme ich an.«

»Soll ich dir Proviant einpacken lassen?«

»Nicht nötig, ich werde unterwegs schon eine Gelegenheit zur Einkehr finden.«

Er trat aus dem Haus und wandte sich nach links, bog an der übernächsten Ecke in den Decumanus Maximus ein. Er wich den Ständen der Händler aus, die sich bis auf die Straße ausgebreitet hatten.

War das dort drüben auf der anderen Straßenseite nicht Niger? Tatsächlich, ein Händler redete auf seinen Freund ein, der mit gleichgültigem Gesicht einen Gegenstand auf dem Tisch prüfte. Eigentlich hatte Victor jetzt keine Lust auf ein Gespräch, doch konnte er schlecht grußlos vorübergehen.

»Sieh an, Niger, in Handelsgeschäften unterwegs?«

Der Afrikaner blickte überrascht von dem Spielzeugpferd auf, das er auf dem Tisch hin- und herrollte. »Victor! Schön, dich zu sehen!«

»Was macht der Nachwuchs?«

»Oh, ihr müsst uns unbedingt besuchen. Der Kleine ist ein wahrer Sonnenschein.«

Victor nickte. »Der schönste Junge des Imperiums, davon bin ich überzeugt.«

Niger lachte. »Sieh es mir nach, nach all den Mädchen ist dies mein erster Sohn.«

»Wie geht es deiner Frau? Hat sie die Geburt gut überstanden?«

Nigers Lachen wich einem verkrampften Lächeln. »O ja, doch. Secundas ganze Aufmerksamkeit gilt nur dem Kleinen. Ehrlich gesagt, bin ich, so oft es geht, im Prätorium. Entweder der Sohn schreit oder die Mutter.«

»Das ist nur die ersten Monate so, dann gibt es sich.«

»Monate?« Niger rollte mit den Augen. »Du machst mir Mut. Hör zu, Victor, was hältst du von einem Becher Wein?« Er nickte in Richtung einer Taverne, die mit bunten Fähnchen vor der Tür ihre Kunden lockte.

»Und was ist mit deinem Pferdchen da?« Das Spielzeug, über das Niger gerade mit dem Händler verhandelt hatte, kannte Victor nur zu gut, fiel ihm nun auf, Tertius besaß ein ähnliches. »Oh, mein Sohn hat von dieser Sorte eine Ente, ich kann dir das Ding nicht empfehlen. Nach drei Tagen fangen die Räder an zu quietschen, dass dir die Ohren abfallen, du musst immer jemanden mit einem Ölfläschchen nebenher gehen lassen …«

Der Händler drängte sich vor Niger. »Mein Herr, verzeih, aber dieses Pferdchen hier ist völlig geräuschlos, ich garantiere …«

»Danke für den Rat, Freund.« Niger stellte das Spielzeug wieder zurück. »Eine weitere Lärmquelle kann ich derzeit nicht verkraften. Auch ist mein Sohn wohl noch ein wenig zu klein für dergleichen. – Also, wie steht es mit dem Wein?«

»Jetzt, um diese Zeit? Eigentlich …« Victor kam ein Gedanke. Vielleicht könnte ihm Niger ja bei einem seiner anderen Probleme helfen. Es war noch früh am Tag, er könnte auch noch gegen Mittag ein Stück stadtauswärts reiten. »Na gut, warum nicht.«

Niger strahlte ihn an. »Fein. Lange waren wir nicht mehr unter uns.« Schon setzte sich sein Freund in Richtung Taverne in Bewegung.

Victor zögerte. »Warte kurz, oder geh schon vor, ich komme sofort.« Er würde jemanden zum Stall schicken, sein Pferd vorbereiten lassen, dann ginge es nachher schneller.

Er schaute sich um und sah einen Jungen auf der Straße sitzen, ganz allein über ein Mühlespiel gebeugt. Victor ging zu ihm hinüber. »Na, hast du keinen würdigen Gegner gefunden?«

»Nein, Herr«, nuschelte der Junge und sah auf, eine Hasenscharte verunzierte sein Gesicht.

»Willst du dir zwei Asse verdienen?«

»Klar, Herr.«

Victor zückte seinen Beutel und suchte die Münzen heraus. »Hier, lauf die Straße hoch zu dem Mietstall hinter dem Stadttor und sag, man soll das Pferd des Ritters Gaius Iulius Victor für einen Ausritt vorbereiten.«

»Gaius Iulius Victor, das bist du?«

Victor nickte. »Sag, ich werde in ein, höchstens zwei Stunden eintreffen, dann soll es bereit sein.«

»Wird gemacht, Herr«, antwortete der Junge. Sein Grinsen dehnte die Hasenscharte und Victor war froh, als der Bursche sich umdrehte und in Richtung Tor lief.

Niger hatte schon Platz genommen und einen Krug Wein vor sich stehen. Er schenkte auch seinem Freund ein. »Auf unseren Nachwuchs, und dass er einmal in unsere Fußstapfen trete!«, rief er.

»Ganz recht«, murmelte Victor. Das mochten die Götter verhüten! Die Fußstapfen eines Spielers waren wohl kaum als wegweisend zu betrachten. Hastig trank Victor einen Schluck.

»Was machen deine Germanen?«, fragte Niger.

Dankbar über den Themenwechsel beantwortete Victor Nigers Fragen. Die Stämme aus dem Norden waren dem Afrikaner so fremd wie dem Frosch das Fliegen, deswegen kam er immer wieder gerne auf sie zu sprechen.

»Sie leben in Wäldern, sagtest du? So wie die Silvae Arduennae? Da war ich schon, recht unwirtliche Gegend, fand ich.«

Victor winkte ab. »Schon, aber in der Region sind doch streckenweise schon fast alle Bäume abgeholzt. Entweder wurden sie zu Bauholz gesägt oder die Scheite verglühten in den Meilern zu Kohle. Auch wenn die Silvae Arduennae wohl das ist, was in dieser Gegend die Bezeichnung Wald am ehesten verdient, so ist es in keiner Weise dem jenseits des Rhenus vergleichbar. Endlos reitet man unter dichten Baumkronen hindurch, so dass selbst bei Sonnenschein nur Dämmerlicht herrscht, tagelang kann man unterwegs sein und trifft doch kaum auf einen Menschen. Und wo keine Bäume stehen, ist Sumpf oder Moor.«

»Bei Hercules, ich hätte nicht gedacht, dass es heutzutage noch dergleichen gibt.« Niger schnalzte mit der Zunge und bestellte einen weiteren Krug Wein.

Victor hatte gar nicht bemerkt, dass sie den ersten schon geleert hatten. Allmählich sollte er auf sein Anliegen zu sprechen kommen. Nur wie? Vielleicht weckte sein erdachter Handel mit den Germanen und die Aussicht auf hohe Gewinnspannen auch Nigers Interesse. Wenn er ihn dazu brächte, zu investieren, könnte er einen Teil des Geldes … Oh, wie tief war er schon gesunken, dass er daran dachte, einen Freund zu betrügen.

»Schau mal«, meinte Niger plötzlich und deutete in Richtung einer Wandkritzelei. »Sybilla für vier Asse, und wenn ich das Geschmier dort richtig entziffere«, er wies auf die Inschrift daneben, »waren Antius und Callistus mit ihrer Leistung sehr zufrieden. Wie es scheint, hat der Wirt außer dem leidlichen Wein auch anständige Mädchen im Angebot. Na, wie ist es? Ich lade dich ein.«

Victor lachte und winkte ab. »Danke, aber ich bin gut versorgt.«

»Ach, du und deine Lavinia! Deine Anständigkeit ist geradezu unanständig. Ich hoffe, Lavinia weiß das zu würdigen.«

Victor rang sich ein Lächeln ab.

Der Wein war wirklich nicht schlecht, Victor spürte bereits diese Leichtigkeit in seinem Kopf, die ihn mahnte, sich ab jetzt zurückzuhalten. Er sollte langsam aufbrechen.

»Sag mal«, meinte Niger gedehnt, »was ich dich schon immer fragen wollte.« Er schaute sich um, aber außer ihnen saßen nur eine Handvoll weiterer Gäste einige Tische entfernt. »Ich hörte, der Statthalter plane etwas. Er suche Unterstützer für eine politische Sache. Weißt du etwas darüber?«

War Niger tatsächlich nicht von Lupus selbst ins Vertrauen gezogen worden, obwohl die beiden in bestem Einvernehmen standen? Oder wollte Niger ihn auf die Probe stellen, im Auftrag des Statthalters seine Vertrauenswürdigkeit prüfen? »Ich weiß nicht, was du meinst.«

Niger nickte, sandte vorsichtige Blicke in die Runde. »Mir kannst du doch vertrauen. Ich habe mitbekommen, dass du in letzter Zeit häufiger mit Lupus zusammensaßest. Das ganze Prätorium wundert sich, dass du auf einmal so einen guten Stand zu haben scheinst. – Nichts für ungut, Victor, aber du weißt so gut wie ich, dass wir beide nur kleine Rädchen in der Mechanik der Provinzverwaltung sind. Allerdings scheinst du seit einigen Wochen an Bedeutung gewonnen zu haben, wenn man dem Gemunkel glauben schenken kann.«

»Gemunkel?«

»Oh, es heißt, der Statthalter sei mit deinen Leistungen überaus zufrieden, er habe große Pläne mit dir. Man fragt sich, was du in letzter Zeit so Besonderes geleistet haben sollst, das eine derartige Bevorzugung rechtfertigt. Über deine gewöhnliche Tätigkeit hinaus natürlich, die du, das weiß ich wohl, sehr zuverlässig und ausgezeichnet ausübst.«

Victor waren diese Gerüchte neu. Aber er hätte damit rechnen müssen, das Prätorium ähnelte einem Sklavenquartier, Geheimnisse blieben nicht lange verborgen. Nun, er könnte den Gerüchten ein wenig Nahrung geben, indem er Brosamen ausstreute, die sie in die Irre führten. »Nun, ich konnte dem Statthalter ein wenig behilflich sein.«

»Aha!« Niger nickte aufmunternd.

»Er suchte jemanden«, Victor neigte sich an Nigers Ohr, »über den er gewisse Geschäfte abwickeln konnte. Du weißt schon …«

Niger nickte. »Natürlich.« Er schürzte seine Lippen und lehnte sich zurück. »Welcher Art sind die Geschäfte? Wenn du es bist, den er auserwählt hat, muss es etwas mit Germanien zu tun haben. Was könnte das schon sein? Holzhandel?« Er lachte auf.

»Es gibt interessante Dinge dort, abgesehen von Holz.«

»Ich muss schon sagen, Victor, ich bin enttäuscht, dass du mir diese, hm, Geschäfte vorenthalten hast.«

Victor zog Niger am Arm zu sich heran und flüsterte: »Der Statthalter bat mich um Diskretion. Um selbige bitte ich dich nun auch.«

Niger nickte. »Ja, selbstverständlich, ich werde schweigen wie ein Sarkophag. – Aber, könnte ich nicht auch …?«

Der Freund bot sich selbst an, eigentlich ein Grund zur Freude, aber Victor schämte sich für seine schlechte Absicht. Nein, so tief war er eben doch noch nicht gesunken. Bei Geld hörte die Freundschaft auf, Niger war sein Freund und sollte es bleiben. »Niger, entschuldige mich, ich muss jetzt gehen. Wir sprechen ein anderes Mal, an anderem Ort, darüber.«

»Na schön, wenn du meinst …«

Victor stand auf, nestelte an seinem Geldbeutel.

»Lass gut sein, ich habe dich eingeladen. Du kannst dich ja demnächst erkenntlich zeigen, so viel Zeit sollten wir allerdings nicht wieder verstreichen lassen.« Niger lächelte vielsagend und winkte den Wirt zu sich.

Victor lachte. »Das werde ich, versprochen! Leb wohl, mein Freund, bis bald.«

Vor der Tür hielt Victor einen Augenblick inne und atmete durch. Er war froh, Niger nicht nach Geld gefragt zu haben. Er würde schon eine andere Geldquelle finden.

Nun aber schnell zum Stall, sonst lohnte der Ausritt nicht mehr.

Sein Pferd stand angebunden vor dem Gebäude. Gerade machte er es los, da eilte ein großer Kahlkopf herbei, der Betreiber des Stalles selbst. »Iulius Victor, Herr, wenn du erlaubst.«

»Ja?«

»Du bist mit der Miete im Rückstand, ein Versehen, nehme ich an.«

»Sicher, wie viel schulde ich dir?«

Der Kahlkopf runzelte die Stirn. »Wenn ich es recht überschlage, hat sich ein Betrag von vier Denaren angesammelt.«

Bei Mercurius, so ein Halsabschneider. Nur weil der Stall so günstig an der Straße nach Bagacum lag, die zum Anwesen des Onkels führte, hatte er ihn gewählt. Nun war diese Umsicht nicht mehr nötig, er würde sich nach einem preisgünstigeren Stall umsehen.

»Ich werde alles veranlassen.«

Der Stallbesitzer half Victor beim Aufsteigen und reichte ihm die Zügel.

Victor trabte das kurze Stück zur Stadtmauer zurück und bog davor in die schmale Straße ein, die sich um die Stadt herumzog. Es war der schnellste Weg, um auf die südliche Fernstraße in Richtung Augusta Treverorum zu gelangen, die wahrscheinlichste Route, auf der Felix und Paullus sich der Stadt nähern würden. Er gab seinem Pferd die Fersen und es trabte an.

Immer wieder sprach er Reisende an, Händler, Bauern, doch niemand wollte Paullus oder Felix gesehen haben.

Es schien ihm, als sei er schon Stunden unterwegs, da sah er vor sich eine Mansio auftauchen. Sein Magen knurrte, er würde dort eine Kleinigkeit essen.

Das Pferd übergab er einem der Burschen und trat ein. An dem Tisch eines untersetzten Herrn war noch ein Platz frei.

»Das sieht gut aus.« Victor deutete auf die Schüssel mit Eintopf. »Und, schmeckt es?«

Der Mann wischte sich mit dem Handrücken den Mund ab. »Sehr empfehlenswert. Ich kehre immer hier ein, wenn ich auf dieser Strecke reise.«

Victor bestellte sich ebenfalls von dem Eintopf. »Du bist Händler?«

»Ganz recht.«

»Woher?«

»Aus der Belgica. Ich handele mit Geschirr. Ach, das Geschäft wird zunehmend schlechter, die Konkurrenz ist groß. Der Weg lohnt kaum noch.«

»Du durchquertest dabei nicht zufällig auch die Silvae Arduennae?«

»Doch natürlich. Es ist nicht gerade der erfreulichste Abschnitt auf meinem Weg.« Der Mann säuberte die Schüssel mit einem Stück Brot. »Warum fragst du das alles?«

»Vielleicht kannst du mir helfen. Ich suche zwei Männer, vielleicht hast du sie, oder zumindest einen von ihnen, auf deiner Reise getroffen.«

Victor beschrieb dem Mann seinen Leibwächter Paullus und seinen Bruder Felix.

»Hm. Dieser Kahlkopf, könnte sein, dass ich den mal gesehen habe.«

Victor rückte etwas näher an den Mann heran und versank in einer Wolke aus Schweißdunst, Kohlgeruch und süßlichem Salböl. »Tatsächlich? Wo?« Sein Herz klopfte bis zum Hals.

»Es dürfte noch gar nicht lange her sein, er kam mir entgegen.«

Wieder nichts. Victor lehnte sich zurück. »Nein, das kann nicht sein. Er hätte in der gleichen Richtung wie du unterwegs sein müssen.«

Der Mann schüttelte nachdrücklich den Kopf. »Nein, nein, kein Zweifel, ein athletischer Kahlkopf, blaue Augen, gebogene Nase, ein Kerl, mit dem nicht zu spaßen ist. Wenn dein Gesuchter so aussieht, dann ist er mir entgegengekommen. Ich bin mir ganz sicher, denn so einer ist weder leicht zu übersehen noch leicht zu vergessen.« Er stutzte. »Ah, Moment, jetzt weiß ich es wieder ganz genau. Kennst du dieses zweistöckige Aquädukt? An einer Stelle ist es von der Straße aus zu sehen, da ganz in der Nähe bin ich ihm begegnet.«

Also war Paullus in der Gegend, warum bei allen Göttern kam er dann nicht zu ihm in die Agrippinensis? »Und der zweite Mann? War der bei ihm?«

»Nein, der Kerl war allein unterwegs.«

»Wann sahst du ihn?«

»Oh, ein paar Tage wird das schon her sein. Drei, vier?«

»Hast du mit ihm gesprochen, weißt du vielleicht, wo er hinwollte?«

Der Händler hob abwehrend die Hand. »Warum hätte ich mit ihm reden sollen? Was interessierst du dich überhaupt für diesen Mann? Wenn du mich fragst, wirkte er wie ein Verbrecher.« Seine Augen blitzten auf. »Ist er ein entlaufener Sklave? Willst du ihn wieder einfangen?«

»Nein, nein. Dennoch schade, dass du über seinen weiteren Weg nichts weißt.« Victor schob die Suppenschale von sich, der Eintopf lag ihm schwer im Magen.

»Nun, in welche Richtung er gegangen ist, weiß ich schon. Ich hatte eine Panne mit dem Wagen. Darum bin ich überhaupt noch hier. Jedenfalls beobachtete ich, dass sich der Kerl an der Kreuzung nach Norden gewandt hat, du weißt schon, er hat den Verbindungsweg zur Straße nach Bagacum eingeschlagen.«

Victor leerte seinen Becher, den der Wirt, ohne zu fragen, vor ihm hingestellt hatte, und stand auf. »Ich danke dir für die Auskunft. Fühle dich eingeladen, so kann ich mich ein wenig erkenntlich zeigen.« Er warf ein paar Münzen auf den Tisch.

Der Mann nickte und bestellte sich einen weiteren Krug Wein.

Victor blieb unter dem Vordach stehen und blinzelte in die Sonne. Die Straße nach Bagacum führte ebenso wie diese in die Agrippinensis. Doch wenn er auf ihr zurückritt, bedeutete das einen erheblichen Umweg. – Keine Frage, er musste den Weg nehmen, selbst wenn er erst mitten in der Nacht nach Hause zurückkehrte und die Wahrscheinlichkeit gering war, dass er Paullus oder Felix fände, die schwerlich an einer Straßenecke auf ihn warteten … Dennoch.

Was war nur geschehen, dass ihm sein Leibwächter nicht mehr unter die Augen zu treten wagte? Victor schüttelte den Kopf und bemerkte, dass der Stalljunge ihn seltsam ansah. »Bring mir mein Pferd.«

Ja, er würde jetzt zu der Straße nach Bagacum und von dort in die Stadt reiten. Dann käme er an dem Gut seines Onkels vorbei, seit Iulius' Tod war er nicht mehr dort gewesen. Aber er spürte kein Verlangen, nach dem Rechten zu sehen, wie es eigentlich längst seine Pflicht gewesen wäre.

Der Junge führte das Pferd herbei und half Victor aufzusitzen.

Die Sonne näherte sich schon dem Horizont, als Victor die Straße nach Bagacum erreichte. Es war noch ein gutes Stück bis zum Gut und von dort noch eine Stunde bis zu den Toren der Stadt, wenn er zügig ritt. Wie erwartet, hatte bislang keiner der hier Reisenden die Beobachtung des Händlers bestätigt, keiner Paullus oder Felix gesehen. Vielleicht hatte er ab jetzt mehr Erfolg, wenn er auf der Hauptstraße ritt.

An dem kleinen Seitenweg, der zum Gut des Onkels führte, hielt er inne. Iulius' Villa lag eine halbe Meile von der Straße entfernt, von hier aus war sie nicht zu sehen.

Aber das Grabmal der Familie befand sich nur ein paar Schritte neben der Straße. Schon konnte Victor das Dach des bescheidenen Bauwerks zwischen einer Baumgruppe erkennen. Auf Höhe der Tür zügelte er sein Pferd und küsste seine rechte Hand, um den Göttern, die den Eingang bewachten, Achtung zu erweisen. Mehr an Ehrung des Verstorbenen vermochte er nicht aufzubringen.

Halt! Was war das? Ein Geräusch? Ein Ruf? Victor lauschte. Ja, da war es wieder. Er stieg vom Pferd, lauschte erneut. Jetzt war alles still.

Das Tageslicht schwand mehr und mehr. Unschlüssig näherte er sich dem Bauwerk. Nichts war mehr zu hören, nichts Ungewöhnliches zu sehen. Nur der Wind rauschte in den Bäumen, die das Grab beschatteten.

Wer sollte hier schon sein? Eine Katze vermutlich – oder die Geister der Ahnen … Iulius' Geist, dessen Urne in dem Grab stand …

Schluss! Er musste weiter, würde ohnehin schon in die Nacht geraten.

Victor galoppierte die Straße entlang. Er war nur ein kurzes Stück weit gekommen, da tauchte ein Haus hinter einer Gruppe Buchen auf. Richtig, hier gab es ebenfalls ein Rasthaus, daran hatte er gar nicht mehr gedacht. Hier würde er ein letztes Mal Erkundigungen einziehen, bevor er ohne weitere Verzögerung nach Hause ritt.

Der Gastraum hatte die Form eines L, der hintere Teil war kleiner und voll besetzt, aber Victor fand noch einen freien Tisch in der Nähe des Eingangs. Er bestellte sich ein paar geräucherte Würstchen, dazu einen Becher Wein.

Die Taverne war recht groß, darauf eingerichtet, viele Reisende zu bewirten, wahrscheinlich gab es sogar Herbergsräume zum Übernachten. Der Raum war zur Hälfte gefüllt, die Gäste sahen wie Durchreisende aus. Am besten wäre es, die Bedienung zu befragen oder den Wirt selbst, der gelegentlich aus dem Nebenraum trat, die Schar der Gäste überblickte und Anweisungen erteilte. Gerade verschwand er wieder, wahrscheinlich unterhielt er im Nebenraum ein Bordell, das größerer Aufmerksamkeit bedurfte.

Niger kam Victor in den Sinn, bestimmt hatte der es sich noch bei einem Mädchen gut gehen lassen. Er grinste halbherzig, nun, es sei ihm gegönnt. Nigers Frau war bei Weitem nicht so ansehnlich wie Lavinia. Der Gedanke an sie rief sofort ein Kribbeln in Victors Unterleib hervor. Lavinia war einzigartig, in jeder Beziehung, mehr brauchte er nicht. Er würde sie schon wieder versöhnen.

»Bitte, der Herr!«, sagte die Bedienung und stellte den Teller mit den Würstchen vor ihm hin. Ihre Hand wischte sie an ihrer speckig glänzenden Tunika ab. »Ich bringe dir gleich noch ein wenig Brot und der Wein kommt auch sofort.«

Victor sah ihrem ausladenden Hinterteil nach. Die Frau war nicht gerade von Venus begünstigt.

Wie versprochen kehrte sie schnell mit dem Wein und einem Stück Brot zurück, wollte schon wieder gehen, da hielt Victor sie am Arm fest. »Entschuldige!«, sagte er. »Ich habe eine Frage, vielleicht kannst du mir helfen.«

Sie schüttelte seine Hand ab. »Ich bin keine von denen, Herr!«

Ihre Stimme hatte sich erhoben und ein anderes Mädchen, mit einem rot-schwarz karierten Kopftuch und einer ebenso karierten Tunika gekleidet, trat neugierig aus der Küche und sah zu ihnen herüber.

Die dicke Bedienung winkte beruhigend und die Karierte verschwand.

»Das hatte ich auch nicht angenommen«, meinte Victor hastig. »Ich wollte dich fragen, ob hier zufällig ein Bekannter von mir eingekehrt ist. Groß, athletisch, kahler Kopf.«

»Eher dunklere Hautfarbe?«

»Nicht afrikanisch, falls du das meinst.«

Sie schüttelte den Kopf. »Nein, ich meine, für hiesige Verhältnisse dunkel.«

Das stimmte, Paullus war viel an der frischen Luft, von der Sonne braun gebrannt. Victor nickte.

Die Bedienung beugte sich zu ihm nieder. »Ich bin nicht jeden Tag hier, sondern helfe nur manchmal aus, aber ja, so einen habe ich gesehen. Der Kerl ist ein Bekannter von dir? Das spricht nicht gerade für dich. Aber gut, man soll ja nicht nach dem Äußeren gehen und der Mann hat sich hier, soweit ich weiß, nichts zuschulden kommen lassen. Und die feine Dame, die sich mit ihm getroffen hat, schien ihn auch ganz gut zu kennen.«

Victor erstarrte. »Was für eine Dame?«

Die Bedienung sandte einen Blick zu der Tür, der Wirt blieb verschwunden und sie ließ sich neben Victor auf dem Stuhl nieder.

Er bemerkte tiefe Falten um Augen und Mund, obwohl sie vermutlich noch gar nicht so alt war, wie er auf den ersten Blick gedacht hatte.

»Nun, diese feine Dame wartete hier auf ihn. Sie müssen verabredet gewesen sein, denn sie wartete nicht sehr lange, da kam der Kahle schon. Sie saßen dort um die Ecke.«

Die Bedienung nickte zu dem Teil des Gastraumes, der von diesem Tisch aus nicht einsehbar war. »Sie wusste seinen Namen. Publius, Palantus, irgendwas in der Art.«

»Paullus vielleicht?«

Sie nickte. »Paullus, das ist gut möglich.«

»Wann war das? Und wieso erinnerst du dich daran, hier kehren doch zahllose Fremde ein?« Victor schluckte trocken. Die Würstchen standen unberührt vor ihm und verströmten einen säuerlichen Geruch, der Appetit war ihm vergangen. Er nippte an dem Wein.

Die Frau lächelte verschämt. »Oh, es ist ja noch nicht lange her, erst zwei oder drei Tage. Und ich erinnere mich daran wegen der wunderschönen Ohrringe, die die Dame trug. So große Bernsteine in dieser Farbe in so einer edlen Fassung bekommt man nur selten zu Gesicht.«

Kapitel XXIII

Anblick eines Mörders

Vor den Toren der Colonia Agrippinensis,
20. bis 21. September 192 n. Chr.

Der Mann war wieder gegangen und Felix lebte noch. Allerdings hatte er ihn geknebelt. Warum wohl? Wieso sollte ihn nun jemand hören können, vorher hatte sich sein Peiniger offenbar keine Sorgen deswegen gemacht.

Er dachte an Ateius. Was war wohl aus dem Freund geworden? War auch er verschleppt worden? Hoffentlich lebte er noch! Und wenn – diesmal war vermutlich keine Hilfe von ihm zu erwarten, wie sollte der Freund ihn hier finden?

Nein, wenn überhaupt konnte sich Felix nur selbst helfen. Allerdings waren ihm im Moment im wahrsten Sinne des Wortes die Hände gebunden. Er lachte trocken. Also konnte er nur auf eine Chance hoffen und sie ergreifen, wenn sie sich bot. Solange er lebte, bestand Hoffnung.

Momentan konnte er nichts ausrichten, das Beste also war, er zwang sich zu schlafen. Allein um seine Kräfte für den Zeitpunkt zu schonen, wenn sie ihm nutzen würden.

Er schloss die Augen – und sah die Gruft, spürte die Fesseln, den Knebel. Sein Herz fing an zu rasen, kalter Schweiß trat ihm auf die Stirn. Es war sinnlos, Schlaf würde er nicht finden.

Er lauschte, glaubte Stimmen zu hören, Schritte. Alles nur Einbildung natürlich. Es war sein Herz, das er klopfen hörte.

Er starrte vor sich hin, bemühte sich, an etwas Schönes zu denken, noch einmal die Erinnerung an den Ausflug mit dem Vater wachzurufen. Kurz gelang es, doch dann trat Victor vor sein geistiges Auge und der Verdacht ergriff von ihm Besitz, sein eigener Bruder könnte etwas mit seinem Schicksal zu tun haben. Wer sonst, außer dem Onkel, hatte Zutritt zu diesem Grabmal?

Da! Ganz deutlich war es zu hören. Diesmal war es keine Einbildung, es war wirklich jemand oben.

Er hielt den Atem an, der Vermummte kehrte zurück. Doch nein, dies war nicht das Geräusch der Tür, die geöffnet wurde. Es klang anders, keine aufeinanderreibenden Steine, mal lauter, mal leiser, eine Art dumpfes Klatschen, Schläge, Rufen, keinesfalls eine Einbildung. Tatsächlich, er konnte sogar einzelne Stimmen unterscheiden. Felix horchte angestrengt. Was ging da oben vor sich?

Dann war wieder alles still, unheimlich still.

Felix erschrak, als schließlich von oben doch das vertraute Geräusch der sich öffnenden Tür herunterhallte.

Schritte kamen näher und er versuchte, im Dämmerlicht zu erkennen, wer sich dort näherte. Sein Entführer oder ein Retter?

»Langsam wirst du wirklich lästig«, tönte Ateius' vertraute Stimme.

Felix' Erleichterung machte sich in einem Stöhnen Luft. Er presste Laute unter dem Knebel hervor, zerrte an den Fesseln.

»Ah, ich sehe, du bist in deiner Bewegungsfreiheit beeinträchtigt. Lass sehen.« Ateius ging um ihn herum, zog ein Messer.

Schon fielen die Fesseln von Felix' Handgelenken ab. Seine Hände waren taub. Vorsichtig ballte er sie zu Fäusten und bald begann es, in seinen Fingern zu kribbeln. Ateius half ihm, sich aufzurichten, hielt ihn, als er ins Wanken geriet. Felix tastete nach dem Knebel, versuchte, ihn sich vom Mund zu ziehen, doch seine Hände waren gefühllos, er bekam den Stoff nicht zu fassen.

»Warte«, sagte Ateius und durchschnitt auch das Tuch.

»Danke, Freund!« Ein warmes Gefühl der Verbundenheit durchflutete Felix.

»Keine Zeit für große Worte!«, brummte Ateius.

Erst jetzt bemerkte Felix die Wunde an Ateius' Schläfe. Blut rann sein Gesicht hinab, das er achtlos mit dem Handrücken wegwischte. Der Freund hatte seinetwegen das Leben riskiert …

»Du bist verletzt!«

Ateius klopfte Felix auf die Schulter, als wäre er ein Pferd. »Wir müssen sehen, dass wir verschwinden.« Leise schlich er zum Fuße der Treppe, lauschte hoch. »Alles still, noch.«

»Wie hast du mich gefunden?«, flüsterte Felix. Schwindel überkam ihn, er stützte sich auf den steinernen Sessel, an den er so lange gefesselt war.

»Später. Beeil dich!«

Felix' Beine gehorchten ihm nicht. Ein Ameisenheer marschierte durch seine Füße, hatte jetzt die Oberschenkel erreicht. Das Stehen war bereits eine Qual, an Gehen gar nicht zu denken.

»Ich kann nicht!«, zischte er verzweifelt.

»Bei allen Göttern, was für ein Waschweib!«, schnaubte Ateius.

Er fasste Felix am Arm und zerrte ihn Stufe um Stufe höher. Je weiter sie kamen, desto finsterer wurde es um sie.

Aber mit jedem Schritt gewann Felix die Herrschaft über seine Beine ein Stück zurück.

Trotzdem erreichten sie erst nach einer Ewigkeit die offen stehende Tür.

Ateius lehnte Felix an die Wand, trat einen Schritt über die Schwelle und spähte umher. Dann zog er Felix mit sich hinaus ins Freie.

Der fühlte sich wie in einem Traum. Der kühle Nachtwind strich über sein Gesicht, am Himmel leuchteten die Sterne, am Horizont hing der fast volle Mond, in dessen Licht sich der Umriss eines Denkmals abzeichnete. Eine Eule schrie, im Busch flatterte ein Vogel, neben seinen Füßen fiepte eine Maus am Boden. Der Wind strich durch die Bäume und ließ die Blätter raunen. Überdeutlich nahm Felix jede Einzelheit wahr.

Ateius gewährte ihm nur diesen Augenblick, schon trieb er ihn weiter.

»Wohin gehen wir?«

»Frag nicht so viel, dafür haben wir später genug Zeit, sehen wir erst einmal zu, dass wir wegkommen. Wir haben den Kerl zwar in die Flucht geschlagen, aber er könnte noch in der Nähe sein.«

»Wir?« Es wurde immer mysteriöser.

Ateius winkte ab. Wie ein wildes Tier witterte er in alle Richtungen, wandte sich nach links und strebte zielsicher vorwärts. Natürlich, das Grabmal lag an der Straße nach Bagacum und sie liefen in Richtung der Agrippinensis. Felix stand nun sicherer auf den Beinen und konnte ohne Hilfe gehen.

Plötzlich stoppte Ateius und schaute den Weg zurück. Er legte den Finger an die Lippen und zeigte nach rechts.

Felix lauschte, hörte jedoch nichts. »Was ist da?«, flüsterte er. »Vielleicht ist das ja nur dein geheimnisvoller Helfer.«

Ateius zuckte die Achseln. »Besser, ich sehe einmal kurz nach. Du wartest hier und rührst dich nicht von der Stelle.« Er deutete auf den Schatten einer Baumgruppe und verschwand.

Es dauerte zu lange. Was ging da vor sich? Wo blieb Ateius nur? Womöglich brauchte er Hilfe? Felix' Ungeduld wuchs. Langsam ging er in die Richtung, in der Ateius verschwunden war. Alle zwei, drei Schritte blieb er stehen, rang den Schmerz in seinen Gliedern nieder, lauschte.

Nicht weit und ein schmaler Streifen Wald grenzte an die Straße. Davor hielt Felix inne und versuchte, in der Dunkelheit zwischen den Bäumen etwas zu erkennen. An dieser Stelle stand kein Gebäude, kein Denkmal, kein Grab. Nur die Bäume, deren dichtbelaubte Kronen das Mondlicht in dünne Rinnsale zerteilte, die kaum den Boden erreichten. Vorsichtig, Augen und Ohren offen, schlich Felix in die Finsternis.

Da, direkt vor ihm bewegte sich etwas. Felix huschte hinter einen Baumstamm und lugte dahinter hervor. Er machte den Schattenriss eines großen, athletischen Mannes vor sich aus. Die Gestalt kam näher, wirkte vertraut – Ateius. Gerade wollte sich Felix aus der Deckung wagen, da streifte den Mann ein dünner, silbriger Lichtschein, der einen Weg zwischen den Blättern hindurch gefunden hatte.

Felix zuckte zurück. Diesen Kahlkopf hatte er noch nie gesehen, aber der Mann konnte nur sein Entführer sein. Ja, tatsächlich, er trug den gleichen Mantel. Die Kapuze, die ihn verhüllt hatte, war heruntergerutscht, und das Mondlicht erhellte einen Lidschlag lang sein Gesicht.

Dieses Gesicht, diese Augen, niemals mehr würde Felix den Ausdruck darin vergessen. Furcht stand nicht darin, nein, nur Entschlossenheit, Anspannung, Kampfbereitschaft.

Der Mann war ein paar Ellen entfernt stehen geblieben, beobachtete aufmerksam seine Umgebung, lief ein paar Schritte nach links, änderte dann abrupt seine Richtung und rannte von Felix weg, in die der Straße entgegengesetzte Richtung.

Hätte er doch nur daran gedacht, sich mit einem Knüppel zu bewaffnen, schoss es Felix durch den Kopf, dann könnte er sich wenigstens wehren, kehrte der Kerl doch wieder zurück. Mit bloßen Fäusten und diesen lahmen Beinen war er ihm hoffnungslos unterlegen.

Nach einer Weile war Felix sich sicher, dass der Mann fort war. Nichts mehr war zu hören.

Was war mit Ateius? Hatte der Kahlkopf ihm etwas angetan? Nein, wohl kaum. Wenn es zu einem Zusammentreffen der beiden gekommen wäre, wäre das nicht lautlos vonstatten gegangen. Ateius schlich wahrscheinlich noch irgendwo hier in der Finsternis herum.

Vorsichtig tastete sich Felix vorwärts, in die Richtung, aus der sein Entführer gekommen war. »Ateius!«, rief er leise in das Dickicht und die Dunkelheit der Bäume, dann etwas lauter: »Ateius! Wo bist du? Komm her, der Kerl ist weg!«

Er blieb stehen und wartete. Warum war es nur so still?

Ein Knacken ließ ihn zusammenfahren. War der Mann zurückgekommen?

»Hatte ich nicht gesagt, du sollst dich nicht von der Stelle rühren?«

Ateius' Stimme klang wie der Gesang einer Nymphe in Felix' Ohren. Erleichtert ging er dem Freund entgegen. »Ich dachte, du bräuchtest vielleicht Hilfe.«

»Pah. Ich habe mich in einer verdammten Baumwurzel verfangen und der Scheißkerl ist entwischt. Hast du gesehen, wo er hin ist?«

Felix zeigte in die Richtung, in die sein Entführer verschwunden war. »Sollen wir hinterher?«

Ateius schwieg einen Moment. »Nein, das hat keinen Sinn, jetzt, da er weiß, dass ihm jemand auf den Fersen war. Nein, bringen wir dich lieber in Sicherheit, das ist wichtiger.«

Ateius ging zurück zur Straße und legte ein strammes Tempo vor. Felix hatte Mühe, Schritt zu halten.

Nach einer Viertelmeile war Ateius plötzlich verschwunden. Felix blieb wie angewurzelt stehen. Bei allen Göttern, wo war sein Freund abgeblieben ... Bei diesem Denkmal dort hatte er ihn zuletzt gesehen. Langsam ging Felix weiter, beunruhigt sah er sich um.

Ein leises Schnaufen, ein Rascheln hinter dem Denkmal und Ateius kam hervor, ein Pferd am Zügel führend. »Das letzte Stück haben wir es bequemer.« Ateius sprang auf, reichte Felix die Hand und zog ihn hoch.

Das gleichmäßige Wiegen des Tieres, Ateius' Körper vor sich, das Gefühl der Sicherheit machten ihn schläfrig. Doch seine Neugier hielt ihn wach. »Wohin reiten wir?«

»Frag nicht so viel!«, zischte Ateius.

Neben der Straße tauchten immer häufiger einzelne Gebäude, Werkstätten auf; geisterhaft vom Mondlicht beschienen, wirkten sie in der Stille der Nacht leer und verlassen. Bis zur Stadt konnte es nicht mehr weit sein.

Tatsächlich tauchten kurz darauf die Türme der Stadtmauer vor ihnen auf, das Tor war von Fackeln erhellt. Ateius sorgte sich wegen der Wachen, Felix spürte die Anspannung, die sich auf ihn übertrug.

Sein Gefährte zügelte das Pferd. »Lass mich das machen.«

Sie erreichten das Tor und Ateius stieg ab. Schon kam ein Wachsoldat zu ihnen.

»Wohin zu so später Stunde?«, fragte er.

»Räuber überfielen uns, plünderten uns aus. Wir wollen zum Stadtpräfekten, die Sache anzeigen.« Ateius deutete auf Felix. »Ihn hat es ganz schön erwischt, weißt du einen Arzt, der ihn sich mal ansehen kann?«

Der Soldat schob seinen Helm in den Nacken. Das Mondlicht gab seinem Gesicht ein kränkliches Aussehen. Er nickte. »Du selbst hast auch ganz schön was abbekommen.« Er zeigte auf das verschmierte Blut in Ateius' Gesicht.

Das wenige, was Felix tun konnte, war, Ateius' Geschichte zu untermauern. Mit einem leisen Stöhnen ließ er sich vornübersinken und schmiegte sich an den Pferdehals.

Ateius deutete in Felix' Richtung. »Meine Schramme ist nicht der Rede wert, er da ist wirklich übel dran.«

»Schön und gut«, erwiderte der Soldat. »Habt ihr Papiere? Passierscheine oder dergleichen?«

»Alles geraubt.«

»Natürlich. Und das soll ich euch glauben? Da kann ja jeder behaupten, er wäre bestohlen worden. Womöglich seid ihr selbst Strauchdiebe, Einbrecher, Unruhestifter.«

»Zwei so angeschlagene Männer wie wir? Sieh uns doch an, was sollen wir schon anstellen?«

Der Soldat musterte ihn mit zusammengekniffenen Augen.

»Deine Vorsicht ehrt dich und ist nur zu verständlich«, sagte Ateius, »aber mein Freund da braucht schnell einen Arzt. Du kannst ja jemand mit uns mitschicken, wenn du uns nicht glaubst.«

Der Soldat kratzte sich am Kopf. »Du hast ein Messer, wie ich sehe. Auch ein Schwert oder andere Waffen?«

»Dieses kleine Taschenmesser nur. Sonst nichts.«

»Lass sehen.«

Bereitwillig übergab Ateius sein Messer, öffnete auch seinen Mantel und ließ sich abtasten. Anschließend trat der

Wachmann auf Felix zu. Der schloss die Augen und ließ ein leises Stöhnen hören, holte rasselnd Luft.

»Mann, der Bursche hat sich wohl vollgeschissen vor Angst.« Der Soldat umrundete ihn, tastete kurz an seiner Hüfte herum. Felix zuckte zusammen und krümmte sich röchelnd. Hoffentlich übertrieb er es nicht.

Anscheinend nicht, denn der Soldat ließ schnell von ihm ab. »Gleich da vorne, die erste Straße links, wohnt ein guter Arzt. Das Haus mit dem Bordell im Erdgeschoss. Dort gibt es auch ein Bad.«

»Danke für den Rat!«, erwiderte Ateius. Kaum hatten sie das Tor durchquert, hörte Felix ihn zischend ausatmen.

Ateius führte das Pferd die Straße hinunter, die Hufe klapperten laut auf dem Pflaster, hallten zwischen den Häusern. Der Empfehlung des Soldaten folgend bog er in die erste Straße ein. Noch ein paar Schritte und er schwang sich hinter Felix auf das Pferd und trabte los.

Auf Seitenwegen kehrten sie auf die Hauptstraße zurück, immer weiter in Richtung Stadtmitte, sie passierten bekannte Häuser, Brunnen, Denkmäler, in deren Schatten Felix als Kind gespielt hatte.

Felix' Herz begann zu klopfen, als Ateius in eine vertraute Straße einbog. Gleich würde zur Rechten das Haus seiner Familie auftauchen. Da war es schon und Felix spürte einen Stich im Herzen. Wie lange war er nicht mehr hier gewesen? Zehn Jahre? Fünfzehn? Er hoffte, Ateius würde das Pferd zum Galopp anspornen. Nur schnell weg, die schmerzliche Erinnerung hinter sich lassen, wie er es all die Jahre praktiziert hatte. Doch sie wurden langsamer, das Pferd fiel in Schritttempo.

Felix starrte vor sich auf die Straße. Was wollten sie hier? Längst wohnten Fremde in dem Haus, niemand hier würde sie aufnehmen. Sie näherten sich der Straßenecke, rechts hinter dem Brunnen befand sich der Eingang.

Ateius bog nicht ab, sondern ritt gleichmütig weiter geradeaus. Eine rot gestrichene Mauer tauchte vor ihnen auf.

Ah, dahinter stand das Haus von Emilianus, Floras Vater. Bei Hercules, Ateius steuerte genau darauf zu.

Man musste sie erwartet haben, denn kaum waren sie abgestiegen, öffnete sich die Tür und ein Sklave trat heraus, leuchtete ihnen mit einer Fackel. Er blickte hastig die Straße auf und ab, alles war still.

»Bring das Pferd in den Stall!«, rief der Mann über seine Schulter hinweg und sofort eilte ein Junge herbei. Ateius und Felix winkte er, ihm zu folgen. »Kommt!«

Öllampen auf zahllosen Kandelabern brannten zwischen den Säulen, das Atrium war beleuchtet wie für ein Fest.

»Ihr habt euch ja ganz schön Zeit gelassen!« Flora erhob sich aus einem Sessel und ging ihnen entgegen.

Felix fand keine Worte. Mit Emilianus hatte er gerechnet, aber niemals mit Flora.

Sie lächelte Ateius an, nickte in Felix' Richtung. »Typisch, stumm wie ein Fisch.«

Felix räusperte sich. »Ich glaube, ihr habt mir eine Menge zu erzählen.«

Ateius ließ sich in einen Sessel sinken. »Ein Becher Wein wäre nicht schlecht, werte Dame.«

»Den sollt ihr haben.« Flora klatschte kurz in die Hände. Sofort erschien ein Sklavenmädchen mit einem Tablett.

Hier hat noch niemand geschlafen, bemerkte Felix. Flora wirkte hellwach und schien sich tatsächlich zu freuen, ihn zu sehen, auch wenn ihre Worte es nicht erahnen ließen.

»Schlecht siehst du aus«, meinte sie. »Und du stinkst wie eine öffentliche Latrine.«

Die ganze Zeit strahlte sie ihn an, ihre zweifarbigen Augen glänzten. So viele Fragen lagen ihm auf den Lippen und er brachte kein Wort heraus, betrachtete sie wie ein Schuljunge. Endlich fing er sich wieder und wandte sich Ateius zu. »Weißt du, was passiert ist? Wie hast du mich überhaupt gefunden?«

Ateius trank einen Schluck und drehte den Becher in den Händen.

Felix wartete geduldig, dass Ateius zu sprechen begann. Wenn er in den letzten Tagen etwas gelernt hatte, dann Geduld, wenngleich er sie noch nicht in Vollkommenheit beherrschte.

Endlich stellte Ateius den Becher ab und räusperte sich. »Du wirst wissen, dass wir beide betäubt worden sind.«

»Ja, sicher. Maximus hat uns etwas in den Wein getan.«

»Maximus«, murmelte Ateius und spuckte aus. »Dieser Wicht hat uns verkauft! Am nächsten Morgen bin ich mit schwerem Kopf aus der Betäubung erwacht, geknebelt und an einen Baum abseits des Lagers gefesselt.«

»Wie kamst du dann frei?«

»Ruto hat mir geholfen!«

»Ach? Und ich dachte …«

»Na ja, zuerst machte er tatsächlich gemeinsame Sache mit Maximus. Er fürchtete um seine Stelle und Maximus schilderte uns ihm gegenüber als gesuchte Verbrecher. Doch Ruto kamen Zweifel an Maximus' Geschichte.«

Ausgerechnet Ruto. »Dann hat sich die ganze Sache wohl tatsächlich in Icorigium angebahnt. Du hast ja gesagt, danach habe Maximus sich sonderbar benommen.«

»Maximus hat seinen Leuten gegenüber behauptet, du seiest ein Mörder. Er habe eine anständige Belohnung dafür bekommen, dass er dich der Gerichtsbarkeit übergeben habe. Und von mir wisse er, dass ich ein entlaufener Sklave sei, für dessen Überstellung ebenfalls eine anständige Summe angekündigt sei. Bis zu deren Erhalt werde er mich jedoch gefangen halten.«

»Wie hat Ruto es denn anstellen können, dich unbemerkt zu befreien?« So ganz glaubte Felix nicht an die Läuterung des Galliers.

»Maximus schickte ihn wegen einiger Erledigungen für ein paar Tage in die Stadt. Schon in der ersten Nacht kehrte er zurück und band mich los. Ruto musste Maximus in Sicherheit wiegen und seine Aufträge erledigen, versprach aber, mir bei deiner Befreiung zu helfen. So vereinbarten wir einen Treffpunkt.«

»Und wie hast du mich dann gefunden?«

»Ruto hatte mitbekommen, dass dieser vermeintliche Vertreter der Obrigkeit in einem Rasthaus an der Straße nach Bagacum abgestiegen war. Dort konnte Maximus bei Bedarf mit ihm in Kontakt treten. Ruto legte sich auf die Lauer und folgte dem Kerl des Nachts zu dem Grabmal. Anschließend informierte er mich, dass ich dich wohl dort finden würde. Also kam ich her.«

»Und hast mich befreit!«

»Nein, allein fürchtete ich, deinem Entführer unterlegen zu sein. Ich musste auf Ruto warten. So habe ich zunächst Flora aufgesucht. Jemand sollte wissen, was ich vorhatte, um notfalls deinen Onkel zu informieren.«

»So. Ausgerechnet Flora.«

Ateius lachte lautlos. »Ich kenne niemanden sonst in der Agrippinensis und sie wusste ohnehin schon von uns. Dein Onkel hätte mir womöglich nicht geglaubt oder er hätte mich ungehört weggeschickt, wenn nicht Schlimmeres. Mich an Flora zu wenden, erschien mir das Vielversprechendste.

Und es war richtig. Sie überließ mir ein Pferd, wollte mir sogar ihre Leibwache, Ausonius und Decimus, an die Seite stellen. Aber das wäre zu auffällig gewesen. Ich vertraute auf Ruto und der half mir, deinen Entführer in die Flucht zu schlagen.«

Ateius hatte recht, sein Onkel hätte auf einen dahergelaufenen offenkundigen Sklaven kein Wort verschwendet. Aber ausgerechnet Flora ... Jetzt war er neben Ateius und Ruto auch ihr zu Dank verpflichtet. »Flora, ich ...«

»Genug, Schluss damit!«, unterbrach sie ihn. Hastig öffnete sie eine Tür. »Gaia!«

Mit steifen Schritten kam eine Sklavin den Flur entlang. Im Durchgang blieb sie stehen und blickte Felix missbilligend an. Vielleicht wirkte sie auch nur mürrisch wegen ihrer Haltung, einer Kiefer in den Bergen gleich.

»Herrin?«

»Ist das Bad für unseren Gast bereitet?«

»Alles ist gerichtet, Herrin.«

»Nun, alter Freund, dann lass dich von meiner Gaia erst einmal so richtig verwöhnen.«

Ateius leerte seinen Becher und erhob sich. »Kann ich mit Ausonius und Decimus rechnen?«

»Sie erwarten deine Befehle.«

»Dann möchte ich jetzt mit ihnen sprechen.«

»Gut, Gaia wird sie holen.«

Das war eine abenteuerliche Geschichte, die Ateius ihm da erzählt hatte, und sie war längst noch nicht zu Ende, wie es schien. »Du willst meinen Entführer ergreifen? Jetzt gleich sicherlich, dann werde ich ...«

Ateius schüttelte den Kopf. »Nicht jetzt, wir gehen morgen früh vor Tagesanbruch und du wirst ganz sicher nicht dabei sein.«

Flora legte ihre Hand auf Felix' Schulter. »Und wenn du mich fragst, mein Lieber, solltest du dich ausruhen und vor allem baden, allein um meiner Nase willen. Und dann habe ich dir einiges zu erzählen. Nach Kenntnis aller Neuigkeiten wirst du andere Sorgen haben als deine Körperpflege, fürchte ich.«

Felix schob ihre Hand sanft, aber bestimmt von sich. »Gleich, erst will ich Ateius' Plan hören. Also?«

»Was glaubst du wohl, warum ich dich hergebracht habe? Damit du in Sicherheit bist und nicht, damit du herumläufst und Aufmerksamkeit erregst. Du wirst hierbleiben. Außerdem – höre Flora an, sie hat tatsächlich Interessantes zu berichten.« Ateius drehte sich um, wollte zur Tür.

Felix sprang auf und folgte ihm. »Nichts da, ich komme mit dir. Schließlich habe ich euch in die Geschichte hineingezogen. Das ist meine Sache, die ich klären muss.«

Ateius stellte sich dicht vor Felix, neigte sich zu ihm herunter. »Deine Sache? O nein, mein Lieber, deine Sache allein ist es längst nicht mehr.«

Kapitel XXIIII

Auf verschlungenen Pfaden

Colonia Agrippinensis, 21. September 192 n. Chr.

Lavinia hatte sich hinter seinem Rücken mit Paullus getroffen, die Aussage der Bedienung ließ keinen anderen Schluss zu. Victor biss sich auf die Unterlippe. Was sollte das? Glaubte sie, besser zu wissen als er, was angeraten war? Hatte sie den Kontakt zu Paullus gesucht, um Victors Befehle, den Bruder für den Prozess herbeizuschaffen, zu vereiteln? Oder wollte sie sich mit Paullus' Hilfe selbst an Felix rächen? Wie hatte sie ihn überhaupt ausfindig gemacht?

Einerlei, selbst wenn Lavinia es zu Victors Besten tat, sie hatte ihn nicht ins Vertrauen gezogen, handelte eigenmächtig, das konnte er nicht dulden. Ihm log sie vor, sie ginge zu Sabina oder Secunda, erledigte Besorgungen für ihr Fest, und in Wahrheit … Die Worte des Anwalts hallten erneut in ihm nach. War es möglich? Sollte er sich so getäuscht haben? Was war die Wahrheit?

Vielleicht zog er die falschen Schlüsse, es könnte sich immer noch um eine Verwechslung handeln und er täte ihr zutiefst Unrecht. Er liebte sie, klammerte sich an diese Erklärung, doch der Zweifel steckte in ihm und bohrte sich tiefer und tiefer.

Victor drehte sich im Kreis. Im Geiste und in seinem Arbeitszimmer, wo er seit der Morgendämmerung eine Rinne in den Boden lief.

Peregrinus schaute herein, zog aber sofort den Kopf wieder zurück. Vermutlich fürchtete er um den Verstand seines Herrn.

Victors Füße schmerzten, er blieb vor dem Tisch stehen und stürzte einen Becher Wein hinunter. Er wollte trinken, bis sein Verstand die Arbeit einstellte. Trinken bis zur Besinnungslosigkeit …

Seit er nach Hause gekommen war, fühlte er sich wie mit Daunen ausgestopft. Er musste mit Lavinia sprechen, fürchtete aber dieses Gespräch, ihre Ausflüchte, die seine Zweifel eher nähren als beseitigen würden. Und noch mehr fürchtete er, dass er ihr mit seinen Anschuldigungen Unrecht tat und sie ihn verließe, stellte er sie zur Rede. Ja, er wusste genau, dass er sich mit seiner Sprachlosigkeit nur die Hoffnung bewahren wollte, alles möge sich als Irrtum, als Zufall, als harmlos erweisen. Darum wollte er sie nicht sehen, hatte Arbeit vorgeschützt, als sie an seine Tür geklopft hatte.

Ihre Stimme hatte beunruhigt geklungen, als sie sich nach seinem Befinden erkundigte. Jede Faser seines Herzens schmerzte, als er daran dachte. Zwei Mal noch hatte sie angeklopft, gefragt, ob er etwas benötigte. Zuletzt hatte sie Thabea geschickt.

Und dann erfuhr er, warum sie so unermüdlich um ihn besorgt war, denn die kleine Sklavin hatte wegen des Geldes nachfragen sollen, ihre Herrin bräuchte es jetzt wirklich dringend. Er hatte sie hinausgewunken, gesagt, dass er für solcherlei derzeit keinen Sinn habe.

Das Geld, brauchte sie es wirklich für ihre Feier? Er hatte doch gesagt, er kümmere sich darum, was sollte das also.

Es klopfte erneut und Peregrinus schaute herein. Sein Sklave entspannte sich sichtlich, als er Victor am Tisch stehen sah. »Herr? Ich störe nur ungern, aber vielleicht ist es von Wichtigkeit: Ein Brief ist gekommen, von Justus Balbus, aus Rom.«

Victor stützte sich auf der Tischplatte ab. Die Angelegenheit des Statthalters hatte er über seinen anderen Sorgen ganz vergessen. Ein Brief von Balbus, das war allerdings bemerkenswert, denn unmöglich hatte der Victors Schreiben schon erhalten und beantworten können. Balbus musste ihm aus eigenem Antrieb geschrieben haben. »Gib her!«

Peregrinus legte die Schriftrolle vor ihm auf den Tisch. »Soll ich dir einen Krug frisches Wasser bringen? Oder sonst etwas?«

»Ich habe alles«, murmelte Victor und starrte auf die Schriftrolle. Verhieß das Schreiben eine willkommene Abwechslung von seinen Sorgen oder brachte es weitere Probleme, nur anderer Art?

Der Bankier hatte das teuerste Pergament benutzt, registrierte Victor, als er das Siegel brach. Das Schreiben bestand aus zwei Blättern, einem Brief und einem anderen Dokument, eine Anweisung an einen hiesigen Bankier, wie es schien. Balbus sandte ihm Geld? Victors Brauen hoben sich, er spürte, wie seine Neugier die Oberhand gewann.

Mein lieber, teurer Freund Gaius Iulius Victor!

Lieber, teurer Freund? Wie kam er zu der Ehre? Er kannte Balbus doch kaum.

Justus Balbus sendet dir Grüße! Ich hoffe, mein Schreiben trifft dich und die Deinen bei guter Gesundheit …

Victor überflog die Höflichkeitsfloskeln. Ah, nun wurde es interessant:

Der Anlass meines Briefes ist wahrhaftig kein freudiger. Mit großem Schmerz habe ich vom Tod deines Onkels, meines geliebten Freundes, ja, ich möchte sagen, meines Bruders Iulius Modestus vernommen. Ich wundere mich, dass ich durch unseren gemeinsamen Freund Rufus davon erfahren musste. Warum nur, mein Junge, hast du mir, als treuem Freund deines Onkels, die traurige Neuigkeit nicht persönlich übermittelt?

Natürlich, Balbus hatte Rufus getroffen. Victor dämmerte, was der wahre Grund dieses Briefes war. Er hätte es sich denken können, dass die Seilschaften in Rom auch ohne sein Zutun arbeiteten. Mal sehen, ob er mit seiner Vermutung richtig lag.

Ich gehe davon aus, dass die Bestattung bereits mit allen Ehren vollzogen worden ist. Dennoch möchte ich einen kleinen Beitrag zum Andenken deines Onkels leisten. Ich beabsichtige, zu Ehren meines Freundes einen Weihestein errichten zu lassen, der auch in der so fernen Colonia Claudia Ara Agrippinensium an unsere gemeinsame Zeit erinnern soll. Ich bin mir sicher, in dir einen treuen Sachwalter dieser Angelegenheit gefunden zu haben. Ich möchte dich bitten, dazu alles Notwendige zu veranlassen. Meinem Brief lege ich eine Anweisung für meinen Bankier in der Agrippinensis bei. Er wird dir gegen Vorlage des Schreibens das Geld aushändigen, das du für die Anfertigung eines Weihesteins benötigst. Ich habe dafür die Summe von 25.000 Denaren angegeben, ich hoffe, das ist ausreichend …

Victor ließ den Brief sinken. Bei allen Göttern, 25.000 Denare, damit wäre er alle Geldsorgen los. Um den Weihestein könnte er sich kümmern, hätte er sein Erbe. – Victor ließ sich in seinen Sessel sinken und rieb sich über die Augen. Nein, das durfte er nicht tun. Käme es heraus, hätte er es sich mit Balbus, einem der einflussreichsten Männer in Rom, für im-mer verscherzt und damit auch mit dem Statthalter. Andererseits, wer sollte es erfahren, wenn er es geschickt anstellte?

Ich wende mich an dich, weil ich dich als vertrauenswürdigen Mann kennengelernt habe. Zudem pries Rufus dich als korrekt und zielstrebig, was mich in der Wahl bestärkte.

Victor schluckte. Korrekt, vertrauenswürdig, zielstrebig …

Jetzt, da ich zuversichtlich bin, dass diese Herzensangelegenheit zu meinem Wohlgefallen ausgeführt wird, kann ich leichten Herzens fortfahren. Denn etwas anderes beschäftigt mich, eine Bemerkung, die Rufus fallen ließ und die mir deine Zielstrebigkeit und deinen mir wohlgefälligen Ehrgeiz einmal mehr beweist. Es ging um die Förderung gewisser Umstände, Veränderungen, die auch den Geschäften förderlich seien. Ich muss sagen, es enttäuscht mich, dass du mit deinem Anliegen nicht vertrauensvoll zu mir gekommen bist. Sei versichert, dass du bei mir immer ein offenes Ohr finden wirst. Ich bin begierig, mehr über deine Pläne zu erfahren.
Also, teurer Bruder – du erlaubst mir doch, dass ich auch dich so nenne? Teurer Bruder, lass mich wissen, wenn ich dir mit meinen Beziehungen und meinem Vermögen von Nutzen sein kann.

Die Götter mögen dich und die Deinen schützen!
Dein Bruder Justus Balbus

Bruder! Das lief wahrhaftig besser, als in den kühnsten Träumen erhofft.

Victor goss sich noch einen Becher Wein ein, trank einen Schluck. Er sollte sofort dem Statthalter berichten. Ohnehin wollte er Lupus fragen, ob es inzwischen eine Erklärung des obergermanischen Statthalters gab, ihn bezüglich der Mordanklage zu unterstützen. Wenn er auch keine Lust hatte, im Prätorium Sabina zu begegnen, die sich nach Lavinia erkundigen würde. Oh, Lavinia, wie gern würde er den Verdacht gegen sie ausmerzen.

Und wenn er das könnte? Hatte Lavinia nicht angeblich Sabina besucht, wenn sie außer Haus gewesen war? Oder Secunda, Nigers Frau. Es wäre ein Leichtes, herauszufinden, ob sie in den letzten Tagen einmal bei ihnen gewesen war. Neuerdings traf man Niger häufiger im Prätorium an. Victor warf einen Blick auf seine Wasseruhr. Gerade hatte die vierte Stunde begonnen, ein guter Zeitpunkt.

»Ah, Victor, wie aufmerksam von dir, einmal Guten Tag zu sagen. Ich nehme an, du warst bei Lupus?«

Sabina trat auf ihn zu, in eine rote Tunika gekleidet, darüber eine hauchdünne Palla in dunklerem Ton. Ihre Frisur saß tadellos, an ihrem Hals funkelte eine goldene Kette mit einem roten Stein, passend zu ihrer Kleidung.

Lavinias Bild erschien vor ihm. Ihr Lächeln, als er ihr die Ohrringe anlegte, Bernsteinohrringe in der Farbe ihrer Augen. – Nein, er durfte sich jetzt nicht gehen lassen.

»Richtig, ich sprach bei Virius Lupus vor.« Das Gespräch war sehr zufriedenstellend verlaufen. Lupus hatte sich seinen

Bericht wohlwollend angehört und lobende Worte gefunden. Und tatsächlich hatte er die Antwort des obergermanischen Statthalters erhalten, der Lupus jegliche Unterstützung und Zusammenarbeit in der Mordgeschichte versprach.

So fiel es Victor nun leicht, Sabina mit einem Lächeln zu bedenken. »Das Gespräch mit deinem Mann währte kürzer als gedacht, daher habe ich noch etwas Zeit und wollte sie nutzen, mich einmal nach deinem Befinden zu erkundigen. Viel zu selten komme ich dazu. Alles wohlauf?«

»Ja, danke. Aber setz dich doch! Wein?«

Sabina deutete auf einen Sessel am Fenster und winkte ihrer Sklavin, die an einer Säule des Atriums lehnte, die Becher zu füllen.

»Danke, allerdings möchte ich dich nicht aufhalten, du scheinst im Aufbruch zu sein.«

»Das hat Zeit. Ein leidiger Verwandtenbesuch.«

Victor wollte seine Frage schnell klären, merkte aber, wie sie ihm nicht recht über die Zunge kam. Zu sehr fürchtete er, etwas zu hören, was er nicht hören wollte.

Sabina zupfte schweigend an ihrer Palla.

Victor nahm einen Schluck, während er nach einer unverfänglichen Formulierung suchte. Schließlich sollte Sabina nicht denken, er wüsste nicht, was seine Frau so trieb, oder gar, er misstraute ihr.

Sabina hielt wohlerzogen den Rücken gerade, den Blick gesenkt. Plötzlich, als hätte sie gerade einen Einfall, sah sie auf. »Wie geht es Lavinia? Die Ärmste reibt sich völlig auf mit den Vorbereitungen ihres Festes. Bestelle ihr schöne Grüße, lieber Victor, sag ihr, sie muss sich unseretwegen nicht solche Mühe machen! Bei Diana, wie lange haben wir uns nicht gesehen? Ich glaube, seit deiner Krankheit trafen wir uns nicht mehr. Und, Victor, richte Lavinia aus, dass sie mich jetzt endlich auch einmal besuchen muss. Sie hat es schon oft angekündigt und ist doch nie gekommen!«

Mit Mühe hatte Victor den Wein hinuntergezwungen und sich verabschiedet. Im Korridor, auf dem Weg zu den Amtsräumen, versuchte er sich zu sammeln. Noch nie war Lavinia bei Sabina gewesen.

Bei Iuno, das alles musste nichts heißen. Vielleicht hatte Lavinia Sabina nie angetroffen. Außerdem blieb immer noch Secunda, Nigers Frau.

»Victor, schön, dich zu sehen.«

Wie erwartet saß Niger in seinem winzigen Raum, vor ihm türmte sich ein Stapel Wachstafeln. Er grinste Victor an und ließ makellose Zähne aufblitzen. »Wirklich, ich bin heilfroh, dass du kommst, mich aus diesem Durcheinander zu befreien.«

»Womit befasst du dich denn da?«, fragte Victor aus Höflichkeit.

»Weißt du es nicht? Der Statthalter hat mich kurzfristig zum Obercurator der Wasserleitung erhoben. Eine Sisyphosarbeit, sage ich dir. Es herrscht das reinste Chaos.«

Victor bemerkte ein Pergament und überflog die Überschrift. »Ah, du liest Frontinus, na, dann weißt du doch Bescheid.«

Niger nickte ernsthaft. »Ein furchtbarer Pedant, aber ein Experte auf dem Gebiet.« Er seufzte und hob eine Wachstafel hoch. »Hör dir das an: Rund zwanzig Millionen Liter Wasser sprudeln täglich aus unseren Quellen heraus, die Stadt erreichen aber nur zwei Drittel davon. Die Differenz wirtschaftete sich irgendjemand, wahrscheinlich mein Vorgänger und seine Leute, in die eigene Tasche.« Niger schüttelte den Kopf. »So ein Theater wegen gestohlenen Wassers.«

»Dann steht dir wohl jetzt eine schöne Wanderung entlang der Wasserleitung bevor, auf der Pirsch nach nicht registrierten Zapfstellen. Viel Spaß!«

»Ich hätte nicht gedacht, dass du so niederträchtig bist. Und das, obwohl ich dich neulich eingeladen habe. War übrigens noch ein ersprießlicher Tag, du hast wirklich etwas versäumt. Ein sehr empfehlenswertes Haus.«

»Ich bin davon überzeugt.«

»Ich hoffe, Lavinia hat dich gebührend entschädigt ...«

»Ach, Lavinia, sie lässt dich schön grüßen. Dieser Tage hatte sie vor, deine Frau zu besuchen. Ich vergaß, sie zu fragen, ob sie tatsächlich bei euch war. Eigentlich wollte ich ihr ein Geschenk für euren Kleinen mitgeben. Weißt du, ob sie es mitgenommen hat?« Victor spürte, wie sich in seinem Inneren alles zusammenzog.

Niger zuckte die Achseln. »Keine Ahnung. Secunda und ich sprechen, wenn überhaupt, nur noch das Nötigste miteinander. Seit der Geburt ist sie unerträglich.« Seine Hand beschrieb einen Halbkreis. »Schau dich doch um! Was glaubst du, warum ich in diesem finsteren kleinen Raum herumhänge, statt meine Arbeit zu Hause, in meinem lichten Atrium, bei einem anständigen Glas Wein zu verrichten.« Er schob die Wachstafel von sich und stand auf. »Na, wie wär's mit einem Becher irgendwo in einer Taverne, ich muss mal raus.«

»Ein andermal. Und dann erweise ich mich für deine Einladung neulich erkenntlich, versprochen.« Victor war erleichtert. Nigers Unwissenheit bedeutete Aufschub, bedeutete Hoffnung.

Auf dem Rückweg ließ Victor sich nur zu gern von dem Trubel der Menschen ablenken, die hier ihre Einkäufe erledigten oder einfach die Auslagen der Händler bestaunten.

In dieser Straße hatte er die Ohrringe für Lavinia gekauft. Der Händler hatte behauptet, sie seien einzigartig. Und wenn das gelogen war? Bei Iupiter, er würde den Händler zur Rede stellen, jetzt gleich.

Der Händler hob die Hände, als Victor ihn auf den Schmuck ansprach, zeigte sich über die Unterstellung entrüstet.

»Herr, die Stücke kamen direkt aus Rom, zusammen mit einer Halskette und zwei Ringen. Es war ein einmaliges Set, aber du wolltest ja nur die Ohrringe. Ich nehme an, zu mehr reichte dein Geld nicht.« Den letzten Satz sagte der Juwelier so laut, dass alle Umstehenden ihn hörten.

»Werde mal nicht unverschämt, du Halsabschneider.« Doch leider stimmte es, was der Händler sagte, Victor erinnerte sich wieder. Das Set war unbezahlbar für ihn gewesen, er hatte nur die Ohrringe kaufen können. Und jetzt musste er sich auf offener Straße demütigen lassen, und ob der Händler log oder die Wahrheit sagte, wusste er dennoch nicht.

Er bog in seine Straße ein, sah sein Haus, die Säulen des Portals und zuckte zurück. Die Tür stand offen, Thabea kam heraus, dahinter Lavinia, die in der Tür stehen blieb. Sie lachten, Lavinia sagte noch etwas zu dem Mädchen und schaute ihm nach, als es sich eilig entfernte.

Victor drückte sich in einen dunklen Hauseingang, lugte um die Ecke. Und da wurde ihm klar, dass er die Geschichte völlig falsch angefangen hatte.

Eine Antwort auf seine Frage erhielte er nicht von Sabina, Secunda, einem Straßenhändler, geschweige denn von Lavinia selbst.

Glauben würde er nur, was er mit eigenen Augen sah. Und es war doch ganz einfach, herauszufinden, ob Lavinia ihn anlog. Denn dann würde sie vermutlich erneut mit Paullus Kontakt aufnehmen.

Er würde auf sie warten, ihr folgen und erkunden, wohin sie ging.

Kapitel XXV

Die Wandlung

Colonia Agrippinensis, 22. September 192 n. Chr.

Er musste eingenickt sein, denn Gaia rüttelte an seiner Schulter. Felix rieb sich die Augen und wusste im ersten Moment nicht, wo er sich befand. Er fror, das Wasser war inzwischen nur noch lauwarm. Wie spät mochte es sein?

»Wie viel Zeit habe ich noch?«

»Gerade genug, um dich abzutrocknen und zu frühstücken.« Die Sklavin reichte ihm Tücher zum Abtrocknen und untersuchte seine Schürfwunden an Händen und Füßen.

»Das gehört behandelt«, murmelte sie und nahm ein Salbfläschchen von einem Regal. Zügig massierte sie die Substanz ein, sofort brannte seine Haut wie Feuer.

»Das ist gleich vorüber«, munterte sie ihn auf und reichte ihm eine Tunika.

»Wo ist deine Herrin?«

»Sie schläft.«

Schade. Felix hatte gehofft, dass Flora ihn doch noch kurz über die angeblich so wichtigen Geschehnisse informierte. Nun, dann musste das warten.

Im Atrium war das Frühstück für sie bereitet. Brot, Käse, Würstchen, nach der kargen Verpflegung der letzten Tage ein Festmahl. Gerade hatte er das erste Würstchen verspeist, da trat Ateius ein.

»Fertig?«, fragte er.

Felix nickte, griff sich noch ein Würstchen und folgte seinem Gefährten.

Draußen warteten Ausonius und Decimus bereits mit vier Pferden auf sie. Beide waren mit Schwertern bewaffnet, Ateius und Felix erhielten handliche Knüppel, die sie unter die Gürtel stecken konnten.

Es war noch dunkel, aber nicht mehr lange und die Sonne würde aufgehen. Die beste Zeit für ihr Unterfangen, hatte Ateius gemurmelt.

Ihr Ziel war der Treffpunkt, den der Entführer Maximus genannt hatte, ein Rasthaus, nicht weit von dem Gut seines Onkels entfernt. Dorthin würde Flora ihnen ihren Wagen nachschicken, das war unauffälliger. Wenn sie den Entführer überwältigt hätten, müssten sie ihn ja irgendwie in die Stadt schaffen, hatte sie gemeint.

Sie ritten langsam durch die nächtlichen Straßen. Felix rang die Müdigkeit nieder, das Nickerchen im Bad hatte ihn noch schläfriger gemacht.

Sie näherten sich dem Stadttor, und die Furcht, womöglich dem Wachtposten von gestern wiederzubegegnen, ließ Felix auf einen Schlag munter werden.

Doch am Tor trafen sie auf keinerlei Schwierigkeiten, die Wache winkte sie einfach durch. Aus der Stadt hinaus kam man offenbar leichter als in die Stadt hinein, denn in der Gegenrichtung staute sich bereits ein halbes Dutzend Leute mit Karren und Lasten.

Nach einer halben Meile trabte Felix an Ateius' Seite. Schon gestern Nacht hatte er ihn fragen wollen, was er mit seiner Bemerkung, die Geschichte sei nicht allein Felix' Angelegenheit, gemeint hatte. Aber im Bad war er ja eingeschlafen. Erst jetzt konnte er seine Neugier befriedigen.

Ateius gab Ausonius und Decimus ein Zeichen zu überholen. »Ihr wisst ja Bescheid«, sagte er mit leiser Stimme, als sie auf ihrer Höhe waren.

Die beiden nickten.

Ateius lenkte sein Pferd nah an Felix', sie trabten fast im Gleichschritt. »Dieser Mann, dein Entführer, ist ein alter Bekannter von mir.«

Felix war nicht wirklich überrascht. »Tatsächlich?«

»Er heißt Paullus und dient als Leibwächter.«

»Wem dient er?« Felix suchte den Blick seines Freundes, doch der starrte schweigend vor sich hin. Dann straffte er sich, Felix konnte es sogar in der Dämmerung erkennen.

»Paullus ist der Leibsklave deines Bruders.«

Eine eiserne Klammer legte sich um Felix' Brust. Hatte er das richtig gehört? Zufall, alles Zufall, versuchte er sich einzureden. Seine Gedanken rasten und die Verknüpfungen, die sie herstellten, waren unerfreulich. Warum sollte sein Bruder ihm etwas antun? Niemals würde Victor so weit gehen, Felix' Tod in Kauf zu nehmen! Und das hätte er mit der Entführung getan ... Vielleicht sogar vorher schon, als der Pfeil auf ihn geschossen wurde!

Felix unterdrückte seine nächste Frage, denn ein Trupp Reiter kam ihnen entgegen. Erst als er vorüber und weit genug entfernt war, fragte Felix: »Und woher kennst du diesen Paullus? Du warst doch nie in der Agrippinensis, hast du gesagt. Er gehörte wohl auch zu Maternus' Leuten ...?«

»Ja.«

Felix erinnerte sich an eine Bemerkung seines Bruders während seines letzten Besuchs. »Victors Leibwächter ist Gladiator in Rom gewesen, soweit ich weiß.«

»Möglich. Paullus ist der Freund, von dem ich dir schon mal erzählte.«

»Und von ihm erwartest du dir Hilfe bei der Suche nach deiner Familie?«

»Ja. Er ist der Einzige, den ich fragen kann.«

»Übrigens seht ihr euch sehr ähnlich.«

»Er hat sich dir gezeigt?« Ateius' Stimme klang ungläubig.

»Ich habe ihn im Wald gesehen, kurz nur und zudem bei Mondschein. Aber er hat die gleiche auffallende Statur wie du.«

Ateius brummte etwas Unverständliches.

»Und wie ...« Es gab noch so viele Fragen, doch Ateius hob die Hand und gebot Felix zu schweigen.

Ausonius und Decimus waren schon abgestiegen und warteten neben einem Gedenkstein, die Pferde am Zügel. Auch Felix und Ateius stiegen ab. Ateius winkte die Gruppe hinter einen Holunderbusch, der Sichtschutz vor den Passanten auf der Straße bot.

»Ich gehe jetzt«, sagte Ausonius.

Ateius nickte.

Ausonius drückte Decimus seinen Zügel in die Hand und marschierte die Straße hinunter. Er strebte auf das Rasthaus zu, dessen Ziegeldach sich vor dem heller werdenden Himmel abzeichnete.

»Und nun warten wir darauf, dass Paullus kommt?«, fragte Felix.

»Nein, wir wissen, dass er da ist. Nachdem er uns bei deiner Befreiung entkam, hat Ruto ihn dort erwartet und sich seither nicht von der Stelle gerührt.« Ateius, der die Zweige des Holunders heruntergebogen hatte, um die Straße im Auge behalten zu können, wandte sich zu Felix um. »Ausonius löst Ruto gerade ab.«

»Ruto hat Paullus die ganze Nacht beobachtet?« Der Gallier stieg in Felix' Achtung.

»Ja. Er müsste gleich kommen.«

Decimus hustete unterdrückt, band die Pferde an einen Strauch und setzte sich auf den Boden.

Felix schwieg eine Weile und lugte wie Ateius durch die Zweige.

Eine ganze Zeit tat sich nichts.

Plötzlich huschte ein Schatten aus einem Seitenweg auf die Straße, wandte den Kopf nach links und rechts und schlich dann auf das Denkmal zu. Der Zopf und die weiten Hosen zeichneten sich schemenhaft im Morgenlicht ab.

»Verecundus!« Ruto schlug Felix auf die Schulter und grinste verschwörerisch. »Es freut mich, dich in Freiheit und bei guter Gesundheit wiederzusehen.«

Felix kam die Anrede, an die er sich schon gewöhnt zu haben glaubte, wieder sonderbar vor.

»Paullus ist noch in der Herberge?«, wollte Ateius wissen.

»Seit gestern Nacht hat er seine Kammer nicht verlassen. Übrigens habe ich in der kleinen Bedienung dort eine gute Verbündete gefunden.«

Ateius hob die Hand zur Stirn. »Bist du …?«

»Keine Sorge, Bruder, sie glaubt, ich habe noch eine Rechnung mit dem Kerl offen, mehr nicht. Und gleich wird sie uns sogar von Nutzen sein, indem sie uns heimlich ins Haus lässt und uns die Kammer von dem Burschen zeigt.« Ruto zog die Brauen hoch und erwartete Anerkennung.

Ateius stieß seinen Atem scharf aus. »Wenn das mal gut geht! Also los.«

In der Herberge würden noch alle schlafen. Um niemanden aufzuwecken, umwickelten sie die Hufe der Pferde mit Tüchern. So leise wie möglich führten sie die Tiere näher an die Herberge heran und banden sie schließlich an einen Baum.

Ausonius erwartete sie hinter einem Busch mit Blick auf den Eingang und meldete, dass alles ruhig sei. Nur ein dicker älterer Mann habe das Haus verlassen und sei mit seinem Wagen davongefahren.

»Und es gibt keinen anderen Ausgang?«, wandte sich Ateius wieder an Ruto.

»Nicht für die Gäste, nur für Bewohner und das Personal, der führt durch den Seitentrakt.«

Ateius bat Decimus und Ausonius, ihre Schwerter gegen seinen und Felix' Knüppel einzutauschen. Ausonius schickte er anschließend zum Seitenflügel, den Hinterausgang im Auge zu behalten. Decimus sollte vor dem Haupteingang wachen. Falls Paullus ihnen wider Erwarten entkam und zu fliehen versuchte, würde er einem von beiden in die Arme laufen.

Ruto sammelte ein paar Kieselsteine auf dem Vorplatz und warf sie gegen ein Fenster im ersten Stock des Seitenflügels. Kurz darauf flackerte dort ein Licht auf und das Fenster wurde geöffnet.

»Ich komme«, flüsterte eine Frauenstimme.

»Wenigstens fragt sie nicht viel«, murmelte Ateius.

Sie mussten nicht lange warten, bis ein Mädchen mit rotschwarz kariertem Kopftuch und ebensolcher Tunika sie in das Haus winkte. »Schnell, schnell!«, flüsterte sie. Sie schloss hinter ihnen wieder ab und ging in das Treppenhaus voraus, stieg hoch bis in den ersten Stock. Sie gelangten auf eine Galerie, die einen Innenhof umschloss. In regelmäßigen Abständen gingen Türen ab, erhellt von Fackeln, die in eisernen Wandhalterungen steckten und im Luftzug züngelten.

Die Holzdielen des Bodens knarrten unter Felix' Füßen.

»Pst!« Mit einem eindringlichen Blick legte die junge Frau ihren Finger an die Lippen. Sie deutete den Gang hinunter. »Dort, das vorletzte Zimmer, da wohnt er.«

Ateius blickte die Galerie entlang, nichts rührte sich. »Hat das Zimmer ein Fenster?«

»Nein, es gibt nur diese Tür.«

»Pflegt er abzuschließen?«

»Ja, immer«, antwortete das Mädchen kaum hörbar.

»Ist noch jemand bei ihm einquartiert?«, fragte Felix.

Sie schüttelte den Kopf. »Der Mann hat darauf bestanden, allein zu wohnen. Dafür nahm er sogar einen Aufpreis in Kauf.«

»Gut«, flüsterte Ateius. »Du gehst wieder hinunter«, wandte er sich an die Bedienung. »Ruto, du postierst dich rechts der Tür, Felix links, ich klopfe an. Zu dritt sollten wir ihn überwältigen können, zumal er nicht mit uns rechnet. Falls er uns entwischt, müssen wir auf Decimus und Ausonius hoffen.«

Felix zückte das Schwert, es lag ungewohnt in seiner Hand. Er fand den Aufwand übertrieben, den Ateius betrieb. Paullus war allein, es wäre ihnen sicherlich auch zu zweit gelungen, ihn zu ergreifen. Dennoch folgte er Ateius' Anordnung. Wie Ruto auf der anderen Seite der Tür presste er sich mit dem Rücken an die Wand. Er lauschte, drinnen war alles ruhig.

Ateius näherte sich mit lautem Tritt, blieb vor der Tür stehen und klopfte. »Herr!«, rief er. »Bitte mach auf, es ist wichtig.«

Schritte näherten sich. »Was ist los? Wer ist da?«

Die Stimme klang kein bisschen müde. Felix beschlich das ungute Gefühl, dass ihr Überfall doch nicht so überraschend kam. Ihn fröstelte.

»Ich bin der Haussklave, Herr. Es gibt ein Problem mit dem Zimmer.«

»Wieso?«

»Das weiß ich nicht, Herr, du möchtest kurz hinunterkommen.«

»Um diese Zeit?«

»Dafür kann ich nichts. Der Hausherr wünscht dich dringend zu sprechen, wenn es recht ist.«

»Es ist nicht recht. Sage dem Hausherrn, seine Zimmerprobleme kann er sich in den Hintern schieben. Und jetzt verschwinde!«

Schritte waren zu hören, sie entfernten sich von der Tür.

»Herr!«, rief Ateius wieder, trotz seines Unmuts über den fehlgeschlagenen Versuch klang seine Stimme demütig. »Ich bekomme Ärger, wenn du nicht beim Wirt erscheinst.«

Paullus sah offenbar keine Notwendigkeit, darauf zu antworten.

Ateius inspizierte die Tür, vor allem das Schloss, nickte und trat die drei Schritte bis an das Geländer der Galerie zurück. Auch Ruto spannte seine Muskeln.

Felix umklammerte den Schwertgriff und betete lautlos zu Iupiter, Mars und Merkur, ihnen bei ihrem Vorhaben zur Seite zu stehen.

Ateius sprang vor und ließ seinen Fuß nahe dem Schloss auf das Holz krachen. Die Tür bebte, doch der Riegel hielt stand. Schon ließ Ruto seinen Fuß an die gleiche Stelle prallen und die Tür flog auf. Sie schlug gegen die Wand und schwang im nächsten Moment zurück. Ateius hielt sie mit der Schwerthand fest. In dem Zimmer war es dunkel, durch die Türöffnung fiel das flackernde Licht der Fackel, gemischt mit dem ersten zarten Morgengrauen. Es war kaum einen Schritt weit etwas zu sehen.

Ateius tastete sich langsam vor, das Schwert ausgestreckt. »Komm her, du Aas!«

Unvermittelt hörte Felix einen dumpfen Schlag und Ateius sackte zusammen, Blut sickerte aus seiner Tunika auf den Boden. Ateius lag genau im Lichtstreifen, den die Türöffnung zuließ, und Felix konnte erkennen, dass er atmete, den Göttern sei Dank. Aber er schien bewusstlos zu sein.

»Hab ich es mir doch gedacht, dass ich nur auf dich zu warten brauche, Bruder«, zischte eine Stimme, die Felix das Blut in den Adern gefrieren ließ.

Doch der Schreck dauerte nur einen Augenblick, dann hatte er sich wieder in der Gewalt und sein Verstand arbeitete. Paullus musste direkt neben der Tür gewartet haben. Die Schritte, die sie gehört hatten, waren natürlich eine Finte gewesen.

Nur die Wand trennte ihn von seinem Entführer. Paullus wusste nicht, zu wie vielen sie waren, das mochte ihre Chance sein, wenngleich er offenbar mit weiteren Eindringlingen rechnete, sonst hätte er seine Deckung längst verlassen und Ateius den Garaus gemacht.

Mit einem Wink lenkte Felix Rutos Aufmerksamkeit auf sich, signalisierte, dass er vorhatte, in das Zimmer einzudringen. Er zeigte auf die linke Seite, wo er Paullus vermutete. Ruto verstand, nickte und tippte auf sein Schwert, er würde ihm auf dem Fuße folgen. Felix hob die Hand, streckte einen Finger, dann den zweiten, den dritten empor und stürmte um die Ecke. Das Schwert vorgestreckt stach er blind zu, einmal, zweimal, seine Hiebe gingen ins Leere. Schritt für Schritt tastete er sich vorwärts, versuchte, etwas zu erkennen. Ruto trat neben ihn, sicherte seine Seite, Rücken an Rücken tänzelten sie im Kreis. Plötzlich taumelte Ruto. Felix schwang das Schwert herum und im nächsten

Moment spürte er einen Aufprall. Treffer! »Ruto, alles klar?«

Statt einer Antwort hörte Felix einen dumpfen Schlag und ein lautes Klirren. Schemenhaft erkannte er zwei Männer, einer der beiden klappte zusammen wie ein Faltmesser. Hoffentlich der Gegner. Ja, Fortuna sei Dank! Felix sah, wie Ruto mit dem Fuß ausholte und dem gebeugt dastehenden Kerl zwischen die Beine trat, so dass der auf die Knie sank und sich den Schritt hielt. Dennoch blickte Paullus um sich, schon tastete seine Hand über den Boden.

Das Messer, er sucht sein Messer! Dort lag es, nur einen Schritt von ihm entfernt. Blitzschnell sprang Felix hinzu und stieß die Waffe mit dem Fuß aus Paullus' Reichweite. Gerade zur rechten Zeit, denn schon rappelte der sich wieder auf, blickte wild um sich und schwang seine Faust in Rutos Richtung, der ihr aber auswich und sofort wieder selbst zum Angriff überging.

Paullus war völlig auf Ruto fixiert. Felix nutzte die Gelegenheit und hieb ihm das Schwert in den Oberschenkel. Paullus fiel um wie ein gefällter Baum.

Fassungslos starrte Felix auf den am Boden Liegenden.

Paullus presste eine Hand auf die Wunde, das Gesicht schmerzverzerrt. Doch kein Klagelaut kam über seine Lippen.

Ruto holte eine Fackel von der Galerie herein und endlich konnten sie ihren Gegner deutlich erkennen.

»Sieh dich vor, dieser Kerl ist gefährlich wie ein wildes Tier«, warnte Felix den Gallier, als der nun ein Seil zückte, um Paullus zu fesseln.

Ruto winkte ab. »Keine Sorge, ich bin auch nicht ohne.«

Felix kniete sich neben Ateius nieder, behielt Paullus dabei jedoch im Auge.

Unter seiner Hand spürte er eine Regung, Ateius kam zu sich. »Willkommen unter den Lebenden«, grüßte er ihn.

Ateius' Hand fuhr zu seiner Stirn, wischte über die Augen. Er kniff sie ein paarmal zusammen, dann erwiderte er Felix' Blick. »Bei allen Dämonen der Unterwelt, welch eine Schmach! Wo ist das Schwein?«

»Ruto fesselt ihn gerade. Bleib liegen, lass mich deine Wunde untersuchen.«

Ateius tastete an seine Schulter, betrachtete seine blutige Hand. »Es ist nichts.«

»Aber du ...«

Ein unterdrückter Laut zog ihre Aufmerksamkeit auf sich. Ruto hielt sich den Arm, Paullus zerrte an dem Seil, das lose um seinen Körper hing. Panisch tastete Felix nach seinem Schwert, das er neben Ateius abgelegt hatte. Er bekam es an der Schneide zu fassen, der scharfe Stahl schnitt ihm in die Handfläche.

Was sollte es, er riss es in die Höhe – doch schon sackte Paullus in sich zusammen. Aus seiner Schulter ragte ein Messergriff.

Ateius lag, auf einen Arm gestützt, neben Felix. Der andere Arm war noch ausgestreckt vom Wurf.

»Ateius! Du hast ihn getötet!«, rief Felix.

»Keine Sorge, ein Messerstich an der Stelle bringt keinen um.« Ateius stemmte sich in die Höhe. »Ruto, bist du schwer verletzt?«

»Nein, nur ein kleiner Schnitt, ein paar Prellungen, nicht der Rede wert.«

Felix hielt Paullus fest, während Ruto das heruntergeglittene Seil entwirrte und erneut begann, Paullus zu verschnüren. Erst als er an Armen und Beinen gefesselt vor ihnen lag, wagte es Felix, Paullus' Wunden zu begutachten.

Der Schnitt am Oberschenkel blutete stark, war aber nicht bedrohlich. Die Wunde in der Schulter hingegen schien bedenklicher.

Ateius trat neben ihn, er schwankte ein wenig, Blut breitete sich über seiner Brust aus. »Lass das Messer stecken. Wir nehmen ihn so mit und kümmern uns bei Flora darum.«

Felix sah zweifelnd auf Paullus hinunter, hoffentlich überlebte er den Transport. Und auch Ateius' Zustand schien bedenklich. »Nie im Leben schaffen wir es mit ihm bis zum Wagen. Das ist viel zu weit.«

Ateius nickte grimmig. »Das geht schon.« Er schickte Ruto nach unten, Decimus und Ausonius zu holen.

Decimus kam als Erster in die Kammer. »Der Wagen ist da!«, verkündete er. »Mit der Herrin übrigens.«

»Was?«

»Ihr glaubtet doch nicht ernsthaft, dass sie so weit ab vom Geschehen ausharren würde?«

Ein unterdrückter Laut ließ sie herumfahren. Paullus kam zu sich, wand sich unter den Fesseln. Unmöglich, ihn so zu transportieren.

Ateius ging zu ihm, holte aus und schmetterte ihm seine Faust gegen die Schläfe. Paullus' Kopf ruckte zur Seite. »So, jetzt los!«, forderte er Ausonius und Decimus auf.

Gemeinsam schafften sie ihn zum Hinterausgang, das sei unauffälliger, meinte das Mädchen und schloss ihnen auf.

Ateius schickte Felix vor, um auszukundschaften, ob die Luft rein war.

Als er hinaustrat und in die Morgensonne blinzelte, fühlte Felix sich wie in einem Traum. Genug, sie sollten sich beeilen. Dort stand der Wagen, das Pferd ließ den Kopf hängen, ein Huf auf die Spitze gestützt. Der Kutschbock war verlassen, Flora nicht zu sehen

Felix sah die Auffahrt hinunter, lauschte. Niemand da. In der Ferne rumpelte ein Wagen auf der Straße, keine Gefahr für sie. Er winkte den anderen zu kommen.

Aus den Augenwinkeln bemerkte Felix, dass sich die Wagentür öffnete. Flora sprang heraus. »Hinein mit ihm, und dann lasst uns aufbrechen.« Sie bedachte den bewusstlosen Paullus mit einem grimmigen Blick.

Ruto half ihnen noch, den Gefesselten in den Wagen zu hieven, und verabschiedete sich dann. Um seine Abwesenheit zu erklären, habe er Maximus vorgelogen, hier ein Mädchen zu haben. Aber jetzt müsse er zurück, er wollte es schließlich nicht übertreiben.

»Wenn du in der Stadt bist, steht dir mein Haus jederzeit offen«, meinte Flora.

Sie stiegen in den Wagen, die Pferde hatten sie hinten festgebunden, Ausonius sprang neben Decimus auf den Kutschbock.

Mit einem Ruck fuhren sie an. Ateius stöhnte leise auf.

Besorgt beugte sich Flora über ihn und zupfte an der blutbesudelten Tunika. »Bei Iuno, das sieht schlimm aus.« Sie kramte unter ihrem Sitz und beförderte einen Lederbeutel zutage. Ihm entnahm sie Tücher, eine Feldflasche, Verbandszeug und versorgte die Wunde.

»Was ist mit dem dort?« Flora zeigte auf Paullus, der zwischen ihnen auf dem Boden lag. Der Messergriff ragte aus seiner Schulter. Ein unwirklicher Anblick, Felix hatte so etwas noch nie gesehen.

»Zieh auf keinen Fall das Messer heraus«, warnte Ateius.

Flora lüpfte den Vorhang vor dem Fenster, Morgenlicht fiel in den Wagen. »Es ist nicht mehr weit. Hoffentlich kommt er nicht gerade zu sich, wenn wir vor den Wachen stehen.«

»Keine Sorge«, murmelte Ateius. »Der schläft noch eine ganze Weile.«

Flora nickte. »Wenn du es sagst. Felix, du sitzt auf einer Decke, gib die her!«

Er erhob sich und reichte sie ihr. Merkwürdig, kaum war Flora da, erteilte sie Befehle, ohne auf den geringsten Widerstand zu treffen. Immerhin, und das tröstete Felix ein wenig, schien sie auf jeden der Anwesenden diese Macht auszuüben.

Flora breitete die Decke über Paullus aus und verdeckte damit auch den Messergriff. »Ich habe vorhin am Tor gesagt, ich würde Freunde abholen, sie werden sich also nicht wundern, mich wiederzusehen. Es wäre angebracht, ihr stelltet euch schlafend, am besten schlafend mit einem prächtigen Rausch.« Sie reichte Felix eine Flasche. »Trink! Wir brauchen hier drin ein wenig Tavernendunst.«

Bei allen Göttern, Flora war erschreckend einfallsreich. Felix nahm einen großen Schluck und gab die Flasche an Ateius weiter, der ebenfalls einen kräftigen Zug nahm. »Was ist mit Decimus und Ausonius, die bräuchten auch zumindest ein kleines Fähnchen.«

Allmählich erfüllte ihr Weinatem den Wagen.

Flora war aber noch nicht zufrieden, sie goss einen ordentlichen Schwall auf ihre Tuniken. Sogleich spürte Felix die klebrige Nässe auf der Haut.

Wieder spähte Flora ins Freie. »So, jetzt stellt euch schlafend. Und falls sie uns anhalten, rede nur ich, verstanden?«

Sie beugte sich aus dem Fenster und instruierte auch Decimus und Ausonius.

Kurz darauf kam der Wagen zum Stehen, Schritte näherten sich.

»Salve!«, grüßte Flora.

Ihre Stimme klang gleichermaßen geduldig, überheblich, gelangweilt und selbstbewusst, eine erstaunliche Vielfalt bei nur einem Wort.

»Dem einzigen Neffen sieht man zwar einiges nach, mir aber auch noch die Last seiner Freunde aufzubürden, das ist ...«

»Bei Liber, die haben ja tüchtig über die Strenge geschlagen.« Der Soldat lachte. »Wenn du für ihre Bändigung meine Dienste benötigst, meine Schöne ...«

»Oh, danke für dein Angebot«, antwortete Flora spitz. »Aber ich denke, das lässt sich auch ohne deine Hilfe einrichten. Jetzt wäre ich allerdings äußerst froh, könnte ich diesem Odem des Hades bald entfliehen.«

Die Wache antwortete etwas, offenbar war es die Erlaubnis zur Weiterfahrt, denn der Wagen setzte sich in Bewegung.

In der Sicherheit der Stadt spürte Felix seine Erschöpfung. Erschöpfung, aber auch Stolz. Gemeinsam hatten sie diesen Kerl dingfest gemacht. Er schloss die Augen und bemerkte erst nach einer Weile das Grinsen, das er im Gesicht trug.

Flora riss ihn aus seiner Selbstzufriedenheit.

»Ja, grins ruhig so wohlgefällig vor dich hin. Es wird dir gleich vergehen.«

Felix hatte anderes im Sinn, als sich auf Floras Sticheleien einzulassen. »Was auch immer du mir erzählen willst, es muss warten. Ich werde mich nämlich nur schnell ein wenig frisch machen und dann sofort zu Onkel Iulius reiten.«

»Dein Onkel Iulius ... Felix, ich habe es die ganze Zeit nicht über mich gebracht, es dir zu sagen.« Flora strich ihre Tunika glatt, plötzlich war sie sehr ernst. »Es schien immer nicht der rechte Zeitpunkt. Und auch jetzt ... Aber ich will es nicht länger aufschieben. Felix, dein Onkel Iulius ist bereits vor einigen Wochen verstorben.«

Kapitel XXVI

Teure Blicke

Colonia Agrippinensis, 22. September 192 n. Chr.

Victor hatte gestern bis zum Einbruch der Dunkelheit in dem Hauseingang gestanden und gewartet. Doch Lavinia war nicht erschienen. Nur Thabea war mit einem gefüllten Einkaufskorb zurückgekehrt. Schließlich hatte er aufgegeben, sich in sein Zimmer zurückgezogen und Peregrinus im Vertrauen aufgefordert, ihm jegliche Post, also auch die von oder für seine Frau, sofort auszuhändigen. Ferner sei er unverzüglich zu informieren, verließe die Herrin das Haus, egal zu welcher Stunde. Victor hasste sich selbst für diese Maßnahme, aber der Stachel des Misstrauens saß tief.

Fast die ganze Nacht wanderte er in seinem Tablinum auf und ab. Felix musste her. Wäre er erst verurteilt, ergriffe Victor natürlich Maßnahmen, seinen Bruder zu retten. Möglichkeiten dazu gäbe es bestimmt, er würde Demetrios fragen. Am Geld sollte es jedenfalls nicht scheitern, selbst wenn er einen Teil des Erbes dafür opfern musste.

Irgendwann hatte Victor sich dann doch hingelegt. Er hatte geträumt, konnte sich aber nach dem Erwachen an nichts erinnern.

Im Morgengrauen warf er sich von einer Seite auf die andere, bekam die trüben Gedanken nicht aus dem Kopf.

Übermorgen war der Gerichtstermin, vorher musste er dringend noch einmal mit Demetrios sprechen. Victor richtete sich auf, er durfte seine Zeit nicht derartig verschwenden, zu viel stand auf dem Spiel, er musste handeln. »Peregrinus?«

Kurz darauf erschien sein Sklave. »Was wünschst du?«

»Frage Lavinia, ob sie heute auszugehen gedenkt, und wenn ja, wann.«

»Sie wird sich über dein Interesse wundern, Herr.«

»Sage ihr, ich werde für heute einen Termin mit dem Anwalt Demetrios vereinbaren. Ich vermute, dabei wünscht sie zugegen zu sein. Noch könnte ich mich nach ihren Vorhaben richten, sofern es Demetrios' Agenda zulässt, selbstverständlich.«

»Ich werde es ihr ausrichten, Herr.«

Kaum war Peregrinus verschwunden, kritzelte Victor ein paar Zeilen für den Anwalt auf eine Wachstafel. Allein den Zeitpunkt des Treffens ließ er offen.

Wo blieb Peregrinus? Victor tippte mit dem Stilus auf die Tischplatte. Sein Sklave brauchte lange, zu lange.

Endlich erschien er. »Die Herrin wünscht dich zu sprechen, Herr. Sie ist besorgt.«

Das hatte Victor befürchtet. »Sie bleibt also heute zu Hause?«

Peregrinus neigte den Kopf zur Seite. »In einer Stunde beabsichtigt sie, die Gattin des Statthalters, Sabina, aufzusuchen. Es werde aber nicht lange dauern, zwei Stunden oder drei, danach kannst du über ihre Zeit verfügen.«

In einer Stunde also. So lange konnte er noch warten. »Peregrinus, du wirst diese Nachricht an Demetrios überbringen lassen.« Victor ergänzte seine Notiz um die Angabe, dass er den Anwalt um die siebte Stunde erwarte, verschnürte die Tafel, drückte seinen Siegelring in das Wachs. »Meiner Frau kannst du ausrichten, dass ich heute Nachmittag, nach der Besprechung mit Demetrios, für sie da sein werde. Informiere mich, sobald Lavinia das Haus verlässt, bis dahin möchte ich nicht gestört werden, ich habe zu arbeiten.«

Victor setzte sich an seinen Arbeitstisch, konnte sich aber auf nichts konzentrieren. Er stützte die Ellenbogen auf, faltet die Hände unter dem Kinn und starrte vor sich hin. Und schon rollten die Gedanken in seinem Kopf wie Würfel auf dem Spieltisch.

Als Peregrinus klopfte, schreckte Victor zusammen.

»Die Herrin schickt sich an, zu Sabina aufzubrechen.«

»Geht sie allein?«

»Nein, Thabea begleitet sie.«

»Gut, der Brief ist bestellt, hoffe ich?«

»Selbstverständlich.«

»Danke, Peregrinus.« Victor sprang auf und folgte seinem Sklaven auf den Flur. »Ich muss kurz zu meinem Freund Niger, hol mir meinen Mantel.«

Victor zog die Kapuze über den Kopf und trat aus dem Haus. Der Himmel war grau, ein kalter Wind blies ihm ins Gesicht. Umso besser, bei der Kälte erregte er keinen Verdacht, wenn er sich vermummte.

Er blickte die Straße hinauf und herunter. Nach der endlosen Warterei fehlte es noch, dass Lavinia ihm sogleich entwischt war.

Doch nein, dort hinten gingen zwei Frauen, von der Figur her Lavinia und Thabea. Victor lief ihnen hinterher und beobachtete, wie sie nach ein paar Schritten in die Hauptstraße einbogen.

Sie waren stadtauswärts unterwegs; um Sabina zu besuchen, hätten sie eine andere Richtung einschlagen müssen.

Victor beeilte sich, um den Abstand zu verringern. Bei dem Trubel ringsum könnte er sie zu leicht aus den Augen verlieren.

Vor der Auslage eines Schmuckhändlers blieben die Frauen plötzlich stehen. Er war zu nah! Victor blickte sich um und sprang hinter das Gestell einer Töpferei. Eine Bedienung kam aus dem Laden heraus und auf Victor zu. Sie lächelte freundlich. »Kann ich helfen?«

»Nein danke, ich wollte nur einen Blick auf die Schalen werfen. Sehr hübsch.« Aus den Augenwinkeln sah er Lavinia weitergehen, allein.

Victor trat auf die Straße und blickte sich um. Wo war die Sklavin abgeblieben? Vorsichtig folgte er seiner Frau. Nach wenigen Schritten fand er die Antwort: Hinter dem Laden des Schmuckhändlers zweigte eine Nebenstraße ab, in die Thabea sicher entschwunden war. Lavinia wollte also allein zu ihrer Verabredung.

Er folgte ihr durch das Stadttor, kam an einer Werkstatt vorbei, die ihm guten Sichtschutz bot. An den Handwerksbetrieb grenzte eine Pferdewechselstation, bei der Lavinia stehen blieb und mit einem jungen Mann sprach.

Nach einem kurzen Wortwechsel schienen die beiden sich einig. Der Mann ging und kehrte sogleich mit einem anderen zurück. Lavinia verschwand mit ihm hinter einer Ecke und kurz darauf rumpelte ein Wagen auf die Straße.

Natürlich, dies war die Straße nach Bagacum, aber Lavinia hatte wohl kaum vor, zu Iulius' Gut zu fahren. Oh, Victor ahnte, wohin sie wollte. Er rannte zu der Station, erwischte den jungen Mann im letzten Moment, bevor der im Haus verschwand. »Ein Pferd. Habt ihr ein Pferd für mich?«

»Nun ja, schon«, meinte der junge Mann mit einem abschätzigen Blick.

»Mein Name ist Iulius Victor.« Er zeigte ihm seinen Siegelring und drückte ihm einige Münzen in die Hand. »Ich bringe es in höchstens zwei Stunden zurück.«

Der Junge führte einen gut genährten Braunen herbei.

Victor ließ sich auf das Pferd helfen und trabte davon, dem Wagen nach. Der war längst aus seinem Blickfeld verschwunden. Wenn er nicht recht behielt, was das Ziel seiner Frau betraf, war der Ritt umsonst …

Nach einer Weile lösten Grabmäler die Werkstätten und Lager an der Straße ab. Und eine knappe halbe Stunde später passierte er ein Denkmal, das er wiedererkannte. Befand sich dahinter nicht die Taverne? Tatsächlich, das Ziegeldach leuchtete rot zwischen dem Grün einiger Bäume. Und in deren Hof stand der Mietwagen.

Victor näherte sich langsam, sprang vom Pferd und band es an einen Ring an der Seite des Hauses.

Und nun? Er konnte schlecht in den Schankraum gehen, wo Lavinia ihn sofort bemerken musste. Sollte er hier draußen warten, bis Paullus kam? Und wenn sein Leibwächter sie drinnen schon erwartete?

Stünde er noch länger vor der Tür herum, würde er Verdacht erregen. Victor schlenderte zur Vorderseite des Hauses, versuchte, durch das milchige Glas eines Fensters etwas zu erkennen.

Einzelne verschwommene Punkte zeigten, dass Öllampen brannten, doch die Menschen konnte er nur schemenhaft wahrnehmen. Eine Gestalt bewegte sich am Fenster vorbei, entfernte sich.

Er musste es wagen und hineingehen.

Die Bedienung hatte gesagt, Lavinia säße immer im hinteren Teil. In dem Fall würde sie ihn nicht sehen können, wenn er vorn den Raum betrat.

Die Öllampen sorgten eher für Rauch als für Licht. Günstig für ihn, wenngleich das Atmen schwer wurde. Wo sich der Seitenflügel an den Hauptraum anschloss, standen zwei Tische, an einem saß ein dicker Mann, über sein Essen gebeugt. Victor näherte sich, spähte um die Ecke. Drei Tische weiter hatte sich Lavinia niedergelassen, redete mit einer der Bedienungen, einem jungen Mädchen mit einem rot-schwarz karierten Kopftuch. Die Dicke von neulich bemerkte er nicht, und das war auch gut so. Schnell steuerte er auf den freien Tisch neben dem des Mannes zu und setzte sich so, dass dessen kräftige Statur ihn verdeckte. Victor atmete auf und zog erst jetzt die Kapuze vom Kopf. Ein guter Platz! Von hier aus hatte er einerseits den Eingang im Blick, andererseits, wenn er sich ein wenig vorbeugte, Lavinia.

Die Bedienung kam nun auch zu ihm und er bestellte einen Becher Wein.

Victor registrierte jede Bewegung Lavinias und jeden Eintretenden. Paullus blieb aus.

Während er noch an seinem ersten Becher nippte, bestellte sie einen weiteren. An Lavinias Haltung las er ab, dass sie zunehmend die Geduld verlor.

Sie mochten kaum eine halbe Stunde in der Taverne verbracht haben, als Lavinia der Bedienung winkte. Statt eines neuen Weins brachte die ihr eine Wachstafel. Lavinia schrieb etwas darauf, während die Bedienung wartete, und zahlte anschließend.

Victor erschrak. So bald schon wollte sie gehen? Hastig rückte er ein Stück zurück, bückte sich vorsichtshalber unter den Tisch, als sei ihm etwas hinuntergefallen. Als sie an ihm vorbeirauschte, warf Lavinia ihren Mantel über, und die Bewegung ließ keinen Zweifel darüber zu, wie wütend sie war.

Was sie Paullus wohl mitzuteilen hatte? Victor folgte der Bedienung mit seinen Blicken, die warf die Wachstafel achtlos auf den Tresen, hantierte mit den Krügen und verschwand dann durch die rückwärtige Tür.

Laut der Preisliste an der Wand kostete der Wein zwei Asse. Victor erhob sich, suchte mit der Hand nach seinem Beutel am Gürtel, fingerte im Gehen einige Münzen heraus, viele blieben nicht mehr übrig.

Während er weiter in seinem Beutel herumsuchte, so als fände er die rechten Münzen nicht, versuchte er, die Worte auf der Wachstafel zu entziffern.

Ich halte mich an die Abmachung und erwarte Gleiches von dir! Spätestens morgen muss alles erledigt sein, ich habe das Geld …

»Du möchtest bezahlen?« Das Mädchen stand vor ihm und zog die Wachstafel weg.

Bei Hercules, den letzten Satz hatte er nicht zu Ende lesen können. Es musste um Felix gehen. Aber, was musste erledigt sein? Und woher wollte sie so schnell das Geld bekommen? Zu ärgerlich, dass Paullus nicht erschienen war.

Die Bedienung wartete, schob ungeduldig eine vorwitzige Haarsträhne unter ihr Kopftuch. Die andere Hand hielt sie ihm hin. »Was ist nun?«

»Ja, natürlich, entschuldige.« Victor gab ihr drei Asse, suchte noch einen vierten aus seinem Beutel und schon lächelte die junge Frau.

»Kennst du die Dame?«, fragte sie ihn neugierig.

»Sie kam mir bekannt vor.«

»Oh, sie war schon mehrmals hier. Da wartete sie allerdings nicht vergeblich, so wie heute.« Sie kicherte. »Die reichen Damen haben merkwürdige Vorlieben, was Männer angeht. Jetzt hat dieser gruselige Kerl aber wohl die Lust an ihr verloren, wie es scheint. Na ja, vielleicht ist ihm ja auch nur etwas dazwischengekommen. Sie rechnet jedenfalls damit, dass er wieder auftaucht.«

Das Mädchen hingegen hegte daran offenkundig Zweifel.

»Ist der Mann so ein großer, kahlköpfiger Kerl?«

»Du kennst den Mann auch? Das ist aber ein Zufall!« Die Bedienung legte den Kopf schräg und sah zu ihm auf.

Erst jetzt fiel Victor auf, dass sie einen halben Kopf kleiner war als er. »Möglich. Da du seinen Namen nicht wissen wirst, werden wir es nie erfahren.« Er quälte sich ein Lächeln ab.

»Paullus heißt er.« Wieder kicherte das Mädchen. »Natürlich kenne ich ihn, seit ein paar Tagen hat er sich bei uns einquartiert.«

Victor schluckte trocken. »Dann würde ich ihn sehr gern sprechen.«

»Oh, das geht nicht, Herr, ich sagte es doch. Paullus ist nicht da. Seit heute früh haben wir ihn nicht mehr gesehen.« Sie nickte unwillig. »Immerhin hat er seine Sachen dagelassen, denn er hat seine Rechnung noch nicht bezahlt.«

Victor fluchte innerlich. Sollte er auf ihn warten? Vielleicht fände er unter Paullus' Gepäck einen Hinweis, einen Brief von Lavinia, eine Nachricht, irgendetwas, was ihm Aufschluss darüber gab, was Lavinia mit ihm zu schaffen hatte. Wenn er einen Blick in Paullus' Kammer werfen könnte … Seine Hand tastete nach seinem Beutel, der jetzt schlaff an seinem Gürtel hing. Eine Münze war noch darin, ein kleines Geldstück – ein Denar mit dem Porträt des Commodus. Das wäre ein teurer Blick, aber wenn es ihm Aufklärung brachte, wäre es den Einsatz wert. Er streckte dem Mädchen die Münze hin.

Kapitel XXVII

Bruderliebe

Colonia Agrippinensis, 22. September 192 n. Chr.

Alles war vergebens, der Onkel war tot. Wie im Traum erlebte Felix die Heimkehr. Er half, den Gefangenen in den Keller zu sperren, und ließ sich dann widerstandslos von Flora in sein Zimmer schaffen.

»Ich werde die Verwundeten versorgen. Du legst dich erst einmal hin, hast den Schlaf bitter nötig.« Auch Flora beabsichtigte, sich noch ein wenig hinzulegen. Beim Mittagessen würde sie ihm dann den Rest erzählen.

Felix wollte nichts mehr hören, er fühlte sich wie ein verdorrter Baum, verspürte weder Hunger noch Durst. Neben seinem Bett stand ein Teller mit Brot, etwas Käse, Obst, auch ein Krug mit Wein, aber das alles lockte ihn nicht.

Er streckte sich aus, legte die Arme unter den Kopf und starrte an die Decke. Er fühlte sich todmüde, fand aber keinen Schlaf.

Endlich stand er auf, wanderte auf und ab und überdachte seine Lage. Bis jetzt hatte er nicht aufgegeben und das würde er auch jetzt nicht. Es musste einen Weg geben, Antworten auf seine Fragen zu finden. Am besten, er hörte sich zunächst den Rest der Geschichte an, die Flora angekündigt hatte. Und das sofort. Er könnte Floras Vater um Hilfe bitten. Emilianus war immer ein Freund der Familie gewesen. Er würde Felix glauben, ihm sicher zur Seite stehen. Emilianus müsste längst wieder in der Stadt sein, in diesem Haus.

Wie spät mochte es sein? Schwer zu sagen, denn in seinem Zimmer war es völlig finster.

Im Korridor brannte eine Fackel, doch von irgendwo fiel dämmeriges Licht in den Gang. Als Felix aus dem Zimmer trat, verfing er sich in einem Wust von Decken, der vor der Schwelle lag. Ein Junge schälte sich heraus, rieb sich die Augen und gähnte. »Oh, ich bin wohl eingeschlafen! Ich werde gleich nach dem Essen fragen, du wirst hungrig sein.«

»Warte mal, Bursche.«

»Ja, Herr?«

»Ist Emilianus da?«

»Nein, wieso? Der Herr Emilianus lebt schon seit Langem auf seinem Gut, fünfzehn Meilen entfernt an der Straße nach Augusta Treverorum. In diesem Haus wohnt seit Jahren nur die Herrin Emiliana mit ihrem Sohn.«

Flora hatte einen Sohn. Nun, dann war sie also doch verheiratet, in ihrem Alter lag das nahe, was überraschte ihn das?

»Und ihr Mann wohnt natürlich ebenfalls hier.« Hoffentlich machte der keine Schwierigkeiten, wenn er erfuhr, dass Flora ihm und Ateius Obhut gewährte.

»O nein, Herr. Sie ist geschieden.« Der Junge rieb sich den Nasenrücken.

»Wie das?« Nun denn, Flora war nicht einfach, bei Iuno, kein Wunder, wenn ein Ehemann an ihr die Lust verloren hatte.

»Ich weiß ja nicht, ob ich …« Der Junge zog geräuschvoll den Rotz hoch. »Ach was, es ist ja kein Geheimnis. Ihr

Mann hat sich wegen einer anderen Frau von ihr getrennt. Eine alte Schachtel mit Geld wie Heu, dabei ist der Herr selbst nicht unvermögend. – Sag, wie kann man eine so wunderbare Frau wie unsere Herrin wegen einer klapprigen Mähre wie dieser Vibonia verlassen?« Der Sklave sah ihn mit gerunzelter Stirn an, als habe Felix die Ehe vermittelt.

»So ist das nun mal. Ehen werden aus finanziellen oder politischen Erwägungen geschlossen und wieder geschieden.«

»Du bist auch verheiratet?« Der Junge musterte ihn mit geneigtem Haupt.

Felix schüttelte den Kopf.

»Ich gehe jetzt, um die Herrin zu fragen, ob das Essen bereit ist. Du kannst dich derweil ins Atrium begeben. Dort stehen einige Früchte, falls du jetzt schon Hunger hast.« Der Sklave nickte ihm noch einmal zu und verschwand.

Felix folgte ihm. Tatsächlich knurrte sein Magen, wenngleich er noch immer keinen Appetit verspürte.

Flora hatte ihn in einem Seitentrakt des Hauses in einem Zimmer am Ende eines Flures untergebracht. Es war der Teil des Hauses, der engen Freunden vorbehalten war. Vor ihm fiel aus einem Raum ein Lichtstreifen in den sonst düsteren Gang. Felix blieb auf der Schwelle stehen und warf einen Blick hinein.

Durch die Lamellen der Flügeltüren gegenüber drangen vereinzelte Lichtfäden und zeichneten ein Streifenmuster auf Boden und Wände. Dahinter befand sich der Garten. Wüsste er es nicht, ließe das Plätschern eines Brunnens ihn erahnen.

Dies war das Sommertriclinium, in dem Flora und er als Kinder oft gespielt hatten. Früher entbehrte es jeglichen Schmuckes, jetzt zierte eine bronzene Statue den Speiseraum. Einst waren die Wände schlicht rot und gelb gestrichen gewesen, jetzt hatte sie jemand geweißt und Bilder darauf gemalt, Gartenszenen, wie es schien, Felix konnte es in dem Dämmerlicht nicht genau erkennen.

Er ging den Korridor weiter, bog um eine Ecke und war im ersten Moment vom Sonnenlicht geblendet.

Gaia hantierte mit einem Klapptischchen. »Sei gegrüßt, Herr.« Um den Tisch herum platzierte sie drei Sessel. »Weiß die Herrin Bescheid, dass du auf bist?«

»Der Junge wollte sie unterrichten.«

»Gut. Dann wird sie ja gleich zur Stelle sein. Setz dich.« Gaia deutete auf einen der Sessel.

Felix nahm Platz und die Sklavin rückte das Tischchen näher an ihn heran. Kurz darauf trug sie ein Tablett herein und stellte es vor ihm ab. Sie verneigte sich vor Felix und verschwand.

Die Speisen wären eines illustren Gastes würdig gewesen. Austern, Lachs, geräuchertes Fleisch, Würstchen, gedünsteter Lauch, frisches Brot, Obst, was das Herz begehrte. Felix nahm sich eine Auster und ein Stück Brot.

»Ah, du lässt es dir schon schmecken. Wenigstens scheint dir der Tod deines Onkels nicht auf den Magen geschlagen zu sein.« Flora ließ sich in den Sessel sinken und lächelte ihn an.

»Und du? Hast du schon gegessen?«, fragte Felix.

»Nein, ich habe damit auf dich gewartet.«

Felix spürte, wie ihm das Blut in den Kopf schoss. Warum wertete er ihre Bemerkung gleich als Rüge? Er legte die Muschel auf den Teller zurück, fegte mit der Hand Krümel von der Tunika und trank einen Schluck Wein. Er räusperte sich. »Sagtest du nicht, es gibt weitere Neuigkeiten, die mich betreffen?« Felix lehnte sich zurück, sein eben erst erwachter Appetit war wieder vergangen.

Flora nickte.

»Sollte sie vielleicht auch Ateius erfahren?«

»Ateius! In ihm hast du wirklich einen bemerkenswerten Freund gefunden, Felix. Hochachtung! Hätte er nicht schon eine Frau, ich würde ihn, ohne nachzudenken, nehmen. Er wartet darauf, dass unser Gefangener anfängt zu reden. Sobald er etwas aus ihm herausbekommen hat, will er sich zu uns gesellen.«

Aber Ateius musste doch mit der Befragung auf ihn warten. »Dann gehe ich …«

»Du kannst nicht alles zur gleichen Zeit, Felix. Und glaube mir, um Paullus die richtigen Fragen stellen zu können, solltest du erst hören, was ich zu sagen habe.«

»Also?«

»Wo fange ich an?« Ihr Blick traf ihn. »Bei allen Göttern, es ist aber auch eine vertrackte Geschichte. Am besten erzähle ich sie der Reihe nach. Also: Als ich bei meiner Rückkehr aus der Belgica – jener denkwürdigen Reise, die auch dir noch im Gedächtnis geblieben sein dürfte …« Sie lächelte ihn an, ihre sonst zweifarbigen Augen wirkten jetzt gleichermaßen dunkel und unergründlich. »Nun, wie du ja schon weißt, erwarteten mich bei meiner Rückkehr schlimme Nachrichten. Die deines Todes war eine davon, wenngleich sie mich – du wirst es ahnen – nicht sonderlich bestürzte. Die andere Nachricht war die vom Tod deines Onkels Iulius …«

Das Lächeln war aus Floras Gesicht gewichen, ihre Augen jedoch hielten seinem Blick stand, sie glühten.

Bei ihren Worten stieg die Verzweiflung erneut in ihm auf. Sein Onkel war ihm wie ein Vater gewesen und genauso liebte er ihn, trotz seiner Schwächen. Hatte er ihn geliebt, wurde Felix im selben Moment bewusst.

Leicht wie eine Feder spürte er plötzlich Floras Hand auf seiner.

»Er hat dich in seinem Testament berücksichtigt.«

Felix zuckte mit den Schultern. Und wenn, das wog den Verlust nicht auf. Dessen ungeachtet konnte er gar nicht erben, das musste Iulius bei der Abfassung seines Testamentes genauso klar gewesen sein wie ihm jetzt.

Flora fuhr fort: »Es gibt allerdings eine Klausel im Testament, dass du binnen sechzig Tagen heiraten musst, damit du ein Anrecht auf dein Erbteil bekommst. – Ich fürchte, da besteht keinerlei Aussicht? Oder überraschst du mich mit einer liebenden Ehefrau, die in der Belgica oder sonst wo auf dich wartet?«

Die Beiläufigkeit ihrer Frage täuschte. Felix bemerkte es daran, dass sie das Würstchen auf ihrem Teller herumschob, es in die Soße tunkte und wieder ablegte. Aber es kümmerte ihn nicht. Er war müde, seine Glieder waren bleischwer, Tränen traten in seine Augen. »Unsinn«, sagte er.

»Das habe ich mir gedacht.« Flora schürzte die Lippen. »Es heißt, dein Onkel habe dafür Sorge getragen, dass du über diese Verfügung seines Testamentes informiert seiest.«

»Nichts weiß ich.« Felix drehte seinen Becher in den Händen. Allerdings konnte er sich denken, dass Theophilus ihn deswegen hatte aufsuchen wollen. »Seit meiner Abreise aus der Agrippinensis habe ich nichts mehr von meinem Onkel gehört. Bei allen Göttern, bei meinem Besuch deutete nichts darauf hin, dass er so bald …« Felix schluckte, nur mit Mühe konnte er die Tränen zurückhalten.

Flora nickte langsam. »Genau das beteuert auch ein Angestellter deines Onkels: Iulius habe sich einer ausgezeichneten Gesundheit erfreut, sein Tod könne kein natürlicher sein.«

Felix blickte auf. »Was soll das heißen?«

»Das heißt, dieser Mann behauptet, Iulius sei vergiftet worden, und diese Anschuldigung muss erst gerichtlich geklärt werden.«

»Vergiftet? Wer sollte denn so etwas tun?« Felix stockte. Vielleicht derselbe, der auch Theophilus das Leben genommen hatte? Paullus?

»Du kanntest deinen Onkel besser als ich, aber es liegt sogar im Rahmen meiner Vorstellungskraft, dass dafür etliche Leute in Betracht kämen.« Flora hob langsam eine Braue.

Felix' Kopf schwirrte. »Möglich. Und?«

»Und?« Flora lachte auf und drehte die Augen gen Himmel. »Das fragt er allen Ernstes, wie es scheint.« Sie wandte sich ihm wieder zu. »Felix, mein Bester, ich dachte, du hättest ein wenig Verstand. Bei der Erbschaft geht es um viel Geld, sehr viel Geld. Und jetzt denk ein wenig weiter und zähl eins und eins zusammen. Oder kennst du die Regularien nicht?« Sie lehnte sich zurück und hob eine Hand. »Verzeih, da habe ich dir wohl etwas voraus. Ich will es dir erklären: Das Gesetz schreibt vor, dass, sofern Zweifel an einem natürlichen Ableben bestehen, vor der Testamentsvollstreckung erst die Umstände des Todes geklärt sein müssen. Der Grund dafür wird sogar dir einleuchten. Wer ist Erbe außer dir?«

»Die Familia meines Onkels – und Victor«, flüsterte Felix kaum hörbar und drückte Floras Hand fester, erst dadurch wurde ihm bewusst, dass sie noch immer still in seiner ruhte und welchen Halt sie ihm gab.

»Ah, richtig, dein Bruder Victor!« Flora zog ihre Hand weg. »Dein Bruder Victor bekäme also den Löwenanteil und noch mehr, wenn du als Erbe ausfällst. Allerdings befindet er sich in einer delikaten Lage. Einerseits ist er in der Pflicht, als einer der Haupterben, den Tod des Onkels aufzuklären, andererseits ist er selbst der Beklagte, wie auch seine Frau Lavinia übrigens. Zudem kommt er nicht an das Geld, solange die Umstände von Iulius' Tod unklar sind.«

Felix schüttelte den Kopf. Das Gehörte überstieg sein Fassungsvermögen. Auch wenn Victor und er sich in den letzten Jahren räumlich und gefühlsmäßig voneinander entfernt hatten, dass Victor zu einem Mord fähig war, wollte er nicht glauben. »Die Klage gegen die beiden ist doch sicher nur eine Formsache.«

Flora nippte an ihrem Wein. »Vielleicht, vielleicht auch nicht. Dein Bruder jedenfalls scheint nicht überzeugt, seine Unschuld so einfach beweisen zu können. Denn wie ich hörte, bemüht er sich darum, einen anderen Tatverdächtigen zu präsentieren, der, so heißt es, schon einmal seine Hände mit dem Blute eines Menschen besudelte – in aller Augen ein angemessener und glaubhafter Täter.«

»Das klingt doch vernünftig.« Felix atmete auf, natürlich, Victor beschuldigte Paullus. Plötzlich wusste er, dass die familiären Bande noch immer stärker waren als ein haltloser Verdacht. »Kann ich Victor irgendwie helfen?«

»O ja, jedenfalls ist Victor davon überzeugt.« Flora strich sich eine Haarlocke hinter das Ohr »Wenn ich es richtig sehe, mein Lieber, sähe er es als die größte Hilfe, wenn du den Mord an Iulius gestehst.«

Es dauerte etwas, bis Felix begriff. »Mein Bruder beschuldigt mich, unseren Onkel ermordet zu haben?« Er lachte auf.

Flora schwieg, sah ihn an, wartete.

Felix' Lachen erstarb.

»Es freut mich, wenn mein Bericht bei dir Heiterkeit auslöst, doch erinnere dich an meine Worte von heute früh: Bald wirst du nichts mehr zu lachen haben.«

»Woher weißt du eigentlich so genau Bescheid? Victors Belange werden wohl kaum auf dem Forum angeschlagen.«

»Ich habe meine Quellen, das ist jetzt völlig unerheblich.«

»Wie kann ich dir glauben, vielleicht …«

»… verfolge ich eigene Interessen? Gut, ich will es dir sagen. Einer der Anwälte im Prätorium hat es mir erzählt. Und wenn du es genau wissen willst, ja, es ist mein Ehemann, äh, mein geschiedener Mann, der Vater meines Sohnes.«

Felix schüttelte den Kopf. Langsam begann er, den Ernst der Lage zu erfassen. »War es Victor, der mich in dem Grabmal gefangen halten ließ?«

»Das weiß ich nicht, frag diesen Paullus.«

Natürlich hatte Victor das befohlen. Das war alles so logisch, von wegen familiäre Bande. Victor hatte erfahren, dass er lebte, er selbst hatte ja dafür gesorgt, dass es sich herumsprach. Und Victor hatte seinem Leibwächter Paullus befohlen, ihn gefangen zu setzen, damit er beim Prozess bei Bedarf zur Hand war. Und – wenn Felix' Tod vorteilhafter war, auch diesen schnell herbeiführen zu können? Was für Gedanken hatte er da?

Das hieße, Paullus hätte ihn zwei Monate lang verfolgt, warum sollte Victor das veranlasst haben? Wegen der Erbschaft? Da drohte ihm doch durch Felix gar keine Gefahr. Abgesehen davon, Geld hatte Victor nie viel bedeutet, überdies war er im Stab des Statthalters gut versorgt. Nein, das ergab keinen Sinn. Felix trank einen Schluck Wein, um den bitteren Geschmack von der Zunge zu spülen. »Wann ist Iulius eigentlich gestorben?«

»Das muss jetzt gut zwei Monate her sein, kurz vor meiner Rückkehr in die Agrippinensis.«

Felix sprang auf. »Ich muss zu Victor, muss mit ihm sprechen, es wird sich alles aufklären.«

Flora machte ein leises, zischendes Geräusch. »Ich weiß nicht, ob das klug wäre. Denk erst einmal in Ruhe über alles nach, unterhalte dich mit Paullus und entscheide dann. Außerdem ...«

Felix sank in den Sessel zurück. »Was außerdem? Weitere Schreckensnachrichten?« Lachhaft, er war des zweifachen Mordes beschuldigt, ohne Bürgerrechte, sein Onkel war tot, er verdächtigte seinen eigenen Bruder des Mordes am Onkel, verdächtigte ihn, ihm selbst nach dem Leben zu trachten, ihm seinen Leibwächter nachzuhetzen, der ihn in ein Grab sperrte – ha, dass es mit dem Bergbau vorbei war, war offenbar sein geringstes Problem. Aber, bei Iupiter und Minerva, was war mit Lavinia? Wusste sie, welch niederträchtigen Mann sie zum Gatten hatte? Allein ihres Sohnes wegen musste Felix sie aufklären. Denn wenn Victor den Tod seines Bruders in Kauf nahm, wer konnte wissen, zu was er noch fähig war ...? Er musste mit ihr reden!

Flora hatte etwas gesagt, er hatte es in seinem Entsetzen überhört.

»Ich sagte, es wird sich zeigen, ob es Schreckensnachrichten sind.« Flora schenkte Wein nach, zögerte. »Bis jetzt geschahen all diese Dinge ohne dein Zutun, Felix.« Sie sah ihn einen Lidschlag lang schweigend an, dann lächelte sie. »Nun, so gut wie. Daran solltest du schleunigst etwas ändern, allein um deinem Bruder zu zeigen, dass du dich nicht wie ein Lamm zur Opferung führen lässt.«

»Ach ja? Was kann ich denn schon tun?«

»Selbstverständlich werden wir wegen der Mordanklage etwas unternehmen, dein Bruder wird damit nicht durchkommen. Du hast den besten Anwalt der Stadt, der dich vor Gericht vertreten wird. Ich habe für morgen früh einen Termin für dich vereinbart.«

Felix ahnte, dass sie ausgerechnet ihren Mann damit behelligt hatte. Das fehlte noch. »Ich brauche keinen Anwalt, ich bin unschuldig.«

»Sicher bist du das.« Ihre Stimme klang spöttisch. »Leider spielt das keine Rolle.«

»Ich finde schon.«

Flora schüttelte den Kopf. »Nein, überlass die Mordanklage dem Anwalt. Für dich gibt es Dringenderes zu tun. Du musst dafür sorgen, dass du dein Erbteil beanspruchen kannst.«

Felix winkte ab.

»Ich weiß, was du denkst. Aber hör zu, es gibt eine Möglichkeit! Du hast nicht viel Zeit, dir die Sache zu überlegen, überdies mache ich dir dieses Angebot auch nur einmal, eingedenk unserer Kindertage und einer gewissen, sagen wir, Zuneigung. Übermorgen ist der Prozess angesetzt. Und am gleichen Tag endet auch die Frist deines Onkels, innerhalb derer du eine Ehe schließen sollst. – Du könntest dein Erbteil beanspruchen, wenn du mich so schnell wie möglich heiratest.«

KAPITEL XXVIII

Des Geldes süßer Duft

Colonia Agrippinensis, 22. September 192 n. Chr., um die Mittagsstunde

Herr, Demetrios lässt ausrichten, dass er zur angegebenen Stunde eintreffen wird.«

»Danke, Peregrinus.« Es war also noch Zeit genug, sich zu sammeln, um dem Anwalt einigermaßen gefasst entgegenzutreten. Victor sah in den Spiegel, ein Totenschädel blickte ihn an. Vom Staub befreien sollte er sich und vielleicht half kaltes Wasser, ihm den Anschein eines lebenden Menschen zu verleihen. »Fülle mir bitte die Waschschüssel auf, Peregrinus.«

Sein Sklave kehrte mit einer Kanne Wasser und reinen Tüchern zurück. Er stellte alles auf einem Tisch ab, nestelte dann in den Falten seiner Tunika und streckte Victor eine Wachstafel entgegen. »Herr, während der Abwesenheit von dir und der Herrin ist diese Nachricht gebracht worden, gerichtet an Lavinia persönlich.«

Victor starrte darauf, die Schrift war ihm vertraut. Es war jedoch nicht die von Paullus, wie erwartet. »Du kannst gehen, Peregrinus, danke«, murmelte er, während er die Verschnürung löste und die Tafel auseinanderklappte. Seine Hände zitterten, während er las.

Muss dich sprechen, dringend. Komm um die zehnte Stunde zum Hafen, zu dem verlassenen Lagerhaus neben dem des Emilianus, ich erwarte dich dort. Trage mir nichts nach und vor allem: Kein Wort zu Victor! Bitte komm! Felix

Fiel seine Welt jetzt vollends in Trümmer? Die Tafel glitt aus seiner Hand auf den Tisch, sie festzuhalten fehlte ihm die Kraft. *Trage mir nichts nach …* Das bedeutete, Lavinia hatte die Wahrheit gesagt, Felix hatte ihr Gewalt angetan. Nicht in seiner Frau hatte er sich getäuscht, sondern in seinem Bruder! Der Schmerz war derselbe. Der Schmerz und der Zorn.

Glaubte Felix, nur auf ein lapidares Schreiben hin, wegen eines dahingeworfenen *Trage mir nichts nach* würde Lavinia alles vergeben und vergessen, sich mit ihm treffen, noch dazu im Geheimen und allein?

Victor atmete tief durch. Immerhin wusste er jetzt, wo er seinen Bruder finden konnte. Er versuchte, den Stich im Herzen zu ignorieren.

»Peregrinus!« Sorgfältig verschnürte er die Tafel wieder so, wie er sie erhalten hatte.

»Herr?« Der Sklave stand in der Tür, ein Ölfläschchen in der Hand. Seine Finger glänzten fettig.

»Bring die Nachricht meiner Frau. Dass ich sie gelesen habe, muss sie nicht wissen, ich möchte sie nicht beunruhigen. Es geschieht alles nur zu ihrem Besten. Wie du weißt, vertraue ich dir, enttäusche mich nicht!«

Peregrinus wischte seine Hand an der Tunika ab, erzeugte dadurch einen dunklen Fleck vor der Brust. »Gewiss nicht, Herr.«

In Paullus' Zimmer hatte Victor nichts gefunden, was in irgendeiner Weise auf Lavinia deutete. Aber er hatte auch seine eigenen Befehle nicht entdeckt, Paullus musste alles vernichtet haben.

»Demetrios ist eingetroffen, er wartet im Atrium auf euch.« Peregrinus' Mitteilung schreckte Victor aus seinen Gedanken. »Ah, gut. Bringe ihm Wein und etwas Gebäck oder Obst.« Es war so weit. Ob er Lavinia irgendetwas anmerken würde?

Victor war froh, dass seine Frau und er sich vorerst im Beisein Demetrios' unter die Augen treten würden. Vor ihrem anschließenden Gespräch, das er ihr versprochen hatte, fürchtete er sich schon jetzt, vor den möglichen Konsequenzen vor allem. Vielleicht hätte er doch gleich mit ihr reden sollen, bevor der Verdacht, das Misstrauen so ausuferten ... Aber sie bedürfte schon sehr guter Erklärungen für ihre Treffen mit Paullus und die Korrespondenz mit Felix. Vielleicht erzählte sie ihm ja wenigstens noch von Felix' Botschaft, er sollte abwarten.

Victor atmete tief durch und ging in das Atrium.

Der Anwalt wartete, ein Bein übergeschlagen, sein Fuß wippte. Als Victor eintrat, erhob er sich. »Salve, Victor!«

»Salve, Demetrios. Ich hoffe, du bringst gute Neuigkeiten, Wertester!« Der Anwalt wirkte zwar geschäftsmäßig, schien Victor aber seine Beleidigung von neulich nicht nachzutragen. Er ließ sich ihm gegenüber in den Sessel sinken.

Umständlich setzte sich auch Demetrios wieder, um sogleich aufzuspringen, weil Lavinia eintrat.

Victor sah sie an, beobachtete ihre Gestalt, ihre Mimik, Gestik. Lavinia wirkte vielleicht ein wenig angespannter als sonst, das wäre aber durch den bevorstehenden Gerichtstermin leicht erklärlich. Ihre Frisur saß tadellos, die zartgelbe Tunika ließ ihre dunklen Haare und Augen leuchten. Aufrechten Ganges trat sie zu ihnen.

»Demetrios, ich grüße dich.«

»Verehrte Lavinia, ich freue mich, dich endlich kennenzulernen.« Der Anwalt sandte Victor einen ratlosen Blick.

»Ich hielt es für richtig, dass meine Frau bei unserem Gespräch anwesend ist, schließlich ist auch sie von dieser leidigen Anschuldigung betroffen.« Victor rückte seiner Frau einen Sessel zurecht.

Demetrios setzte sich wieder. Er runzelte die Stirn, sagte jedoch nichts.

»Nun, wie sieht es aus? Haben deine Befragungen endlich etwas ergeben?«, wollte Victor wissen.

Demetrios wiegte den Kopf. »Wie man es nimmt. Im Hause des Iulius ist man sich nicht einig, wie die Anschuldigung dieses Apollonius zu werten ist, und das ist gut für uns.« Demetrios überflog seine Notizen und fuhr fort: »Einig ist man sich, dass viele Leute Grund gehabt hätten, deinem Onkel zu zürnen. Mein Spezialist für solche Aufgaben lieferte mir eine eindrucksvolle Liste mit Namen, von denen jedoch die meisten ausscheiden, da sie nicht in der Nähe weilten oder von den Weinsitten deines Onkels nichts wussten. Übrig bleibt ihr und Felix.«

»Wie? Niemand sonst, der infrage kommt?«

»Nein«, Demetrios lehnte sich zurück, die Hände vor dem Bauch gefaltet. »Die Strategie, jemanden Fremdes zu beschuldigen, sollten wir also nicht weiterverfolgen.« Er zog ein Bündel Schriftstücke heraus und blätterte darin. »Kommen wir zu deinem Bruder. Mir scheint, du bist nicht mehr von seiner Schuld überzeugt?«

Victor wusste nicht, was er sagen sollte. Natürlich war er überzeugt, mehr denn je ... »Doch, doch.«

»Hast du es dir gut überlegt? Du weißt, eine Mordanklage ist keine Kleinigkeit.«

»Gibt es doch eine andere Möglichkeit?«, fragte Victor, langsam begann er an der Kompetenz dieses Anwalts zu zweifeln.

Demetrios drückte die Nasenwurzel mit Daumen und Zeigefinger. »Eine Anschuldigung gegen deinen Bruder wäre günstig, da wir dessen Tat in Obergermanien mitverhandeln können. Allerdings habe ich bislang vergeblich auf die Liste mit möglichen Zeugen gewartet, somit konnten wir sie nicht laden. Besteht noch Aussicht, einige Namen in Erfahrung zu bringen?«

»Ich habe unmittelbar nach unserem Gespräch die Anfrage nach Zeugen der Tat verschickt, allerdings noch keine Antwort erhalten.«

»Wie dem auch sei, wenn wir noch welche vorladen können, wird sich das Urteil hinziehen. Wichtig ist, dass dein Bruder vor dem Statthalter erscheint. Wie sieht es aus, ist er inzwischen in der Agrippinensis eingetroffen?«

Victor beobachtete bei Demetrios' letzten Worten seine Frau. Sie war blass geworden, stellte er fest. Ihre Hände jedenfalls spannten sich fest um die Lehnen, ihr Rücken war kerzengerade, ihre Lippen schmal. Doch sie blieb stumm.

»Wie es scheint, ist er noch nicht in der Stadt.« Sollte Victor es wagen, sie hier und jetzt, vor dem Anwalt zu fragen? Er neigte sich zu Lavinia hinüber, die nach seinen Worten erleichtert wirkte. Hatte sie etwa geglaubt, Paullus hätte sie hintergangen? Ebenso gut könnte sie seiner Bespitzelung auf die Schliche gekommen sein …

Wie zufällig legte er seine Hand auf ihre Linke. Sie war eiskalt. »Oder hast du etwas von meinem Bruder gehört?« Victor sah sie an, bereit, jede Regung ihres Gesichts wahrzunehmen, doch es regte sich nichts. Eher las sie seine Gedanken, fürchtete er und wandte sich ab.

»Nein.«

Mehr sagte sie nicht, nur dieses Nein. Es klang wie die lautere Wahrheit. Aber ihre Anspannung war bei seiner Frage zurückgekehrt, ihre Hand unter der seinen schien in einen Stein verwandelt.

»Aber du bist zuversichtlich, dass dein Bruder vor Gericht erscheint?« Demetrios zog die Brauen empor.

Victor nickte. »O ja, durchaus.«

Unter seiner Hand zuckte es. Lavinia sah ihn an, ihr Lächeln wirkte gequält. »Victor, gibt es wirklich keine andere Möglichkeit, um diese Anschuldigung aus dem Weg zu räumen? Du kennst meine Meinung, ich halte es für keinen guten Einfall, die Schuld auf Felix zu laden.« Lavinia erhob sich. »Und außerdem, was ist, wenn er nicht in die Stadt kommt? Aber für diesen Fall habt ihr ja hoffentlich vorgesorgt. Jetzt entschuldigt mich bitte, mir ist nicht wohl.«

»Natürlich, meine Liebe, wir sehen uns gleich.« Damit, dass Lavinia einfach ging, ohne eine Einflussnahme zu versuchen, hatte Victor nicht gerechnet.

Er geleitete sie zur Tür, währenddessen vertiefte sich Demetrios in seine Unterlagen.

Als er wieder Platz nahm, blickte der Anwalt auf. »Gut, warten wir ab, ob Felix erscheint oder nicht. Davon unabhängig hat sich mir in der Zwischenzeit eine dritte Möglichkeit eröffnet, die wir noch nicht bedachten. Ich könnte mich darauf beschränken, darzustellen, dass du und dein Bruder gleichermaßen die Möglichkeit zur Tat hattet, ihr beide gleichermaßen vom Onkel beschimpft und geschlagen worden seid. Für all das gibt es zahllose Zeugen. Zunächst hielt ich diese Variante für ungeeignet, da ihr womöglich des

Erbes gänzlich verlustig gehen könntet. Inzwischen durfte ich erfahren, dass du beim Statthalter einen ausgezeichneten Leumund hast, er dich außerordentlich schätzt. Ich könnte prüfen, ob unter diesen Umständen – da die Schuldfrage nicht zweifelsfrei geklärt werden kann – für ihn auch ein Geldbetrag als Strafe denkbar ist.«

Victor griff sich an den Ausschnitt seiner Tunika. So, so, Demetrios hatte sich ohne sein Wissen bei Lupus nach ihm erkundigt? Und weder der Anwalt noch der Statthalter hatten darüber etwas verlauten lassen? Das gefiel ihm nicht.

»Ach, und in diesem Zusammenhang gibt es noch etwas. Ich habe mich über diesen Angestellten informiert, weil die Anklage natürlich mit dem Beschuldiger steht und fällt. Oberflächlich ist Apollonius über jeden Zweifel erhaben, ein Freigelassener ohne jeden Tadel. Aus Erfahrung weiß ich jedoch, dass ein jeder Schmutzflecken auf der Tunika hat, sieht man richtig hin – oder hilft ein wenig nach.«

Das schmallippige Lächeln, das die Worte des Anwalts begleitete, verursachte Victor weiteres Unbehagen. »Inwiefern?«

»Mein Beauftragter fand einen Mitarbeiter des Iulius, der gegen eine finanzielle Zuwendung nicht abgeneigt wäre, Apollonius' Ruf, hm, zu schädigen.«

Victor schüttelte energisch den Kopf.

»Überleg es dir. Ich bereite die Sache für alle Fälle vor, wir werden sehen, ob dies nötig ist. Ich denke, damit sind wir fertig. Ich lasse dir heute Nachmittag noch eine Abschrift meiner Rede zukommen, die ich vorbereitet habe. Wir sehen uns dann übermorgen vor dem Statthalter.« Demetrios erhob sich.

Victor geleitete ihn hinaus.

Im Atrium verharrte er unter den Säulen. Er scheute sich, jetzt zu Lavinia zu gehen. Die Wasseruhr zeigte die achte

Stunde. Bis zu ihrem Treffen mit Felix hätte Lavinia noch knapp zwei Stunden Zeit, bis zum Hafen war es nicht weit, selbst zu Fuß bräuchte sie kaum das Viertel einer Stunde. Er straffte die Schultern und ging den Gang hinunter. An der Tür des Gemachs seiner Frau klopfte er und trat ein.

Lavinia saß an einem Tisch, einen Spiegel in der Hand, und bürstete sich ihr Haar. Bei jedem Strich wallte es auf, als sei es ein Lebewesen, das sich gegen diese Art der Liebkosung sträubte.

Er trat neben sie, voller widerstrebender Gefühle. Wie gern würde er sie umarmen, sie küssen, ihre warmen Lippen auf seinen spüren, statt vieler Worte so die Bestätigung ihrer Liebe erfahren. Stattdessen zog er einen Hocker an ihre Seite und setzte sich, nahm ihr den Spiegel ab und umfasste ihre Rechte mit seinen beiden Händen. »Wir haben wenig Zeit miteinander verbracht in den letzten Tagen. Das tut mir leid.« Er führte ihre Hand zum Mund und küsste sie.

Lavinia erwiderte seinen Blick und er glaubte, die ersehnte Liebe darin zu sehen.

»Was habt ihr beschlossen? Wie werdet ihr vorgehen?«, fragte sie mit sanfter Stimme.

Victor fasste den Inhalt des Gesprächs zusammen und versprach, ihr Demetrios Gerichtsrede zu geben, nachdem er sie gelesen hatte. Den Vorschlag des Anwalts, einen Zeugen zu kaufen, verschwieg er.

»Wie kannst du so zuversichtlich sein, dass Felix kommt?«, fragte Lavinia. »Du weißt doch gar nicht, wo er ist. Oder hat Paullus sich doch noch gemeldet?«

Ihre Frage klang beiläufig. In Victor begann es zu brodeln. Wie konnte Lavinia sich nur so verstellen? Er biss sich auf die Lippen, doch er wollte sie mit seinen Vorwürfen erst dann konfrontieren, wenn er wusste, was sie mit Felix zu besprechen hatte. Victor hatte sich dazu entschlossen, ihr zu folgen. Und um diesen Plan in die Tat umzusetzen, durfte sie nicht ahnen, was er beobachtet hatte. Also antwortete er ihr, dass er von Paullus noch immer keine Nachricht erhalten hatte. »Es muss ihm etwas passiert sein.«

»Was soll ihm, einem so erfahrenen Kämpfer, denn geschehen?«

Victor zuckte die Schultern. »Wer kann es wissen. Aber lassen wir das Thema ruhen. Du wolltest etwas mit mir besprechen?« Würde sie ihm von Felix' Brief erzählen?

Lavinia schien nach den rechten Worten zu suchen. Dann sah sie ihn an, und es war ein Ausdruck in ihren Augen, dass Victor versucht war, alle üblen Gedanken gegen seine Frau in den Hades zu verbannen, wenn sie ihn nur liebte. Ja, er würde ihr sogar seine eigenen Geheimnisse anvertrauen, sie würde es verstehen, wie er ihre Geheimnisse verstehen würde.

»Victor, erst einmal muss ich dich bitten, mir meine harschen Worte neulich zu verzeihen. Ehrlich gesagt, fühlte ich mich übergangen, nutzlos. Aber das war ungerecht, ich muss dir danken, dass du mich so bei den Vorbereitungen meines Festes unterstützt.«

Alles in Victor sträubte sich gegen die Erkenntnis, worauf ihre Rede hinauslaufen würde, auf Felix jedenfalls nicht. »Das ist doch das Mindeste, was ich für dich tun kann. Und ich mache es gern.« Seine Stimme klang steif, er war ein schlechter Schauspieler.

»Da ist noch etwas.«

Sie benetzte ihre Lippen mit der Zunge, eine Geste, die ihn vor noch nicht langer Zeit um den Verstand gebracht hätte, jetzt spürte er nichts als Leere.

»Ich weiß schon, du bekommst das Geld, zweihundert Sesterze wie versprochen. Ich besorge es noch heute Nachmittag.«

Sie drückte ihre Lippen auf seine. Er schloss die Augen, wollte sich dem Gefühl hingeben, wollte es wirklich. Aber etwas in ihm sperrte sich. Sei es, er würde wieder einmal zu Pamphilius gehen oder zu Niger, einerlei, wen er nach einem Kredit fragte, es kam nicht darauf an. »Um die zehnte Stunde kann ich es dir geben.« Er hatte es gesagt, ohne nachzudenken, wurde sich aber im selben Augenblick bewusst, dass es der Griff des Ertrinkenden nach einem Strohhalm war.

»Um die zehnte Stunde«, antwortete Lavinia mit einem leichten Zögern. »Oh, wie dumm, um die Zeit habe ich mich bei Secunda angemeldet. Ich bin ganz entzückt von ihrem kleinen Sohn. Das Geld kannst du mir ja danach noch geben. Ach, dann kann ich auf dem Weg zu Secunda endlich die Tanzgruppe reservieren. Wenn ich ihnen den versprochenen Betrag heute Abend noch schicken kann, werden sie sich nicht länger sträuben.«

Noch einmal küsste sie ihn, voller Versprechungen, an die er nicht mehr glaubte.

»Ach, Liebster, du weißt gar nicht, wie glücklich ich bin. Sicher bin ich bei Sonnenuntergang zurück, dann haben wir den Abend ganz für uns.«

Kapitel XXVIIII

Alte Geschichten

Colonia Agrippinensis, 22. September 192 n. Chr.,
Floras Haus, um die neunte Stunde

Sollte er Flora wirklich heiraten? Wie sie ihn angesehen hatte! Wieder wurde es Felix heiß, er trank einen Schluck. Flora heiraten, käme das nicht einem Ende in der Sklaverei gleich?

Wie sie sich an ihn geschmiegt hatte, als er sie nach dem Überfall in die Arme geschlossen hatte, wie vertraut sie ihm da erschienen war. Wie klug und umsichtig sie nach Paullus' Gefangennahme gehandelt hatte. So eine Frau wollte ihn zum Mann? Natürlich bot sie es nur des Geldes wegen an, dennoch. Flora hatte ihm von Anfang an geglaubt, er konnte ihr vertrauen, sich auf sie verlassen, mehr, als manch anderer von seiner Frau sagen konnte. Und abgesehen davon war sie die Einzige, die in der Kürze der Zeit infrage kam, und wenn er ehrlich war, mochte er sie, sehr sogar.

Felix seufzte. Und Columba? Er musste schnellstmöglich ein klärendes Gespräch mit ihr führen. Aber womöglich erledigte sich das Problem von selbst. Würde er verurteilt und verbannt, wäre er ohne Bürgerrechte, Namen und Geld, ein Niemand fern der Heimat. Sein Lebensinhalt, seine Ehre wären dahin – und Flora. Felix wurde ganz elend bei der Vorstellung.

Noch war nichts verloren, er hatte einen Anwalt, den besten, wenn er Flora glauben konnte. Morgen in aller Frühe würde der Mann kommen, davor noch erwartete sie seine Entscheidung. Felix war fast unheimlich vor sich selbst, als ihm klar wurde, dass seine Entscheidung längst feststand. Doch halt, er sollte nichts übereilen, musste erst mit Ateius sprechen, dann mit Lavinia.

Schon in der Tür hörte er Ateius brüllen: »Wo ist meine Frau, mein Kind? Sag es mir!«

Felix riss ihn von Paullus herunter, über dem er kniete, die Hände um dessen Hals. »Was machst du da? Lass ihn los, du bringst ihn ja um!«

Widerwillig stieß Ateius Paullus zu Boden, wandte sich ab und fuhr sich über die Stirn.

Felix sah ihn an. »Was sollte das?«

»Das ist meine Sache.«

Felix klappte einen der Hocker auf, die an der Wand lehnten, und setzte sich zwischen die beiden ehemaligen Gladiatoren. »So, deine Sache also. Bin ich nur zufällig zwischen die Fronten geraten, oder was?« Er wandte sich an Paullus, stieß ihn mit dem Fuß in die unverletzte Seite. »Also, du bist der Leibwächter meines Bruders Victor.«

Paullus rieb sich stumm den Hals, mit seinen verschnürten Händen kostete es ihn einige Mühe.

»Warum verfolgtest du uns?«

Schweigen.

»Du hast versucht, mich umzubringen, meinst du, das nehme ich einfach so hin?«

Ein verächtlicher Blick traf Felix.

»Und nicht nur das, du hast Theophilus umgebracht, wahrscheinlich hattest du auch bei dem Einsturz des Stollens deine Hände im Spiel. Das alles ist mehr als offensichtlich. Von dir will ich jetzt nur wissen, warum das alles?«

Felix gab Paullus einige Atemzüge Zeit, dann stieß er ihn erneut mit dem Fuß, fester diesmal. Paullus stöhnte leise auf. Felix sah sich nach Ateius um. »Hat er überhaupt schon etwas gesagt?«

Ateius schüttelte den Kopf. »Stumm wie ein Fisch.«

Felix merkte seinem Freund an, dass er am liebsten die Worte aus dem Verstockten herausprügeln würde, ihn selbst kostete es schon Mühe, sich zu beherrschen. »Hat mein Bruder dir befohlen, mich umzubringen?«

In Erwartung eines neuerlichen Tritts krümmte sich Paullus, wand sich auf dem Boden, um seine verwundete Seite zu schützen.

Felix stand auf, verschränkte die Arme vor der Brust. »Das hier ist doch reine Zeitverschwendung. Gut, wenn du nicht reden willst, dann gehen wir zu Victor. Ich glaube kaum, dass der jetzt noch seine schützende Hand über dich hält. Du bist des Todes, Paullus, ob du redest oder schweigst. Blut klebt an deinen Händen, das ist gewiss. Und die Frage, das Blut wie vieler Menschen du vergossen hast, kann mein Bruder erhellen. Ich weiß, Victor trägt Mitschuld. Ihm kommst du als Mörder vermutlich sehr zupass. Ob du oder ich wird ihm egal sein. Und selbst wenn er nicht alle Schuld auf dich abwälzt, Victor hat nicht dein Format, sich Ateius' Argumenten zu verschließen. Dein Schicksal ist längst besiegelt.«

»Überlass ihn mir«, murmelte Ateius, den Blick auf Paullus geheftet. »Ich bringe ihn zum Reden.«

Felix zweifelte keinen Moment daran, doch er spürte, dass etwas in Paullus arbeitete. Er hielt Ateius am Arm fest, der schon einen Schritt auf Paullus zutrat.

Paullus stützte sich auf seinen Ellbogen und hob die Hände in Ateius' Richtung. »Gefesselt, wie ich bin, hast du ein großes Maul, Verräter. Gehörtest ja schon immer zu den Schwätzern, die rennen wie ein Feldhase, wenn es hart auf hart kommt.«

Felix war versucht, Paullus eigenhändig einen Faustschlag zu versetzen. Wie konnte der es wagen, seinen Freund Ateius derart zu beleidigen? Er streifte ihn mit einem Seitenblick. Ateius sah mit gerunzelter Stirn auf Paullus hinunter, seine Kiefer mahlten.

»Weißt du eigentlich, warum Ateius in die Arena verurteilt worden ist?«, fragte Paullus hämisch und sah Felix an.

Er nickte.

»Dann weißt du, dass er ein Feigling ist. Er hat uns verraten, um seinen eigenen Hals zu retten.«

Ateius sprang auf den Gefangenen zu, packte ihn an der Tunika und zog ihn an sich, so dass nur ein Fingerbreit Luft zwischen ihren Gesichtern blieb. »Du weißt genau, dass das gelogen ist. Ich …«

»Du hast die gerechte Belohnung bekommen, von deinen Römern, denen du vertrautest.« Paullus wandte den Kopf und spuckte neben Ateius' Gesicht aus. »Du verrietest uns, die Römer verrieten dich, recht geschah dir! Bedauerlich nur, dass sie dich nicht zum Tode verurteilten wie den mutigen Maternus! Und unverhofft frei, machst du erneut mit den Römern gemeinsame Sache. Glaubst du wirklich, es würde dir diesmal Heil bringen? Dann hast du den Verstand einer Schnecke.«

»Du warst der Fremde im Vicus, der den Leuten eingeredet hat, ich sei ein Mörder«, versuchte Felix einen neuen Vorstoß.

»Ja. Da ahnte ich noch nicht, dass der Zeitpunkt meiner Rache so nah war. Erst als ich eure Spur in Confluentes wiederfand, erkannte ich, wen ich da vor mir hatte. Leider verfehlte mein Pfeil sein Ziel, doch sei gewiss, der nächste trifft.«

Also hatte der Pfeil Ateius gegolten? Nun, in Felix' Augen änderte das nichts.

Ateius stieß Paullus von sich, die Augen schmal. »Ein nächstes Mal wird es nicht geben. Du hattest mehr als eine Chance und hast versagt. Dein Pech. Jetzt bin ich am Zug. Du weißt genau, warum ich Maternus verraten habe. Also sag mir, was du über meine Frau und meine Tochter weißt! Ich habe herausgefunden, dass sie nach Rom verschleppt wurden. Als Gefangene des Aufstandes müsst ihr euch dort vor Gericht getroffen haben.«

Paullus rutschte haltsuchend an die Wand, auf einen neuerlichen Angriff gefasst.

»Was ist aus ihnen geworden? Sind sie noch am Leben? Du weißt es!«, presste Ateius hervor.

Paullus' Brauen zuckten in die Höhe. »Haben es dir denn deine Römer nicht gesagt?«

Einen Moment verlor Ateius die Fassung. »Sie behaupteten, sie seien tot.«

»Dann hast du doch Gewissheit«, bemerkte Paullus.

»Ich weiß, dass das nicht stimmt.«

»Ah, richtig, du warst ja bei deiner Schwägerin. Von Vanataxta weißt du, dass deine Frau zumindest nach deiner Verurteilung noch am Leben war und nach Rom transportiert werden sollte.«

Ateius funkelte ihn an.

Paullus schob sich an der Wand hoch.

Ateius kam einen Schritt näher, eine Hand am Messergriff.

»Und jetzt hoffst du, sie wiederzufinden, hoffst, dass dieses Bürschlein dort dir hilft. – Du da«, Paullus wandte seinen

Kopf in Felix' Richtung. »Hast du etwa geglaubt, der Kerl begleitet dich aus purer Menschenfreundlichkeit?«

»Nein.«

»Immerhin«, Paullus lachte auf und nickte Ateius zu. »Er ist ja doch nicht so blöd, wie ich dachte. Nur deinem römischen Freund da ist es zu verdanken, dass es mir ein Leichtes war, euch zu folgen. Wärst du allein gewesen, hätte mich eine größere Herausforderung erwartet.«

Fast meinte Felix, so etwas wie Respekt in Paullus' Stimme schwingen zu hören.

»Mich umzubringen ist dir in der ganzen Zeit jedenfalls nicht gelungen«, sagte Ateius.

Paullus nickte. »Weil ich es nicht wollte. Ich erwartete noch das versprochene Geld für meinen Auftrag.«

»Ach, du hast es nicht erhalten?«

Paullus ächzte, bewegte seine Hände. »Nicht alles, doch als Nächstes wärst du an der Reihe gewesen. Stimmt schon, der Schuss war ein Fehler, er war unüberlegt.«

Die Zeit drängte, Felix wollte sich nicht länger diese alten Geschichten anhören. Wenn es für Ateius so wichtig war, konnte er das später regeln, jetzt war er an der Reihe. Er trat vor Paullus, stemmte die Fäuste in die Seiten. »Du hast mich verfolgt, entführt, eingesperrt, warum?«

»Das musst du erst mal beweisen, dass ich das war.«

»Gibst du wenigstens zu, dass du Theophilus umgebracht hast? Ging es um den Brief meines Onkels, den er mir überbringen sollte? Wo ist der Brief? Weißt du das?«

Paullus grinste schweigend.

Felix hatte genug. »Gut, du willst nicht. Ich gehe jetzt. Noch auf ein Wort, Ateius, draußen.«

Ateius folgte ihm und, als er vor ihm stand, bedachte er ihn mit einem Blick, von dem Felix hoffte, die Glut darin gelte nicht ihm. »Ich treffe mich jetzt mit Lavinia. Sie muss noch vor dem Prozess erfahren, was für ein Unhold ihr Mann, mein Bruder, ist. Dieses Wissen wird ihr hoffentlich dabei helfen, ihre eigene Unschuld zu beweisen.« Felix war wohler, wusste Ateius über sein Vorhaben Bescheid, falls etwas Unvorhergesehenes geschah.

»Besser, ich begleite dich«, sagte Ateius zögernd und war schon fast an der Tür.

Der Vorschlag ehrte ihn, weil Felix spürte, wie sehr es ihn zurück zu Paullus zog. »Nein, das wird nicht nötig sein. So weit wird Victor nicht gehen, mich eigenhändig, noch dazu in der Öffentlichkeit, anzugreifen. Sein Leibwächter steht ihm ja nunmehr nicht zur Verfügung.« Er versuchte ein zuversichtliches Grinsen.

Felix wartete im Schatten des verlassenen Lagerhauses und beobachtete die Lastenträger bei ihrer Arbeit. Er blickte vorsichtig um die Ecke des Speichers auf den Pier, hinter dem das Wasser des Rhenus funkelte. Geschrei ertönte zu seiner Linken, ein Lastkahn wurde gegen den Strom in den Hafen gezogen, Schwerstarbeit für die Mulis. An der Mole erwarteten schon Männer mit Karren das Schiff, bereit, die Güter zu entladen, Waren aus Rom, oder – etwas wahrscheinlicher – aus der Gallia oder Belgica.

Felix' Augen glitten über die Wellen, das Flussufer entlang. Etwas weiter stromaufwärts lösten zwei Männer die Vertäuung eines anderen Schiffs, das tief im Wasser lag. Die Segel wurden gesetzt und es zerrte schon an den Tauen. Sein Name war *Fortuna,* nun, möge ihm die Göttin auf seiner Reise gewogen sein.

Zunehmend ungeduldiger sah Felix sich um. Menschen aus aller Welt bevölkerten das Hafengelände, Magistrate,

Beamte, Bürger, Arbeiter, Sklaven. Nur Lavinia war nicht zu sehen. Männer in braunen Tuniken schleppten Säcke, zogen Karren oder standen untätig herum. Kinder johlten und rannten den Anleger entlang, verschwanden wieder aus Felix' Sichtfeld. Aus dem Getümmel der Arbeiter stach eine Gruppe gut gekleideter Herren heraus. Sie bahnten sich den Weg in seine Richtung. Einer hielt einen Vorübergehenden auf und sprach ihn an, zehn Schritte von ihm entfernt, so dass Felix verstehen konnte, dass sie ein Schiff suchten, das sie nach Traiectum mitnehmen konnte. Der Gefragte deutete auf die Hafenmagistratur, ein mehrstöckiges Gebäude, das die Anlegestelle einem Riegel gleich zur Stadt hin abschloss. Seine Antwort trug eine plötzliche Windböe davon.

Lavinia kam nicht.

Hatte Victor es verhindert oder trug sie ihm immer noch nach, dass er bei ihrer ersten Begegnung in Rom ihre zärtliche Annäherung abgewiesen hatte? Eigentlich unwahrscheinlich, es war so lange her, bei allen Göttern, um die fünf, sechs Jahre bestimmt. Er hatte dem Vorfall keine große Bedeutung beigemessen, erst beim Schreiben seiner Nachricht war ihm der Gedanke gekommen, dass er damals vielleicht zu brüsk gewesen war, sie gekränkt haben könnte.

Möglich, denn kurz zuvor hatte er Columba das erste Mal gesehen. Schon nach diesem Zusammentreffen war sie ihm lange nicht mehr aus dem Kopf gegangen, und als er sie Anfang des Jahres in der Agrippinensis wiedergetroffen hatte, war er ihren Reizen vollends verfallen. Jedenfalls hatte ihn Lavinia damals nicht mehr betören können. Kaum konnte er sich noch an ihren Kuss, ihre Umarmung erinnern, nur seine Überraschung war ihm noch gewärtig. Natürlich hatte er Bedenken, als sein Bruder kurz darauf ausgerechnet Lavinia heiraten wollte, Victor gegenüber hatte er seine Vorbehalte jedoch nie ausgesprochen. Diese tatkräftige Frau schien dem trägen Bruder gutzutun und Felix hatte sie glücklich miteinander gewähnt. Die Sache war für ihn erledigt gewesen.

Aber galt das auch für sie?

Felix nagte an seiner Unterlippe und ließ die Straße nicht aus den Augen. Dort hinten näherte sich eine Frau. Er beobachtete sie, versuchte, in ihr Lavinia zu erkennen. Die Figur, die Haltung, der Gang, sie könnte es sein. Noch war ihr Gesicht nicht zu sehen, sie trug einen dunkelgrünen Schleier, der ihre Züge verbarg. Als sie fast an der Stelle angelangt war, an der vorhin noch die edlen Männer gestanden hatten, zog sie das Tuch ein wenig zurück. Tatsächlich Lavinia. Sie war stehen geblieben, sah sich suchend um.

»Lavinia«, zischte Felix. »Hier!«

Er beugte sich vor und winkte, gleichzeitig beobachtete er die Umgebung. In einiger Entfernung fiel ihm ein einzelner Mann mit einem Hut auf, weil der sich rücksichtslos durch einen Pulk Arbeiter zwängte, doch dann verschwand der Kerl in einer der zahllosen Gassen zwischen den angrenzenden Lagerhäusern und Speichern.

Felix griff Lavinias Arm und führte sie den schmalen Weg zwischen den Lagerhäusern entlang, zog sie in einen verlassenen Speicher, den sie durchquerten, bis sie in einen von Unkraut überwucherten Innenhof gelangten. An diesen verlassenen Ort käme niemand, hier waren sie sicher.

»So sehen wir uns also wieder«, sagte Lavinia leise und sah ihn abschätzend an. »Warum nur so geheimnisvoll, warum bist du nicht einfach zu uns gekommen?«

»Gut, dass du da bist …« Bei allen Göttern, wie sollte er ihr sagen, dass ihr eigener Mann mindestens einen Mord befohlen hatte?

Sie legte ihre Hand auf seine Schulter. »Weißt du, dass Onkel Iulius …«

»Ja. Und darum muss ich dich sprechen. Es geht um Victor, Lavinia. Ich hörte von der Anschuldigung gegen ihn und gegen dich, aber auch, dass er mich des Mordes an Iulius bezichtigen will. Gemeinsam können wir beide uns von jeglicher Schuld reinwaschen. Denn du musst wissen, dass mein eigener Bruder versuchte, mich umzubringen. Victor hat durch seinen Leibwächter Paullus schon Theophilus ermorden lassen, nur damit ich von dem Testament nichts erfahre. Und jetzt sieht alles danach aus, als trüge er auch an Iulius' Tod die Schuld.« Felix schluckte, nun war es heraus.

Lavinia starrte vor sich hin und murmelte: »Victor hat sich so verändert in der letzten Zeit, seit er von dem Erbe weiß. Ich bin erleichtert, dass du zurückgekommen bist.« Sie drückte seinen Arm. »Victor wollte nicht, dass du von dem Testament erfährst. Du solltest nicht die Möglichkeit haben, rechtzeitig zu heiraten. Du bist doch noch unverheiratet?«

Felix nickte, wunderte sich aber über diese Frage.

»Nie hätte ich gedacht … nur wegen des Geldes … wie sinnlos ist das alles! Weißt du von der Gerichtsverhandlung? Ja? Victor hat den üblen Plan gefasst, dir den Mord an Iulius anzulasten, dabei hast du recht, er war es selbst …«, sie schluchzte. »Vielleicht gibt es noch einen Weg, seinen Plan zu vereiteln. Es wäre zwar ungewöhnlich, mit Fürsprache des Statthalters jedoch … Felix, ich wäre bereit, Victor zu verlassen und dich statt seiner …«

Kapitel XXX

Trügerischer Schein

Colonia Agrippinensis, 22. September 192 n. Chr., nachmittags

Die Sonne verschwand hinter einer Wolke. Victor schob den Hut zurück, um besser sehen zu können. Lavinia stand dort dicht bei Felix. Wie konnte sie nur? Jetzt legte sie ihre Hand auf seinen Arm, sah ihn an, wie sie sonst nur ihn ansah. Den Mann, seinen Bruder, der ihr doch Gewalt angetan hatte!

In Victors Ohren rauschte es, ihn schwindelte. Der letzte Strohhalm knickte unter der Flut der Lügen, die Lavinia ihm in den letzten Monaten aufgetischt hatte. Seine Frau, seine Geliebte Lavinia, eine Lügnerin, Betrügerin – und also wirklich eine Mörderin.

Victors Hand tastete nach der Mauer, an die er sich lehnte. Die Nische neben dem Durchgang war eng genug, um ihn aufrecht zu halten.

Er rang sein Entsetzen nieder, seine Eifersucht, seine Enttäuschung. Er hatte es geahnt, er hatte Gewissheit haben wollen, jetzt hatte er sie, warum traf es ihn so?

Und was sagte sie jetzt? Nein, er musste sich getäuscht haben. Doch, er hatte es deutlich gehört. Seine Lavinia, für die er alles getan hätte, bezichtigte ihn, ihren eigenen Mann, der Tat, die sie doch selbst begangen hatte!

»Was sagst du da?« Er hörte seine eigene Stimme, als wäre es die eines Fremden.

»Victor!«

Lavinias schrille Stimme übertönte das Brausen in seinem Kopf. Er stand vor ihr und sie sah ihn mit schreckgeweiteten Augen an, hob ihre Hände, als wollte sie ihn abwehren.

»Lauf!«, schrie Felix, stieß Lavinia in Richtung des Durchganges und stellte sich Victor in den Weg.

»Lavinia! Warum tust du mir das an. Bleib stehen! Wir müssen reden, wir finden eine Lösung …« Ohne sein Zutun setzten sich Victors Füße in Bewegung, folgte er ihr. Schemenhaft sah er Felix taumeln, erst dann spürte er den Schmerz in seiner Faust. Was tat er? Was geschah hier?

Kurz vor dem Durchgang zum Pier holte er Lavinia ein. Er packte ihren Arm, hielt sie fest, zog sie an sich. Sie wehrte sich, schlug ihm ins Gesicht, seine Wange brannte.

»Lavinia, was hat das alles zu bedeuten?«

Lavinia riss sich von ihm los, rannte hinaus auf den Pier. »Lass mich los! Zu Hilfe, helft mir doch. Er will mich umbringen!«

Eine Hand riss ihn von ihr weg, zog ihn in eine der Gassen, Felix. »Warum betrügt ihr mich? Warum tut ihr mir dieses Unrecht an?«, ächzte Victor.

»Lavinia, lauf nach Hause, schließe dich ein.«

Victor bekam kaum Luft, Felix' Faust umklammerte seine Tunika und schnürte ihm den Hals zu. Warum griff niemand ein? Victor schaute sich gehetzt um, doch die Aufmerksamkeit der Menge richtete sich auf etwas anderes – auf dem Wasser schien etwas zu passieren.

Niemand beachtete sie.

»Unrecht?« Felix sah ihn an, seine Lippen zitterten. »Du sprichst von Unrecht? Du hetzt mir Paullus nach, mich zu ermorden, lässt mich gefangen halten, tötest Onkel Iulius, und alles nur wegen des Erbes! Du bist ein Ungeheuer!«

Was faselte Felix da? »Dich ermorden? Aber ich ließ dich suchen, weil ich dich brauchte, um …«

Nicht Felix' Würgegriff, nein, die Scham ließ seine Stimme versiegen. Wie recht Felix hatte. Er würde ihm alles erklären, alles wiedergutmachen, doch erst musste er zu seiner Frau. Hektisch versuchte er, sich von Felix zu befreien, zerrte ihn mit sich zurück auf den Anlegeplatz. Sein Blick irrte den Pier entlang. »Lavinia!«

Wo war sie hin? Dort, fünfzig Schritt entfernt stand sie, unbeweglich wie eine Statue, bleich wie Marmor, starrte sie ihn an. Ihr grünes Tuch flatterte im Wind, als sie plötzlich loslief.

Mit aller Kraft stieß Victor Felix von sich und stürzte ihr nach. Gleich hatte sie die Gruppe der Arbeiter erreicht, die auf die Landung des Schiffes warteten. Schon wurden die Leinen an Land geworfen und vertäut. Die Menge war angewachsen, immer mehr Arbeiter eilten herbei, Rufe wurden laut.

In dem Menschengewühl war kein leichtes Durchkommen. Lavinia schubste die Leute beiseite, drängte sich zwischen ihnen hindurch und doch kam Victor ihr näher und näher. Sie wandte sich um, sah ihn. Im nächsten Moment schob sie sich zwischen einen Mann und einen Jungen und verschwand in der Menge. Victors Herz setzte einige Schläge aus.

Bei Iupiter, da neben der Hafenmagistratur war sie ja, drohte zwischen dem dort gestapelten Frachtgut zu verschwinden.

Victor setzte ihr nach, nutzte eine Lücke zwischen den Arbeitern, doch schon nach wenigen Schritten erkannte er, dass Lavinia nichts übrig bleiben würde, als den Gedanken an Flucht aufzugeben. Das Labyrinth aus aufgestapelten Fässern, Kisten und Ballen erwies sich als Falle.

Victor ging mit ausgebreiteten Armen auf sie zu. »Lavinia. Bitte erkläre …«

Etwas blitzte in ihrer Hand.

»Du Mörder!«, stieß sie hervor, sprang auf ihn zu und stach auf ihn ein.

Sein linker Arm sackte herunter, als gehörte er nicht länger zu ihm, sein rechter war noch immer erhoben.

»Ich? Du hast Iulius doch umgebracht!«, murmelte Victor tonlos. »Du, Paullus, Felix, ihr alle macht doch gemeinsame Sache!«

Kapitel XXXI

Früchte der Liebe

Colonia Agrippinensis, 22. September 192 n. Chr., nachmittags

Trotz der gut dreißig Schritte, die ihn von den beiden trennten, sah Felix das Messer in Lavinias erhobener Hand blitzen, sah ihr verzerrtes Gesicht.

»Lavinia, nicht, halt ein!«, brüllte er, dann gerieten sie aus seinem Blick. So sehr Felix seinen Bruder verachtete, den Tod durch die Hand der eigenen Frau wünschte er ihm nicht. ›Du, Paullus, Felix …‹, die Worte des Bruder hallten in ihm wider. Konnte es sein? War Victor womöglich unschuldig?

Verzweifelt versuchte Felix, zu den beiden zu gelangen. Er rief um Hilfe, wies zu dem Stapelplatz hinüber, wo Victor und Lavinia gerade hinter einem Wall aufgetürmter Säcke verschwunden waren. Bei allen Göttern, hinter ihm, neben ihm, ringsum stimmten Menschen in seine Hilferufe ein. – Aber warum rannten dann alle in die entgegengesetzte Richtung? Warum beachtete ihn keiner? Wenn sie ihn wenigstens durchlassen würden …

Rufe, Satzfetzen schallten an ihm vorüber. »Kommt, seht, das Schiff … Fasst an …«

»Lavinia!«, brüllte Felix, dann: »Victor!« Jetzt drängte ihn ein heranstürmender Trupp Arbeiter nah an die Kaimauer.

Hektisch blickte Felix sich um. Was war denn nur los? Immer mehr Menschen kamen aus den Lagerhäusern und Gassen ringsum und hasteten zur entgegengesetzten Seite des Hafens.

»Platz, macht Platz!«, dröhnte ein Bass über den Pier und tatsächlich kam Bewegung in die Menge.

Genagelte Stiefel knallten auf das Pflaster, näherten sich im Gleichklang. Eine Gasse bildete sich und Felix sah die Soldaten.

»Was ist das hier für ein Tumult?«, fragte der Befehlshaber einen der Umstehenden.

»Ein Schiff treibt ab«, meinte der Angesprochene und deutete den Fluss stromaufwärts.

»Nein, dorthin, die ...«, rief Felix und deutete in die Richtung, wo er Victor und Lavinia zuletzt bemerkt hatte.

Der Anführer der Wache setzte sich schon in Bewegung. »Ein Schiff? Lasst uns durch!«, befahl er und stieß ein paar Schaulustige aus dem Weg.

»Halt, ihr könnt doch nicht einfach ... ihr müsst doch ...!«, rief Felix ihnen nach. Doch die Wache marschierte unbeirrt weiter.

Ein durchdringender Schrei ließ Felix zusammenzucken, andere Stimmen fielen mit ein. »Das Tau, dort treibt es! Nun fischt es schon heraus, haltet die Leinen fest, bei allen Göttern, das Schiff treibt doch ab!«

Felix nutzte die Gasse, die sich hinter den Wachleuten gebildet hatte, und rannte zurück zum Stapelplatz. Dort war niemand mehr. Felix' Herz schlug bis zum Hals. Hoffentlich war nicht schon alles zu spät. Links war zwischen all den Waren kein Durchkommen, also rechts den Weg am Rhenusufer entlang, den die aufgestapelten Kisten zur Linken wie eine Stadtmauer säumten und der wohl als Treidelpfad diente. Zehn Schritte weiter öffnete sich die Gasse zu einem Halbkreis. Und dort, Felix gegenüber, lehnte Victor an einem Fass, Lavinia stand vor ihm. Wegen der überall herumstehenden Waren konnte Felix nicht gleich erfassen, was vor sich ging. Die letzten Klafter flog er fast.

Den Göttern sei Dank, Victor lebte, aber sein Arm blutete. Lavinia hatte das Messer sinken lassen, es sah aus, als sprächen sie miteinander. Tatsächlich, näherkommend konnte Felix Lavinia reden hören.

»Was immer du mir damit sagen willst … Was immer du getan hast, warum auch immer! Du bist und bleibst ein Versager. Ich verachte dich. Ich habe dich immer verachtet!«

Victor, rote Flecke auf den Wangen, trat langsam auf seine Frau zu.

Felix rannte los und riss seinen Bruder von Lavinia weg. Victor geriet ins Schwanken, fast wäre er in den Fluss gefallen. Er fing sich jedoch.

›Du, Paullus, Felix‹, hallte es erneut in Felix' Kopf. Mochte Victor selbst auch unschuldig sein, Paullus war es nicht. Aber wenn nicht Victor dem Sklaven den Mordauftrag erteilte hatte, wer dann?

Lavinia!

Langsam ging Felix auf seine Schwägerin zu.

Ein Geräusch hinter sich ließ Felix herumfahren. Victor stürzte sich mit blutunterlaufenen Augen auf ihn, die Wucht des Aufpralls ließ Felix gegen eine Kiste taumeln.

Victor wandte sich um, torkelte auf Lavinia zu, die hob wieder das Messer, stach zu. Victor schien es nicht zu bemerken. Unbeirrt ergriff Victor ihre Handgelenke, presste sie an sich. Das Messer fiel zu Boden.

»Was hast du nur getan?«

Felix erkannte Victors Stimme kaum wieder.

»Ich tat das, was du nicht fertiggebracht hast. Ich tat es für unseren Sohn!«, sagte Lavinia und wand sich unter dem Griff. »Du bist ein Versager, eine Enttäuschung. Du bist schuld, dass alles schiefgelaufen ist. Wie habe ich mich in dir geirrt! Schließlich blieb mir doch gar nichts anderes übrig, als selbst zu handeln. Und wenn es jetzt nötig ist, werde ich auch noch dich und deinen Bruder töten. Sterbt ihr, erbt Tertius alles.«

»Nicht für Tertius, für dich willst du alles«, sagte Victor leise. »Du bist unersättlich, Lavinia. Und dich liebte ich.«

»Liebe!«, spie Lavinia voller Verachtung heraus. »Liebe ist keinen Schafskötel wert.« Mit einem Ruck befreite sie sich, geriet gefährlich nah an die Kaimauer.

Felix stürzte auf seinen Bruder zu, der zusammenzubrechen drohte, lehnte ihn an ein Fass.

Lavinia bückte sich nach dem Messer, das Gesicht unbewegt wie eine Maske.

Felix erstarrte.

»Zwei Brüder, ertrunken im Tumult, wie tragisch ...« Lavinia hob das Messer.

Das Geschrei, die Rufe wurden lauter. Leute drängten durch die Gasse, kamen auf sie zu.

Lavinia ließ das Messer sinken.

Hinter ihr trieb das Schiff stromabwärts, schon fast quer zur Fahrrinne. »Vorsicht!«, schrie jemand.

Dann bemerkte Felix das Tau, es verfing sich in Lavinias Füßen, riss sie um.

Felix erwachte aus seiner Erstarrung, sprang zu ihr, versuchte, ihre Hand zu greifen. Vergeblich, sie entglitt ihm und stürzte mit einem Schrei in die Fluten des Rhenus.

Verzweifelt sah sich Felix nach Victor um, warum half er nicht? Sein Bruder stand hinter ihm, mit leichenblassem

Gesicht starrte er seiner Frau hinterher, seine Arme hingen leblos herunter, an einem rann Blut herab, auf seiner Brust entfaltete sich ein tiefroter Fleck wie die Blüte einer Rose.

Lavinia tauchte aus den Wellen auf, ruderte mit den Armen, um an die Kaimauer zu gelangen. »Hilfe!«, schrie sie hustend, ihre Stimme überschlug sich. Dann verschwand sie erneut.

Felix stand ratlos auf der Kaimauer. Da, schon ein ganzes Stück entfernt, sah er ihren Kopf. Die Strömung war dort stärker, sie trieb immer mehr ab. Was sollte er tun? Hinterherspringen? Er konnte nicht schwimmen.

Es knirschte und dröhnte, als die Strömung das quer liegende Schiff mit seiner Breitseite auf den Bug eines Lastkahns schob, der soeben in den Hafen getreidelt wurde.

Das Bersten der Schiffsplanken, das Tosen des Wassers, das Geschrei von Menschen und Tieren übertönten jedes andere Geräusch.

Lavinia tauchte nicht wieder auf. Einzig ihr grüner Schal trieb noch in den Fluten.

Felix stand da wie gelähmt, unfähig, sich zu rühren, folgte nur sein Blick dem Stück Stoff, das einer Alge gleich auf den Wellen schaukelte, sich an die Seite des Kahns schmiegte. Langsam neigte sich das Schiff über den Schal und begrub ihn unter sich.

Kapitel XXXII

Wahres Gift

Colonia Agrippinensis, 22. September 192 n. Chr.,
Floras Haus, spätabends

Wo war er? Victor konnte sich nicht erinnern, wie er hierhergekommen war. Er schaute sich um. Der Raum wirkte gleichzeitig fremd und vertraut. Wie aus dem Nichts erschienen Bilder aus Kindertagen, unbeschwerten Zeiten.

Warum bekam er so schwer Luft? Ihm war schwindelig, er fühlte sich matt und seltsam schwerelos. Er wollte sich mit der Rechten über die Stirn reiben, doch sein Arm gehorchte ihm nicht, als gehörte er nicht mehr zu ihm. Da lag er neben ihm, mit einer Binde umwickelt, gefühllos und fremd. Ein Verband um seine Brust schnürte ihm die Luft ab und er ließ sich wieder auf die Polster sinken. Was war geschehen? Er konnte sich nicht erinnern.

Die Tür ging auf, jemand kam herein.

»Victor?«

Obwohl er geflüstert hatte, erkannte Victor die Stimme seines Bruders.

Bilder erschienen vor seinen Augen, aber sie ergaben keinen Sinn. Sein Kopf schmerzte, sein ganzer Körper war eine einzige Wunde, am schlimmsten jedoch schmerzte sein Herz.

Er hob den gesunden Arm und legte die Hand über die Augen. Lass mich allein, wollte er sagen, doch heraus kam nur ein Krächzen.

Felix trat in sein Sichtfeld, einen Becher in der Hand. »Hier, trink. Der Arzt meint, das lindere deine Schmerzen.«

Victor schluckte mit Mühe, der Trank schmeckte bitter. Vergiftete Felix nun auch ihn? Ach und wenn, Victor war es gleich. Alles, woran er geglaubt hatte, war ihm genommen, Liebe, Vertrauen, Hoffnung, Lavinia.

»Warum, Bruder?«, fragte Felix leise.

Victor rang um Luft. »Lavinia erzählte mir, du hättest ihr Gewalt angetan. Darum wollte ich dich von der Stadt fernhalten, um ihr deinen Anblick zu ersparen. Dann kam deine Nachricht, sah ich euch so vertraut beisammenstehen … «

»Was redest du da?« Felix sah ihn mit aufgerissenen Augen an. »Hör zu, Bruder, ich habe deine Frau nie angerührt.«

»Verschone mich mit deinen Lügen«, ächzte Victor.

»Aber es ist die Wahrheit.«

»Sie zeigte mir doch dein Amulett, sie riss es dir vom Hals, sagte sie mir.«

»Ich habe es bei dir verloren und sie muss es gefunden haben. Gut, so höre, ich werde sie dir anvertrauen, die ganze Wahrheit.«

Victor konnte nicht glauben, was Felix da erzählte. Er hätte Lavinia zurückgewiesen? Und was faselte er jetzt von einer Columba?

»Schon als ich sie das erste Mal sah, war ich verloren. Ich weiß, es war Unrecht.«

»Columba? Wer soll das sein?«

»Ich gab ihr diesen Namen, weil sie mich an eine Taube erinnerte, so zart, so zerbrechlich und doch auch ausdauernd und zäh. Hätte ich sie bei ihrem richtigen Namen genannt, wäre mir die Gefahr stets präsent gewesen, der ich euch alle aussetzte, Columba, dich und die Deinen. Ja, es war Feigheit. Und ich wage es auch jetzt kaum auszusprechen, doch meine Liebe galt der Frau des Statthalters, Sabina.«

»Sabina, nun, das ist wahrhaftig keine Kleinigkeit …« Victor lachte auf und bereute es sofort, denn Schmerz durchzuckte ihn. Es kostete ihn einige Atemzüge, bis sich die Schwärze vor seinen Augen lichtete. Felix und Sabina – Lavinia hatte es vermutet, er hatte es abgetan.

»Wir hätten früher miteinander reden sollen«, stellte Felix fest.

»Ja, doch die Umstände …« Victors Brust begann zu schmerzen, das Atmen wurde schwerer. Es kratzte in seinem Hals, ein Hustenanfall schüttelte ihn und trieb tausend Nadeln in sein Fleisch. »Dein Amulett, ich weiß, dass es dir ebenso viel bedeutet wie meines mir. Ich habe es in einem Kästchen in meinem Arbeitszimmer verwahrt, in dem Regal neben der Tür.«

Felix legte ihm seine Hand auf die Stirn. »Ich werde es schon finden. Aber du glühst ja. Trink noch einen Schluck von der Medizin.«

Victor quälte sich ein Lächeln auf die Lippen. »Wahres Gift, dieser Trank. Wenngleich der Tod mich nicht schreckt, ich habe ihn wahrlich verdient. Doch eines musst du wissen: Am Tod des Onkels trage ich keine Schuld, auch Theophilus …«

»Ich weiß, ich weiß. Aber jetzt ist nicht der Augenblick, darüber zu sprechen. Komm, trink noch etwas.«

Victor zwang zwei Schlucke von der galligen Substanz hinunter und sank zurück. »Doch, lass uns reden, solange ich dazu fähig bin.«

»Die Verletzungen sind viel zu schwer, du musst dich schonen.«

Victor winkte ab. »Nein, wer weiß, ob ich den morgigen Tag erlebe.« Er hustete erneut. »Hast du etwas anderes zu trinken als dieses dämonische Zeug?«

Felix füllte einen Becher und reichte ihn Victor.

Der Wein vertrieb den üblen Geschmack. »Gut. Und jetzt will ich dir erzählen, was die letzten Wochen mein Handeln bestimmte.«

Victor ließ nichts aus, seine Furcht, Lavinia zu verlieren, sogar seine Spielsucht und die daraus erwachsene Abhängigkeit zum Statthalter vertraute er dem Bruder an. »Vor allem aber verachte ich mich dafür, dass ich den Verdacht, du seiest der Mörder des Theophilus, so leichten Herzens aufgegriffen habe, um mich wegen Iulius' Tod aus der Verantwortung zu ziehen. – Aber deinen Tod wollte ich nie, das musst du mir glauben!«

Kapitel XXXIII

Nähe und Ferne

Colonia Agrippinensis, 23. September 192 n. Chr.,
Floras Haus, vor Tagesanbruch

Felix schloss leise die Tür hinter sich. Victor schlief seit Stunden tief und fest, der Trank des Arztes tat seine Wirkung.

Im Atrium war es noch finster, nur ein Öllämpchen flackerte vor der Nische mit den Hausgöttern.

Felix streute einige Körner Weihrauch in das Schälchen vor dem Götterbild des Aesculapius, der Floras Laren und Hausgöttern beigesellt war. Vielleicht konnte er helfen, denn der Arzt hatte nicht viel Hoffnung, dass Victor den nächsten Tag überleben würde, zu bedrohlich sei die Wunde in der Brust.

Die ganze Nacht hatte er an Victors Krankenbett zugebracht. Er war nicht einmal in den Keller gegangen, um nach Ateius und dem Gefangenen zu sehen. Er hatte nur bei seinem Bruder sein, ihm beistehen wollen. Seit den Kindertagen hatte er sich ihm nicht mehr so nahe gefühlt wie in den letzten Stunden.

Felix war erleichtert, dass an den Händen des Bruders kein Blut klebte. Stattdessen nun an Lavinias, das war allerdings entsetzlich genug. Und er hatte gedacht, sie täte seinem Bruder gut, weckte seinen Ergeiz, stärkte seine Willenskraft. Wohin hatte sie ihn stattdessen geführt? Fast in den Tod – und sich selbst in den Untergang. Felix streute eine weitere Handvoll Weihrauch in die Glut und betrachtete den aufsteigenden Rauch. Wie bei dem Heiligtum der Sirona, Zeitalter schien es zurückzuliegen, doch waren es nur zwei Monate.

Angesichts des Schicksals seines Bruders schien Felix das, was er selbst hatte erleiden müssen, als nichtig. Morgen endete die Frist des Onkels und er wäre dann tatsächlich verheiratet. Ein Erbe erwartete ihn.

Und eine Verhandlung. Würde sie unter diesen Umständen überhaupt stattfinden? Der Anwalt würde bald kommen, der musste es wissen. Vorher wartete noch das Gespräch mit Flora auf ihn. Ob sie wohl schon wach war?

Felix machte sich auf die Suche. In der Küche fand er Gaia. Sie saß auf einem Hocker, das Gesicht in die Hände gestützt. Als sie zu ihm aufblickte, sah er in tränennasse Augen.

»Was ist geschehen?«, fragte Felix und wappnete sich innerlich.

»Die Herrin, sie ist fort, gestern schon.«

»Was?« Er hatte sich schon gewundert, dass sie ihn nicht in Empfang genommen hatte, als er gemeinsam mit einem Soldaten der Wache Victor ins Haus geschafft hatte.

Gaia schluchzte auf. »Sie hat den kleinen Lucretius genommen und ist abgereist.«

»Aber warum?«

Was war in Flora gefahren? Erst bot sie ihm die Ehe an und dann machte sie sich aus dem Staub.

Gaia wischte sich mit dem Handrücken über die Augen, auf ihrer Stirn erschien eine senkrechte Falte. »Weil du dich mit dieser Lavinia treffen wolltest, wie ihr Ateius berichtete.«

Felix schoss das Blut in die Wangen. Das durfte doch nicht wahr sein.

»Sie war sehr aufgebracht«, fuhr Gaia fort. »Wie damals, als ihr Mann sie wegen dieser anderen Frau … Nie wieder hatte sie sich an einen Mann binden, sich solchen Schmerzen aussetzen wollen. Was hat es sie gekostet, deinetwegen eine Ehe zu erwägen, und kaum entschließt sie sich dazu, da betrügst du sie schon!« Gaia sah ihn hasserfüllt an.

»Aber …« Ach, was sollte es, Gaia gegenüber würde er sich nicht erklären. »Wohin wollte sie?«

Gaia zuckte die Achseln.

Eigentlich fielen ihm da nur zwei Möglichkeiten ein. Wo das Landgut von Floras Vater Emilianus lag, wusste er ungefähr. »Wo wohnt ihr geschiedener Gatte, dieser Anwalt?«

»In der Insula neben den Thermen, über einer Garküche, im zweiten Stockwerk.«

»Gut. Ist Ateius noch bei dem Gefangenen?«

Gaia nickte stumm.

Im Keller erwartete ihn ein überraschender Anblick. Ateius und Paullus saßen nebeneinander auf dem Boden, schweigend, beide dösten vor sich hin. Paullus lag noch immer in Fesseln, jedoch schien Ateius sie ihm ein wenig gelockert zu haben. Allerdings war das Gesicht des Gefangenen geschwollen und blau verfärbt.

Felix spürte kein Mitleid, wunderte sich nur über den Stimmungswandel, jeglicher Hass schien vergessen.

»Ateius!«, sprach er seinen Freund an, der erst jetzt den Kopf langsam hob, als hingen Bleigewichte an seinen Ohren.

»Ich muss dich sprechen.«

Ateius bedachte Paullus mit einem Blick, den Felix nicht deuten konnte, stand auf und folgte ihm hinaus.

»Mir scheint, euer Gespräch ist fruchtbar verlaufen.«

Ateius streckte sich. »Was ich von Paullus erfahren habe, wird dich überraschen.«

»Er arbeitete für Lavinia«, sagte Felix.

»Stimmt.«

»Lavinia ist tot, im Rhenus ertrunken.«

Ateius hob die Brauen. »Mir scheint, du hast mehr zu erzählen als ich.«

Felix winkte ab. »Später. Ich muss Flora suchen. Wirst du mich begleiten?«

»Wieso?« Ateius grinste. »Hast du Angst vor ihr?«

»Das ist nicht komisch. Flora ist fort. Was hast du ihr denn nur über mich und Lavinia erzählt, dass sie denkt …«

»Ich habe gesagt, du hättest einen Plan, wie du aus der Anklage herauskämst und zugleich dein Erbe retten könntest. Dazu bräuchtest du Lavinia und würdest dich deswegen mit ihr treffen – oje.« Ateius kratzte sich am Kopf. »Womöglich habe ich mich missverständlich ausgedrückt …« Dann hellte sich sein Blick auf. »Andererseits hat es doch sein Gutes.«

»Ich kann nichts Gutes darin entdecken.«

»Nun ja«, meinte Ateius und sein Grinsen wurde breiter. »Sie ist eifersüchtig. Das heißt doch, sie will dich nicht nur wegen des Geldes ehelichen. Und du bist doch auch nicht deswegen so verstört, weil du den Verlust des Erbes fürchtest.« Er knuffte Felix in die Seite. »He, he, unseren Felix hat es erwischt.«

»Unsinn. Sowohl Flora als auch mir ging es ausschließlich darum, das Erbe meines Onkels zu retten.«

Ateius räusperte sich. »Natürlich. Also gehen wir – und wohin?«

»Zunächst zum Forum, dort wohnt ihr geschiedener Mann, vielleicht sucht sie bei ihm Zuflucht.«

»Das ist nicht dein Ernst!« Ateius blieb stehen und sah Felix an, als habe er vorgeschlagen, als Erstes den Mond aufzusuchen.

»Sonst könnte sie nur zu ihrem Vater gefahren sein.«

»Na, das klingt schon besser.«

Ateius würdigte ihn keiner weiteren Erläuterungen. Er sperrte die Kellertür ab und hängte den Schlüssel an einen Haken an der Wand.

Oben lief ihnen der Sklavenjunge über den Weg, Ateius hielt ihn fest. »So früh schon auf den Beinen? He, du weißt doch sicher Bescheid, hat deine Herrin den Wagen genommen?«

Der Junge beäugte ihn misstrauisch mit blutunterlaufenen Augen.

»Jetzt sag schon. Hier hast du einen As.« Felix streckte ihm eine Münze entgegen, doch der Kleine verschränkte die Hände hinter dem Rücken und reckte das Kinn.

Das Kerlchen wollte seine Herrin schützen! Vor ihm, Felix, schützen!

»Deine Treue in allen Ehren, aber ich werde Flora so oder so finden, schneller ginge es, wenn du uns hilfst. Ich werde sie finden und heiraten.« Jetzt, da er fürchtete, sie verloren zu haben, wich der letzte Zweifel. Er spürte wieder die Wärme ihrer Hand in seiner, erinnerte sich an den Trost, den ihm diese Berührung gegeben hatte. »Ja, ich werde sie heiraten, wenn sie mich noch will, denn ich liebe sie.«

Dem Jungen sackte der Kiefer herunter. Dann schluckte er. »Ja also, wenn das so ist.« So richtig überzeugt war er offensichtlich nicht. »Sie hat aber nichts, nur dieses Haus, du fändest sicher eine andere …«

Die Worte des Kleinen rührten Felix. »Es geht mir nicht ums Geld. Bitte, Junge, hilf uns!«

Der Sklavenjunge hatte tatsächlich bestätigt, dass Flora zu ihrem Vater aufgebrochen war. Das Landgut lag eine halbe Tagesreise westlich vor den Toren der Agrippinensis, sie brauchten Pferde.

Felix und Ateius klopften in den ersten Strahlen der Morgensonne den Burschen des nächstgelegenen Mietstalles heraus. Der hörte sie an und bedauerte, ohne Geld keine Pferde. Felix blieb nicht anderes übrig, als ihm seinen Ring, Zeichen des Ritterstandes, anzubieten. Zum Glück akzeptierte der Mann ihn als Pfand und überließ ihnen zwei Tiere.

Kurz darauf waren sie auf der Straße und zu dieser frühen Stunde kamen sie gut voran. Der Verkehr verlangte nicht viel Aufmerksamkeit, so überlegte Felix, wie er Flora gegenübertreten, was er ihr sagen sollte. »Und wenn sie mich nicht mehr heiraten will?« Die Befürchtung schnürte ihm die Kehle zu.

Ateius nickte. »Sicher wird sie dir nicht gleich um den Hals fallen, wenn du auftauchst. Du musst dich schon ein wenig um sie bemühen.«

»Ah, da bist du ja der große Experte.«

Ateius gab seinem Pferd die Fersen und trabte an.

Verdammt, wie gedankenlos von ihm. Felix hoffte, er könnte Ateius helfen, seine Frau zu finden. Sie musste ihm wirklich viel bedeuten.

Schweigend ritten sie hintereinander her.

Die Sonne näherte sich ihrem Zenit, weit dürfte es nicht mehr sein. In der nächsten Siedlung zügelten sie die Tiere und Felix fragte einen Bauern nach dem Anwesen von Emilianus. Ein paar Asse machten den Mann gesprächig. Nach einer Meile sollten sie rechts in den Seitenweg biegen, der würde sie zu Emilianus' Gut führen.

Der Wagen stand noch in der Einfahrt. Felix sprang vom Pferd und ließ die Zügel fahren. Er hastete zum Eingang, hämmerte gegen die Tür. »Flora!«, rief er.

Erst jetzt bemerkte er Decimus und Ausonius, die nicht überrascht schienen, ihn zu sehen. Sie grüßten schweigend, ein Grinsen in ihren Gesichtern. Decimus' Brauen zuckten in die Höhe, als die Tür geöffnet wurde.

»Was soll das? Bist du jetzt unter die Räuber gegangen? Nun, es würde mich nicht wundern.«

Flora funkelte ihn an, ihre Augen glühten dunkel.

»Flora, bitte, hör mich an«, stotterte Felix.

Sie trat heraus, schloss leise die Tür und baute sich vor ihm auf.

Sie musste den Kopf heben, um ihm in die Augen sehen zu können. Zitternd vor Zorn, die Fäuste in die Seiten gestemmt, bot sie ein beeindruckendes Bild. Felix hätte sie am liebsten gleich an sich gezogen, aber das wagte er dann doch nicht.

»Deine ehrenwerte Schwägerin hat dich wohl zurückgewiesen? Und jetzt dachtest du, ach, dann nehme ich eben doch die Flora. Diese Kuh wartet ja nur auf so einen wie mich.«

»Lavinia ist tot«, nutzte Felix eine Atempause und versuchte, nicht auf ihren Mund zu sehen, diese roten Lippen, die feucht schimmerten.

»Oh, das ist ja … – nun, und wenn schon.«

»Du bist doch gar nicht so herzlos, wie du vorgibst.«

Ihre Augen funkelten, die Wangen waren gerötet, ihre Brust wogte auf und nieder. Ihre Hände, die, wie er wusste, ein Schwert zu führen verstanden, wedelten in der Luft herum. Er fing eine auf und hielt sie mit beiden Händen fest.

»Was soll das, warum grinst du so blöde?«, giftete Flora ihn an und befreite sich.

»Für eine Amazone bist du recht klein gewachsen, aber nicht minder furchteinflößend«, sagte Felix ruhig und suchte ihren Blick.

Ihre linke Braue zuckte. Ihr Schweigen währte nur kurz, schon wandte sie sich wieder an ihre Leute. »Was glotzt ihr so? Helft mir gefälligst, diesen Kerl loszuwerden. Und du?«

Erst jetzt hatte sie Ateius bemerkt, der auf seinem Pferd sitzen geblieben war und die Szene ohne merkliche Anteilnahme verfolgte.

»Hast du dich beruhigt?«, fragte Felix.

»Beruhigt?«, schrie Flora zurück. »Für was hältst du dich, du jämmerlicher Wicht! Und für was hältst du mich? Du, du …«

»Es besteht kein Grund zur Eifersucht, ich habe …«

»Ich und eifersüchtig? Haben dich alle guten Geister verlassen?« Sie wandte sich an Decimus und Ausonius. »Habt ihr so etwas schon gehört, was bildet der Kerl sich ein? Nutzt meine Gutmütigkeit aus und trifft sich mit einer anderen Frau, nachdem ich ihm aus reiner Freundlichkeit die Ehe angeboten habe. Eifersüchtig? Nein! Enttäuscht bin ich, denn du hast mich hintergangen, meine Freundschaft ausgenutzt.«

Ihr Blick kehrte zu ihm zurück und ließ ihn trotz der Hitze frösteln. Ein wenig ängstigte ihn nun doch, was in der Zukunft womöglich auf ihn zukam. »Das ist doch alles Unsinn! Ich dachte, Victor wäre ein Mörder, und hoffte, gemeinsam mit Lavinia unsere Unschuld beweisen zu können, ja, auch wegen des Erbes. Sie musste doch wissen, dass ihr Mann, der Vater ihres Sohnes, ein Unhold ist. Und dabei zeigte sich jetzt, dass sie die Mörderin meines Onkels war.«

Floras Stirn krauste sich. »Ach.«

»Flora, ich –«

»Lass uns ins Haus gehen. Mein Vater wird sich bestimmt freuen, dich zu sehen«, zischte Flora und ging voraus.

Emilianus saß im Garten und sah ihnen mit gehobenen Brauen entgegen. »Felix! Flora erzählte mir eine abenteuerliche Geschichte. Setzt euch doch.« Sein Blick wechselte von einer zum andern.

Ein schlurfendes, kollerndes Geräusch näherte sich und ein kleiner Junge kroch unter einem Strauch hervor.

»Mama?«

»Lucretius, mein Liebling, was machst du denn da? Du gehörst ins Bett.« Flora nahm ihren Sohn auf den Arm und trug ihn hinaus.

Emilianus sah seiner Tochter nach, dann fasste er Felix ins Auge. »Flora informierte mich über eure Heiratspläne. Ich muss sagen, es freute mich zu hören. Freute mich, sage ich, denn verstehe ich Flora richtig«, er schürzte die Lippen, »wird wohl nichts aus der Hochzeit.«

Felix breitete die Hände aus. »Es ist alles ein Missverständnis. Ich liebe deine Tochter, Emilianus, und ich will sie heiraten.«

Der Bergwerkspächter wiegte den Kopf. »Nun, nun. Das solltest du besser Flora sagen. Ich für meinen Teil habe keine Einwände, im Gegenteil.« Er strahlte Felix an. »Ich könnte mir keinen besseren Schwiegersohn wünschen.« Sein Lächeln erstarb. »Aber du kennst ja Flora! Sie ist sehr aufgebracht, fürchte ich.«

»Ich bin sicher …«

Flora kehrte zurück und baute sich vor Felix auf. »Nun?«, hub sie an. »Du wolltest mir etwas sagen?«

»Ähm, ja.« Hilfe suchend sah Felix zu Emilianus, doch der nickte nur aufmunternd. »Ich, äh, ich habe …« Bei allen Göttern, wenn sie ihn so ansah, wie sollte er da einen klaren

Gedanken fassen. Er erhob sich, nahm ihre Hand in seine, mied aber ihren Blick. »Flora, ich will dich an meiner Seite, was auch immer kommen mag. Wenn es in meiner Macht steht, lasse ich dich nicht wieder gehen. Und jetzt frage ich dich: Willst du mich zum Mann?«

»Hört, hört!«, rief Emilianus.

Warum sagte sie nichts? Felix fühlte sich wie ein Ochse auf der Schlachtbank, gebunden dem Schicksal ausgeliefert. Er wagte einen Blick, nichts regte sich in Floras Gesicht, er spürte nur eine leichte Bewegung in seiner Hand.

Sie entzog sich, er war gescheitert. Sein Mut, seine Zuversicht brachen in sich zusammen wie einst der Schacht und begruben ihn unter sich.

Dann spürte er den zarten Druck ihrer Finger.

Viel Zeit blieb nicht, bis zum Ablauf der Frist und dem Gerichtstermin. Sie mussten so schnell wie möglich zurück in die Agrippinensis. Nachdem Felix und Flora sich hinsichtlich ihrer Eheschließung einig waren, hatte Ateius sich bereit erklärt, unverzüglich wieder in die Agrippinensis zu reiten und Lucretius über die jüngsten Ereignisse in Kenntnis zu setzen.

Felix hoffte, dass sich der Prozess nunmehr erledigt hätte, da die Todesumstände des Onkels ja geklärt waren. Lucretius solle sich um alles kümmern, sie würden ihn morgen gegen Mittag erwarten.

Noch vor Tagesanbruch bestieg Felix zusammen mit Flora, Emilianus und dem kleinen Lucretius den Wagen, um in die Stadt zurückzukehren. Seine neue Familie, ein ungewohnter Gedanke.

Felix saß dicht neben Flora und genoss die Wärme ihres Körpers. Ihnen gegenüber hatte es sich Emilianus in einer

Ecke bequem gemacht und schien zu schlafen. Plötzlich aber richtete er sich auf.

»Ah, Felix, das wird dich interessieren. Denn gerade musste ich an unser letztes Zusammentreffen denken. Du erinnerst dich doch bestimmt an diese schreckliche Sache, diesen Unfall meines Angestellten Publicus.«

»Natürlich!«

»Stell dir vor, ausgerechnet der von mir so geschätzte Publicus selbst war derjenige, der mich betrogen hat. Er hat das Geld für Material und Ersatzteile in die eigene Tasche gestrichen.«

»Er ist das Opfer seines eigenen Betruges geworden«, stellte Flora fest.

Emilianus nickte. »Ja, in gewisser Weise ist dies auch eine Art Gerechtigkeit. In seinem Nachlass fand man einige Tausend Sesterze, die ich als Wiedergutmachung des erlittenen Verlustes zugesprochen bekam. Ich habe davon meine Occupationsinschrift in Stein meißeln lassen, wie ich gelobte.« Emilianus schloss wieder die Augen und murmelte: »Das ist jetzt ein Werk für die Ewigkeit.«

Eine Stunde vor ihrer Verabredung mit Lucretius trafen sie in Floras Haus ein. Emilianus klagte über steife Knie und Felix half ihm aus dem Wagen.

»Bei Iupiter«, ächzte sein zukünftiger Schwiegervater. »Nach einer solchen Reise spüre ich überdeutlich die Last des Alters. Ich werde mich noch ein wenig hinlegen. Ruft mich, wenn meine Anwesenheit erforderlich ist.«

Während Flora ihrer Sklavin befahl, den kleinen Lucretius ins Bett zu bringen, wollte Felix nach Victor sehen.

Leise öffnete er die Tür, sein Bruder schlief. Das Gesicht bleich, die Wangen eingefallen, sah er aus wie ein Leichnam.

Kaum sichtbar hob und senkte sich seine Brust unter den Atemzügen.

»Lassen wir ihn schlafen«, flüsterte Flora, die an seine Seite getreten war, und zog ihn hinaus.

Im Atrium kam ihnen Ateius entgegen und meldete, dass Lucretius zur verabredeten Zeit kommen werde.

»Ausgezeichnet, in der Stunde, die uns bleibt, kann ich mich ein wenig herrichten«, meinte Flora und ließ Felix und Ateius im Atrium zurück.

Felix schüttelte den Kopf, als er sich dabei ertappte, auf die geschlossene Tür zu starren, hinter der sie verschwunden war.

»Wenn du dich von dem gewiss aufschlussreichen Anblick der Zimmermannsarbeit losreißen würdest, könnte ich dir erzählen, was ich von Paullus noch erfahren habe.«

Natürlich, er sollte endlich die letzten Lücken schließen. »Berichte!«

Kaum hatten sie sich gesetzt, erschien Gaia mit Wein. »Die Herrin meinte, ihr könntet einen Schluck gebrauchen.« Sie lächelte Felix unsicher an, schenkte ihnen ein und ging.

»Wie aufmerksam von deiner zukünftigen Gemahlin«, antwortete Ateius und hob den Becher. »Auf euch! Auf eure Zukunft!«

»Auf die deine!«

Sie tranken und Ateius schwenkte den Becher. »Meine Zukunft«, murmelte er und stellte den Becher ab. »Das ist auch etwas, über das ich mit dir sprechen muss. Aber zunächst das Dringliche. Im Wesentlichen kennst du ja mittlerweile die Zusammenhänge.«

Felix nickte. »Aber es fällt mir schwer zu glauben, dass Lavinia einzig des Geldes wegen solche Zwietracht säte und sogar vor Mord nicht zurückschreckte.«

»Und Ehebruch.«

Felix hob die Brauen. »Ich habe Lavinia nie angerührt …«

Ateius winkte ab. »Nicht mit dir beging sie Ehebruch, sondern mit Paullus.«

»Ah.«

»Paullus räumte ein, dass er nichts dagegen einzuwenden gehabt hatte, mit Lavinia das Lager zu teilen. Gelegenheiten hätte es genug gegeben, Victor sei oft unterwegs gewesen. Sie köderte ihn mit der Versprechung, ihm Geld zu geben, damit er sich seine Freiheit erkaufen könne. Und sie stellte ihm Bedingungen.«

»Die Bedingungen kann ich mir denken. Aber das Geld hat sie ihm nicht gegeben?«

»Nein, jedenfalls nicht den abgemachten Betrag. Sie gab ihm immerhin genug, dass er dich entführte. Lavinia hatte befohlen, dich zu töten, sagt Paullus, doch habe sie ihn immer wieder wegen der noch ausstehenden zweihundert Sesterze vertröstet. Zuletzt glaubte er nicht mehr daran, seinen Lohn noch zu bekommen.«

»Und was ist mit Theophilus? Hat er ihn wirklich umgebracht?«

»Paullus leugnet das. Er behauptet, es sei ein Unfall gewesen. Er habe ihn nur ein wenig unter Druck setzen wollen, aber der habe das Gleichgewicht verloren.«

»Glaubst du ihm?«

Ateius zuckte die Schultern. »Er hat anschließend die Stütze angesägt, um den Schacht einstürzen zu lassen. Warum hätte er das tun sollen, wenn es ein Unfall gewesen ist? Nein, er wollte von seiner Tat ablenken. Und als die Manipulation tatsächlich klappte – denn er war sich dessen keineswegs sicher – und es uns sogar mit erwischte, nutzte er die Gunst der Stunde und beschuldigte dich der Tat. Mit deinem Tod glaubte er, seinen beiden Herren, also Victor und Lavinia, gleichermaßen zu dienen. Du wärst beseitigt, ohne dass ein Verdacht auf Paullus und damit Lavinia fiele. Er bekäme sein Geld, Victor wäre befriedigt, zudem erhielten er und damit auch Lavinia den Löwenanteil an der Erbschaft.«

»Und wieso riskierte Paullus das alles?«

»Er wollte die Freiheit zurück, um Rache an mir üben zu können.«

»Dieser Paullus scheint sehr nachtragend zu sein.«

»Nachtragend, zäh, beharrlich und auf seine Weise klug. Maternus wählte ihn nicht von ungefähr zu seiner rechten Hand.«

Ateius goss sich mehr Wasser in seinen Wein. »Jedenfalls wollte er dich nicht nur auf Lavinias Wort hin ermorden, zumal er fürchtete, sie würde ihr Wissen gegen ihn verwenden. Deshalb hat er auch den Brief deines Onkels aufbewahrt, als Sicherheit.« Ateius zögerte, senkte den Blick auf den Weinspiegel in seinem Becher. »Hätte ich das alles nur rechtzeitig aus Paullus herausbekommen, nie hätte ich dich allein zu dem Treffen mit ihr gehen lassen.«

»Ach, Paullus hat den Brief? So kann ich ihn doch noch bekommen. Schließlich ist er die letzte Botschaft meines Onkels an mich, er wäre mir sehr wichtig, als Andenken.«

Ateius nickte. »Ja, Lavinia hatte Paullus mit der Beschaffung des Briefes beauftragt, und ihr gegenüber behauptete er, der Brief sei mit Theophilus im Schacht geblieben, auf ewig verloren. Aber Paullus hatte ihn natürlich an sich gebracht und gelesen. Darin steht nicht nur, dass du endlich heiraten sollst, sondern auch, dass Iulius glaubte, Lavinia trachte ihm nach dem Leben, so, wie sie bei ihm herumschnüffele, seine Leute aushorche. Daher habe er ihr verboten, sich je wieder bei ihm sehen zu lassen. Dennoch wollte er, dass du über seinen Verdacht Bescheid weißt.«

»Tatsächlich? Kein Wunder, dass Lavinia das Schreiben in ihren Besitz bringen wollte!« Bei allen Göttern, hätte er nur gewusst, dass der Onkel seine Hilfe brauchte. Aber hätte er Iulius' Verdacht überhaupt ernst genommen? Der Onkel hatte doch ständig jemanden eines Betrugs oder Diebstahls bezichtigt. Zuletzt hatten alle Leute seine Anschuldigungen ignoriert …

Felix schenkte nach. »Jetzt zu dir. Offenbar hast du dein Zerwürfnis mit Paullus geklärt?«

»Das wird so schnell nicht möglich sein. Schließlich habe ich ihn verraten, auch wenn ich meine Gründe hatte. Bei allen Göttern, wie dumm war ich! Doch als Vanatvelta und meine Ateia in die Hände der Legion fielen, musste ich doch alles tun, um sie zu retten … Der Tribun erpresste mich, ich solle Maternus verraten und sie würden freigelassen, versprach er mir. Ich forschte nach ihnen und versuchte gleichzeitig, meine Leute zu schützen. So hielt ich den Tribun hin, um Zeit zu gewinnen. Maternus war gerade in unser Gebiet gekommen und wollte mit Paullus nach Rom weiterziehen, ich sollte mit dem Rest der Truppe in Obergermanien den Nachschub sichern. Erst als ich Maternus weit genug entfernt glaubte, verriet ich dem Tribun Castus – nie werde ich seinen Namen vergessen – Maternus' Plan, den Kaiser zu ermorden. Castus setzte die Legion in Bewegung und ich hoffte, sie kämen nicht rechtzeitig, um das Attentat zu vereiteln. Ich hoffte, mein Verrat bliebe für immer verborgen, wäre Maternus erst Kaiser.« Er lachte auf. »Ein lächerlicher Gedanke, ich weiß. Aber damals waren wir wirklich von unserer Sache überzeugt.«

»Doch euer Plan scheiterte.«

»Ja, ich hatte meine Gefährten verraten und dennoch Vanatvelta und Ateia verloren. Man habe wohl vergessen, meine Frau und meine Tochter zu entlassen, verhöhnte man mich kurz vor meiner Verurteilung. Was mit ihnen sei, könne mir gleichgültig sein, als in die Arena Verurteilter sei ich ohnehin so gut wie tot. Als einzige Erinnerung habe ich diese Tasche.« Ateius verstummte und strich mit der Hand über das Leder, das die Jahre speckig hatten werden lassen. »Vanatvelta hat sie für mich genäht.«

»Aber du starbst nicht, sondern kämpftest tapfer, wie ich weiß. Zu tapfer, sagtest du.« Ob Ateius Felix jetzt für würdig befand, seine ganze Geschichte zu hören?

»Ja. Ich war ein erfolgreicher Kämpfer. Mein Ruhm drang bis zum Statthalter. Der ließ mich gegen einen seiner bevorzugten Männer, einen Thraker, aufstellen. Ich war zwar Favorit, erhielt jedoch den Befehl zu unterliegen. Hohe Gewinne erwarteten jene, die auf den Thraker als Sieger gewettet hatten. Selbstverständlich hatte auch der Statthalter auf seinen von ihm nicht nur wegen seiner Kampfkunst geschätzten Gladiator gesetzt. Nach meiner Niederlage sollte ich die Freiheit zurückerhalten.« Ateius zögerte einen Moment, bevor er weitersprach. »Aber konnte ich noch einmal einem Römer trauen?«

Felix musste ihm zustimmen. »Du siegtest und der Statthalter verurteilte dich in die Minen.«

Ein bitteres Lachen war die Antwort. »Es kam ihn hart an, am liebsten hätte er sicher mein Blut im Sand der Arena versickern sehen. Doch das Volk war auf meiner Seite, schließlich hatte ich einen guten Kampf geliefert, die Menge bejubelte mich. Es wäre zu einem Aufstand gekommen, hätte man mich noch an Ort und Stelle gemeuchelt. So zog mich der Statthalter, der ehrenwerte Senator Clemens Dextrianus, mithilfe einer erdichteten Mordanschuldigung aus dem Verkehr und verurteilte mich in die Minen am Mons Iovis, um Erz zu schürfen. Recht und Gesetz entsprach die ganze Sache nicht, das schwöre ich dir. Ich erhielt damals meine Narbe am Schädel und der Herr Senator kehrte unbehelligt nach Rom zurück.«

»Und dort wurde Paullus verurteilt, ebenfalls in die Arena.«

Ateius nickte.

»Und bei seiner Gerichtsverhandlung traf er mit deiner Familie zusammen?«

»Nein, das dann nicht. Aber ihm ist zu Ohren gekommen ...«, Ateius stockte. »Ihm ist zu Ohren gekommen, dass die beiden als Sklaven verkauft wurden.«

So verzweifelt hatte Felix seinen Freund noch nie gesehen. »Ich werde den Statthalter um Hilfe bitten. Es muss doch herauszufinden sein, wohin es sie verschlagen hat.«

»Glaubst du wirklich, der Statthalter krümmt einen Finger wegen eines ehemaligen Gladiators und Mörders?«

»Du bist kein Mörder. Du kämpftest den Regeln gemäß in der Arena.«

Ateius winkte ab. »Du bist ein Träumer.«

Felix dachte an das, was Victor ihm von Lupus und seinen Umsturzbestrebungen erzählt hatte. Einen Versuch war es wert. »Wir werden sehen.«

Ihr Gespräch hatte lange gedauert, Lucretius konnte jeden Moment eintreffen. »Ich werde versuchen, dir zu helfen. Und dich bitte ich, den Brief meines Onkels zu suchen. Er ist mir sehr wichtig.«

Flora hatte sich in eine dunkelblaue Tunika gewandet und sich sogar frisieren lassen. Zahllose Zöpfchen zogen sich über ihren Scheitel und mündeten im Nacken in einen straffen Knoten. Frisur und Kleidung ließen sie älter, aber auch fraulicher erscheinen. Felix zog sie an sich und küsste sie auf die Stirn.

Flora schob ihn von sich, als Gaia eintrat, den kleinen Lucretius auf dem Arm, der ein Holzpferdchen wie eine Trophäe in die Luft reckte.

»Setz ihn dort in die Ecke«, befahl Flora ihrer Sklavin.

»Herrin!«, rief der Sklavenjunge vom Gang herein. »Der Herr Lucretius steht vor der Tür.«

»Dann bitte ihn herein, du Tropf. Schick ihn her, das Atrium wird er wohl noch finden.«

Der Kleine nickte widerstrebend, Felix sah ihm an, dass er den Gast lieber wieder heimgeschickt hätte.

Es kam Felix sonderbar vor, dass ausgerechnet Floras geschiedener Mann die Heiratsformalitäten regelte. Aber zu seiner Überraschung war ihm Lucretius gleich sympathisch. Der Anwalt wirkte jugendlich, war schlank und hochgewachsen, allein die vereinzelten grauen Strähnen deuteten auf ein mittleres Alter. Mit ausgebreiteten Armen kam er auf Felix zu, schüttelte ihm mit festem Griff die Hand. Auch Emilianus und den kleinen Lucretius begrüßte er herzlich.

»Hübsch siehst du aus«, meinte der Anwalt zu Flora, die ihm mit eisiger Miene dankte.

Lucretius straffte sich. »Nun gut, widmen wir uns zunächst dem Prozess. Da gibt es Neuigkeiten, hörte ich. Der Statthalter räumte mir heute Morgen einen kurzfristigen Termin ein und versicherte mir, die Angelegenheit zu prüfen. Die Klage hat er unter den gegebenen Umständen vorerst ausgesetzt. Meiner Ansicht nach ist alles Weitere eine Formalität. Sobald der Statthalter einen Beschluss gefasst hat, wird der Nachlass den testamentarischen Verfügungen deines Onkels gemäß neu aufgeteilt. Ich bin zuversichtlich, dass du bereits in den nächsten Tagen über deinen neuen Besitz verfügen kannst.«

Lucretius klappte seine Wachstafel mit den Notizen zusammen. »Und nun zum nächsten Punkt. Unsere Flora will also zum zweiten Mal heiraten. Bei allen Göttern, Felix, ich hätte nicht gedacht, dass ich das noch erleben darf. Unsere Ehe stand unter keinem guten Stern und ich bin daran sicher nicht unschuldig. Flora hat mir nie verziehen, dass ich sie verließ.« Er wandte sich an Flora. »Dass du jetzt gerade mich geholt hast …«

»… ist nichts, was wir hier und jetzt besprechen müssen.«

Felix spürte die Spannung, die plötzlich den Raum erfüllte.

»Natürlich. Also, dann bleibt mir nichts, als euch viel Glück zu wünschen!«

Der kleine Lucretius, der ruhig in einer Ecke gespielt hatte, verschaffte sich mit einem Aufschrei Gehör. Er stolperte auf wackeligen Beinchen auf Felix zu, bediente sich seiner Wade als Stütze und machte sich weiter auf den Weg zu seinem Vater.

Lucretius nahm seinen Sohn auf den Arm, der das mit schrillem Kreischen honorierte. »Flora schlug vor, dass du unseren Sohn adoptierst«, sagte Lucretius der Ältere und versuchte, das Geschrei seines Sohnes zu übertönen. »Du kannst dir denken, dass es mir nach unserer Scheidung nicht leichtgefallen ist, auf ihn zu verzichten, schließlich gehört er laut Gesetz zu meiner Familie. Aber ich hatte bei Flora etwas gutzumachen und wollte es mir nicht völlig mit ihr verderben …« Er grinste sie an, die weiterhin eisern schwieg, so dass auch Lucretius wieder ernst wurde, als er sich Felix zuwendete und fortfuhr: »Emilianus begrüßt diese Ehe, wie ich weiß. Darum ließ ich außer dem Ehevertrag auch bereits die Adoptionspapiere ausfertigen.« Er reichte Flora seinen Sohn, zog die Schriftstücke aus einer Lederhülle und gab sie Felix. »Bislang widmete ich meinem Sohn viel Aufmerksamkeit, zu Floras Verdruss. Ich erwarte das Gleiche von dir.«

»Das wird er«, sagte Flora und fügte in Felix' Richtung hinzu: »Lucretius verzichtet deshalb so bereitwillig auf seinen Sohn, weil seine Vibonia ihm in Kürze ein weiteres Kind gebären wird. Mögen die Götter ihr eine leichte Niederkunft schenken.«

Felix vernahm den Unterton in Floras Worten und wunderte sich erneut, warum sie ihren geschiedenen Mann überhaupt hinzugezogen hatte. »Ich werde mich um Lucretius kümmern, als wäre er mein leibliches Kind.«

»Gut, dann ist das wohl auch geklärt.«

Felix fand in der Adoptionsurkunde nichts zu beanstanden und reichte die Wachstafel nach der Lektüre an Flora weiter, die sie nur überflog. Warum auch immer sie ihrem Mann grollte, sie vertraute ihm.

Lucretius reichte Felix seinen Stilus, ein schönes Stück aus Bronze mit zierlichen Gravuren. »Für eure Hochzeit sind ja keine besonderen Zeremonien erforderlich, es bedarf einzig Emilianus' Unterschrift als dem gesetzmäßigen Vormund seiner Tochter.«

Emilianus nickte und setzte seinen Namen unter den Ehevertrag. Felix unterschrieb die Adoptionsurkunde und abschließend beglaubigte Lucretius alles mit seinem Siegel. »So, Felix. Mit heutigem Datum bist du nachweislich Ehemann der Emiliana und Vater des Lucretius. Herzlichen Glückwunsch euch beiden! Du, Felix, hättest damit die Klausel im Testament deines Onkels erfüllt und am letztmöglichen Tag«, Lucretius grinste, »sogar die Berechtigung erlangt, als Ehemann und Vater dein Erbe anzutreten. Jetzt liegt es nur noch an der Entscheidung des Statthalters, wie in der Klage zu verfahren ist.«

Immerhin fand Flora den Anlass angemessen genug, um den besten Wein ausschenken zu lassen.

Nach dem ersten Becher verabschiedete sich Lucretius bereits. Emilianus wollte sich ebenfalls zurückziehen und geleitete seinen früheren Schwiegersohn zur Tür.

»Nimmst du ihm übel, dass er dich wegen einer reichen Frau sitzen gelassen hat?«, fragte Felix Flora.

Flora sah an ihm vorbei in eine unbestimmte Ferne. »Ich nehme ihm übel, dass er mich sitzen ließ, nachdem ich bei der Geburt unser zweites Kind verloren hatte und fast selbst gestorben wäre.«

Felix schluckte. Solche Rücksichtslosigkeit hätte er Lucretius nicht zugetraut.

»Er ging, kaum dass ich auf dem Wege der Besserung war«, räumte Flora ein. »Und ich rief gerade ihn zu Hilfe, weil er der beste Anwalt der Stadt ist. Aber genug davon.«

Bevor Felix etwas erwidern konnte, schritt der kleine Sklave voller Würde herein und kündigte mit gewichtiger Stimme an: »Virius Lupus ist da!«

Somit war der Statthalter ihr erster Gratulant. Aber Felix fühlte sich nicht geehrt, es konnte nichts Gutes verheißen, wenn der Statthalter sich persönlich herbemühte.

Virius Lupus trat, sichtlich erschüttert, auf Felix zu, drückte ihm den Arm. »Eine schreckliche Geschichte!« Er runzelte die Stirn. »Wie geht es Victor? Ich hörte, er sei schwer verletzt?«

Felix nickte.

»Ich würde ihn gern sprechen.«

»Das wird nicht möglich sein, er schläft.«

»Wie schade.« Lupus' Miene verriet, dass er eine solche Antwort erhofft hatte. »Aber es gibt ja auch Erfreuliches, kam mir zu Ohren.« Wohlwollend sah er von Felix zu Flora. »Darf man schon gratulieren? Ja? Eure Eheschließung kam ja recht überstürzt, aber nun, ich sehe ein, die Umstände erforderten ein rasches Handeln. Der Anwalt Lucretius suchte mich diesbezüglich auf. Ich sicherte ihm zu, alle Urkunden noch heute zu beglaubigen. Soweit ich mich erinnere, läuft die Frist deines Onkels ja in Kürze ab.«

»Heute.«

Lupus lächelte verschmitzt und steuerte auf einen Sessel zu. »Ist es erlaubt?«

»Natürlich. Flora, lässt du uns bitte frischen Wein bringen?«

Flora murmelte etwas Unverständliches, ging jedoch.

»Tja, zuletzt wirkte dein Bruder sehr angegriffen. Diese Klage ging ihm sehr nahe. Ich weiß, dass er dich ...«, der Statthalter hielt inne und fasste Felix ins Auge.

»Ja, wir haben über alles gesprochen.«

Virius Lupus nickte und lehnte sich zurück. »Victor ist einer meiner engsten Mitarbeiter, es kommt mir entgegen, dass sich allem Anschein nach ein Prozess erübrigt. Der Bericht meiner Wache schien zunächst ein wenig verworren. Aber Lucretius verschaffte mir vorhin größere Klarheit. Also beging Lavinia den Mord an Iulius. Und sie ist zu Tode gekommen? Wie konnte das passieren?«

Virius Lupus lauschte aufmerksam, als Felix ihm den Sachverhalt in allen Einzelheiten schilderte. Allein, dass er um Victors heimliche Bemühungen für die Sache des Statthalters wusste, ließ er aus.

Lupus lehnte sich zurück, er wirkte zufrieden. »Erfreulicherweise kann die Wache bestätigen, dass Lavinia Victor mit dem Messer bedrohte. Außerdem fanden sie einen Zeugen, der hörte, wie sie sich selbst beschuldigte.«

»Ein Zeuge?«

»Ein Bettler, der zwischen irgendwelchen Säcken seinen Rausch ausschlief und eure Auseinandersetzung mitbekam. Ich denke, damit ist der Sachverhalt geklärt und dem Gesetz Genüge getan.«

»Und der Tod des Theophilus?«

»Tja, was die Vorfälle in der Germania Superior betrifft, so fällt das nicht in meine Zuständigkeit.«

»Aber du hast doch die Zusicherung des obergermanischen Statthalters, den Fall an dich abzutreten.«

»Ah, das hat Victor dir auch erzählt. Willst du diesen Paullus wegen der Tat anklagen?«

Felix war verunsichert. Es wäre schwer, Paullus' Darstellung zu widerlegen. Zudem war sein Zorn gegen den Mann verraucht. Sollte Ateius das entscheiden. »Ich werde darüber nachdenken.« Der Zeitpunkt schien günstig, sich für den Freund einzusetzen. »Lupus ...«

»Ja?«

»Es geht um Ateius, meinen Gefährten.«

»Ah, diesen Bergwerkssklaven.«

»Er hat mir mehrfach das Leben gerettet.«

»Und jetzt soll ich ihn begnadigen.«

»Das wäre überaus freundlich von dir.«

Lupus leerte seinen Becher. »Nun, wir werden sehen.«

»Da ist noch etwas.« In knappen Worten schilderte er dem Statthalter Ateius' Schicksal. »Kannst du helfen, seine Familie wiederzufinden?«

»Das bedeutet einen erheblichen Aufwand.« Lupus lehnte sich zurück und hob das Kinn. Unter halb geschlossenen Lidern musterte er Felix. »Gut, ich werde mich darum kümmern. Allerdings erwarte ich eine Gegenleistung von dir. Du wirst die Arbeit von Victor fortführen – oh, ich bin sicher, du weißt, wovon ich spreche. Ich bin davon überzeugt, die

Angelegenheit ist bei dir ebenso gut aufgehoben. Jedenfalls ist meine Frau des Lobes voll über deine …«, Lupus legte eine Pause ein und sagte dann: »deine besonderen Vorzüge.«

Felix versuchte, dem Blick des Statthalters standzuhalten.

»Sie lässt dich natürlich herzlich grüßen.«

Flora kehrte zurück und ersparte Felix eine Antwort.

»Felix, Victor ist aufgewacht.«

Kapitel XXXIIII

Fortuna Dubia

Colonia Agrippinensis, 24. September 192 n. Chr.

Mit einer seltsamen Ruhe erkannte Victor, dass sein Ende nahte. Das Leben verflüchtigte sich aus seinem Körper wie Rauch aus einer Opferschale. Doch was für ein Leben? Wenn er zurückblickte, gab es nicht viel, worauf er stolz sein konnte. Und nun hatten die Götter ihr Urteil über ihn gefällt. Ja, es war nur gerecht, dass er auf diese Weise starb, gemeuchelt durch die Hand seiner Frau.

War das die Tür? Die Geräusche waren gedämpft wie durch ein Daunenpolster. Ein Schemen tauchte über ihm auf. »Felix?«

»Ich bin hier, Victor.«

Die Stimme seines Bruders beruhigte ihn. Victor sammelte sich, zwang die Worte heraus. »Du hast … Flora geheiratet, gut … schon immer dachte ich, ihr …«

»Du darfst dich nicht anstrengen. Schlafe weiter, damit du wieder gesund wirst.«

»Nein, Felix, ich … wünsche euch Glück … nur Gutes. Ich … ich habe nicht mehr viel Zeit. Ich sorge mich … um Tertius … Kümmerst du dich um ihn …?« Erschöpft schloss Victor die Augen. Als er sie wieder öffnete, glaubte er Felix' Blick auf sich.

»Natürlich.«

»Danke. – Felix, noch etwas«, Victor sammelte all seine Kraft für die letzte, die schwerste Last. »Es tut mir so leid, alles … Bitte, Felix, verzeih mir!«

Als Felix nickte, war Victor bereit, dem Hades zu begegnen. Er schloss die Augen und Lavinias Gesicht tauchte vor ihm auf. Würde er sie im Schattenreich wiedersehen? Lavinia, seine Fortuna Dubia – sein zweifelhaftes Glück.

Glossar

As: kleine Bronze-, später Kupfermünze

Atrium: Repräsentations- und Empfangsraum eines römischen Hauses

Ausbau: Holzverschalung eines Schachts

Bagacum: das heutige Bavai in Frankreich

Bellum Desertorum: Krieg der Deserteure unter der Führung von Maternus, mit dessen Niederschlagung u. a. der spätere Kaiser Septimius Severus beauftragt war

Beneficarier: militärischer Dienstgrad, Beneficarier waren von schweren Aufgaben freigestellt. Sie übernahmen zum Beispiel die Leitung einer Straßenpolizeistation.

Bewetterungsschacht: dient der Belüftung eines Bergwerks

Bonna: das heutige Bonn

Borbetomagus: das heutige Worms

Carmenta: Göttin der Weissagung und Geburt

Chatten: germanischer Stamm, der im Bereich der Täler von Eder, Fulda und des Oberlaufes der Lahn siedelte

Cohorte: Einheit von 400 bis 800 Legionären

Colonia Claudia Ara Agrippinensium, auch **Colonia Agrippinensis:** das heutige Köln, Hauptstadt der Provinz Germania Inferior mit Sitz des Statthalters

Confluentes: das heutige Koblenz
Cubicularius: Kämmerer
Curator: Bei Augustus sind curae ständige Ämter. Den Curatoren obliegt die Aufsicht über öffentliche Einrichtungen. Die wichtigsten sind u. a. der Curator der öffentlichen Straßen und der für Wasserversorgung und Aquädukte. Sie sind auch in Gemeindeverwaltungen zu finden, ihre Hierarchie ist der Roms nachgebildet.
Dacia: römische Provinz, entspricht in etwa dem heutigen Rumänien
Dea Tacita: Göttin des Todes
Divodurum: keltischer Name für Metz, im 2. Jh. die bedeutendste Stadt Galliens, noch vor Lutetia, dem heutigen Paris
Elle: römisches Längenmaß, etwa 44 cm
Familia: sämtliche Mitglieder eines Haushalts, sowohl Familienangehörige als auch Sklaven
Fortuna: römische Göttin des Glücks
Fortuna Dubia: zweifelhaftes, wankelmütiges Glück
Gallia Belgica: seit Augustus Provinz mit der Hauptstadt Durocortorum (Reims). Unter Domitian wurde die Provinz in drei Provinzen aufgeteilt – Belgica, Germania Inferior und Germania Superior.
Gallia Lugdunensis: im heutigen Frankreich das Gebiet von Bretagne und Normandie sowie der Einzugsbereich von Loire und Seine bis ins Tal der Rhône bei Lyon, mit Lugdunum als namengebender Provinzhauptstadt
Gallien: unter Augustus 17 n. Chr. in Gallia Belgica, Lugdunensis und Aquitania aufgeteilt
Germania Inferior: Niedergermanien, Hauptstadt war Colonia Claudia Ara Agrippinensium, das heutige Köln. Die Grenze zu Obergermanien verlief ein wenig südlich von Bonn.

Germania Superior: Obergermanien, Hauptstadt war Mogontiacum, das heutige Mainz
Groma: Visiergerät der römischen Feldmesser
Hades: Gott der Unterwelt, der Toten
Icorigium: das heutige Jünkerath (Eifel)
Iuno: Göttin der Ehe und Geburt, Gemahlin des Iupiter
Iupiter: höchster römischer Gott, Gemahl der Iuno
Kline: Liegemöbel
Legion: mit vier- bis sechstausend Fußsoldaten, dreihundert Reitern und Tross der größte Truppenverband des römischen Heeres
Lemuren: Geister der Verstorbenen
Liber: römische Version des griechischen Gottes Dionysos, Gott des Weines
Lugdunum: das heutige Lyon, s. Gallia Lugdunensis
Malitia: Bosheit, Schlechtigkeit, Arglist, Schelmerei
Manen: Geister verstorbener Verwandter
Mansio: Rasthaus. Rasthäuser säumten in regelmäßigen Abständen die Straßen, boten Essen und Trinken sowie Übernachtungsmöglichkeiten und Pferde zum Wechseln.
Marcomagus: Marmagen bei Nettersheim
Meile: römisches Längenmaß, entspricht 1,48 km
Mogontiacum: das heutige Mainz
Mons Iovis: der heutige Donnersberg in der Nordpfalz. Mons Iovis, Berg des Iupiter, ist die lateinische Übertragung einer vermuteten keltischen Namensherkunft von ›Berg des Donar‹, wobei Iupiter dem Donar gleichgesetzt wird.
Mosa: die heutige Maas
Mundloch: Öffnung eines Stollens
Opus Caementitium: römischer Zement
Orcus: Unterwelt, Schattenreich
Ortsbrust: die Stelle, wo der Schacht vorangetrieben wird

Paenula: Kapuzenmantel in der Art eines Ponchos

Palla: Mantel-, Schultertuch für Frauen

Plebs: unterste soziale Schicht der römischen Bürger, die keinem Stand (Ritter, Nobilität) angehörten

Pluto: Gott der Unterwelt und des Totenreichs

Präfekt: Angehöriger des Ritter- oder Senatorenstandes, der mit einer bestimmten Aufgabe im Militär oder in der Verwaltung betraut wurde

Prätorianergarde: Leibwache des Kaisers

Prätorium: Statthaltersitz, in Militärlagern Wohnsitz des Befehlshabers

Procurator: zunächst Freigelassene, seit Hadrian meist aus dem Ritterstand stammende Beamte, benannt nach ihrem Zuständigkeitsbereich, z. B. Procurator der Silber-, Gold- und Eisenbergwerke (argentariarum, auriarum, ferrariarum). Er begegnet uns u. a. in Dakien, Gallien oder Spanien. Auch die Statthalter kleinerer Grenzprovinzen wie Noricum oder Iudiäa waren Procuratoren.

Proserpina: Göttin der Unterwelt, Gemahlin des Pluto

Rhenus: der heutige Rhein

Sarabriga: das heutige Saarbrücken

Schacht: vertikaler Hohlraum, diente der Förderung und Bewetterung (Belüftung)

Schlacke: ein glasiger oder kristalliner nichtmetallischer Schmelzrückstand, der bei der Gewinnung von Metallen in der Erzverhüttung entsteht. Die Bezeichnung ›Schlacke‹ hat sich zu Beginn der Erzverhüttung entwickelt, da zu diesem Zeitpunkt die nichtmetallischen Rückstände durch ›Schlagen‹ vom Metall getrennt wurden.

Schlägel: Hammer des Bergmanns

Schrämung: seitliche Vertiefung zum Ansetzen des Eisens oder eines Keils zum Zwecke des Vortriebs

Silvae Arduennae: die heutige Eifel
Sirona: keltische Göttin, der römischen Diana gleichgesetzt, vor allem als Göttin der Heilkunst verehrt
Stilus: Griffel aus Bronze oder Knochen, diente zum Beschreiben von Wachstafeln
Stollen: horizontaler Vortrieb in den Berg
Straße nach Bagacum: die heutige Aachener Straße in Köln
Straße nach Augusta Treverorum: Straße in Richtung Trier, die heutige Luxemburger Straße in Köln
Strecke: horizontaler oder leicht geneigter Grubenbau, der nicht an den Tag reicht
Tablinum: Arbeitszimmer
Tiberis: der heutige Tiber
Toga: offizielles Obergewand von Männern; im 2. Jh., wenn überhaupt, nur noch zu hohen offiziellen Anlässen getragen
Traiectum: das heutige Utrecht
Triclinium: Speisezimmer mit in der Regel drei Speisesofas, die hufeisenförmig angeordnet waren
Tunika: (Unter-)Gewand, von Männern knielang, von Frauen bodenlang getragen
Venus: Göttin der Liebe
Vicus: Dorf, Siedlung
Vicus Cupri: Kupfersiedlung (nicht historisch überliefert)
Vicus Rufiniana: der überlieferte Name eines Vicus in der Region Donnersberg. Man vermutete, es handele sich um das heutige Eisenberg, dies ist aber keineswegs gesichert.
Vulcanus: Gott der Unterwelt, des (Schmiede-)Feuers
Weitung: durch Abbau erzhaltigen Gesteins im Stollen entstandene Nischen, die zur Lagerhaltung dienten oder zur Aufnahme des anfallenden Gesteins

Nachwort

Die Antike steht unserem Zeitalter so nahe wie keine andere Epoche. Ihre Gedanken und Erkenntnisse prägen bis heute Philosophie, Rhetorik, Jura, Physik oder Mathematik. Das ist wohl der Grund, warum mich diese Zeit so fasziniert. Dass in diesem Roman der römische Bergbau eine Schlüsselrolle spielt, ist zum einen meinem speziellen Interesse für antike Technologie zu verdanken, zum anderen der Ruhrkohle AG, die mir vor Jahren tiefe Einblicke in die Arbeit unter Tage ermöglichte und so meine Begeisterung weckte.

Auf der Suche nach etwaigen Schauplätzen stieß ich schnell auf den Emilianusstollen im Saarland. Aber auch die Pfalz rückte in meinen Fokus, speziell die Gegend um den Donnersberg, in dessen Umland vielerorts Erz abgebaut wurde – und auf dessen Plateau sich eine keltische Siedlung befand. Besonders die Stollen der Gegend regten mich an, obwohl – oder weil – sie allesamt längst eingestürzt sind und weil man bei den Ausgrabungen ein Skelett fand, das kopfüber in einem Schacht steckte.

Und natürlich überrascht auch beim Bergbau wieder, wie nah uns die Antike steht: Schutzhelme, Recycling und sogar ein Vorschriften zur Arbeitssicherheit gehörten zum Alltag.

Letztere regelte die Lex Metalla – die sogenannten Erztafeln von Vipasca –, die sich unter anderem mit Inbesitznahme, Pacht und der Organisation von Gruben befasst. Diesem Gesetz entspricht die im Roman erwähnte Occupationsinschrift des Emilianus.

Die Römer hinterließen zahllose Zeugnisse ihrer herausragenden Ingenieursleistungen. Im Gegensatz zum Bergbau – von dem leider kaum Spuren zu finden sind – liefert vor allem der antike Wasserbau viele Beispiele. Überreste der Eifelwasserleitung, die das antike Köln versorgte, sind noch innerhalb und außerhalb des Stadtgebietes zu sehen. Vermutlich war der Kalkgehalt des Eifelwassers ausschlaggebend für die Entscheidung, den Bau der drittlängsten Leitung des römischen Imperiums zu wagen. Denn der Kalk lagerte sich im Laufe der Zeit in den Leitungen ab, und das auch in den Bleileitungen, die innerhalb der Städte verlegt wurden. Diese Versinterung verhinderte, dass schädliches Blei in das Trinkwasser gelangte.

So nah die Antike uns auf der einen Seite ist, so fern ist sie uns auf der anderen Seite.

Die Rechtslage zum Beispiel, ein weiteres zentrales Motiv des Romans. Zwar ist noch heute das römische Recht Bestandteil des Jurastudiums, es basiert jedoch auf einem ganz anderen Wertesystem als unsere heutige Rechtsauffassung.

Die Ehegesetze des Augustus beispielsweise erlaubten nur Familienvätern, öffentliche Ämter zu bekleiden und über Vater und Mutter hinaus auch entferntere Verwandte und Bekannte zu beerben. Ausnahmen davon gestattete allein der Kaiser.

Im Strafrecht war nicht Mord ein Kapitalverbrechen, sondern Hochverrat oder das Anwenden von Magie.

Und die Höchststrafe war nicht der Tod, sondern die Verbannung, das Ausgestoßensein aus der Gemeinschaft.

Zur politischen Dimension: Es ist kein Zufall, dass der Roman im Jahr 192 spielt, dem letzten Regierungsjahr des Kaisers Commodus, der im Dezember ermordet wurde. Einige Jahre zuvor hatte der abtrünnige Legionär Maternus ein Attentat geplant, das durch seine eigenen Leute verraten wurde. Zuvor zog er mordend und brandschatzend durch mehrere Provinzen, deren Statthalter herausragende Feldherren waren. Zwei von ihnen folgten Commodus auf dem Thron. Konnten sie Maternus nicht besiegen oder wollten sie nicht?

Natürlich sind trotz gründlicher Recherche, vielen Helfern und Unterstützern Fehler nie ausgeschlossen. Die sind natürlich voll und ganz mein eigenes Verschulden. Schreibweisen von Namen, Bezeichnungen und Ortschaften sind in der Regel römisch, Ausnahmen spiegeln meine eigene Vorliebe oder Gewohnheit.

Danken möchte ich vor allem dem Archäologen Herrn Mertl, mit dem ich einen Prospektionsgang in der Gegend von Imsbach unternehmen durfte. Herrn Hans Walling, der mir Unterlagen aus seinen Veröffentlichungen zu den Ausgrabungen am Donnersberg zukommen ließ. Herrn Gilbert Jaeck, der meinem Mann und mir tiefe Einblicke in den Emilianusstollen bei Saarbrücken verschaffte.

Steter Dank gilt Uschi Grote vom Archäologischen Park Xanten, die bei allen archäologischen Fragen meine erste Adresse ist, Ulrike Rodi, deren Lektorat immer einen Gewinn bedeutet, und nicht zuletzt meinen großartigen Kolleginnen Dorothee Müller und Ulrike Rudolph, die mich nicht nur immer wieder ermutigt haben, sondern denen ich auch viele Gedanken und Einfälle verdanke. Ohne sie wäre der Roman nicht das geworden, was er ist!

Aber der größte Dank gilt meinem Mann, der geduldig und interessiert die Recherchen vor Ort begleitete und mich immer wieder in die Gegenwart zurückholte. Ohne ihn gäbe es den Roman überhaupt nicht!

Ilka Stitz, im April 2010

Römerkrimis von Ilka Stitz

Karola Hagemann & Ilka Stitz
Das Geheimnis des Mithras-Tempels
ISBN 978-3-89425-603-6

Widerwillig tritt der junge Römer Quintilianus seinen Dienst in einem Legionslager in Niedergermanien an. Die Gegend ist unwirtlich und die Stimmung schlecht, Angst geht um. Quintilianus stößt auf Betrug und Korruption. Dann wird der verhasste Centurio Saturius am Mithras-Tempel tot aufgefunden …

»Klasse erzählt, mit Spannung, Witz und tollen Details.« Neue Presse

»Die Handlung ist spannend, wirkt an keiner Stelle konstruiert und nimmt den Leser mit auf eine Zeitreise, als am Rhein die Grenze Germaniens verlief.« Emsdettener Volkszeitung

Karola Hagemann & Ilka Stitz
Jung stirbt, wen die Götter lieben
ISBN 978-3-89425-610-4

Als das Mitglied einer chaukischen Delegation in der Colonia Agrippinensis erschlagen aufgefunden wird, drohen diplomatische Verwicklungen. Der junge Römer Quintilianus soll retten, was zu retten ist, und den Mörder ausfindig machen. Aber ist die Wahrheit wirklich erwünscht? Bald weiß Quintilianus nicht mehr, wem er noch trauen kann.

»Tavernen, Villen und Handwerker-Viertel gewinnen detail- und kenntnisreich Gestalt (...) Das gerät derart plastisch, dass man fast vergisst, darüber nachzudenken, wer nun wirklich der Mörder eines der Chauken ist, der von Messerstichen förmlich zerfetzt wurde.« Aachener Zeitung

»Den beiden Autorinnen Karola Hagemann und Ilka Stitz gelingt es, historisches Wissen mit einem spannenden Mordfall zu verbinden und so den Leser auf eine interessante Zeitreise in die Colonia Agrippinensis mitzunehmen.« Westdeutsche Zeitung